잃어버린 연인들의 초상

MORSURES
by Hélène Bonafous-Murat

Copyright © EDITION LE PASSAGE PARIS-NEW YORK, Paris, 2005
Korean Translation Copyright © MUNHAKDONGNE Publishing Corp., 2008
All Rights Reserved.

This Korean edition is published by arrangement with
EDITION LE PASSAGE PARIS-NEW YORK, through Bestun Korea Agency.

이 책의 한국어판 저작권은 베스툰 에이전시를 통해
EDITION LE PASSAGE PARIS-NEW YORK과
독점 계약한 (주)문학동네에 있습니다.
저작권법에 의해 한국 내에서 보호를 받는 저작물이므로
무단 전재 및 무단 복제를 금합니다.

이 도서의 국립중앙도서관 출판시도서목록(CIP)은
e-CIP 홈페이지(http://www.nl.go.kr/cip.php)에서 이용하실 수 있습니다.
(CIP제어번호: CIP2007004013)

잃어버린 연인들의 초상

Morsures

엘렌 보나푸 뮈라 장편소설 | 박명숙 옮김

문학동네

아무리 아름다운 책이라 한들 지적인 인간의 두뇌에 비하겠는가. 그 두뇌는 책보다 무한히 값진 문집이자 아름다운 창작물일진데. 그 작은 저장고에서 우리는 필요한 이미지들을 때맞춰 얼마든 찾아낼 수 있다. 우리가 부르기만 하면 그 이미지들은 튀어나온다. 그리고 돌려보내면 어딘지 모를 곳으로 다시 틀어박힌다. 이토록 매혹적인 책은 그저 물렁한 물질이나 얼기설기 얽혀 있는 부드러운 실톳에 지나지 않는다. 대체 어떤 손이 있어, 이 형태 모를 진흙덩이 속에 그토록 귀한 이미지들을 정교하게 숨겨놓을 수 있었단 말인가?

페늘롱, 「신의 존재에 대한 논증」

c o n t e n t s

프롤로그 • 9

제1부

다람쥐 • 25   동전 • 54   피리새 • 82

제2부

촛불 • 117   거울 • 143   화로 • 177

화병 • 209   깃털 • 237   반지 • 274

편지 • 310   우물 • 358

에필로그 • 395

옮긴이의 말 • 411

❧ 프 롤 로 그 ❧

자크 벨랑주, 〈포르티아의 죽음〉_에칭

지금 나는 완전한 암흑 속에 있다. 그러나 내 삶에는 다양한 색깔이 존재했었다. 경매소 단상에 깔린 벨벳은 그곳에서 멀지 않은 곳에 흘러내렸던 피처럼 진홍빛이었다. 태양처럼 빛나는 마틸드의 금발과 하늘같이 푸른 눈동자. 펠릭스가 주머니에 넣고 다니던 군청색 지탄 담뱃갑. 돌로레스가 두르던 스카프의 아롱진 빛깔. 부드러운 그녀의 갈색 피부는 올리브 빛깔을 띠었는데, 회색인지 물빛 초록인지 명확하게 규정하기 힘든 눈 색깔과 묘한 대조를 이루었다. 때로 그녀의 눈은 유서 깊은 프랑스 가문의 문장紋章처럼 창백하고 금빛 서린 푸른빛을 띠기도 했다. 이제 나의 과거는 문장과, 입던 옷들과 함께 영원히 서랍 속에 봉해졌다. 이중으로 꼭꼭 잠근 채. 마치 이곳의 나처럼.

오늘은 회색의 미묘한 색조를 음미할 수밖에 없다. 창문을 통해 보이는 음울한 하늘에 이중으로 된 쇠창살이 선영線影을 그리고 있다. 눈을 감는다. 그리고 다시 돋보기를 집어들고 종이 위로 몸을 굽힌다. 어깨 윤곽을 나타내는 판각*이 촘촘하고 예리하고 분명하다. 심오해 보이기도 하고 가벼워 보이기도 한다. 화려한 의상으로 보아 고전주의 시대의 고귀한 신분의 귀족 초상일 것이다. 그 옆에 있는 타원 안에 그의 이름과 지위가 대문자로 새겨져 있다. 아래쪽에는 증정자의 문장과 판화가의 이름이 새겨져 있다. 뷔랭**을 다루는 솜씨로 보아 노련한 사람임에 틀림없다. 동판에 파인 홈으로 미루어보건대 정신을 집중하여 천천히 도구를 다루었으리라. 붉은 안료가 살짝 섞인 끈적한 검은 잉크가 길게 자리를 잡으면, 판화를 찍어내는 사람은 넘치는 잉크를 걷어내기 위해 그 위로 분주하게 손을 놀리게 된다. 마지막으로, 판화지를 덮은 펠트 위로 압축기가 지나가면서 얇은 직사각형 동판을 짓누르면 일 제곱센티미터마다 커다란 압력이 가해진다. 이 사건으로 짓눌린 내 머릿속에도 같은 현상이 일어났다. 물기를 머금어 부드러워진 줄무늬 종이가 잉크를 흡수하고, 내 상념 속의 이미지를 빨아들인다. 하지만 그 어떤 것도 내 신경세

* 글씨나 그림 등을 판에 새김, 또는 그 새긴 것.
** 금속조각용 끌.

포 속에 담긴 기억마저 지워버릴 수는 없으리라. 모든 것은 그 속에 깊이 새겨져 있다.

나는 돋보기를 통해 몇 시간이고 판화작품의 디테일을 관찰했다. 진지하고 집요한 뷔랭의 무게감과는 딜리 동판 부식으로 새긴 선들은 자유로웠다. 드라이 포인트용 철침이 남긴 날카롭고 힘찬 흔적. 훌륭한 에디션을 찍어내기 위해 동판에 윤을 낸 흔적. 벌레가 갉아먹어 생긴 구멍들과 녹 자국, 미세하게 갈라진 자국처럼 보이는 판화지의 생채기들. 뛰어난 면들도 있었다. 옛 대가의 판화에서나 발견되는, 소 머리 문양이 완벽하게 돋을새김되어 투명하게 내비치는 아름다운 종이가 주는 즐거움이 그것이다.

이곳 벽들은 칙칙한 베이지 색으로 칠해져 있으며 바닥에서 천장까지 무질서하게 균열이 가 있다. 그 속에서 흥미가 생기는 모티프를 떠올려보려고 애쓰지만 헛수고다. 갈라진 금에는 아무런 의미도 없다. 침대 시트는 매일 나를 방문하는 이들의 가운처럼 흰색이고, 침대 다리, 담요와 식기는 모두 회색이다. 여기서는 그게 전부다. 판화의 특이한 색조를 찾아내기 위해 게이샤의 부채처럼 다양한 뉘앙스의 색상표를 들여다보고 있는 이들이 바깥세상에 여전히 존재한다는 사실이 믿어지지 않는다. 폭풍우가 몰아치는 하늘의 암청색, 1900년대 드레스의 주홍색, 물 항아리의 레몬색, 아니 미나리아재비 꽃처럼 빛나는 노랑색이었나, 호박색이었나, 아니, 겨자색에 가까운 황토색인지도 모른다. 나는 그 색조들과 함께 극도로 주의를 기울여 작품을 분석한 다음, 힘든 줄도 모르고 정성스레 목록을 만들었다. 판화 속 이미지는 내게 새로운 세계였고, 나는 그 속으로 빠져들었다.

이 모든 것이 시작된 것은 몇 년 전, 내가 파리에 처음 도착했을 때로 거슬러올라간다. 내가 살던 시골 마을의 생활은 따분하기 그지없었다. 그곳에서는 모든 것이 작고, 칙칙하고, 초라했다. 그와 반대로, 파리에서 나는 끝이 보이지 않는 풍요로움에 감탄하며 박물관들을 섭렵하고 다녔다. 대도시의 한가운데서 나는 숨겨진 보물들과 잊혀진 문명을 발견했다. 루브르 박물관의 어두컴컴한 전시관을 지키는 감시원 자리에 앉아 있는 나를 상상해보기도 했다. 내게 어울리는 곳 같았다. 그때 난 미라를 지키는 꿈을 꾸는 스무 살이었다.

나는 일주일에 몇 시간씩 예술사 강의를 들으러 다니며 신화의 세계로 빠져들었다. 신들이 벌이는 사랑의 유희는 격렬하고도 유쾌해 보였다. 그러나 성적 매력으로 충만한 그들은 나와는 먼 존재들이었다. 나는 남자들과 함께 있는 것이 두려웠고 불편했다. 게다가 난 파리에 아는 사람이 아무도 없었다.

그러던 어느 날, 카페 테라스에서 한 전문잡지를 뒤적이던 중

작은 광고가 눈에 들어왔다.

> 판화 감정가인 판화상이 일 년간의 유급 인턴 구함.
> 신지함과 정확성을 겸비한 감각 필수.
> 자세한 자기소개 요망.

나는 당장 달려들었다. 엄격하고 까다로운 펠릭스 부아로는 다른 누구보다 자기 자신에게 엄격한 사람이었다. 목이 어깨에 파묻힌 듯 작고 딱 바라진 체격에, 늘 부스스한 희끗희끗한 머리카락, 짙은 속눈썹 때문에 앞으로 튀어나와 보이는 검은 눈동자. 여기까지는 타고난 것이었다. 그가 즐겨 말하듯, 그의 나머지 부분은 스스로 이룬 것이었다. 상점 위층에는 단련된 독신인 그가 저녁마다 돌아가는 방 두 개짜리 아파트가 있었는데, 그곳은 내게도 접근이 금지된 성역과도 같았다. 가슴께 주머니에 비죽 나와 있는 지탄 담뱃갑의 짙은 청색은 그가 즐겨입는 어두운 색 의상과 흰 셔츠에 경쾌함을 부여했다. 그는 하루에 담배를 세 갑씩 피웠다. 감히 자신에게 비난을 퍼붓는 사람들을 날카롭게 노려보면서, 그는 담뱃갑이 있는 가슴을 경건한 제스처로 가리키며 이렇게 말하는 것이었다.

"이건 내 심장박동 조종기란 말이오, 알겠소?"

카파르나움. 이천여 년 전 그리스도가 설교를 해 대중을 모은 갈릴리의 작은 마을이다. 뒤죽박죽, 거추장스러운 것, 잡동사니 들이 쌓인 곳을 가리키는 말이기도 하다. 이 두 가지 경우 모두, 생제르맹데프레 구역의 작은 골목에 위치한 펠릭스의 판화상점 을 가리키는 데는 적절한 명칭이었다. 그곳은 나에게 어울리는 은신처였다.

  그곳에는 판화지, 책과 상자들이 천장까지 차곡차곡 쌓여 있 었다. 산더미처럼 쌓여 있는 그것들이 무너져내릴 위험에도 아 랑곳없이, 판화 애호가들과 수집가들은 며칠이고 그곳에 은둔한 채 백과사전적 지식을 늘어놓는 펠릭스의 말에 귀를 기울였다. 그는 작품과 예술가들에 대해 어릴 적부터 잘 알던 오래된 친구 인 것처럼, 현학적이지 않은 친근한 말로 설명해주었다. 나는 그 의 말을 빨아들였다. 그는 부모님이 하던 식료잡화점에서 일을 도와주고 받은 돈으로 열네 살에 처음으로 판화를 구입했다. 벼 룩시장을 어슬렁거리고 있던 한 이탈리아인 청년의 추천이었다. 판화 속 사냥의 여신 아르테미스는 손에는 팽팽하게 당겨진 활 을 들고 곧 달려나갈 듯 발뒤꿈치를 든 채 날렵한 자태로 서 있 다. 그녀는 저 멀리 숲속 공터에서 자신의 개들에 의해 이미 갈 기갈기 찢긴 불쌍한 악타이온에게 무심한 시선을 던질 뿐이다. 강물은 아무 일도 없었던 듯 변함없이 흘러가고 있다. 알몸으로 목욕을 하고 있는 여신을 감히 훔쳐보려고 했던 무모한 청년에게 일어난 비극이었다. 판화 속 장면은 소년을 감동시켰고, 그것은 그의 성업聖業이 되었다.

그후 오십 년이 지난 지금도, 판화에 관해 말하는 그의 목소리에는 여전히 그 순간의 떨림이 간직되어 있었다. 니코틴으로 노랗게 변색된 벽의 네 귀퉁이 사이로 피어오르는 소용돌이 모양의 담배 연기 속에서, 그는 나지막하고 침착한 음색으로 한 손에는 판화를 들고 석판화나 메조틴트* 기법에 대해 상세하게 설명했다. 예술가의 삶에 대한 흥미로운 일화를 이야기해주거나, 전문 문헌에도 없는 작품의 계보를 확립해나가기도 했다. 나는 그가 말하는 어느 하나도 놓치지 않았다.

나는 이른 아침마다 거울 속에 비친 내 모습을 자세히 살펴보았다. 지극히 평범하긴 하지만 파우더를 정성껏 바른 섬세한 윤곽의 얼굴, 또렷한 속눈썹, 눈썹연필로 윤곽을 다시 그린 갈색 눈, 작은 턱과 뾰족한 코, 마치 투구를 쓴 듯 억센 금색 머리칼. 특별한 구석이 없는 얼굴이었다. 어쨌든, 펠릭스는 나의 외모에는 관심이 없는 듯했다. 처음 두 달간의 실습 기간에 그는 무엇보다도 나의 육체적인 능력을 시험했다. 나는 선반 위에 놓일 참

---

* 동판화의 일종, 블랙매너라고도 함.

고서적들이 들어 있는 수백 개의 책 상자를 옮기고 비우고 정리했다. 또한 판화의 역사를 알파벳 순서로 분류하고 목록을 만들고 정리해나갔다. 카날레토는 샤갈 앞에, 샤갈 다음에는 샤르댕, 뒤러는 뒤베 앞, 뒤누아예 드 세공자크 다음에는…… 휘슬러와 조른에 이르기까지, 각 예술가를 순서에 맞게 배치하는 작업이었다. 나는 인내심을 가지고 개념과 이름들을 머릿속에 축적해나갔다. 펠릭스는 신중하고 말수가 적은 사람이었다. 우리는 서로 뜻이 잘 맞았다.

마침내 그는 나를 고용하기로 결정했다. 배움을 갈망하던 나는 깊은 물 속으로 돌을 던져 들려오는 소리를 살피면서 그의 지식의 깊이를 측량하고자 했다. 그러나 그 지식의 샘은 바닥이 보이지 않았다. 바닥에 도달했음을 알려주는 '퐁당' 소리나 가벼운 찰랑거림조차 들리지 않았다. 그는 독서와 새로운 발견 그리고 명상을 통해 평온하게 자신을 계속 채워나가는 듯했다. 조금씩 나는 그를 닮아가고자 노력했다. 내 머릿속은 루이 필립의 얼굴을 희화한 판화, 엄격한 종교적 이미지의 판화, 밝은 색깔로 돋보이게 한 목판화, 지도, 프랑스와 나바르의 풍경화, 기술은 있지만 재능이 결여된 솜씨로 유명작들을 세심하게 복제한 판화 등이 뒤죽박죽 섞여 있는 19세기 판화상점의 진열장과도 같았다. 모든 취향을 만족시키고, 어떤 건물의 내부든 장식할 수 있는 미술품으로 가득 찬. 나는 펠릭스처럼 모든 질문에 대답할 수 있기를 꿈꾸었다. "이 르누아르의 판화는 몇 장의 에디션이 인쇄되었는가?" "마네의 이 작품은 사후 에디션이 존재하는가?" "렘브란트의 이 작품이 그 시대 것임을 어떻게 알 수 있는가?" 다양한 질문은 끝없이 이어졌고, 내 머릿속은 마치 빈칸을 모두 채워넣어야 하는 거대한 십자말풀이 같았다.

열성적 보조자인 내 눈은 머릿속의 연장延長이었다. 난 몇 시간 동안이고 종이의 우툴두툴한 질감을 들여다보며, 최초의 인쇄 상태를 나타내는 희귀한 흔적을 찾는 일에 몰두했다. 이미지의 주위, 동판의 가장자리는 판화가가 철침을 시험해본 흔적이 남아 있는 곳이다. 인쇄를 하게 되면, 꼼꼼하게 조각된 장면 주위로 대담한 해칭*과 작게 파인 판각들이 보인다. 인내심을 가지고 공을 들여야 하는 작업을 시작하기 전에, 판화가는 도구의 날카로움을 시험하기 위해 동판 가장자리에 철침을 놀려보게 된다. 최초의 판이 인쇄되고, 이미지가 만족스럽다고 판단되면, 동판의 가장자리를 금속 연마기로 조심스럽게 문질러 보기 흉한 모든 흔적을 지워버린다.

칼로의 한 에칭을 살펴보면, 아직도 분명히 알아볼 수 있는,

* 판화에서 가늘고 세밀한 평행선이나 교차선을 사용하여 대상의 음영, 양감, 명암 등을 나타내기 위해 사용하는 빗금 기법.

집과 나무들을 나타내는 희미한 배경 선들이 눈에 띈다. 노련한 감정가는 그것을 근거로 그 작품이 작가의 생존시에 인쇄된 에디션임을 알 수 있다. 그의 사후에 인쇄된 판화에서는 질산에 의해 거칠게 부식된 전경前景만을 알아볼 수 있을 뿐이다. 압축기 아래를 수없이 지나가면서 마모된 동판에서 살아남은 부분이다. 그러나 들여다보면 몽상으로 이끄는 멀리 보이는 작은 마을, 그 원경遠景을 이루는 거미줄같이 가느다란 선들은 이제 남아 있지 않다. 세월은 가장 섬세한 디테일들을 지워버렸고, 그 거대한 톱니바퀴는 은은하고 평화로운 세상을 짓눌러 더는 볼 수 없게 만들었다.

하지만 나는 모든 것을 기억한다. 내 머릿속에는 사소한 기억까지 남아서 흰개미 떼처럼 우글거리고 있다. 그것들을 멈출 수가 없다. 그것들은 나를 갉아먹고, 좀먹고, 서서히 파괴하고 집어삼킨다. 내 머리가 나무로 된 공이라면 벽에 찧어 부서뜨리고 싶다. 그렇게 해서 내 마음에 평온함을 되찾을 수만 있다면.

그러나 나는 그렇게 하는 대신 움직이지 않고 가만히 있는다. 정신을 집중하고 마음속으로 돋보기를 집어든다. 정신을 흩뜨리지 않고 집중해서 판각들을 따라가며 교차점들을 놓치지 않는다. 선들이 서로 만나는 곳은 반농담半濃淡과 음영이 져 있다. 점차 하나의 형태가 드러난다. 마치 선영 속에서 기적적으로 튀어나온 것처럼. 마침내 돋보기를 내려놓고 적당히 떨어져서 보자 이미지가 눈 속으로 들어온다.

❧ 제 1 부 ❧

자크 벨랑주, 〈성가족〉_에칭

다람쥐

모든 것은 그 작은 남자의 방문과 함께 시작되었다. 그가 우리 가게의 문턱을 처음 넘던 날, 언제나처럼 문 손잡이의 오베르뉴식 방울이 울렸다. 마치 날카롭게 킬킬거리는 웃음소리같이. 턱이 높아 발을 높이 들고 올라와야 하는 계단이었다. 그는 땀에 젖은 이마 위로, 조금 커 보이는 트위드 챙 모자를 눌러쓰고 있었다.

검은 얼룩이 있는 커다란 초록색 그림 케이스를 허리에 꼭 끼고 있어 어깨부터 손목까지 있는 힘껏 팔이 늘어나 있었다. 허벅지 높이에 들고 있는 서류가방을 꼭 쥔 그의 손은 발갛게 부어 있었다. 앞에 있는 떡갈나무 받침대 위에 무거운 짐을 내려놓은 그는 안도의 한숨을 내쉬었다. 둥근 얼굴에 수줍지만 환한 미소가 번졌다. 개복치처럼 생긴 얼굴에 연갈색 눈과 살짝 벌어진 입술이, 마치 물 밖으로 나와 호흡곤란을 겪는 물고기를 연상시켰다. 그는 무척 힘겹게 말을 꺼냈다.

"난…… 안녕하세요, 내가 여기 온 건…… 누가 여기 주소를 알려줬거든요, 이 판화들을 보여주고 의견을 좀…… 다락방을 치우다가 이걸 발견했어요, 한 친구가 나한테 가져가라고 했거든요. 내 마음대로 처분해도 된다고 했지만 내가 뭘 알아야지요, 이게 어떤 가치가 있는 건지, 여기선 알 것 같아서……"

그는 크게 숨을 들이쉬더니 쉬지 않고 말을 뱉어냈다. 그의 말들은 노래하는 듯한 남서부식 억양의 물결 위에서 춤을 추듯 서로 부딪쳤다. 말의 파도가 멈추자, 그는 다시 어쩔 줄 몰라하며 모자를 벗어 배꼽을 감추려는 듯 불룩하게 나온 배를 가리고 서 있었다. 나는 그 작은 남자가 마음에 들었다. 유순해 보이는 얼굴로 어찌할 바를 모르고 서 있는 그를 편하게 해주고 싶었다. 내가 의자에 편하게 앉으라고 권하자, 그는 모자를 손에 쥔 채로 기꺼이 응했다. 그의 발밑에 놓인 받침대가 우리 사이에 적당한 거리를 유지시켜주었다. 나는 잠시 컴퓨터 화면을 내버려둔 채로 회전의자를 돌려 그와 마주했다. 그는 내가 이미 어느 정도 짐작하고 있던 것을 확인시켜주었다. 그는 제르라는 작은 시골 마을에서 거위를 키우면서(내가 원한다면, 아주 좋은 가격으로 거위 간을 공급해주겠다고 했다) 고물상을 하는 사람이며, 친구의 다락방을 치우다가 발견한 인쇄된 그림들을 처리하러 일주일 예정으로 파리에 올라왔다고 했다. 그의 이름은 조제프 캅드보스크이며, 지금까지 오십여 개의 직업을 거쳤다고 했다.

"쉰 살까지 오십 개의 직업을 가져봤고, 지구를 오십 바퀴 돌았고, 가는 항구마다 한 명씩 오십 명의 여자를 거쳤죠, 하하하!"

내가 그의 말을 믿는 것 같은 표정을 짓자 신이 난 그는 윙크를 하며 경쾌하게 덧붙였다.

"하지만 지금은 독신이요."

그는 내 눈을 똑바로 바라보며 분명하게 말했다.

나는 그런 부류의 인물이라면 잘 알고 있었다. 새벽이 되기 전에 땅바닥에 물건을 늘어놓고 팔다가 트럭 뒤에서 돈을 세는 고물장수. 소매를 걷어올린 채 먼지를 마셔가면서 그 먼지가 금으로 바뀌기를 기대하며 다락방과 창고를 비워내는 사람. 내가 자신에게 적대적이지 않다는 것을 느낀 그 작은 남자는 "오르탕스" 하고 은근하게 내 이름을 부르면서 내 소맷자락을 움켜잡았다. 나는 그의 손가락을 떼어내고는 그가 가져온 그림을 자세히 살펴보자고 했다.

그는 굵고 날렵해 보이는 짧은 손가락으로 마치 새 신부의 속옷 끈을 푸는 것처럼 조심스럽게 그림 케이스의 끈을 풀었다. 케이스가 벌어지자 그 사이로 노랗게 바랜 종이 몇 장이 보였다. 1860년부터 1920년 사이에 거의 모든 프랑스 가정에서 볼 수 있었던 조악한 복제 〈만종〉과, 책에서 잘라낸 듯 뒷면에 글이 인쇄된 앙리 4세와 마르그리트 드 나바르의 초상화—이것은 좀 귀한 편이다—그리고 구색을 맞추려는 듯 술리와 라바야크*의 초상화가 들어 있었다. 또한 렘브란트와 뒤러의 잘 알려진 판화로 제작된 대여섯 개의 사진 발명 초기 형식의 작품도 있었다. 모두 한푼의 값어치도 없는 것들이었다.

"아무 말 하지 말아요. 당신 표정을 보니 무슨 생각을 하는지 알 것 같소."

캅드보스크가 눈에 띄게 상심한 듯한 표정을 지으며 말했다. 나는 딱히 관심이 있지는 않았지만 예의상 아무 말 하지 않고 계속 그림 케이스 속을 뒤적거렸다. 이런 그림들은 매일같이 보는 것들이었다. 나는 그것들을 모두 쌓아놓으면 얼마나 엄청난 부피가 될지, 또는 옆으로 한 장씩 이어놓으면 지구 표면을 어디까지 덮을 수 있을지 늘 궁금했다. 파리와 통북투** 사이를 왕복할 정도? 프랑스의 오래된 저택들의 다락방은 그런 그림들의 무게로 무너져내릴 정도였고, 그 많은 잡동사니들 중에서 진귀한 보

---

* 1610년 5월 14일 프랑스의 왕 앙리 4세를 암살한 광신도.
** 서아프리카 말리의 주.

석을 발견하는 일은 매우 드물었다.

　그림 케이스를 거의 끝까지 다 훑어본 후 우울한 기분으로 덮으려고 할 때 착색 석판화 하나가 눈에 들어왔다. 발그스름한 뺨에 타오르는 듯한 갈색머리를 틀어올린 젊은 여인이 가슴이 깊게 파인 초록사과 빛 카라코* 차림으로 풍만한 가슴을 드러낸 채 하얀 이가 고스란히 보이도록 한껏 미소짓고 있는 그림이었다. 아, 그러나 애석하게도 그 그림은 물에 젖었던 듯 주변에 넓게 얼룩진 흔적이 심하게 남아 있었다. 기대의 여지가 전혀 남아 있지 않았다. 그런데 그 그림 뒤에 질감이 다소 거칠게 느껴지는 종이 하나가 붙어 있는 게 손가락 끝에서 느껴졌다. 그것을 떼어내기 위해 귀퉁이를 살짝 잡아당기자 종이가 살포시 내 앞으로 미끄러져 떨어졌다.

　눈앞에 펼쳐진 이미지는 단번에 그 판화가 특별한 것임을 느끼게 해주었다. 이미 그 사실을 알고 있었을 캅드보스크는 빠른 말로 중얼거리듯 설명했다.

---

* 영국 승마복에서 유래한 것으로, 재킷과 스커트가 분리된 투피스 형태의 로코코 시대 드레스.

"이건 말이죠, 이건 액자에 끼워져 있었거든요. 내가 거추장스러워서 그걸 빼버렸죠. 여기 아직 그 흔적이 보이죠? 뭐, 난 잘 모르겠지만, 혹시 값이 좀 나갈까요?"

풀을 빳빳하게 잘 먹인 종이임을 손에 닿는 감촉으로 알 수 있었다. 종이가 한 번도 세척된 적이 없다는 증거였다. 종이의 색은 예쁜 벌꿀색이었고, 호박 속에 갇혀 굳어버린 파리처럼 표면에는 아주 작은 이물질들이 붙어 있었다. 나는 그 불순물들을 자세히 살펴보았다. 그것은 금속, 모래, 사람 또는 동물의 털 같은 작은 입자들이었다. 수 세기를 지나는 동안 종이에 붙어 굳은 것들이었다. 그리고 그 종이 위에는 감동적인 위엄과 우아함을 느끼게 하는 장면이 펼쳐져 있었다.

화려한 장식이 달린 옷을 차려입은 한 남자가 허리에 리본을 묶은 수수한 드레스 차림의, 자신보다 젊어 보이는 한 여인을 굽어보고 있다. 그는 크고 강인해 보이는 한 손을 여인의 가냘픈 어깨 위에 얹은 채로 서 있다. 긴 테이블 앞에 놓인, 사자머리 장식 팔걸이 소파에 앉아 남자의 왼편을 향해 고개를 들고 있는 여인은 놀란 것 같기도 하고 슬픈 것 같기도 한 표정으로 그를 바라보고 있다. 남자는 큰 동작으로 오른쪽에 정원을 향해 열려 있는 문을 한 손가락으로 가리키고 있다. 문설주 사이 위쪽으로는 장난기 서린 모습의 천사가 머리와 한쪽 날개를 내밀고 그들을 바라보고 있다. 여인의 뒤로는 창살이 달린 중세식 창문이 있고, 그 너머로는 불이 막 꺼져버린 수반 모양의 화로가 보인다. 우물 가까이 풀밭 위에는 말뚝에 묶여 있는 말 한 마리가 보인다. 창문의 한 면 사이로는 흔히 볼 수 있는 피리새인 듯한 새 한 마리가 나뭇가지에 앉아 날갯짓을 하고 있다. 맞은편 나뭇가지 위에는 다람쥐 한 마리가 앉아서 두 발을 모아 콧등을 문지르고 있다.

시선이 다시 방 안 테이블 위로 향하면, 그곳에 무심하게 놓인 듯한 오브제들이 보인다. 손잡이에 진주가 박혀 있고 나무테를 두른 타원 거울과 빳빳한 양피지 위에 씌어진 듯한 편지가 있고, 그 곁에는 깃털 펜이 놓여 있다. 흘러내린 촛농이 촛대 아래에 뭉쳐 있는 꺼진 초, 분노해 손등으로 쳐 쓰러뜨린 듯한 불룩한 도자기 화병, 여인의 오른손 가까이에는 둥근 보석—루비인지, 에메랄드인지 색깔을 알 수 없는—이 박힌 반지, 그리고 남자가 허리에 차고 있는 지갑에서 나온 듯한 동전 하나가 타일이 깔린 바닥으로 곧 굴러떨어질 듯이 아슬아슬하게 놓여 있다.

갑자기 몸속의 피가 얼어붙는 듯했다. 판각은 힘이 넘쳤고, 판화가는 뛰어난 재능을 가진 인물로서 소량의 부식액만을 사용했음이 틀림없었다. 동판 부식으로 제작된 판화는 전형적인 매너리즘* 기법을 사용하고 있었는데, 대부분 해칭으로 이루어져 있었고 크로스 해칭은 거의 보이지 않았다. 인물들의 모습은 거의 왜곡될 정도로 길게 늘려져 끝이 뾰족하게 마무리돼 있었다. 눈은 길게 째져 보였다. 여인의 머리는 양쪽으로 똑같이 갈라 위로 높이 모아올린 스타일이었고, 가냘픈 손은 마치 풀잎처럼 길게 뻗어 있었다. 우아함과 기교가 깃든 자태였다. 퐁텐블로 학파** 의 걸작들을 상기시키는 작품이었다. 그러나 그들에게서 발견되는 신화적인 함축이 결여되어 있었고, 마찬가지로 매혹적이되 야성적인 관능은 덜했다. 이미 내 머리는 곧 읽게 될 서명이 누구의 것인지를 예감하고 있었다. 판화 왼쪽 아래 모서리에는 넉넉하면서도 섬세한 필기체로 '기사 자크 드 벨랑주가 도안하고 새김'이라고 씌어 있었다.

이번에는 내가 모래사장으로 밀려온 물고기 같은 얼굴을 하고 있었다. 캅드보스크는 가로 삼십 센티미터, 세로 이십 센티미터밖에 되지 않는 작은 판화를 아무 말 없이 뚫어지게 들여다보고 있는 내 태도의 의미를 몹시 궁금해하며 눈치를 살폈다. 그의 호기심 가득한 눈빛에 부담을 느낀 나는 조심스럽게 몇 가지 해석을 내놓았다. 벨랑주는 칼로와 동시대의 로렌 출신 화가이자

---

* 인위적이고 기교적인 성격이 강한 기법.
** 16세기 중후반 프랑수아 1세의 궁정을 위해 일한 미술가들과 그 예술. 프리마티초 등이 대표적인 작가이다.

판화가로서, 그 자신도 귀족이며 샤를 3세 공작을 위해 일하면서 그의 궁전 장식을 담당했다는 정도 외에는 알려진 것이 거의 없는 인물이었다. 그의 회화 작품은 남아 있는 것이 거의 없고, 내 기억이 맞는다면 남아 있는 그의 판화는 오십 개가 채 되지 않았다. 따라서 그의 판화는 몹시 희귀한 편에 속했고, 내가 지금 손에 들고 있는 이 작품은 이상하게도 전혀 본 적이 없는 것이었다.

"그래, 이건 돈이 좀 되겠소?"

그 작은 남자가 제일 궁금해하는 건 바로 그 점이었다. 그러나 나는 그 점에 관해서는 확실한 말을 해줄 수가 없다고 대답했다. 이 판화는 벨랑주의 스타일을 놀라울 정도로 따르고 있었지만, 공식적으로 알려진 그의 작품은 아닌 것 같았다. 따라서 분명히 어떤 가치가 있는 듯하지만, 더 조사를 해보기 전에는 어떤 확실한 언급도 할 수가 없었다.

캅드보스크는 그 작품을 맡길 테니 저녁때까지 좀더 차분히 살펴보는 게 어떻겠냐고 제안했다. 그 말을 하며 어느새 그는 뛰어내리듯 의자에서 내려와 그림 케이스를 순식간에 묶고 겨드랑이에 끼고는 재빠른 동작으로 모자를 눌러썼다. 나는 그가 기분이 언짢은 것은 아닌가 생각했다. 내 생각을 읽기라도 한 듯, 그는 파리 외곽 천막 아래에서 옛날 그림들을 늘어놓고 파는 노점상들에게 나머지 그림들을 급 처분하러 갈 것이라고 말했다. 거기서 얼마라도 건지면, 호텔비나 식사, 혹시 운이 좋으면 두 가지를 다 해결할 수 있을 테니까. 그는 손목시계를 흘끗 보더니 말했다.

"벌써 열한시가 넘었군! 빨리 가봐야겠소, 저녁 여섯시경 다시 오죠."

그는 억센 손으로 내 손을 으스러뜨릴 듯 잡더니 처음 들어왔을 때처럼 방울 소리를 내며 사라졌다.

혼자 남은 나는 여전히 판화를 들고 서 있었다. 그림 속 두 사람은 서로에게서 시선을 떼지 않았고, 여인의 어깨를 잡고 있는 남자의 손에는 힘이 들어간 듯 보였다. 이 말없는 포옹의 묘사 속에선 강렬하고 비장한 그 무엇이 느껴졌다. 남성적이고 큰 제스처로 문을 가리키고 있는 남자는 어디론가 떠나려는 것처럼 보였다. 그렇다면 밖에 있는 저 말은 그를 기다리고 있는 것일까? 여인은 꼼짝도 하지 않은 채 눈빛으로 그에게 묻고 있었다. 그와 함께 도망가야 하는지를 자문하고 있었던 것일까? 아니면 반대로, 남자가 그녀를 두고 떠날 것이라고 알려주러 온 것일까? 테이블 위의 오브제들은 각각 어떤 이야기를 품고 있는 양 흩어져 있었고, 아무 말 없이 주고받는 두 시선 속에 이미지의 모든 힘이 담겨 있었다.

혼란스러워진 나는 다시 한번 내 안에 개인적인 감정과 직업적인 감각이 묘하게 맞물리는 것을 느꼈다. 우연히 눈에 띈 판화가 마음을 뒤흔든 것이 처음은 아니었다. 하지만 이번 것은 특별하게 내 마음을 이끄는 매력과 신비스러움을 지니고 있었다. 판화와 나 사이에 불가해한 인연의 끈이 존재하는 듯했다. 그러나 난 그것을 이해하려고 애쓰지 않았다. 다만 즐길 뿐이었다.

나는 판화를 조심스럽게 내려놓고 책장으로 향했다. 내 등뒤 바닥에서 천장까지 벽을 가득 채운 책장은 일곱 칸으로 되어 있었다. 벨랑주에 관한 두꺼운 책을 향해 손을 뻗었다. 그러나 책은 너무 높은 곳에 있었다. 사다리 발판이 필요했다. 균형을 잃을 뻔했지만 간신히 책을 꺼낼 수 있었다. 다시 제자리로 돌아온 나는 책에 실린 벨랑주의 현존하는 판화들과 문제의 판화를 대조해보았다. 그러나 책 전체를 훑어보아도 그 판화의 존재는 어디에서도 찾을 수 없었다. 그 대신, 여기저기 흩어져 있지만 너무도 명백히 드러나는 유사점들이 눈에 띄었다. 문제의 판화에서는 앞에 서 있는 남자를 쳐다보느라 얼굴을 치켜들고 있긴 했지만, 여인의 얼굴 모습은 판화가가 〈포르티아의 죽음〉에서 묘사한, 고통에 짓눌린 또 다른 여인의 모습과 흡사했다. 또한 여인의 어깨에 손을 얹고 있는 남자의 동작은 〈성가족〉의 전경에서 막달라 마리아가 아기 예수의 포동포동한 발에 경건한 미소를 지으며 뺨을 맞대고 있는 포즈의 섬세함을 연상케 했다. 〈배내옷으로 예수를 감싼 성모마리아〉에서는 왼쪽 아래 구석에서 몸을 웅크리고 있는 털이 긴 작은 고양이를 볼 수 있었다. 유순해 보이는 모습에도 불구하고 불길함의 상징으로 여겨졌던 이 동물은 판화가의 그림 속에 등장하던, 당시에는 희귀한 동물들 중 하나였다. 새와 다람쥐 그리고 말과 더불어 고양이가 갑자기 새로운 느낌으로 다가왔다. 또한 성모마리아 뒤, 먼 곳에는 판화 속 문 위에서 굽어보고 있는 천사를 연상시키는 한 인물의 모습이 보였다.

나의 직감이 소리 없이 외치고 있었다. '틀림없어!' 모든 것이 일치했다. 동판 부식으로 표현된 거침없는 판각, 육체의 양감을 나타내기 위해 철침으로 찍은 아주 작은 점들, 인물의 자세, 주위 배경, 서명 그리고 종이의 종류까지 모두가 내 앞에 있는 것이 벨랑주의 숨겨진 판화임을 증명하고 있었다. 가슴속에서 심장 박동이 갑자기 빨라지기 시작했다. 고물상이 돌아오기 전까지는 시간이 꽤 남아 있었기 때문에, 그동안 관련서적을 뒤져 대가가 남긴 데생의 정식목록을 충분히 뒤져볼 수 있을 터였다.

어쩌면 그 속에서 이 판화와 유사한 요소들을 발견할 수 있지 않을까? 누가 알겠는가? 뜻밖에 그 초벌그림이라도 발견할지.

그러나 벨랑주가 직접 그렸다고 추정되는 데생은 남아 있는 것이 거의 없었고, 회화작품은 더욱 희귀했다. 그러나 바구니를 들고 있는 아름다운 정원사 여인들은 판화 속의 이름 모를 작은 여인과 아주 흡사했다. 샹티이 박물관에 보존되어 있는 앙세르빌 남작의 멋진 기사 초상화는 한 다리를 추켜들고 울부짖는 칠흑 같은 말과 함께, 우아하게 물결치는 갈색 머리에 가느다란 콧수염, 맑고 예리한 눈빛의 당당한 기사를 보여주고 있었다. 그 말은 문제의 판화 속에서 얌전하게 쉬고 있는 말과 같은 모습이었으며, 슬픈 표정을 짓고 앉아 있는 젊은 여인을 굽어보는 판화 속 남자는 그 기사의 십오 년쯤 후의 모습으로 보였다.

판화를 훑어보던 나는 잠시 다람쥐에 시선을 고정시키고는 도토리를 갉아먹고 있는 얼룩무늬 꼬리의 겁 많은 동물을 눈으로 쓰다듬었다. 나는 자료와 아주 작은 디테일에까지 귀 기울이며, 이미지들을 모으고 축적하고 서로 비교했다. 그리고 그렇게 근면한 개미처럼 꼼꼼하게 판화를 살펴본 끝에 의심의 여지 없는 결론에 도달했다. 그렇다, 판화는 벨랑주의 것이 틀림없었다.

그러나 뒤로 '0'이 충분히 붙은, 그럴듯한 추정가를 제시하기 위해서는 펠릭스의 도움과 경험이 필요했다. 거리에 어둠이 깔리고 가게 안에 몇 개의 전등을 더 밝힐 무렵, 맑게 떨리는 방울 소리가 들려왔다. 무거운 발걸음에 숨을 짧게 내쉬며 기진맥진한 모습이 역력한 펠릭스였다. 떡갈나무 옷장 뒤에 감춰져 있던 18세기 판화 더미에서 좋은 매물을 건질 수 있길 바라며 드루오 경매장에서 오후를 보내고 오는 길이었다. 그러나 경매장에서 지켜지는 비밀이란 없다. 화상들과 애호가들이 이곳저곳 샅샅이 뒤져 펠릭스가 탐내던 와토와 부셰의 판화들을 찾아낸 것이다. 그것들을 손에 넣지 못해 언짢아진 펠릭스는 늘 그렇듯이 아무 말 없이 화를 삭이고 있었다. 지탄 한 개비를 문 채 떨어지는 재에는 신경쓰지 않는 걸 보니 내일 아침에도 청소부 아줌마의 핀잔을 들을 게 뻔했다.

"손님 좀 있었나, 오늘?"

나를 보고 그가 투덜거렸다. 나는 오후 내내 잠잠하다가 누가 특별한 판화의 감정을 의뢰하고 갔다고 대답했다. 감각이 금방 다시 깨어난 그는 내 앞 테이블 위에 놓여 있는 종이를 발견하더니 구기지 않고 기술적으로 그것을 집어들었다. 집게 모양으로 모아진 손이 게의 섬세한 집게발을 연상시켰다.

"벨랑주군!"

그는 놀라서 눈을 크게 뜨고는 소리쳤다. 그러다 다음 순간 흥분을 가라앉히면서 눈을 약간 찌푸리더니 덧붙였다.

"이상하군…… 이건 본 적이 없는데, 이건 말야!"

나는 오후를 꼬박 투자해 알아냈건만 그에게는 단 한 번의 눈
짓과 몇 마디 말로 충분했다.

나는 책장을 뒤져 알아낸 것들에 대해 그에게 보고했다. 그는
말없이 고개를 끄덕이며 대부분 동의를 표했지만, 사실 내 말에
별로 귀를 기울이지 않고 있었다. 그의 시선은 앞에 놓여 있는
이미지 속으로 빨려들어가는 듯했다. 아까의 나처럼 그도 그 의
미를 이해하려고 애쓰고 있었으며 인물에서 오브제로, 오브제에
서 인물로 끊임없이 시선을 옮겨가며 남자와 여인의 말없는 대
화에 매혹된 듯 보였다. 우리 사이에는 오랜 침묵이 흘렀고, 온
종일 울리지 않던 전화벨 소리도 여전히 침묵을 지켰다. 온 파리
사람들이 백화점으로 몰리는 이 연말에 삶은 슬로 모션으로 바
뀌고 있었다. 이제 밖은 온통 어둠에 덮였다.

친근한 방울 소리를 내며 문이 열리자 우리는 동시에 소스라
쳤다. 추위 때문인지, 한나절 동안 다른 고물상들과 함께 마신
술 때문인지 그 작은 남자의 얼굴은 붉어져 있었다. 여전히 겨드
랑이에 얼룩진 그림 케이스를 끼고 있었지만, 별로 조심하지 않

는 걸로 보아서 이미 빈 것 같았다. 일이 잘 처리된 듯했다. 나는 그와 펠릭스를 서로에게 소개했다. 두 남자는 대화를 시작하기 전에 잠시 서로를 살펴보았다.

"이건 이 세상에 유일한 판화로 짐작되오. 아시겠소?"

몰두한 표정으로 펠릭스가 의견을 내놓았다. 캅드보스크는 X자 모양의 받침대에 케이스를 내려놓고는 희미한 미소를 띤 채 팔을 늘어뜨리고 가만히 서서 다음 말을 기다렸다.

"이제 당신이 어떻게 처분할 것인지에 달려 있어요. 내가 당장 매입할 수도 있소. 오늘 바로 수표를 써줄 수 있어요."

"얼마요?"

고물상의 눈이 갑자기 반짝이더니 외치듯이 물었다.

"삼만오천 유로."

펠릭스가 재빠르게 응수했다. 그는 정확한 숫자를 제시함으로써 상대에게 깊은 인상을 준다는 것을 잘 알고 있었다. 그는 사람들이 자신을 진지하게 봐주는 걸 좋아했다.

그 순간, 나는 캅드보스크가 머릿속으로 숫자를 프랑으로 바꾸고 있음을 알아차렸다. 꿈을 꾸고 있는 건 아닌지를 확인하는 것 같았다. 그의 속눈썹이 갑자기 신경질적인 경련을 일으키며 움직이기 시작했다. 솔직하고 순진한 탐욕의 표정이 둥근 얼굴에 선명히 드러났다.

"맙소사, 좀 생각해봐야겠는데요…… 너무 엄청난 금액이라서. 지금 당장 이 자리에서 결정할 수가 없군요……"

펠릭스는 눈살을 찌푸렸다. 수없이 되풀이된 시나리오 앞에서 낙담하는 표정이 역력했다. 그 또한 몇 푼 더 붙여 그 물건을 다른 곳에 되팔려는 생각을 이미 하고 있었을 테니까. 천식성 호흡으로 펠릭스의 가슴이 부풀어오르는 소리와 함께 그의 낮은 목소리가 다시 들려왔다.

"또다른 방법이 있기도 하죠. 이걸 경매에 붙이는 거요. 그렇게 하면 전세계 사람들이 알게 될 것이고, 당신은 적어도 이 금액은 확보할 수 있을 거요. 게다가 만약 낙찰가가 올라간다면, 그보다 훨씬 더 많이 받을 수도 있어요. 오르탕스와 나는 제일 잘 나가는 경매회사 중 하나인 아스타르테에서 감정가로 일하고 있소. 다음번 경매는 거의 마감됐지만, 아마도 당신에게 자리 하나쯤은 마련해줄 수 있을 거요…… 잘만 하면, 세계적인 관심을 끌 수도 있소. 이 판화는 충분히 그럴 만한 가치가 있고, 아마도 나중에 우리 모두 놀라운 결과를 얻게 될 수도 있을 거라 믿소."

펠릭스는 말을 멈추더니 셔츠 주머니에서 담배 한 개비를 꺼냈다. 이제 담배는 그의 입술 사이에서 수평으로 경쾌한 균형을 이루며 매달려 있었다. 그는 바람을 두려워하기라도 하듯 왼손으로 작은 동굴을 만들어 담배를 감싼 후에 라이터를 켜 불을 붙였다. 나는 우리 사이에 떠다니는 담배 연기를 삼키지 않으려고 숨을 죽였다. 캅드보스크는 그런 건 전혀 개의치 않은 채 생각에 잠긴 듯했다. 나는 여전히 테이블 위에 놓여 있는 판화를 눈으로 훑어보았다. 동전은 아래로 떨어지려다가 마치 보이지 않는 손으로 고정된 듯 불안정한 위치에 머물러 있었다. 나뭇가지 위의 다람쥐는 작은 머릿속으론 겨울을 나기 위해 아직 더 비축해놓아야 할 열매들을 생각하며 열심히 도토리를 갉아먹고 있는 것이리라.

"좋아요, 그렇게 합시다."

생각에 잠긴 표정으로 연신 머리를 문지르던 작은 남자가 갑자기 소리쳤다. 그의 머리는 일 분 정도 열심히 문지른 탓에 반짝반짝 윤이 났다.

"이제 어떻게 하면 되는지 설명해주시죠."

"아, 아주 간단하오. 오르탕스가 필요한 조치를 취해드릴거요."

안도하는 빛이 역력한 펠릭스가 앞에 있는 재떨이에 담배를 비벼 끄면서 대답했다. 그토록 소중한 판화가 자기 앞에서 사라질 것을 두려워했던 것이다. 나 또한 내색은 하지 않았지만 마찬가지의 두려움을 느꼈다. 이제 신비스러운 기사에게 눈빛으로 무언가를 묻는 슬픈 표정의 작은 여인은 좀더 내 앞에 머물러 있을 수 있게 되었다. 그들 역사의 이 한 부분을 좀더 함께 나누지 못한 채 떠나보내야 했다면 나는 무척이나 상심했을 것이다.

나는 작은 남자에게 고마움의 미소를 지어 보이면서 몇 가지 중요 사항들을 알려주었다. 다음번 경매는 석 달 후, 봄이 시작될 무렵에 열릴 예정이었다. 이 판화를 카탈로그에 포함시킬 수 있는 시간이 겨우 생긴 셈이었다. 나는 그것을 위해 두 쪽의 지면을 기꺼이 할애할 작정이었다. 작품 전체를 복사해 싣고, 그 옆에 그것의 귀한 가치를 설명하는 글을 여러 단락에 걸쳐 게재할 생각이었다. 어쩌면 몇몇 부분을 클로즈업해서 보여주고 상세 설명을 곁들이는 것도 좋은 방법일 것 같았다. 꼭 필요한 만큼의 철침 자국으로 볼륨 있게 묘사한 여인의 얼굴. 테이블 위에 흩어져 있는 오브제들의 각기 다른 질감들을 놀랍도록 훌륭하게 표현한 노련한 판각들. 물렁한 양초가 흘러내리면서 차가운 금속에 닿아 단단하게 굳은 모습, 입김만 불어도 날아갈 것 같이 가벼워 보이는 깃털 펜과 나란히 놓인 편지지의 빳빳한 느낌, 거울의 나무테와 유리, 진주와 반지, 매끈한 장식 도자기 화병…… 나는 물질들의 솟아오름과 가라앉음 속으로 빠져들었다. 판화가는 그들을 통해 무언가를 말하려고 했던 사실은 잊어버린 채, 그들 자체를 표현하는 데 희열을 느낀 듯했다. 육체의 질감뿐 아니라 깃털, 털, 나무, 금속, 옷감까지 훌륭하게 표현해 낸, 완숙한 솜씨를 보여주는 멋진 작품이 아닐 수 없었다. 종종, 바니타스*는 구실일 뿐이다. 메멘토 모리. 인간이여, 당신은 한낱 먼지에 불과하다는 것을 기억하라. 그러나 먼저, 마음껏 기뻐하며 물질이 주는 쾌락을 만끽하라, 내가 당신 앞에 그것을 펼쳐보이리니. 나의 예술 세계가 그대를 감각의 축제로 초대할 것이다……

하지만 좀더 세속적인 일들부터 처리해야 했다. 고물상에게 기대치 못했던 금액의 수표를 수령할 주소를 물었다. 그의 눈에 약간의 불안감이 잠시 스쳤다 사라졌다. 아마도 지금까지 현금으로만 거래했던 자신의 일에 세무 당국이 개입하게 될 것을 염려하는 듯했다. 그러나 그는 곧 당당하게 주소를 불러주었다.

"조제프 캄드보스크. 르 마예. 비크프장사크 32190번지. 끝이 아르마냐크**와 운이 맞죠. 원한다면 당신에게도 팔 수도 있어요. 프룬 브랜디도요. 내가 직접 증류하거든요."

이제는 그의 밀주만큼이나 삼키기 어려운 법적 문제가 남아

---

* 17세기 정물화에 깃든 개념으로, 전도서의 말처럼 지상의 모든 것에 대한 덧없음과 헛됨을 나타낸다.
** 아르마냐크산 포도 브랜디.

있음을 알려주어야 했다. 이 판화가 그 자신이나 조상 중 누군가가 오래전에 직접 손에 넣은 것이라는 사실을 뒷받침하는 계산서가 없다면, 그는 현행 세율에 따라 잉여 가치에 대한 세금을 지불해야 했다. 필연적으로 상당할 수밖에 없는 세금은 그가 받게 될 금액에서 자동 공제된다. 그는 얼굴을 찌푸렸다.

"그게 말이오, 난 아무것도 증명할 수가 없단 말입니다. 이미 말한 대로, 오랜 친구의 집에서 잡동사니들을 치워주고 가져온 거라고요. 그 친구가 자기 집 다락방에 있는 오래된 가구와 종이들을 가져가라고 했거든요. 이건 벽에 걸려 있었는데, 액자는 상태가 너무 안 좋아서 내가 벗겨버렸어요. 어쨌거나 그게 뭘 증명할 수도 없었겠지만……"

"실수한 거요. 때로 액자들은 많은 걸 알려주거든. 특히, 작품의 출처에 관해서. 뒷면에 액자 제조인의 이름이나 수집가의 이름 등이 적혀 있는 경우에 말이오."

우리가 얘기하는 동안 서류를 살펴보고 있던 펠릭스가 눈을 들어 쏘아붙이듯이 말했다.

칸드보스크는 마치 자로 손바닥을 맞은 어린 소년처럼 시선을 내리깔았다. 그러고는 자신이 놓친 것을 만회하려는 듯 말했다.

"내가 기억하기로는 금박이 갈라진 액자였는데, 오래된 건 분명하고, 다시 쓸 수 있는 정도는 아니었어요. 뒷면에는 액자 제조인의 이름이 인쇄된 라벨이 붙어 있었죠. 웨베르 아니면 페데르 뭐 그런 이름이었소. 어쨌거나 도시 이름은 낭시였어요. 내 직감으로, 액자는 19세기 것으로 보였고요."

그의 말은 믿을 만한 것이었다. 그와 같은 고물상들은 날짜를 맞추는 데 타고난 감각을 지니고 있었다. 캅드보스크는 루이 13세 시대와 샤를 10세 그리고 루이 필립 시대의 스타일을 구분할 순 없었지만, 액자가 제1제정 혹은 제2제정 스타일인지는 확실하게 구별하는 안목이 있었다. 따라서 그의 말이 맞다면, 이 귀한 판화는 19세기 로렌 지방의 액자 제조인의 손으로 넘어간 것이었다. 처음 제작된 이후로 그 지방을 떠난 적이 없음이 확실해 보였다. 판화가 세상 밖으로 처음 나올 때의 순수함을 그대로 간직하고 있음은 더욱 확실시되었다. 새롭다는 매력만큼 강렬한 것은 없다. 단 한 번도 옮겨다니거나 굴러다니지 않은 채 오래된 다락방에서 곧바로 나타난 순수한 예술품이, 마치 이 침대 저 침대 옮겨다니는 헤픈 여자처럼 이 손 저 손 거치면서 세간의 때가 묻은 작품보다 더욱 강렬한 관심을 불러일으키는 건 당연하지 않은가.

"그렇다면 당신이 다락방을 정리해준 그 친구분은 로렌에 사시나요?"

퍼즐의 마지막 조각을 맞추기 위해 캅드보스크에게 물었다.

"아뇨. 그 친구는 믈랭 근처에 넓은 땅을 가지고 있어요. 유산으로 물려받은 저택이죠. 지금은 그곳을 리모델링하고 있고요. 이름은 빅토르 드 푸르크루아 드 라 브레슬인데, 나폴레옹 시대의 영웅과 성이 같죠. 그 친구 아내의 성은 본 아헨인데, 그녀의 부친이 로렌 지방에서 같은 이름의 커다란 크리스털 제조공장을 운영했다고 하더군요. 그래서 이 판화가 그 친구 집으로 오게 된 게 아닐까 싶군요."

몇 마디의 말과 정보의 편린들이 모여 마침내 나는 젊은 여인과 그녀를 굽어보고 있는 기사의 출신지에 대해 조금 더 알 수 있게 되었다. 캅드보스크는 또다시 안절부절못하며 시계를 연신 들여다보았다.

"기차를 타야 하거든요, 오늘 저녁 툴루즈로 떠나요. 당신한테 내 보물을 맡기죠, 잘 돌봐주리라 믿어요."

그는 빈 그림 케이스를 다시 겨드랑이에 낀 채 모자를 쓰면서 말했다. 나는 그렇게 하겠다고 약속하면서 악수를 청했다. 펠릭스도 그에게 다가가 악수를 청하면서 문을 열어주었다. 캅드보스크는 계단을 뛰어내려갔다. 그러고는 오래된 건물들 앞에 매달려 있는 가로등의 희미한 불빛이 비추는 보도 위를 뛰듯이 걷다가 골목 끝으로 사라졌다.

둘만 남자 나와 펠릭스는 처음으로 안도의 눈길을 주고받았다. 판화는 분명 우리 손에 있고, 얼마간은 더 그럴 것이었다. 물론 그렇다고 우리 것은 아니었지만. 작은 여인과 귀족 남자는 테이블 위에 널린 오브제들과 원경에 있는 동물들과 함께 경매로 팔릴 터였다. 구석 문 위에서 지켜보고 있는 천사도 그런 생각에 미소짓고 있는 것 같았다.

푸르크루아 드 라 브레슬 가문에 관하여 좀더 알아보아야 했다. 어떤 역사적 인물을 상기시키는 이름이긴 했지만, 내 기억은 안개 속을 헤매는 것 같았다. 라루스 대백과사전 한 권을 꺼내들었다. "아데마르 드 푸르크루아 드 라 브레슬. 1785년 생 클루 출생, 1842년 포르 루이(모리셔스 섬) 사망." 1812년 겨울, 나폴레옹 진영의 부관이었던 그는 치명적인 러시아 퇴각에서 기적적으로 살아남았다. 그는 제리코의 유명한 석판화에서 볼 수 있는 형상—군모를 비스듬히 쓴 채 부상당한 팔을 어깨에 걸고 눈에는 붕대를 감은 군인들, 눈 속에서 고통을 겪는 말과 그 뒤를 좇는 굶주린 개—을 한 절름발이 군인들을 힘겹게 마을로 인도하여 그곳에서 다시 기력을 되찾게 했다. 그 사이 눈보라 속에서 길을 잃은 나폴레옹 군대의 나머지 병사들은 영하 삼십 도의 혹한 속에서 얼어죽고 말았다. 아데마르 드 푸르크루아 드 라 브레슬은 루이 18세의 명으로 네이 원수와 함께 프랑스 상원의원으로 임명됐지만, 나폴레옹의 충복이었던 그는 백일천하 동안 나폴레옹의 편에 섰다. 그러나 백일천하가 실패로 끝나고 전세가 뒤바뀌는 것을 감지하자 서둘러 나폴레옹을 떠나 배를 타고 모리스 섬으로 향했다. 그리고 그곳에서 사탕수수 밭을 사서 부유한 상속녀와 결혼하여 여덟 명의 자녀를 두었으나, 그중 세 아들만이 살아남았다. 그로부터 백오십 년이 지난 후, 그의 한 후손이 산업시대의 영웅이었던 독일인 조상을 둔 부유한 가문의 여자와 결혼한 것이다. 그리고 바로 그녀가 상당한 재산과 아직도 성업중인 크리스털 제조업의 지분과 함께, 내가 지금 보고 있는 이 특별한 판화를 결혼 지참금으로 가지고 온 것이었다.

그러나 한 가지 의문이 머릿속에서 떠나질 않았다.

"펠릭스, 그 고물상이 이런 판화를 친구에게서 선물로 받다니 좀 이상하지 않아요? 물론 자신의 다락방을 정리해준 걸 감사하는 뜻에서 그랬을 수도 있지만, 아무리 그렇다 해도 삼만오천 유로면 적은 돈이 아닌데…… 너무 지나친 선물 같아서요."

"그 가치를 몰랐을 거야. 사실 생각해보면, 이 판화의 가치를 매길 수 있을까? 이런 건 결코 본 적이 없거든. 아무리 생각해봐도 이 판화가 의미하는 것을 이해할 수가 없단 말이야. 벨랑주의 다른 작품들과는 전혀 달라. 생애 말년에 제작된 게 틀림없어, 그의 이름에 '기사'라는 칭호를 붙인 걸로 봐서는. 1612년에서 1615년 사이일 거라고 추측되는데. 벨랑주는 1616년에 사망

했지. 얼마 전에 그의 대규모 전시회 때 찾아낸 문서 덕분에 알게 된 것이지만. 그의 귀족 신분이 인정되어서 그렇게 불리게 된건 그가 결혼하던 해인 1612년부터였거든. 한 가지 알려줄까? 이 판화를 빛에 비춰서 자세히 들여다보고 거기서 투명무늬를 찾아봐. 그게 어쩌면 우리에게 뭔가를 알려줄 수 있을지도 모르거든."

언제나 그랬듯이, 그의 말은 옳았다. 판화 뒷면을 보기 위해두 손으로 조심스럽게 종이를 들고는 눈에서 삼십 센티미터 정도 높이에서 뒤집어보았다. 경험으로 미루어보건대, 이런 종류의 종이에는 그물코 무늬 바탕에 사냥피리나 사냥나팔 또는 대칭으로 잘 배열되어 있는 포도송이 등이 그려져 있는 경우가 많았다. 그러나 여기서는 섬세하게 짜인 엮음장식 바탕에 대문자 H 위에 반원형의 왕관 모양이 덮어씌워진 것을 볼 수 있었다. H의 세로줄은 종이의 놋쇠줄 자국과 평행을 이루며 당당하고도 안정적인 모습으로 서 있었다. 종이의 또다른 끝에는 세련된 모노그램*의 대문자 F와 A를 알아볼 수 있는 작은 검증 각인이 찍혀 있었다. 종이의 투명무늬를 이처럼 확실하게 알아볼 수 있는 것은 아주 드문 일이었다. 대개는 종이에 찍힌 무늬와 제지업자

---

* 이름의 첫 글자를 합쳐서 만든 글자.

의 인장印章 사전에 실린 이미지와 윤곽선 등을 대조해야 했다. 그런 작업에는 여러 시간이 걸리기도 했다. 그러나 이번에 신은 내 편인 것 같았다. 이 상징은 보주 지방의 한 제지업자가 독점적으로 사용했던 인장으로, 목록에 정식 등재되어 있는 것을 쉽게 확인할 수 있었다. 그는 정확하게 1613년 4월 로렌의 앙리 2세로부터 이 상징을 독점 사용할 수 있는 권리를 획득했다. 게다가 벨랑주 생존시에 인쇄된 다른 세 장의 판화에서도 똑같은 상징이 발견되었다.

"찾았어요!"

펠릭스에게 알려주기 위해 나는 큰 소리로 외쳤다. 그의 뛰어난 감각에 감탄하지 않을 수 없었다. 서명만 보고도 제작 연대를 몇 년 차이로 알아맞힌 것이다. 내가 종이에서 찾아낸 투명무늬는 그 날짜를 충분히 확인시켜주었다. 게다가 아주 귀한 무늬라 관심을 끌기에 충분했다. 가끔 경매 시장에서 발견할 수 있는 벨랑주의 판화들은, 대개 사후에 그의 동판 열여덟 개를 사들인 파리의 출판업자 르블롱이 판각사로 하여금 자신의 주소를 덧붙이게 한 다음에 다시 찍어낸 것이었다. 그 종이들은 모두 포도송이 모양의 투명무늬가 찍혀 있었고, 같은 종이를 사용한 판화들은 완벽하게 확인이 가능했다. 그러나 지금 내 앞에 있는 것은, 어쩌면 판화가 자신이 직접 인쇄했을지도 모르는 전혀 특별한 작품이었다.

　나는 한 시간 정도 더 책들을 뒤져 그의 생애와 활동에 관한 희귀한 정보들을 수집했다. 오랫동안 그의 판화작품은 분류되기 힘들 뿐 아니라 그의 회화작품과는 완전히 별개의 것으로 여겨졌다. 벨랑주는 자신의 판화들을 직접 거래했던 것으로 보이며, 그가 죽은 지 삼 년 후에 그의 젊은 미망인이 만든 목록은 총 마흔여덟 개의 알려진 작품 중 아직 소유하고 있던 스물두 개를 담고 있었다. 나는 지금으로선 세상에서 유일하게 존재하는 그의 마흔아홉번째 판화를 눈 앞에 두고 보고 있는 것이었다.

　판화의 인쇄 상태는 아주 좋았다. 판각은 거침이 없이 분명했으며, 배경의 색조 효과를 위해 동판 표면에 얇은 잉크막을 남겨둔 세심함이 눈에 띄었다. 또한 인물들의 얼굴 부분을 더욱 눈에 띄게 닦아놓음으로써 판화의 모든 빛이 그들을 향하게 했다. 이 에디션을 찍은 사람이 지극한 정성과 애정을 쏟았음을 알 수 있었다. 자식을 향한 부모의 사랑을 보는 것 같았다. 이 판화가 벨랑주 이외의 다른 누군가에 의해 인쇄가 되었다는 사실을 나는 받아들일 수가 없었다.

　이제 곧 새로운 한 해, 21세기가 시작되려 하고 있었다. 작은 여인은 자신을 굽어보는 남자의 대답을 기다리며 사백여 년 전부터 그 자리에 앉아 있다. 그 고통은 크고, 그 인내는 무한하리

라. 나는 목이 메이는 것 같아, 멀리서 그들을 놀리듯 바라보고 있는 천사의 경박함이 원망스러웠다. 이렇게 영원히 굳어진 이미지의 균형은 언제라도 깨어질 것처럼 보였다. 그러나 젊은 여인은 결코 입을 열지 않을 것이며, 남자는 결코 그녀의 어깨에서 손을 떼지 않을 것이다. 그의 다른 손이 그리는 커다란 몸짓도 결코 끝나지 않으리라. 그 어느 것도 결코 흔들려서는 안 될 것이다.

동전

펠릭스는 아무 말 없이 손가락 끝으로 오래된 종이들을 만지작거리고 있었다. 때때로 부스러진 종이가 먼지처럼 떨어져내려 발 밑에서 꽁초의 재와 섞였다. 책상 아래로 슬리퍼를 신은 그의 발이 보였다. 선 채로 그의 판결을 기다리는 방문객은 그 사실을 모르고 있었다. 펠릭스는 눈으로 일을 하는 동안에는 발을 편하게 하는 것을 좋아했다. 손안의 종이에 정신을 집중하기 위해서였다. 그는 신중하게 네덜란드 메조틴트 작품들을 감정하면서 손으로 무게를 쟀다.

"판화 표면에 긁힌 자국들이 있군요. 게다가 매우 유감스럽지만, 별로 희귀한 것도 아니라서……"

남자는 간청을 했다. 돈이 필요했기 때문이다.

"대체 나보고 어쩌란 말이오? 이 상태로는 아무도 안 살 거요!"

펠릭스가 쏘아붙였다.

다행히도, 우리의 벨랑주는 세월의 훼손을 거의 겪지 않았다. 다만 별로 심각하지 않은, 물결 같이 희미한 주름의 흔적만이 생겼을 뿐. 탐욕스러운 벌레가 종이 오른쪽 가장자리를 좀 갉아먹긴 했지만, 판화의 중요한 부분은 훼손되지 않았다. 그 속에 새겨진 이미지를 초라한 2차원의 세계로 전락시켜버리는 결함 없이, 판화는 거의 완벽한 상태로 보존되어 있었다.

펠릭스는 상심한 방문객을 배웅하기 위해 자리에서 일어섰다. 계속 실내화를 신고 있는 그의 발이 보였지만 그에게 귀띔해 줄 틈이 없었다. 대개는 책상에서 일어나기 전 아무도 알아차리지 못하게 다시 점잖은 신발로 바꿔신었던 것이다. 그림을 살펴보던 두 구매자 중 한 사람이 그를 보며 미소를 지었다. 바둑판 무늬의 실내화가 엄격하고 단정한 옷차림에 비해 우스꽝스러웠던 것이다.

나는 그가 무엇 때문에 혼란스러워 하는지 잘 알고 있었다. 담배를 더 자주 피우는 걸 보면 알 수 있었다. 경매가 다가오면서 소란스러움은 날로 더해갔다. 펠릭스는 조용한 것을 좋아했다. 나는 그가 전화에 응답하거나 팩스가 쉬지 않고 뱉어내는 종이를 읽는 수고를 최대한 덜어주었다.

"오르탕스, 이 기계들 좀 어떻게 해봐, 제발."

경매는 봄이 시작되는 3월 21일 금요일에 열릴 예정이었다. 그러나 우수憂愁의 화신인 젊은 여인은 그 사실에 무관심한 듯했다.

이제 그녀는 나를 계속 따라다녔다. 그녀를 향한 이 모든 열광과 심취는 그녀와는 아무 상관이 없는 것이었다. 그녀는 오직 자기 앞에 서 있는 기사만을 바라볼 뿐이었다. 나는 그들 두 사람만을 바라보고 있었고, 그들의 친밀함이 부러웠다. 그들은 자신들만의 이상 세계에서 달콤하게 절제하며 속삭임을 나누고 있었다. 무슨 얘기가 오가는지는 모른다. 가벼운 입김만으로도 나뭇잎이 흔들리고, 말의 엉덩이가 전율할 것 같다. 약한 바람에도 그들이 서로 더 가까이 다가갈 수 있을 것 같다. 그러나 그들의 몸짓은 멈춰 있다. 강렬한 고독의 느낌이 내 몸을 죄어왔다. 내 안의 빈자리가 갑자기 더 커지는 것 같았다. 나는 다시 일에 빠져들었다.

❈

나는 두 사람을 카탈로그의 표지에 실었다. 조심스럽게 스캐닝한 다음, 윤이 나는 판지에 실물 크기로 재생시켰다. 그들은 부드러운 크림색 줄무늬 종이 위보다 그곳에서 더 편안해 보였다. 자신들만의 말없는 이야기에 몰입해 있는 그들은 그런 건 아무래도 좋은 것 같았다. 피리새는 우리 귀에는 들리지 않는 떨리는 목소리로 울고 있었다. 그러나 우리 주위에서는 웅성거리는 소리와 논평들이 밀물의 파도처럼 점점 부풀어오르고 있었다. 이 유일한 판화에 대한 질문이 전세계에서 쏟아졌다. 나의 간결한 작품 분석과 클로즈업 그리고 페이지 배열 등이 주효한 모양이었다. 두 인물은 카탈로그 앞부분, '고판화' 난에 넉넉한 여백과 함께 두 면에 걸쳐 실렸다. 경매회사의 사이트에 접속만 하면 컴퓨터 화면에서도 볼 수 있었다. 벨랑주는 사이트의 시작 화면에서부터 충분히 돋보였다. 그는 전문 잡지들의 모든 광고란을 장식하기도 했다.

내 머리를 어지럽히는 이 모든 소란은 이미지의 고요함과 묘한 대조를 이루었다. 소문은 점점 커져갔고, 매일같이 새로운 화상들이나 박물관장들이 던지는 질문 공세로 우리는 괴로웠다. 그들 중 대부분은 이미 비행기표나 기차표를 예약해놓았다. 경매 전인 3월 19일과 20일에 열리는 프리뷰전시에서 작품을 꼼꼼히 살펴보기 위해서였다. 이미 오래전에 아스타르테 사에 의해 경매소는 예약되었다. 드루오 경매장, 이층 3호실. 이 보석을 담을 만한 보석상자 같은 곳은 아니었지만, 파리의 중심부라는 충분한 이점이 있는 곳이었다.

마침내 벨랑주는 이런 세계에서 편안함을 느낄 것이다. 오늘은 3월 18일이다. 내일 오전 정각 열한시가 되면, 수많은 사람이 그를 응시하기 위해 에스컬레이터로 몰려들겠지. 전시 준비가 완료되었다. 온통 검게 차려입은 경매장 직원이 무거운 철문을 열쇠로 잠갔다. 그곳을 떠나기 전, 나는 아래층으로 내려와서 전시실들을 한 바퀴 돌아보았다.

여러 층으로 이루어진 유리와 금속의 거대한 구조물은 새디즘적인 건축가가 위엄 있는 오스만식 건물들 사이에 억지로 끼워넣은 것처럼 보였다. 드루오 경매장의 내부는 마치 거대한 뇌처럼 나뉘어 있었다. 아래층에는 두 개의 전시실과 사무실들 그리고 늘 방문객들로 붐벼대는 안내대가 있었다. 이곳의 신비를 캐내기 위해서는 좀더 깊이 들어가봐야만 했다. 나는 에스컬레이터 아래에서부터 한 칸 한 칸씩 돌아보기 시작했다. 마치 장기판 위에서 길을 잃어버린 졸卒 같은 기분이 들었다. 암홍색 벨벳으로 덮인 전시실들을 차례로 가로지르면서 그날의 전시품들을 둘러보았다. 고서적, 아르데코 가구, 우표 컬렉션, 진귀한 보석, 원시예술의 오브제들. 방들이 서로 통하지 않는, 천일야화에 나오는 궁전 같았다. 그들의 세상은 서로 분리되어 있었다. 내부를 잠시 둘러본 다음, 다시 원형으로 된 주主 갤러리로 돌아가 다음 전시실의 무거운 문을 열고 들어섰다. 나는 곧장 동방세계에서 서방세계로 넘어갔다. 벽과 바닥에 전시된, 화려한 수가 놓인 두툼한 페르시아산 양탄자에서, 색색의 유리 제품과 갈레(Gallé)의 희귀한 화병들, 둥근 램프가 놓인 투명한 진열창이 있는 방으로 발걸음을 옮겼다. 그다음에는 넘실대는 방문객 무리와 함께 나의 벨랑주가 오늘밤 안전하게 잠자게 될 마지막 층으로 데려다주는 에스컬레이터에 다시 올라탔다. 마치 천국에 닿기 전 아홉 단계에 걸쳐 지옥을 순례하는 단테와 같은 느낌이었다.

꼭대기 층도 아래층들과 구조가 다르지 않았다. 그곳 역시 원형의 복도 끝에 전시실들이 나란히 위치하고 있었다. 나는 어수선한 창고 같은 무기 및 군장비 전시장에서, 부드럽게 들어오는 빛을 받고 벨벳 양탄자 위에 있는 우아한 타나그라* 상들로 시선을 옮겼다. 테라코타로 만들어진 이 작은 조상影像들이 너무 마음에 들어 영원히 머무르고 싶은 마음이 잠깐 들기도 했지만 사람들에게 떠밀려 발걸음을 옮겨야만 했다. 그다음 번 전시실에서는 현란한 색채의 파리 학파 그림들이 나를 압도했다. 바닥부터 천장까지, 서로 맞닿을 듯 빽빽하게 그림들이 들어차 있었다. 갑자기 산소 부족으로 가슴이 짓눌리는 듯했다. 속히 바깥

* 고대 그리스의 타나그라 지방의 고분에서 발굴된, 타나그라 인형이라고 불리는 소상군小像群.

공기를 쐬러 나가야 했다.

❦

밖으로 나가던 중 마틸드와 정면으로 마주쳤다. 그녀의 금발과 맑은 피부는 여전히 눈부셨다.

"아, 마침 잘 만났어, 오르탕스. 그렇지 않아도 찾고 있었어!"

요사이 종종 화가 나 있던 그녀였지만 오늘은 비교적 평온해 보였다. 그녀는 들고 있던 종이 한 뭉치를 내게 내밀었다.

"이 주문서들 좀 봐줘야겠어. 수십 장씩 오는데 내가 잘 모르는 구매자들이 있어서 말야. 지불 능력이 있는 사람들인지는 알아야 하니까. 살펴보고 내일 아침에 의견을 말해줄래?"

나는 그렇게 하겠다고 약속했다. 그러자 그녀는 내가 오후에 한 일의 진행 사항에 대해 물었다. 작품들을 벽에 거는 일은 잘 끝났으며, 경매소는 모양새를 잘 갖추게 되었다. 펠릭스는 조용히 상점을 지키고 있었다. 모든 것이 만족스러웠다. 경매장 직원들이 부지런히 움직인 덕분에 벽과 진열장들이 신속히 채워지고 있었다. 아스타르테는 이 새로운 판화 경매에 자부심을 느낄 터였다.

갑자기 마틸드가 다시 화난 표정을 지었다.

"내가 왜 아직도 그 사람들을 위해 일하고 있는지 모르겠어! 그만 두는 게 낫겠다니까. 월급도 잘 안주는 테송과 허구한 날 엉큼하게 곁눈질하는 아스트뤼크 사이에서라니, 정말 운도 좋지 뭐야! 당신이라면 어쩌겠어?"

난 아무 말도 하지 않았다. 내 인생에 더이상의 남자는 없었다. 아니, 한 명 있기는 했다. 그러나 그는 나보다 사백 살이나 더 먹은 남자였다. 르네상스 시대 말기의 기사. 그 남자가 내 머릿속을 차지하고 있었다.

"하지만, 그래도 계속 남아 있어야 할 것 같아…… 테송은 나 없으면 안 되고, 아스트뤼크는 그다지 나쁜 사람은 아니니까. 그리고 사실 아스타르테 경매회사 정도면 나쁜 직장은 아니잖아…… 계속 발전하고 있고, 국제적으로도 명성을 얻었고…… 어디서 이보다 더 좋은 일자리를 구하긴 힘들 것 같아. 그런데, 아직 새로 나온 안내장 못 봤지?"

그녀는 내가 들고 있는 종이 더미 사이로 비죽이 나와 있는 인쇄물을 가리켰다.

"전시 기간에 방문객들에게 나눠주려고 인쇄했어. 그걸 보고 좋은 매물을 들고 올 사람들이 있을지 모르니까, 넉넉하게 돌리도록 하라고!"

아스타르테. 오랫동안 심사숙고하여 결정된 이름이었다. 모든 유럽 문명과 중동까지 아우르는 신화적 의미 때문에 선택한 것이었다. "다산과 전투의 여신으로, 고대 그리스인들이 숭배하던 여신의 이름. 페니키아인들은 아슈타트, 수메르인들은 인나나로 부르며 숭배했다. 여신 숭배는 바빌로니아에서도 매우 성행했다." 팸플릿에 작은 글씨로 씌어 있는 소개문이었다. 고대의 신성神聖처럼 파리의 예술계를 밝혀주는 샛별이 되는 것이 아스타르테의 창립 목표였다. 품격 있는 작품과 오브제들만 취급하면서도 풍부한 경매 처리량, 거래 품목 하나하나에 대한 개별적 지원, 가장 좋은 가격으로 가장 빠른 시간 내에 이루어지는 거래, 전문성, 정중함, 판매자와 구매자 쌍방의 이익이 존중되는 원칙.

안내장을 더 살펴보다보면, 그 이름이 어떻게 지어졌는지 용수철 달린 장난감이 상자에서 튀어나오듯 단번에 알 수 있었다. 아스타르테는 두 창업자인, 경매인 프랑수아 에방질 아스트뤼크와 샤를 테송 드 빌몽테의 성을 재치 있게 조합해 만든 이름이라는 걸. 아스트뤼크와 테송은 각각 자신의 이름 한 부분을 제공했다. 마치 조직에 충성을 표하기 위해 스스로 손을 자른 야쿠자처럼. 그리고 거기에 그들을 이어주는 끈인 예술, 아르(Art)를 덧붙였다.

그것이 중량감 있고 매끄러운 종이 위에 인쇄해 이십만 부를 제작한 책자에 나온 공식 설명이었다. 그에 덧붙여 그같은 고상한 결합의 주역인 두 인물의 사진이 커다랗게 실려 있었다.

아스트뤼크는 작은 키와 딱 바라진 체격, 적갈색에 가까운 금발에, 가을 분위기가 나는 트위드와 코르덴 옷을 즐겨입는 부농 분위기의 인물이었다. 그의 외모에서는 수수함과 부드러움이 풍겨나왔다. 그보다 너끈히 머리 하나는 더 큰 테송 드 빌몽테는 도도해 보이는 풍채를 지녔으며, 행군중인 군인처럼 가슴을 앞으로 내밀고 다니면서 아스트뤼크를 압도했다. 그는 드문드문 흰머리가 보이는 숱 많은 갈색머리와 검고 예리한 눈매를 지녔다. 조끼까지 완벽하게 갖춰입은 담뱃빛 정장 속에서 드러나는 몸매는 날렵하고 단단한 근육질이었으며, 긴 다리 끝에서는 카메라 플래시를 반사시킬 정도로 윤을 낸 검은 구두가 빛났다.

두 사람 다 마흔다섯에서 쉰 살 정도로 보였다. 한창 때의 나이. 위대한 업적을 이룰 수 있는 시기. 남자가 노력의 결실을 거두어들이고 그것을 음미할 수 있는 시기. 그들의 화려한 결합은 아스타르테 사를 정점에 올려놓았다. 사람들은 그들을 떼려야 뗄 수 없는 사이라고 불렀다. 아스트뤼크와 테송은 동전의 양면,

이 영광스러운 사업의 두 반쪽이었다. 야누스처럼, 성공이 지닌 두 얼굴이었다. 그들이 자본을 공동 투자한 지도 벌써 십이 년이 지났다. 그러나 그들은 돈에 큰 가치를 둘 필요가 없었다. 두 사람 모두 유복한 환경에서 좋은 교육을 받은, 자신감에 넘치고 잘생긴 상속자들이기 때문이었다.

그러나 내가 아는 한 현실은 좀더 복잡했다. 둘 중 우위를 차지하는 건 테송이었다. 큰 키에 날렵한 몸매, 생기 있는 눈빛, 시가광인 그는 의식적으로 변조시킨 쉰 목소리로 판매자와 구매객들에게 어필하는 재주를 가지고 있었다. 잔뜩 멋을 부린 중년 여인, 눈물 젖은 미망인, 기품 있는 노부인 모두가 그의 매력에 빠져들었다. 아스타르테의 명성은 그렇게 이룩된 것이었다. 예술품으로 가득 찬 아파트, 유력가의 상속물, 인내를 가지고 모아들인 컬렉션, 이 모든 것들이 경매인 테송의 망치 아래에서 사라져갔다. 우표에서부터 카라라산産 대리석 벽난로, 귀한 보석에서 오뷔송의 태피스트리까지, 경매 낙찰가가 올라가는 순간이 지나면, 모든 것이 그의 돈주머니 속으로 들어갔다.

반면 그의 동업자는 소심하고 별로 눈에 띄지 않는 스타일이었다. 아스트뤼크는 고향인 노르망디의 공증인들을 대상으로 비밀리에 거래를 추진하기도 했다. 그는 경우에 따라서는 고객을 몰아오는 특별한 재주를 지닌 것으로 알려졌다. 그러나 현장에서 일하는 것보다는 꼼꼼하게 서류를 살펴보는 일을 더 좋아했다. 잠시도 가만히 있지 못하고, 비탄에 젖은 부유한 상속자들을 상대하며 쉬지 않고 동분서주하는 둘도 없는 동료와는 반대로, 그는 늘 지나치리만큼 더운 사무실에 틀어박혀 안락한 루이 15세식 소파에 앉아 있는 것을 제일 좋아했다. 수 년 전부터는 장작이 타들어가는 것을 지켜보면서 십오 년된 위스키를 홀짝이며 몽상에 잠길 수 있는 벽난로가 없는 것을 애석해했다. 발밑에는 그를 항상 따라다니는 늙은 래브라도 사냥개가 잠자고 있었다. 아스트뤼크는 그 개에게 자신이 존경하는 작가 페늘롱의 이름을 붙여주었다. 아스타르테 직원들은 그 이름에 웃음을 터뜨렸다. 탐욕스러운 큰 개는 아스트뤼크가 잠시 한눈 파는 틈을 타, 주인이 매일 정각 열두시에 배달시켜 책상 위에 올려놓는 샌드위치로 달려들었다. 그러면 아스트뤼크는 짐짓 화난 척 노려보며 "펠롱(반역자)!" 하고 불렀다. 그러면, 그 말을 제 이름과 구별하지 못하는 페늘롱은 십 년간 주인의 그늘에서 낮잠을 자느라 꾸준히 닳은 잿빛 초록 양탄자 위 자리로 돌아가 두 발 사이에 머리를 파묻은 채 몸을 웅크렸다.

하지만 겉으로는 평온해 보이는 그들의 사이에는 보이지 않는
증오가 감춰져 있었다. 두 경매인은 서로를 싫어했다. 그 갈등은
전혀 다른 성격과, 서로 반대되는 습관 탓일 수 있었다. 하지만
십 년 전에는 바로 그런 차이점이 그들의 결합 이유였다. 그들은
서로를 인정했으며 상호보완적인 존재로 여겼다. 기혼인 테송은
장성한 두 자녀를 두었고, 아스트뤼크는 혼자 살고 있었다. 그는
페늘롱과 자신이 결코 헤어지지 않을 유일한 커플이라고 말하고
다녔다. 그 페늘롱이 자신의 개를 말하는 것인지, 아니면 그가
광적으로 좋아하는 작가 페늘롱을 말하는 것인지는 애매했지만.
두 남자는 비슷한 재산과 드골주의 신념을 공통으로 가지고 있
었으며, 자신들의 직업을 사랑했고, 망치를 들고 연단에 서 있을
때는 똑같은 전권을 지니고 있다고 생각했다.

그러나 원만해 보였던 초기의 관계는 점차 좀먹어 들어갔다.
그들 사이에 나쁜 감정이 스며들기 시작한 것이다. 누구라도 그
사실을 알아차릴 수 있었다. 아스트뤼크는 테송이 사무실마다
작은 시가를 피워대며 끊임없이 뿜어내는 소용돌이 같은 연기와
독한 냄새를 두고 불평하기 시작했다. 테송은 어디나, 심지어 경
매장까지 따라다니며 주인이 일하는 동안 연단 밑에 평화롭게
누워 있는 아스트뤼크의 개에 대해 불평을 늘어놓았다. 그의 주
장에 따르면 자신은 최소한 망치를 들고 있는 동안만큼은 담배

를 참지만, 거추장스러운 개의 존재는 아스타르테 사의 이미지를 해친다는 것이었다. 또한 그들이 본받아야 할 앵글로색슨 계 경매사들은 그런 일을 결코 허용하지 않을 것이라고 덧붙이는 것이었다.

그러나 그들은 서로의 말을 들은 체 만 체했고, 점차 공격은 더욱더 비열한 양상을 띠어갔다. 태송은 공공연하게 동업자의 이름(프랑수아 에방질*, 이렇게 우스운 이름을 들어본 적이 있는가?)을 가지고 놀렸지만, 아스트뤼크는 그건 자기 탓이 아니라 부모님의 편협한 신앙심 탓이라며 굳이 변명하지 않았다. 그는 마음속에 쌓여가는 원한을 안으로 삼키며 속으로만 동업자를 욕할 뿐이었다. '태송 드 빌몽테, 멍청이, 나쁜 놈, 질 낮은 놈.' 압박감이 지나칠 때면 종종 낮은 소리로 중얼거리며 불평을 늘어놓는 아스트뤼크의 모습이 눈에 띄기도 했다.

태송은 절대군주처럼 군림했다. 모든 것을 통제하기를 원했으며, 어떤 정보도 새나가는 일이 없도록 했다. 비서들은 그가 두려워 고분고분 복종했다. 반면 아스트뤼크는 점차 자신의 행동 영역이 최소한의 범위까지 줄어드는 것을 느껴야 했다. 태송은 영향력이 커짐에 따라 점점 매서운 인물이 되어갔다. 어디서

---

* 에방질(Evangile)은 프랑스어로 복음서라는 뜻.

건 필요하면 명령과 협박을 일삼았다. 하찮은 일로 그에게서 해고를 통고 받는 직원들이 늘어갔다. 복도에서 울고 있는 여직원과 마주치는 일도 종종 일어났다. 테송은 직원들을 호되게 몰아세우는 만큼, 판매자들에게는 다정다감했다. 이미 오래전에 테송과 맞서 싸우는 것을 포기한 아스트뤼크는 직원이 공개적으로 호된 질책을 당하는 것을 볼 때마다 흘끗 슬픈 눈길을 줄 뿐이었다.

그러나 실제로, 두 사람은 필요에 의해서 말을 해야만 했다. 그들은 매일 아침 아홉시에 서로의 사무실에서 번갈아 간단한 미팅을 가졌다. 말없이 메모를 하는 보좌인들에 둘러싸인 채 마지못해 그날의 일정에 대해 논의를 했다. 그들은 각자 측근과 지지자들을 거느리고 있었다. 다행스럽게도, 각 진영의 사람들은 과잉 충성으로 쓸데없는 말썽을 일으키는 일 없이 서로 잘 어울리며 업무를 해나갔다. 그러나 테송이 믿는 것은 매력적인 비서 마틸드 에릭송의 무한한 충성심뿐이었다. 그녀는 테송 앞에서는 어떤 일이 있어도 아스트뤼크와 말을 하지 않았다. 아스트뤼크는 경매회사 설립 당시에 그가 고용한, 훌륭한 집안 배경을 지닌 젊은 사원들에게서 흔들림 없는 지지를 받았다. 그들의 관계는 우호적이었고, 진행중인 다양한 건들에 대해 의견 주고받기를 좋아했다. 일과가 끝나면 아스트뤼크의 사무실에서 함께 위스키를 한잔하는 것도 즐겨했다. "매사에 순수한 의도를 담아", 아스트뤼크가 그렇게 말하면, 태송은 빈정거리며 일부러 여운을 남기면서 응수했다. "확실히 성경에 나오는 말이군……"

메달의 양면은 양립하지 못하고 서로 등을 맞대고 있었다. 앞면 아니면 뒷면이었다. 더 나은 쪽이 승리할 수밖에 없었다. 지금으로서는 현상 유지인 셈이었다. 하지만 그들의 평온함은 일시적인 것이었다. 그들의 메달은 벨랑주의 판화 속 동전처럼 움직이지 않은 채 위태롭게 멈춰 있었다. 나는 또다시 작은 여인을 떠올렸다. 그녀가 손가락으로 살짝만 건드려도 동전은 바닥으로 굴러떨어져 점점 작은 동심원을 그리다 마침내는 영원히 멈춰서리라.

경매의 시작은 순조로워 보였다. 이틀간의 전시 동안 많은 사람들이 모여들었다. 누가 경매를 진행할 것인가는 굳이 추첨으로 결정할 필요가 없었다. 판화는 전통적으로 샤를 태송의 고유한 영역이었다. 그런 관행이 어떻게 정착되었는지는 정확치 않다. 아마도 그가 지방의 저택들이나 일 드 프랑스의 성들 그리고 파리의 아파트 등지에서 판화 컬렉션들을 최상의 조건으로 매입하여 싹쓸이해올 기회가 그의 동업자보다 더 많기 때문일지도 몰랐다. 그는 이 분야에서 권위자로서의 입지를 굳혔다. 그것은 억지로 얻어진 것이 아니었다. 그는 자기만족을 위해 상당 양의 18세기 판화 컬렉션을 꾸준히 모아들였다. 그가 좋아하는 같은 시대의 자유사상 소설들과 어울리는 컬렉션이었다. 그는 보네나 자니네의 채색 판화들과 목탄화를 연상시키는 드마르토의 판화를 특히 좋아했다.

"망치를 가지고 일하는 경매인이 드마르토*를 수집하다니, 정말 기막히지 않소?"

그는 썰렁한 말장난을 아무에게나 써먹었다. 끝없이 이어진 복도 끝에, 아스트뤼크의 사무실과 가능한 한 멀리 떨어져 있는 그의 사무실은 바닥에서 천장까지 벌거벗은 여신들의 그림으로 덮여 있었다. 사티로스들에게 쫓기는 공기의 정령들, 제우스가 변신한 황금 비를 받아들이고 있는 다나에, 제물로 바위에 묶인 채 공포에 질려 뽀얗고 매끄러운 몸을 격렬하게 뒤틀고 있는 안드로메다. 여신들은 모두 얇은 금박으로 장식된 쇠시리**로 둘러싸여 있었다.

---

* '망치의(De marteau)'라는 뜻의 프랑스어.
** 건축이나 장식예술 분야에서 돌출된 곳, 움푹 패인 곳의 모서리나 그 표면의 윤곽선을 바꾸고 마무리시키는 요소를 가리킨다. '몰딩'이라 하기도 한다.

테송은 자신의 사무실에서 평소 아끼던 여인들에게 에워싸인 채 발견되었다. 사실 그도 매력적인 여인들이 지켜보는 가운데서 끝내기를 원했을 터였다. 경매는 오후 두시 십오분에 시작하기로 예정되어 있었다. 경매인 테송은 여유 있게 점심식사를 하는 것을 좋아했고, 망치를 들기 전에 더블 에스프레소를 음미하는 습관이 있었다. 펠릭스와 나, 그와 마틸드는 드루오 구역의 한 작은 음식점에서 제브레 샹베르탱 포도주를 마시면서 수집가들의 기벽과 질 나쁜 구매자들의 염치없는 핑계들 그리고 우리 직업에서 만날 수 있는 여러 가지 특이한 일들에 대해 얘기하고 웃으며 유쾌한 점심시간을 보냈다. 테송은 자리에서 일어나면서 여전히 웃는 표정으로 무언가 예고하는 듯 내뱉었다. 그 말의 의미를 나는 일이 벌어진 후에야 깨달았지만.

"전투를 개시하기 전에 죽일 시간이 아직 십오 분 정도 남았군. 난 내 사무실로 다시 가 카탈로그를 가지고 경매장에서 여러분을 만나도록 하겠소……"

그는 조끼에 묻은 음식 부스러기들을 털어낸 다음 손짓으로 인사를 하고는 자리를 떴다. 광대뼈는 아직 발그스레했고, 눈은 미소를 띠고 있었다.

경매 시작 시간이 되자 경매소에 모인 사람들은 테송을 기다렸다. 그러나 두시 십오분, 두시 이십분, 두시 삼십분이 되어도 그는 나타나지 않았다. 당황한 펠릭스와 나는 마주 보았고, 우리 만큼이나 놀란 표정을 짓고 있던 마틸드에게 의아해하는 시선을 던졌다. 우리는 관중과 마주한 감정가 석에 앉아 연단이 왜 계속 비어 있는지 의문스러워하는 사람들을 바라보고 있었다. 각자의 사무실에 있던 열 명의 아스타르테 직원들은 경매 진행을 위해 모두 지원을 나왔다. 그들 역시 당황해 낮은 목소리로 얘기를 주고받았다. 마틸드가 테송 사무실로 계속 전화를 했지만, 아무도 받지 않았다. 교환원 역시 응답하지 않았다. 교환원은 또다시 마음대로 규칙을 어기고 점심시간을 연장한 것이었다. 마틸드는 잠시 눈을 들어 위를 쳐다보더니 그 사실을 증명이라도 하듯 내 귀에 수화기를 들이댔다.

"감정과 경매 전문 아스타르테 사입니다. 지금은 전화에 응답할 수 없으니 잠시 후에 다시 걸어주시기 바랍니다. 감정과……"

그녀는 버럭 화를 내며 수화기를 내려놓았다.

"이 여자는 필요할 때는 꼭 자리에 없다니까, 멍청한 여자 같으니라고! 내가 직접 가봐야겠어."

그러더니 갑자기 머뭇거리면서 나를 향해 돌아보며 애원하는 조로 말했다.

"오르탕스, 같이 가줄래? 무슨 일이 있을지 모르니까."

그녀는 자리에서 일어나면서 펠릭스에게 다시 한번 일러두었다.

"사람들을 진정시켜주세요. 경매인이 좀 늦는다고 말해줘요. 가서 알아볼 테니까요."

펠릭스는 마이크를 잡고 관중을 진정시켰다. 사람들은 지나치게 동요하는 것 같지는 않았다. 우리가 경매장을 떠날 때, 몇몇이 굳은 다리를 풀기 위해 복도로 나갔다. 그러나 대부분의 구매자들은 얌전하게 자리에 앉은 채 조용히 카탈로그를 뒤적거리고 낮은 목소리로 얘기하면서 경매가 다시 시작되기를 기다렸다.

마틸드는 긴 금발 머리를 휘날리며 따라가기 힘들 정도로 걸음을 재촉했다. 그녀는 몇 백 미터 떨어진 사무실 쪽으로 빠르게 향하면서 나에게 묻는 건지 자신에게 묻는 건지 모를 질문을 계속 중얼거렸다.

"대체 어디 있는 거야? 무슨 일이 있는 거야, 평소에 그렇게 정확한 사람이…… 연어를 먹지 말았어야 했는데, 내가 말하려다 말았는데, 싱싱해 보이지 않았거든…… 혹시 아파서 그런 거면, 아스트뤼크가 즉석에서 대신 진행해야지 뭐, 그런데 날

이렇게 뛰게 만들다니 너무 한 거 아냐, 땀에 흠뻑 젖었잖아, 가방에 데오도란트도 향수도 없는데…… 꼴이 우습게 보이게 생겼네……"

엘리베이터는 고장이었다. 우리는 계단으로 올라갔다. 그녀는 긴 다리로 성큼성큼, 나는 좀더 천천히, 세 층을 지나는 동안 아무도 마주치지 않았다.

"아니 교환원은 대체 여기가 어디라고 생각하는 거야? 클럽메드에라도 놀러 온 줄 아는 거야, 뭐야?"

마틸드는 출입문의 손잡이를 잡고는 마구 욕설을 퍼부었다. 문은 그냥 열렸다.

"그래도 청소부는 저기 있군."

마틸드는 약간 진정이 되는 듯했다.

과연, 청소부는 출입구에서 얼마 떨어지지 않은 복도에 서 있었다. 그러나 열려 있는 태송의 사무실 문 앞에 선 청소부를 보고, 마틸드는 즉각 뭔가 잘못되었음을 알아차렸다. 파란 작업복 차림의 키 작은 갈색머리 여인은 눈이 휘둥그레져서 공포에 질린 표정으로 무언가 말하려는 듯 기계적으로 입술을 움직이고 있었다. 입에서는 비통한 비명 소리 같은 것이 단속적으로 새어나왔다. 마틸드는 거친 동작으로 그녀를 밀어내고 사무실 안으로 뛰어들었다.

나는 이상하게도, 그 순간 보았던 그녀의 이미지를 아직도 생생히 기억한다. 헝클어진 머리에 흐트러진 모습으로 굳어 있던 그녀의 뒷모습은 묘하게 매력적이었다. 그녀는 팔다리를 떨기 시작하더니, 평소와는 다른 쉰 목소리로 외쳤다.

"맙소사, 도와줘요, 누구 없어요, 어떻게 좀 해봐요, 얼른……!"

몇 초의 시간이 흘렀다. 그녀는 꼼짝도 하지 않았다. 나는 간신히 그녀에게로 다가갔다. 마치 내 머릿속에서 눈을 멀게 하는 폭탄이 터져 그 파편이 망막 속으로 파고드는 것 같았다. 다음 순간, 짧은 순간 동안, 내 눈과 몸은 어느새 머리가 이해하기를 거부하는 장면을 담고 있었다. 샤를 테송은 자신의 사무실 소파에 앉아 있었다. 아래쪽, 그의 우아한 구두에서부터 위로 올라가 허리 정도까지만 살펴본다면, 실루엣이 약간 주저앉긴 했지만 두 손을 얌전히 책상에 기대고 손가락을 약간 벌린 것이 마치 일을 하고 있는 것처럼 보였다. 그러나 그런 인상은 그의 상반신이 보여주는 충격으로 이내 지워지고 말았다. 그의 머리는 오른쪽으로 기울어진 채 초록색 압지 위에 놓여 있었다. 정수리 근처에는 깊게 패인 상처가 보였고, 거기서 나온 적갈색의 끈적끈적한 피가 마호가니 책상 위까지 흘러내려 있었다. 내 시선은 머리 근처, 그의 굳어진 손에서 삼십 센티미터 가량 떨어진 곳에 누워 있는 한 물체에 가서 닿았다. 새였다. 예리하게 굽은 부리에는 갈색 딱지 같은 것이 들러붙어 있었다. 접힌 날개의 깃털은 청동으로 짐작되는, 무겁고 어두운 색의 금속을 섬세하게 조각한 것이었다. 구부러진 발톱은 붙잡을 수 없는 무언가를 움켜쥐려는 것 같았다. 새는 옆구리를 대고 누워 있었는데, 길이가 사십 센티미터 가량 돼 보였다. 수리, 그렇다, 그것은 수리였다. 나는 나도 모르게 더듬거렸다.

"마틸드, 제발, 여기 있지 마…… 가야 해, 얼른……"

그녀는 아무 대답도 하지 않았다. 나는 갑자기 기운이 쭉 빠져서 복도 벽을 따라 길게 놓인 의자에 주저앉았다. 나는 이 일과 아무 상관이 없었다. 그래, 정말로 아무 상관이 없는 거야. 내 입에서는 아무 소리도 나오지 않았고, 머릿속에는 아무 생각도 떠오르지 않았다. 끝없이 긴 몇 분이 지난 후, 마틸드, 아니 어쩌면 청소부 여인이 전화 교환대로 달려가서 18번을 눌렀다. 그로부터 몇 분 후, 현장은 사람들에게 에워싸였다. 소방수, 경찰, 들것을 든 사람, 법의학자 등 음울한 복장과 유니폼을 입은 한 무리의 사람들이 분주하게 각자의 일에 몰두하며 사진을 찍거나 샅샅이 뒤지고, 무언가를 세고 측정하고 확인했다. 나는 아무 생각 없이 그들을 바라보았다.

그날 오후는 마침내 제자리로 돌아오려던 교환원뿐 아니라 그 누구도 사무실로 들어갈 수 없었다. 치안 경찰은 층 전체를 샅샅이 뒤졌지만, 그들이 발견한 것은 현장에서 오십여 미터 떨어진 복도 끝에 있는 사무실에서 개와 함께 있는 아스트뤼크뿐이었다. 그러나 그는 아무 소리도 듣지 못했다고 했다. 수사를 맡은 형사는 아스트뤼크의 말을 곧이곧대로 믿기 어려운 듯했다. 현장에 있던 유일한 인물인 아스트뤼크가 청동 독수리 상을 높이 들어 동업자의 머리를 내려쳐 죽이기는 어렵지 않았을 테니까. 아스트뤼크는 자신이 즉각 범인으로 지목됐음을 알아차렸다. 손바닥으로 개의 머리를 토닥거리면서 중얼거리는 그의 소리가 내 귀에 들려왔다.

"이런, 페늘롱, 영화 속에 나오는 것처럼 우리가 궁지에 몰린 것 같구나."

그의 개는 연민을 표하기라도 하듯 고개를 들어 촉촉하고 깊은 눈망울로 주인을 바라보았다.

경찰관 몇 명은 태송의 사무실에서 분주하게 움직였고, 나머지는 우리에게 달려들었다. 그들은 쇼크 상태에 있는 청소부 여인으로부터는 아무것도 끌어내지 못했다. 나는 기계적으로 내 이름과 나이, 직업 그리고 방문 이유를 진술했다. 아니, 나는 평상시와 다른 것은 아무것도 보지 못했다고 말했다. 다시 말하면, 그것 외에 다른 것은. 구역질이 날 것 같았다. 나는 내가 본, 무너져내린 육체와 피의 이미지를 어둠 속으로 멀리 보냈다. 조금만 마음을 굳게 먹는다면 똑바로 서서 다시 조리 있게 말할 수 있을 것이다. 오직 나에게 달려 있었다.

마틸드는 여전히 안색이 창백했지만 조금 정신을 차린 듯했다. 이 시점에서 자신과 태송의 관계가 너무 명확하게 드러나는 것을 원하지 않았을 것이다. 아스트뤼크는 무엇보다 소란스러운 것이 불편한 듯했다. 나는 그들과 보조를 맞추기로 작정했다. 달리 무엇을 해야 할지 몰랐으니까. 튀어 보이고 싶지는 않았다.

어떤 상황에서도 흔들리지 않는 직업의식이 앞선 마틸드와 아스트뤼크는 경매를 어떻게 할 것인가에 대해 논의했다. 형사 반장의 동의하에 가능한 한 빨리 돌아와 질문에 답하겠다는 약속을 하고, 그들은 평소보다는 자신감이 다소 결여된 걸음걸이로 드루오 경매장으로 돌아갔다. 늘 그렇듯 페늘롱이 그 뒤를 따라갔다. 나는 그들 뒤에서 몇 미터 떨어져 걸어가면서 경찰들의 지시를 되뇌었다.

"아직 아무 말도 하지 마세요. 평상시대로 일하면서 침착하게 행동하세요. 그러면 다 잘될 겁니다. 아무도 눈치채면 안 됩니다. 그렇지 않으면 우리 수사를 망치게 되니까요."

차츰 이 말들이 나를 안심시켜주는 노래처럼 들리면서 정상적으로 숨을 쉴 수 있었다. 우리 뒤에는 우리에게서 잠시도 눈을 떼지 말라는 지시를 받은 사복 경찰이 따라오고 있었다.

경매장에 도착했을 때, 시계는 세시 십팔분을 가리키고 있었다. 관중은 한꺼번에 안도의 한숨을 내쉬었다. 장난스러운 이들은 야유하는 듯한 박수를 치기도 했다. 나는 마틸드와 아스트뤼크가 하는 대로 따라했다. 그들의 행동 어디에도 방금 목격한 비극을 알아차리게 하는 건 없었다. 그들은 기껏해야 평소보다 좀 창백해 보였으며, 아스트뤼크의 이마에는 작은 땀방울이 구슬처럼 맺혀 있을 뿐이었다. 나는 펠릭스를 보지도 않고 아무 말도 건네지 않은 채 내 자리로 돌아갔다.

"별일 없는 건가?"

그는 나를 향해 몸을 숙이며 중얼거렸다. 나는 긍정을 뜻하는 숨소리로 대답을 대신하며 그의 시선을 피했다. 마틸드는 내 옆에 앉아 억지웃음을 지어 보였다. 그때 아스트뤼크가 연단으로 올라가다가 보호자같은 다정한 몸짓으로 뒤에서 그녀의 어깨를 손으로 살짝 누르고 지나가는 것이 눈에 띄었다. 그 순간, 나는 그녀에게서 17세기의 화려한 실내장식 속에 앉아 있는 이름 모를 작은 여인의 모습을 보았다. 경매가 시작되기를 초조하게 기다리는 소란스러운 관중은 이제 존재하지 않았다. 마이크도, 전화도, 테이블을 감싸는 붉은 천도, 곧 뜨거운 논의의 대상이 될 판화들도 그 자리엔 없었다. 군주 혹은 주인의 애정 어린 권위를 담아 연약한 어깨를 감싸는, 그 손의 느낌만이 존재할 뿐. 하지만 아스트뤼크와 마틸드는 그들처럼 눈길을 주고받지는 않았다.

연단에 높이 올라간 프랑수아 에방질 아스트뤼크는 그곳에 자리잡은 회계원과 팔린 경매물에 꼬리표를 붙이는 일을 담당하는 보조원에게 인사를 건넸다. 그러고는 확실한 동작으로 단춧구멍처럼 보이는 작은 마이크를 넥타이에 꽂은 후, 목소리를 가다듬었다.

"여러분, 뜻하지 않은 지연 상황에 심심한 사과를 드립니다. 유감스럽게도 태송 경매인이 사정이 생겨 오늘은 제가 대신 진행하게 되었습니다. 경매 수수료는 낙찰가의 17.94 퍼센트임을 다시 한번 알려드립니다. 자, 이제 우리를 도와주시는 판화 감정가 펠릭스 부아로 씨와 오르탕스 카르디날 양이 여러분께 작품들을 소개해주실 겁니다."

이번에는 펠릭스가 마이크를 톡톡 건드려 점검한 후 목소리를 가다듬고 첫번째 경매물들을 소개했다. 원경, 초상, 종교적 주제, 도시 풍경 등을 다룬 비교적 상태가 좋은 고판화들이 한꺼번에 소개되자 관중석이 소란스러워지기 시작했다. 사람들을 흥분시킬 만한 매물들이었다. 펠릭스는 잃어버린 시간을 만회하려는 듯 서둘러 일을 처리했고, 아스트뤼크는 열심히 망치를 두들겨댔다. 나의 오른편에서 허공을 바라보며 앉아 있던 마틸드는 멍하니 얼이 빠져 있었다. 마치 힘든 경주를 하고 난 후처럼 각 근육의 움직임이 예민하게 느껴졌다. 나는 카탈로그에 정신을 집중하며 빠르게 진행되는 경매를 지켜보았다. 이제 몇 분 후면 알파벳순으로 가지런히 정돈된 옛 대가들의 작품을 소개해야 했다. 알리아메, 오드랑, 발레슈, 델라 벨라 그리고 52번 번호가 붙여진 내 소중한 벨랑주를. 곧 그를 떠나보내야만 한다는 생각에 가슴이 죄어드는 아픔이 느껴졌다. 목이 메인 나는 마이크를 잡기 전에 마음속으로 적당한 높이로 음색을 조절했다.

피리새

경매의 시작은 순조로웠다. 경매소는 사람들로 꽉 찼고 좌석은 모두 예약석이었기에 경매는 창구를 잠근 채 진행되었다. 연단에 서 있는 아스트뤼크는 마치 모루*를 두들기는 대장장이 신처럼 망치를 휘둘렀다. 나는 두개골을 내리치는 청동 독수리 상의 환영을 떨치려 애썼다. 목구멍에서 치밀어오르는 구역질을 애써 참았다. 일에만 집중해야 했다. 내가 여기 있는 건 그 때문이니까.

3월 21일, 나는 사람들을 관찰하기에 이상적인 자리에 자리잡고 있었다. 경매인보다 약간 아래쪽이긴 하지만 그와 가까운 감

---

* 대장간에서 불린 쇠를 올려놓고 두드릴 때 받침으로 쓰는 쇳덩이.

정가 좌석에. 그곳에서 나는 바다의 흰 물결 같은 관중석을 눈으로 훑어볼 수 있었다. 머리와 머리들이 파도 위를 떠다니는 부표처럼 보였다. 그들 대부분은 나에게 은밀하게 우호적인 신호를 보내고 있었다. 관중의 연령대는 대체로 앞줄부터 점차 내려갔다. 첫번째 줄에 앉아 있는 가장 나이 많은 사람들은 십오 분 정도 지나자 졸기 시작했고, 맨 뒤쪽에는 난간 위에 가볍게 걸터앉은 젊은이들이 눈에 띄었다.

어떤 고객들은 내게 주문서를 남기기도 하고 경매의 진행을 실시간으로 알 수 있도록 전화를 걸어달라고 요구하기도 했다. 따라서 경매가 진행되는 동안 양손에 전화기를 들고 내내 전화를 해야 하는 경우도 있었다. 그럴 때는 각기 다른 고객의 언어를 혼동하지 말아야 했고, 지역간의 시차도 고려해야 했다. 고객에게 신뢰를 줄 수 있는 간단한 말이나 배려를 잊지 않는 일도 중요했다. 고객이 소비를 하도록 은근하게 부추기고, 결정적 순간에 한마디 말로 독려하거나 더는 기대할 수 없다는 것 또한 깨닫게 하며, 때로는 고객이 돌이킬 수 없는 실수를 저지르기 전에 제동을 걸 줄도 알아야 했다.

나 자신이 마치 도박장에서 패를 돌리는 사람 같다는 생각이 들었다. 드루오는 관중 모두가 잭팟을 터뜨리기를 바라는 거대한 슬롯머신과 같았다. 단지 도박판과 당구대의 초록색 펠트가 벽과 바닥, 테이블 그리고 진열창의 바닥을 덮고 있는 심오한 자줏빛 벨벳으로 바뀌었을 뿐. 도박꾼들은 처음에는 분별 있게 행동하지만 결국 흥분하고 만다. 이미지를 차지하기 위해 지폐를 휘두르며 다투는 광경은 참으로 기이해 보였다. 결국 종잇장에 불과한 것을 두고. 때때로 모욕적인 말과 야유가 경매소 여기저기서 터져나왔다. 아름다운 여인의 눈에 취한 두 남자가 한치의 양보도 없이 경쟁했다. 경매가가 치솟았다.

　이름 없는 작은 여인과 그녀의 멋진 기사도 곧 비슷한 운명을 겪을 참이었다. 달아오른 분위기 속에서, 야수들에 의해 찢겨나가듯이. 남은 시간과 낙찰된 경매물들은 빠른 속도로 낟알처럼 떨어져나갔다. 52번 경매물의 차례가 다가오고 있었다. 이제 잠시 후면 관중에게 선을 보일 예정이었다. 적어도 서너 명의 잠재적 구매자들이 자리에서 몸을 일으키고, 긴장된 기색으로 신경질적으로 몸을 움직이는 것이 눈에 들어왔다. 난 이 사람에서 저 사람으로 눈의 항해를 시작했다. 왼쪽으로는 온통 검은색으로 차려입은 키 작은 일본인 아키라 츠쿠야마가 보였다. 그는 오사카의 서양예술박물관 관장이었다. 그의 표정은 일그러져 있었다. 오른쪽으로는 겉보기에는 좀더 평온해 보이는, 그의 경쟁 상대인 아름다운 돌로레스 빌라로보스가 보였다. 둘 다 맨 앞줄에, 그러나 상당히 떨어져 앉아 있었다. 그들 사이에는 양쪽으로 좌석 세 개씩의 간격을 두고, 잘 다듬은 흰 수염과 짧게 깎은 머리, 코까지 내려온 뿔테 안경을 쓴 에티엔 브리사크가 군림하듯 앉아 있었다. 그는 완벽하게 손톱 손질을 한 커다란 두 손을 툭 튀어나온 뚱뚱한 배 위에 포개어 얹어놓고 있었다. 원하는 것은 무엇이든 자기 것으로 만들며 살아왔던 그는 이미 예견된 승리에 도취된 듯 환한 미소를 짓고 있었다. 그의 눈은 반짝반짝 빛나고 있었다. 그의 머릿속에서 강력한 새 말들이 튀어나올 준비를 하고 있음을 보여주는 증거였다. 누가 그의 다음 말의 희생자가 될지 궁금할 뿐이었다.

서너 줄 뒤, 중앙 통로 쪽 열 끝에는 스위스인 수집가 허버트 리버만이 눈에 띄지 않으려는 듯 몸을 웅크리고 앉아 있었다. 그의 웅크린 몸은 마치 어두운 색깔을 띤 무정형의 무더기처럼 보였지만, 그의 맑고 작은 눈 속에서는 예리한 관찰력이 반짝였다. 그의 왼편으로 두 세 자리를 건너뛰면, 러시아 출신의 미국 화상 스타니슬라스 보르단스키가 보였다. 그의 큰 몸은 좌석 바깥까지 넘치고 있었다. 지나치게 꼭 끼는 정장은 그의 희고 물렁한 살을 고통스럽게 옥죄었다. 새까만 머리칼마저 통제가 안 될 만큼 제멋대로 더부룩하게 자라나 있었다. 그가 이곳 경매장에 나타났다는 건 놀라운 일이었다. 그는 주로 뉴욕에서 비서를 대신 보내는 편을 선호해서 직접 움직이는 일은 거의 없었다. 게다가 이번에는 짧은 머리에 날카로운 인상을 주는 젊은 비서 앨리슨까지 동행했다. 그녀는 그의 옆에 앉아 있었다. 보르단스키는 자신이 전세계에서 몇 안 되는 고판화 전문 화상들 중 하나라는 사실에 자부심을 느끼고 있었다. 그것은 분명 사실이었으나, 그의 명성은 무엇보다도 뛰어난 설득력에 기인한 것이었다. 그는 미국의 공공 컬렉션이 소유하고 있지 않은 판화를 말 그대로 천문학적 금액에 그들에게 팔아넘기는 수완을 발휘하는 자였다. 그를 관중석에서 발견하는 순간 전투가 몹시 치열해질 것 같은 예감이 들었다. 한편 나는 익명으로 남고 싶어하는 프랑스인 화상 폴 프레시네에게 전화를 걸어주기로 약속한 터였다.

그의 번호를 누를 마음의 준비를 하면서 무심코 경매소 구석을 바라보는데 작고 둥근 물체가 움직이는 것이 눈에 띄었다. 한 작은 남자가 미소를 지으면서 나를 향해 손짓을 했다. 캅드보스크였다. 그 역시 그곳에 와 있었다. 그런데 그런 자연스러운 몸짓은 비난을 들어 마땅한 행동이었다. 아스트뤼크가 엄격한 어조로 그 사실을 상기시켜주었다.

"거기 구석에서 손을 흔들고 계신 신사 분, 그거 경매입니까, 아닌가요? 그렇다면 손을 좀 내려주시죠!"

수화기를 들면서 나는 고물상에게 다 이해한다는 듯 미소를 살짝 지어 보였다. 그는 자신에게는 아무 필요도 없는 아블린의 판화 〈영국의 제임스 2세의 초상〉을 낙찰받을 뻔했던 것이다. 그는 이제 숨소리까지 죽여가며 서 있었다. 그는 돈을 쓰러 와 있는 것이 아니라 자신의 손에 넣게 될 재물의 탄생을 지켜보기 위해 와 있는 것이니까.

지금 내 눈앞에 모여 있는 이 사람들은 살아 있음에 행복을 느껴야 할 터였다. 그들은 욕망과 증오, 불편함 또는 질투심에 사로잡혀 몸을 떨고 있었다. 마틸드와 아스트뤼크 그리고 나를 짓누르는 비밀에 관해서는 아무것도 모른 채. 나는 그들에게 소리쳐 알리고 싶었지만 그 마음을 억누른 채 태연히 게임을 계속해야 했다. 그러나 어차피 곧 알려질 사실이었다.

폴 프레시네가 전화에 응답했다. 그는 벨이 울리자마자 즉시 수화기를 들었다. 키는 컸지만 볼품없는 외모를 지닌 사람이었다. 그래도 전화 상으로는 예의 바른 상대였다. 그를 위해 일을 하는 것은 즐거웠다. 주위에서 긴장이 감지되기 시작하자, 나는 그에게 기다려달라고 말했다. 펠릭스는 피렌체 출신의 판화가 델라 벨라의 작품들을 소개했다. 50번 번호가 붙은 멋진 〈이집트로의 도피〉는 한 부인에게 낙찰되었다. 51번 경매물은 〈전쟁터의 죽음〉이었다. 멀리서 군인들이 서로 죽이고 있는 동안, 화려하게 치장된 해골이 당당하고 자신감에 찬 모습으로 뛰어다니고 있는 판화였다. 기운이 팔팔한 죽음이 결국은 이기는 법이다.

죽음은 그림자처럼 주위를 맴돌고 있었고, 그 입김이 내 목에 느껴지는 것 같았다. 그러나 썩어가는 육체로 죽음이 감싸안은 것은 샤를 테송이었다. 다시 정신을 차려야 했다. 죽음이 나에게 접근하게 내버려두어서는 안 됐다.

나는 그곳을 벗어나고 싶었지만 그럴 수 없었다. 내 주위의 모든 사람들, 전사들이 기다리고 있는 것은 오직 한 가지뿐이었다. 치열한 접전 속으로 뛰어드는 것. 그러나 승리자는 단 한 명뿐이었다.

나는 나뭇가지 위에 앉아 있는 피리새처럼 가볍고 경쾌하게 느껴야 했다. 아무것도 모르는 관중은 이 경매물에서 저 경매물로 날 듯이 옮겨다녔고, 모든 것은 아무런 문제 없이 예정대로 흘러갔다. 경매는 빠르게 진행되었다. 경매인 아스트뤼크는 연단에 높이 서서 상황을 능란하게 이끌어나갔다. 그의 몸짓은 미사 집전자처럼 넉넉하고 기품 있었다. 펠릭스와 나는 그의 곁에서 번갈아 마이크를 잡았다. 우리 세 사람의 목소리가 만들어내는 곡조는 잘 절제된 음악과도 같았다.

경매를 진행하기 위해서는 '콜레 루주'라고 불리는 사부아 출신의 세 보조원들의 도움이 필요했다. 그들은 각자의 번호가 새겨진 선명한 붉은 천 장식이 달린 검은 바지와 웃옷을 입고 있었다. 5번, 19번 그리고 40번이었다. 나는 미신적인 생각에서 그 번호들을 더해보는 습관이 있었다. 그날 숫자의 합은 64였다. 우리의 리더인 펠릭스의 나이였다. 나는 이런 종류의 우연의 일치를 좋아했다. 속에서 운명의 호의적인 신호를 발견하기도 했다. 세 명의 콜레 루주들은 각자 다른 나이대에 속했다. 두 명은 삼십대인 것 같았고, 다른 한 명은 쉰 살은 훌쩍 넘어 보였다. 젊은 두 명은 연단 뒤에 위치한 보관창고와 보조석 사이를 계속해서 오갔다. 그곳에는 경매 순서대로 조심스럽게 배열한 작품들이 놓여 있었다. 그들은 경매 차례보다 미리 앞서서 적절한 순간에 판화들을 상자에서 꺼내와야 했다. 경매인 아스트뤼크는 한 치의 실수도 용납하지 않아서 판화들은 우리가 설명문을 낭독하는 것과 동시에 삽화처럼 완벽하게 눈앞에 전시되어 있어야 했다.

셋 중 가장 나이가 많은 보조원은 우리가 앉아 있는 테이블 앞에 서서는 움직일 때마다 발에 걸리는 아스트뤼크의 개에 관한 불평을 콧수염 아래로 늘어놓기도 했다. 그의 곁에서는 키가 크고 날렵한 낙찰 확인자가 우렁찬 목소리로 경매인이 제시한 경매가를 반복해서 외쳐댄 후, 긴 통로 사이를 민첩하게 이동하며 모이를 쪼아대는 새처럼 마지막 낙찰자를 향해 달려들었다. 나는 그의 성은 모르고 토마라는 이름만 알고 있었다. 토마는 손에 새로운 명단을 들고 연단 쪽으로 올라올 때마다 나를 보고 살짝 눈짓을 했다. 그리고 마치 충실한 사냥개처럼 연단에 앉아 있는 회계에게 수표나 명함을 가져다주었다. 회계는 계산하는 데 몰두해서 그를 거의 쳐다보지도 않았다. 그의 계산기가 계속 뱉어 내는 흰 종이테이프는 바닥의 붉은 카펫까지 닿아 저절로 말려서 똬리를 틀었다.

나는 수화기 저편으로 프레시네의 목소리에서 긴장을 감지할 수 있었다. 52번째 경매물이 모습을 드러낼 차례였다. 이제 일이 분 후면 관중이 멀리서 판화를 보게 되겠지만, 그들은 그 속에 감추어진 미스터리에 대해서는 아무것도 알 수가 없을 것이다. 나는 판화 속 이미지가 이처럼 내돌려진다는 생각에 마음이 아파왔다. 그저 수많은 고판화들 가운데 하나일 뿐이라니. 다만 조금 더 귀하고, 다른 것들보다 탐내는 사람들이 많은 작품일 뿐이었다. 하지만 내가 할 수 있는 일은 아무것도 없었다. 이것이 게임의 법칙이었고, 내가 그것을 바꿀 수는 없으니까.

그때, 등뒤에서 알 수 없는 전율이 느껴지면서 은밀한 소란, 중얼거리는 소리와 보조원 세 사람이 주고받는 말소리가 들려왔다. 제일 고참 보조원이 연단 앞 자신의 자리를 떠나 조수들이 있는 곳으로 갔다. 심상치 않은 분위기를 감지한 낙찰 확인자는 열정적이고 단호한 목소리로 내 말 하나하나에 힘을 주어 반복해 외치면서 시간을 끌었다.

"최근에 발견된…… 벨랑주의 유일한 판화로…… 모든 정황으로 보아, 판화가의 사망 일 년 전인 1615년에 제작된 것으로 추정되며…… 훌륭한 동판 부식 기법을 사용하여……"

관중이 작품 해설을 외울 수 있을 정도로 긴 시간이 흘러갔다. 내 옆에 앉아 있던 마틸드는 걱정스러운 표정으로 계속 뒤를 돌아보았다. 보관창고 입구에서 세 사람이 상자들을 모조리 뒤지고 비우고 뒤집어보고 있었다. 헛수고였다. 고참 보조원이 난처한 표정으로 아스트뤼크의 귀에 무언가를 속삭였다. 연단에서 몸을 숙여 그의 말을 듣고 있던 아스트뤼크의 눈썹이 갑자기 일그러졌다. 그들 중 가장 젊은 사람이 막연히 겁에 질린 눈빛으로 내게 다가오더니 더듬거리며 말했다.

"저기…… 그걸 찾을 수가 없어요…… 그게…… 사라져버렸다구요!"

나는 무언가에 세게 두들겨맞은 표정으로, 테이블 위에 내려놓았던 수화기를 다시 들어 덤덤한 목소리로 폴 프레시네에게 소식을 전했다. 그는 예의 그 친절함으로 내게 걱정하지 말고 판화를 되찾게 되면 다시 전화해달라고 부탁했다.

그 순간 나는 잠시 얼이 빠진 사람 같았다. 이런 심각한 상황

속에서는 무겁지 않으면서 안심시킬 수 있는 반응을 보이는 것이 필요했다. 엄청난 통제 불능의 상황이 닥치면 오히려 유쾌하고 장난스러운 반응을 보이게 되는 법이다. 내 의지와는 상관없이 피리새의 모습이 다시 떠올랐다. 피리새는 벌써 앉아 있던 나뭇가지를 떠나 작은 날개를 펼치고 날아오를 준비를 하고 있었다. 동요 하나가 내 머릿속에서 빠르게 맴돌았다.

"내 작은 새가 날아올랐네, 내 작은 새가 날아올랐네, 날아갔네, 날아갔네, 날아갔네……"

미친 듯이 웃음을 터뜨리고 싶어졌다. 그러나 벨랑주에 지대한 관심을 보였던 구매자들의 일그러진 얼굴을 보자 그런 생각이 쏙 들어가버렸다. 담당 감정가로서 그들에게 해명을 해야 하는 사람은 바로 나였다.

경매는 같은 리듬으로 계속 진행되었지만, 이미 내 마음은 그곳에 있지 않았다. 아스트뤼크는 사라진 판화가 기적적으로 다시 나타나리라는 것을 능란한 화술로 관중에게 약속했다.

"판화가 상자 안에 너무 깊숙이 잘 보관돼 있나보군요…… 조금만 더 기다려주시면 나중에 경매에 부치도록 하겠습니다.

그러면 기다리는 동안, 경매를 계속 진행하겠습니다. 52번 경매물은 후에 보여드려야 함을 사과하면서, 53번으로 먼저 넘어가도록 하겠습니다."

나는 그의 세련된 태도에 감탄했다. 그의 땅딸막한 실루엣은 우아해 보이지는 않았지만, 그에게서는 사람의 마음을 진정시켜주는 선함이 우러나왔다. 오늘 그는 머리부터 발끝까지 온통 황갈색으로 차려입었다. 불에 그을린 듯한 금발과 몇 주 전부터 관리해온 하얗게 세기 시작한 짧은 수염에 완벽하게 어울리는 편안한 느낌을 주는 따뜻한 색조였다. 아마 태송이었다면 그보다 더 거칠게 행동했을 것이다. 가느다란 밝은 색 줄무늬가 있는 어두운 색 정장을 입고, 발자크의 작품에나 나올 법한 공증인처럼 일자로 꼿꼿이 선 채 공공연하게 조끼에 달린 시계를 꺼내보았을 것이다. 정면 중앙출입구 문 위에 걸린 벽시계를 볼 생각은 하지 못한 채. 그가 믿는 것은 자기 자신밖에 없었다. 그는 뜻하지 않은 사고의 책임을 물어 보조원들을 공개적으로 비난했을 것이다. 마이크에서 크게 울려퍼지는 그의 메마르고 퉁명스러운 목소리는 경매소에 모인 사람들을 마치 오래 된 은판사진처럼 갑자기 굳어버리게 만드는 힘을 가지고 있었다. 그는 혼란을 용납하지 않았다. 그것을 자신에 대한 공격으로 간주하기 때문이다. 그 어느 것도 그의 통제에서 벗어날 수 없었다. 그가 있었다면, 보조원들은 매우 힘든 십오 분을 보내야 했을 것이다.

나는 다시 마이크를 잡았다. 하지만 거의 삼십 분 동안 집중력을 상실한 채 작품 소개를 하는 바람에 여러 번 실수를 하고 말았다. 나는 외국에 있는 구매자들에게 전화하기 위해 펠릭스에게 마이크를 넘겼다. 내 옆에서는 여자 보조원들이 마치 전쟁 발발 직전의 전화 교환수들처럼 열심히 번호를 누르고 있었다. 테이블 위에는 열 대의 전화기가 놓여 있었다. 경매가 근대 판화로 넘어가자 다시 활기가 돌아왔다. 백오십여 개의 작품이 선을 보였고, 알려진 작가들의 이름에 열기가 고조되었다. 토마는 연단과 관중 사이를 오가며 가끔씩 나에게 불평 어린 말을 던졌다. 그 역시 분위기가 너무 경직되어 있다고 생각하는 것이었다.

마침내 아스트뤼크는 평소와는 다르게 턱없이 못 미치는 낙찰가에 휘슬러의 판화를 떠나보내며 마지막 망치를 두들겼다. 다른 때 같았으면 가상의 경매를 이용하여 낙찰가를 더 올렸을 터였다. 그의 입에서 안도인지 거북함인지 모를 한숨이 새어나왔다. 그러고는 벨랑주의 판화를 위해 멀리서 온 애호가들에게 유감의 말을 전하면서, 찾는 즉시 다시 경매에 부치겠다고 약속했다. 그러나 그의 목소리는 확신이 없이 허공을 떠다니는 것 같았다. 어쩌면 그도 태송의 책상 위에 흘러내린 붉은 핏줄기를 본 것일까.

경매가 끝나자 사람들은 빠르게 흩어졌다. 몇몇 사람들이 낙찰 받은 경매물의 대금을 치르기 위해 연단 아래에서 줄을 서서 기다리고 있었다. 운 좋은 사람들은 상자나 두루마리를 팔 아래에 끼고 떠났다. 어떤 이들은 펠릭스와 내게 다가와 잃어버린 벨랑주에 관한 위로의 말을 전했다. 그들 뒤에서 발을 동동 구르고 있는 화상들과 박물관장들을 곁눈질로 볼 수 있었다. 펠릭스는 가슴 주머니에서 아직 뜯지 않은 담뱃갑을 신경질적으로 꺼냈다가, 다시 넣었다가, 또다시 꺼내기를 반복했다. 에티엔 브리사크는 꼼짝도 하지 않고 있었다. 그는 좌석 첫번째 줄 한가운데에 앉은 채 작은 눈으로 우리를 향해 비웃는 듯한 시선을 던지고 있었다. 이런 상황이 그에게는 형언할 수 없는 즐거움을 제공하는 듯했다.

나한테 첫번째로 달려든 사람은 허버트 리버만이었다. 그는 말없는 분노로 가득 차 있었다. 작고 마른 그의 날카로운 눈매에서는 불꽃이 번쩍였다.

"말도 안 됩니다…… 이건 있을 수 없는 일이라고요…… 아니 도대체 그게 어디로 사라졌단 말입니까, 그 판화가요?"

몹시 화가 나서 흥분하자 그의 느릿느릿한 말투마저 빨라졌다. 나는 별로 설득력이 없는 변명들을 알아듣기 힘들 정도로 빨리 중얼거렸다. 나는 이 일에 아무런 책임이 없으며 아스트뤼크보다 더 아는 게 없다고 구차스럽게 늘어놓으면서.

펠릭스는 스타니슬라스 보르단스키와 마주하고 있었다. 왕년에 레슬링 선수였던 그는 쉽게 흥분했기 때문에 상대하기가 까다로운 인물이었다. 그는 통통하게 살찐 날렵한 손으로 펠릭스의 넥타이를 낚아채면서 뺨이라도 후려칠 기세였다. 흥분하여 길길이 날뛰는 상태로 보아 낙담이 얼마나 큰지 짐작할 수 있었다. 그는 러시아 억양이 섞인 영어로 자신은 헛수고를 하러 여기까지 온 것이 아니며, 이런 일은 생전 처음으로, 절대로 용납할 수 없다고 말했다. 또한 자신의 변호사들이 당장 조치를 취할 것이며 모두 대가를 치를 것이라고도 덧붙였다. 그들 가운데 냉정함을 유지하고 있는 유일한 사람은 아키라 츠쿠야마였다. 그는 다소 어두운 표정으로 슬그머니 내게로 다가오더니, 우리가 소통할 수 있는 유일한 언어인 독일어로 내게 말을 걸어왔다. 그는 천차만별인 프랑스 경매의 질에 대해 신랄한 비판의 말을 내게 쏟아붙였다. 또한 그의 박물관 행정관들에게 자신이 이곳까지 온 것에 대해 변명할 말이 없다고 덧붙였다. 그들은 이번 경매를 위해 특별 예산까지 지원하며 그가 벨랑주의 판화를 가지고 돌아오기를 기대하고 있었다. 나는 그에게 답변할 말을 찾지 못했다.

그사이, 이번에는 돌로레스 빌라로보스가 다가왔다. 그러나 예상과는 달리, 그녀는 펠릭스를 두 팔로 감싸안고는 풍만한 가슴을 그에게 밀착시킨 채 두 뺨에 입맞춤을 했다. 화려한 실크 드레스와 불타는 듯한 빛깔의 스카프가 부딪히면서 사각거렸다. 그녀는 언제나 손으로 만져보고 싶은 충동이 들게 하는 눈부신 색조의 옷감으로 치장을 했다. 그러나 매혹적인 그녀의 입에서 나오는 날카로운 말에서는 빈정거림마저 느껴졌다.

"아니, 판화들을 좀더 잘 지킬 수는 없었던가요? 그런 것을 아무나 가져가게 내버려두다니 말예요? 이러다가 사람들이 당신에게서 등을 돌리면 어쩌려고 그래요!"

다른 사람들과 마찬가지로 그녀 또한 이번 일로 몹시 언짢아하고 있었다. 그녀가 책망하는 듯한 시선으로 나를 보자 나는 시선을 내리깔았다.

그 말을 감히 입 밖으로 꺼낸 것은 그녀였다. 판화가 그냥 사라질 수는 없었다. 그것이 저절로 해체되어버릴 수는 없는 노릇이니까. 누군가가 훔쳐간 것이 틀림없었다. 갑작스러운 절망감이 나를 엄습해왔다. 내 친구가 된 작은 여인과 그녀의 기사를 이제 다시는 볼 수 없겠구나. 그들에 관해서 더는 아무것도 알수 없으리라. 돌로레스의 말이 옳았다. 그들은 나만큼이나 그들에게 끌려 관심을 가진 누군가에게 유괴를 당한 것이다. 또한 도둑이 이만큼의 위험을 무릅썼다는 사실은 그들을 다시 돌려보낼 의도가 전혀 없다는 의미일 터였다.

❋

난 유쾌한 성격의 키 작은 고물상의 존재는 까맣게 잊고 있었다. 그 역시 상당히 기분이 가라앉아 있었다. 그는 어느새 내 앞에 와 서 있었다. 포동포동한 그의 얼굴에는 믿지 못하겠다는 표정이 역력했다.

"말해봐요, 오르탕스. 이거 짓궂은 농담이죠, 그렇죠? 다시 찾을 수 있겠지요, 내 판화를? 난 당신을 믿어요. 아시죠, 내 운명이 당신 손에 달려 있다구요."

나는 그를 안심시키려고 했지만 그는 흥분하며 내 말을 가로막았다.

"쓸데없는 말로 안심시키려고 하진 마시오, 난 이미 산전수전 다 겪은 사람이란 말이오! 어느 고약한 친구가 밥상을 차리기도 전에 먼저 먹어치운 것 같은데…… 빵 부스러기 하나 남겨놓지 않은 채 말이지…… 자, 그러니 이제 나한테 어떻게 변상할 건지 말해보시오. 난 이대로 그냥 당할 수는 없소!"

그가 흥분하는 것은 충분히 이해할 만했다. 손에 들어올 뻔했던 큰 돈이 눈앞에서 공중으로 날아가버리는 것을 보고만 있었던 셈이니까. 나는 그에게 경매회사는 이런 종류의 사고를 보상해주는 보험에 가입해 있으며, 그는 적어도 추정가인 최소 삼만 오천 유로에서 보험업자가 후하게 마음을 먹는다면 최대 사만 유로까지 배상받을 수 있다는 사실을 알려주었다. 그는 달처럼 둥근 얼굴에 못 믿겠다는 듯 뾰로통한 표정으로 입술을 삐죽거리며, 도둑과 경매회사, 경매인 그리고 자신을 13일의 금요일에 태어나게 한 자신의 어머니와 결코 자신에게 호의적이지 않은 운명까지 모두 싸잡아 욕하며 투덜거렸다.

모두가 내게 불만을 쏟아놓았다. 갑자기 무력감과 동시에 형언할 수 없는 슬픔이 몰려왔다.

그사이, 우리 뒤쪽 몇 미터 떨어진 곳에서 마틸드가 아스트뤼크와 한창 무언가에 대해 얘기를 하고 있었다. 사복 차림의 형사는 마치 그들의 입술을 읽으려는 듯이 뚫어지게 바라보았다. 곧 그는 그들에게 다가가 턱을 살짝 추켜들어 따라오라는 신호를 보냈다. 그러나 그들은 남의 말을 몰래 엿듣고 비밀을 캐내는 데 능통한 돌로레스를 미처 생각지 못했다. 그녀는 근심스러운 표정으로 상황을 살펴가면서 대화에 열중해 있는 두 사람 주위를 맴돌았다. 때때로 과시하는 듯 한숨을 내쉬거나 큰 제스처로 화려한 빛깔의 스카프를 어깨 너머로 넘기면서. 동시에 그녀는 귀를 곤두세웠고, 이번에도 놀라운 말을 내뱉었다.

"태송이? 살해당했다구요? 아니 언제요? 어디서 말인가요? 그래서 오늘 경매에 나오지 않았던 거군요!"

당황한 마틸드와 아스트뤼크는 잘못을 하다 현장에서 들킨 사람들처럼 서로를 바라보았다. 그들은 어떤 일이 있어도 그 소식을 입밖에 내고 싶어하지 않았지만 이미 너무 늦어버린 후였다. 그들 대신 돌로레스가 그 일을 해버리고 만 것이었다. 아직 그곳에 남아 있던 화상들도 소스라쳐 놀랐다. 프랑스어를 할 줄 모르는 츠쿠야마까지 상황이 심각한 것을 깨달았다. 리버만은 너무 큰 충격을 받고 자리에 다시 주저앉았다. 각자의 이데올로기는 달랐지만, 그들 모두는 이십여 년 전부터 경매를 통해 좋은 작품들을 살 수 있도록 해준 태송에게 깊은 존경심을 느끼고 있었다.

저 멀리 벽시계가 기계적으로 다섯시 이십팔분을 가리켰다. 잠시 후, 눈 깜짝할 사이에 들릴 듯 말 듯 딸깍 하고 메마른 소리를 내며 분침과 숫자가 시계판 중앙에서 겹쳤다. 그러니까 태송이 죽은 지 약 세 시간이 흐른 것이었다. 겨우 다섯 시간 전에 그는 우리와 함께 식탁에 앉아 풀먹인 하얀 냅킨으로 세심하게 입을 닦고는 환하게 웃었다. 그러나 지금 내 머릿속에 떠오르는 건 그의 두개골에 뚫린 커다란 구멍뿐이었다.

나는 음울한 생각들을 떨쳐버리려고 애썼다. 하루 동안 너무 많은 일이 일어났다. 아스트뤼크와 마틸드는 경호를 받으며 자리를 떠났다. 사람들이 내 존재를 잊어버린 것 같았지만 불만스럽지는 않았다. 경매소는 갑자기 석막해졌다. 의자들은 방치되었고, 벽과 바닥을 덮은 연보랏빛을 띤 붉은색은 욕지기를 일으켰다. 높이가 조절되는 가설 천장의 금속 창살에 매달린 전구들은 거대한 무대 조명장치처럼 보였다. 마치 우리를 부스러뜨리기 위한 세련되고 무자비한 고문 도구처럼. 벌써 다음날의 경매를 위해 설치한 진열장 속의 보석들을 좀더 가까이서 밝혀주기 위해 담당자가 가설 천장을 낮추고 있었다. 나는 속을 꽉 채운 거대한 관 속에 갇힌 것만 같았다. 태송의 소식에 얼굴이 납빛이 된 펠릭스를 그곳에 버려둔 채 나는 자리를 떠났다. 그는 충격을 이겨내기 위해 엄격한 금연 게시에도 담배를 피워물었다. 나는 테이블 위에 굴러다니는 카탈로그를 집어들고, 더는 그곳에 남아 있어봐야 아무 소용이 없다는 생각에 급히 출구로 향했다.

거리를 달리는 승용차와 버스들이 뿜어내는 배기가스 때문에 매캐하긴 했지만 바깥 공기는 기분을 한결 상쾌하게 해주었다. 경매장에는 많은 사람들이 오가고 있었고, 유리문들이 끊임없이 여닫혔다. 이제 삼십 분만 더 있으면 그 문들도 밤을 맞이하기 위해 닫히겠지. 드루오는 승객을 내려놓고 다시 텅 비어버린 커다란 여객선으로 변할 것이다. 건물 앞 보도 위에는 거대한 바위를 닮은 복잡한 형상의 분수대가 암초처럼 놓여 있었다. 평화롭게 물이 흘러내리거나 수도꼭지가 잠겨 있을 때는 물이 고여 있었는데, 지금은 화단으로 바뀌었다. 분수대의 모서리는 날카로웠다. 비둘기조차 다리가 상할까 앉기를 꺼려할 정도였다. 나는 그 톱니바퀴 같은 형상의 바위가 마음에 들어 가장자리에 앉기도 했다. 벨랑주 판화 속의 우아한 여인도 창밖으로 보이는 잘 가꾸어진 정원에서 산책을 했을 것이다. 그녀는 우물의 가장자리에 앉아 심연 같은 우물 속을 들여다보며 생각에 잠겼다. 그러다가 작은 조약돌 하나를 집어 물속에 던져 물과 부딪히면서 희미하게 들려오는 젖은 소리로 그 깊이를 가늠해보았다. 또한 가냘픈 발로 젖은 풀들을 살며시 건드려보거나, 말뚝에 묶여 있는 말 옆구리를 살짝 스치고 지나가기도 했다. 활활 타오르고 있는 화로 곁을 지날 때는 두 손을 앞으로 모은 채 잠시 몸을 데우기도 했다. 그녀는 꿈꾸는 듯한 표정으로 곧 자신을 찾아올 멋진 기사를 생각하고 있었다. 그는 그녀에게 자신의 방문을 알리는 편지를 썼고, 그녀 또한 사각거리며 써지는 깃털펜으로 양피지에 답신을 써보냈다. 그에게 편지를 쓰기 위해 그녀는 잘 다듬어진 백조 깃털을 사용했다. 아름답고 둥근 서체를 쓰기 위해서였다. 닭이나 거위, 까마귀의 깃털은 일상적인 메시지를 작성하는 데만 사용했다. 약제사나 양계업자에게 주문을 하거나, 새 드레스를 만들기 위해 염색업자가 물들여야 할 옷감의 치수 등을 확인하기 위한 일 같은. 이제 잠시 후면 그가 도착할 것이다. 그녀는 초조하게 기다렸다. 가슴은 강렬한 기쁨으로 터질 듯이 부풀어 있었다. 공기를 가득 채워넣어 아이들이 가지고 노는 둥글고 투명한 돼지 방광처럼, 그녀도 한껏 부풀어 공기처럼 가볍게 느껴졌다. 살짝 건드리기만 해도 터져버릴 듯이.

그는 약속한 시간에 정확하게 나타났다. 그는 여느 때처럼 그녀의 어깨 위에 손을 얹었다. 그녀는 목덜미 가까이 그의 남자다운 손길을 느끼는 것을 좋아했다. 그는 다른 한 손마저 뻗어 그녀를 격렬하게 품에 안을 수도 있었을 것이다. 그러면 그녀는 아무 말 없이 그의 품속에서 작은 나뭇가지처럼 부서져버렸을 것이다. 그녀는 마음속으로 그가 잠자코 자신을 안아주길 바랐을 것이다. 그가 말하는 동안, 그녀는 그의 말을 믿을 수 없다는 표정으로 그의 망토에 달린 리본 장식을 멍하니 바라보았다. 그녀는 손을 뻗어 그의 실크 옷을 만지면서 그 부드러움으로 좀전에 일방적으로 들은 이야기의 가혹함을 달래고 싶었을 것이다. 그러나 그녀는 마치 조각상으로 변해버린 듯 꼼짝 않고 앉아 있었다. 결코 그 자리에서 일어날 성싶지 않아 보였다. 납을 녹인 쇳물 속에서 빠른 속도로 굳어버린 것 같았다. 선 채로 할 말을 끝낸 그는 이미 손가락으로 문을 가리키고 있었다. 먼바다로 나가는 어부가 긴 이별을 예고하듯이.

내 뒤에 있는 큰 배는 삼삼오오 무리를 지은 마지막 방문객들을 밖으로 쏟아내고 있었다. 그들과 함께 펠릭스가 나왔다. 등을 구부리고 머리는 숙인 채 담배꽁초를 빨고 있는 그의 모습은 갑자기 십 년은 늙어 보였다. 아스트뤼크와 마틸드는 이마를 찌푸리고 시선은 아래를 향한 채, 키 작은 형사와 충실한 페늘롱의 경호를 받으며 나왔다. 에티엔 브리사크는 상아 손잡이가 달린 지팡이에 의지하여 발을 약간 끌면서, 고독해 보이지만 위엄 있게 그들의 뒤를 따라나왔다. 그의 얼굴은 비할 수 없는 즐거움을 느끼게 해준 게임을 마친 사람처럼 빛나고 있었다. 그다음으로는 얼굴이 온통 눈물로 얼룩진 돌로레스가 뒤따라나왔다. 그녀의 모습은 혼란스러워 보였지만 보르단스키와 열띤 대화를 나누고 있었다. 그리고 여전히 말이 없고 어두운 표정의 츠쿠야마와, 선선한 날씨에도 한여름처럼 이마의 땀을 닦고 있는 리버만이 힘겨워 보이는 발걸음으로 나타났다. 종종걸음을 하며 마지막으로 모습을 드러낸 사람은 칼드보스크였다. 나는 죽은 듯이 가만히 있었다. 그들 중 누구의 눈에도 띄고 싶지 않았다. 혼자 있고 싶었다.

❄

그후 며칠 동안 수사가 진행되었지만 어떤 결론에 도달하지는 못했다. 내가 섬세한 판화를 분석하듯 경찰도 실마리를 수집해나갔다. 모두 탐문 대상이 되었다. 펠릭스와 나는 태송이 식당을 떠난 시각만을 확인시켜줄 수 있을 뿐이었다. 그날의 점심식사 이후로 우리는 살아 있는 그를 다시 보지 못했으니까.

펠릭스는 상점에서 실내화를 거의 벗지 않았다. 아마도 일종의 위안을 느끼는지도 몰랐다. 그런 모습의 그를 한 번도 본 적이 없었다. 그는 무언가에 짓눌린 것 같았다. 나는 17세기 정물화를 응시하면서 절망에 빠져 있는 듯한 그의 모습을 보고는 놀랐다. 그는 그 속에서 자신의 마지막 모습을 보고 있는 듯했다.

"난 그를 별로 좋아하지 않았지, 태송 말이야, 그랬지. 하지만 아무리 그래도…… 이렇게 끝나는 것은…… 도대체 누가 감히 그런 짓을 할 수 있었을까?"

내가 그의 어깨에 손을 올려놓자 그는 소스라치면서 몸을 떨었다.

현실은 너무 추악했다. 나는 내 이미지 속 세계를 더 사랑했다. 나는 메어지는 가슴으로, 분류해놓은 작품들을 다시 정리하는 데 몰두했다. 내 사랑하는 판화가 지금 누구의 수중에 있는지 누가 알아낼 수 있을까? 은밀한 대화를 중단한 채, 그들은 지금 어느 서랍, 어떤 상자 안에 잠들어 있단 말인가? 경매인 테송 또한 이제 영원히 침묵할 것이다. 3월 21일 하루 동안 너무 많은 비극이 얽히고설키었다. 그사이 어느새 봄이 다가와 있었다. 참새와 피리새들이 파란 하늘을 맞이하기라도 하듯 파리의 지붕 위에서 경쾌하게 지저귀었다. 겨우내 굶주렸던 새들은 길가에 흩어져 있는 빵 부스러기들을 두고 날렵하게 움직이며 서로 다퉜다. 나는 상점의 내 자리에서 유리창 너머로 그들의 술책을 지켜보았다. 날렵한 참새들은 너무 잘 먹어서 몸이 둔해진 비둘기들에게 보란 듯이 약올렸다. 비둘기들은 동그란 눈으로 참새들이 입에 물고 있는 부스러기를 탐내듯이 쳐다보면서 발작적으로 머리를 흔들었다. 그러나 이미 늦었다. 작은 새들은 이미 딱딱해진 크루아상 조각을 부리에 문 채 높이 날아가버렸다. 살기 위한 투쟁, 탐욕. 인간도 별반 다를 것이 없지 않은가.

나는 담배 냄새와 묵은 먼지를 내보내고 신선한 공기를 들여보내기 위해 문을 살짝 열었다. 몇 미터 앞에서 비둘기들이 뒤뚱

거리면서 멀어져갔다. 다른 새들은 이미 멀리 사라졌다. 공기 속에서 은은한 바다 냄새와 들판의 꽃향기가 풍겨왔다. 하지만 그것은 죽음의 향기였다. 이제 두 시간 후면, 샤를 테송 드 빌몽테의 장례식에 가기 위해 예외적으로 상점을 닫을 것이다. 부검은 아무것도 밝히지 못했고, 법의학자는 장례에 동의했다. 이제 테송은 조상들이 잠들어 있는 흙으로 돌아갈 수 있게 되었다.

발밑에서 자갈이 덜그럭거리는 소리를 냈다. 나는 긴 스커트에 검은 단화, 몸에 꼭 끼는 짙은 회색 레인코트를 입고, 촘촘히 모여 있는 사람들 틈에 끼지 않기 위해 뒤로 약간 물러나 있었다. 장례식은 엄숙하고 위엄 있었다. 고인의 아내는 옛날 식으로 검은 베일을 쓰고 있었다. 그녀의 얼굴은 모슬린 천에 가려 잘 보이지 않았다. 그녀는 장성한 아들의 손을 꼭 쥐고 있었고, 그들 곁에는 울어서 눈이 빨개진 소녀가 창백한 얼굴로 서 있었다.

나는 차라리 관 속에 누워 있는 그의 모습을 기억하기를 원했다. 그렇다면 피 흘리는 그의 얼굴이 계속 떠오르는 일은 없을 테니까. 불쌍한 테송. 큰 키의 에티엔 브리사크가 사람들을 굽어보며 멀리서 날 위로하는 듯한 손짓과 함께 미소를 보내고 있어서, 난 애써 슬프거나 고통스러운 표정을 지어 보여야 했다. 사실 고인이 된 경매인을 좋게 생각한 적이 별로 없었다. 내 기억 속의 그는 권위적이고 자신만만하고 오만한 사람이었다.

이런 음울한 격식을 몹시 싫어하는 펠릭스는 내 뒤에 몇 발짝 떨어져 있었다. 나는 그가 몰래 내뿜는 지탄 냄새를 느낄 수 있었다. 종종 사람들은 이런 작은 의식으로 스스로를 위안하려는 그를 선동적인 사람으로 오해했다. 구덩이가 열렸다. 관은 차가운 땅속, 깊은 곳에 놓였다. 관을 옮긴 건장한 남자들이 검은 외투 위로 두 손을 모아 예의를 갖춘 후 자리를 떠났다. 그들은 미망인에게 고개를 살짝 숙여 조의를 표하며 지나갔다. 관 위에 흙을 제일 먼저 던져넣고 성수를 뿌리는 것은 그녀의 몫이었다. 조문객들의 행렬이 시작됐다.

차례가 오기를 기다리면서 나는 주변의 추모 기념물들을 둘러보았다. 바로 내 옆에는 뒤몽 뒤르빌* 해군 소장의 무덤 위에 세워진 기둥 모양의 기념비가 있었다. 그의 이름은 쥘 세바스티앵 세자르였다. 그의 부모는 아들이 커다란 야망을 품기 바랐을

---

* 프랑스의 해양 탐험가. 1820년 지중해 동쪽의 해로를 조사하러 나섰다가 에게 해의 밀로스 섬에서 발견한 그리스 조각품 가운데 가장 유명한 '밀로의 비너스'를 프랑스로 가져오는 공을 세웠다. 쥘 세자르는 로마의 독재관이었던 율리우스 카이사르의 프랑스식 이름이다.

것이다. 그가 세계를 정복하고자 했던 사실은 그리 놀라운 일도 아니었다. 오벨리스크는 중력의 법칙을 무시하기라도 하듯 하늘을 향해 치솟아 있었다. 그러나 그 법칙에 의해 바다의 황제였던 그는 결국 태초의 고향인 흙으로 돌아오게 되었다. 1790~1842년. 그는 쉰두 살에 사망했다. 비극적인 열차 사고였다. 평생을 배 위에서 보냈던 그로서는 아이러니한 결말이었다. 그와 거의 같은 나이인 테송 드 빌몽테는 그와 좋은 친구가 될 것 같았다.

묘지는 축소된 세상의 보고서와 같다. 각 세대는 그곳에 자신의 비석과 비명을 남긴다. 샤를 테송의 것에는 간략하게 기록될 것이다. 1953년 11월 8일~2003년 3월 21일. 경매인. 그러니까 그는 전갈자리였다. 그에게 잘 어울리는 별자리였다. 난 평소에 그런 것에 별로 관심을 두지는 않았지만, 그는 전갈자리의 모든 특성을 가지고 있었다. 음흉하고 비밀스럽고 말수가 적었다. 또한 위험하면서도 사람을 이끄는 힘이 있었다. 어떤 독충이 다른 동물의 등에 업혀 강을 건너다가 침으로 그 동물을 찔러 둘 다 물에 빠져 죽었다는 우화가 아직도 기억 깊은 곳에 남아 있다. 그가 살아 있었다면 그런 일이 일어나고 말았을지 모른다. 아스트뤼크와 그는 결국 서로를 죽이고 함께 침몰했을 것이다. 이제 혼자 남게 된 경매인은 무덤 위로 몸을 숙여 마치 복수를 하려는 사람 같은 제스처로 한 움큼의 흙을 뿌렸다. 두더지색 외투를 입은 그는 에드가 퀴네 대로에 세워둔 차 뒷자리에 잠든 충견을 떼어놓은 채 처음으로 혼자 모습을 나타냈다. 자신의 의무를 다할 뿐 눈물을 흘릴 생각 따위는 하지 않았을 것이다. 그는 연극을 할 줄 몰랐으니까.

묘지를 둘러싼 담 너머로 새싹이 움트기 시작한 나무들이 미풍에 가볍게 흔들렸다. 하늘에는 작은 구름들이 서로를 밀어내고 있었다. 이른 오후의 햇빛은 투명했고, 사물의 형태는 선명하게 돋보였다. 장례식에 모인 사람들 중에는 내가 알고 있는 인물들이 상당수 눈에 띄었다. 아스트뤼크가 있는 곳에서 멀지 않은 곳에 있는 마틸드는 겉으로 보기에도 간신히 버티고 있었다. 얼굴은 수척해 보였고, 부은 눈은 3월 21일에 목격했던 끔찍한 광경을 아직 떨쳐버리지 못한 듯했다. 그곳에는 폴 프레시네도 참석해 있었다. 아스트뤼크 만큼이나 그 역시 감정을 숨기는 데 익숙하지 않았다. 자신의 커다란 몸을 주체할 수가 없어 불편해하고 있는 것이 명확히 보였다. 좀더 떨어진 곳에서는 특별히 장례식 때문에 제네바에서 온 허버트 리버만이 진심으로 애도하는 모습이 보였다. 그리고 키 큰 식충식물 같은 모습을 한 돌로레스가 보였다. 보란 듯이 검은 벨벳으로 차려입은 그녀는 물결 무늬 스카프로 의상을 돋보이게 하고 싶은 욕망을 극복하지 못한 것 같았다. 마치 목덜미 주위로 액상의 금이 굴러떨어지는 것 같았다. 그녀의 뺨에서 눈물이 흘러내렸다. 진정으로 샤를을 좋아했던 모양이다.

반사적으로, 다른 매장埋葬의 이미지가 내 머릿속에서 겹쳐졌다. 쿠르베가 그린 〈오르낭의 매장〉이었다. 그들의 얼굴빛은 입고 있는 옷만큼이나 어두웠다. 메조틴트 기법으로 작업을 하는 판화가에게는 더없이 좋은 소재였으리라. 동판을 작업대에 놓고 수많은 작은 구멍을 촘촘하게 뚫어 완벽한 검은색의 느낌을 표현한다. 다음에는 동판을 금속연마기로 갈면서 적절한 양의 작은 터치들을 가해 점차 양감과 반농담의 느낌을 표현한다. 밀도 높은 덩어리처럼 모여 있는 사람들의 형체는 회색과 갈색의 모든 색조를 보여주었다. 그들은 함께 어우러져 녹아 있지만, 또한 각자 개별적인 모습을 나타내고 있었다.

이제 내가 구덩이를 들여다보며 한줌 흙을 상징적으로 던져넣을 차례가 왔다. 내키지 않았지만 선택의 여지가 없었다. 성수병이 무거워서 나는 애써 허공에 십자 표시를 그리지 않았다. 물세 방울이면 충분할 것이다. 빨리 끝내자. 나는 돌아서서 다음 사람에게 성수병을 넘겨주었다. 하지만 그걸 받은 것은 펠릭스의 손이 아니었다. 그는 멀찌감치 떨어져서 얼쩡거리고 있었다. 그는 펠릭스가 아니었다. 그 단단한 손아귀 힘, 내겐 너무나 익숙한 느낌. 벌써 몇 주째 그를 잊어버리려고 애썼건만. 순간 난 현기증에 사로잡혀 머리부터 거꾸로 곤두박질칠 것만 같았다.

내게는 등 뒤에도 눈이 달린 게 틀림없었다. 늘 그렇듯이, 난
또다시 내가 만들어내는 작은 환영에 사로잡혔다. 변형된 장면
속에서는, 미학적인 정수精髓, 대략적인 모습, 몸의 윤곽선 그리
고 숙이고 있는 목덜미의 곡선 같은 것만이 떠오를 뿐이다. 디테
일은 무시했다. 하지만 내 뒤에는, 빅토르가 서 있었다. 언제나
그랬던 것처럼 수수하면서도 세련된 모습으로. 푸르크루아 드
라 브레슬이란 성을 가진 그 사람. 다시 자세히 바라보자, 그의
아내 이렌이 뒤에 서 있는 것이 보였다. 귀엽게 구불거리는 짧은
갈색머리, 완벽한 아치형 눈썹 아래 얼굴을 가릴 듯 맑고 큰 눈
을 가진 작고 가냘픈 여인이었다. 나는 그가 건장한 몸을 숙여
구덩이를 볼 수 있도록 급히 오른쪽으로 세 발짝 물러서주었다.
그는 나를 못 본 체했다.

자, 정신 차리자. 몇 달 전까지만 해도 난 그를 알지 못했다고
생각하는 거야. 다시 원점으로 돌아간 것이라고 믿자. 그사이의
시간은 지워버리는 거야. 화환과 트리, 선물과 기쁨이 넘쳤던 행
복했던 크리스마스 때로 다시 돌아가는 거야. 캅드보스크가 처
음 그에 대해 말하기 이전으로. 그때 빅토르는 하나의 이름에 불
과했다. 그러나, 아, 지금 나에게는 하나의 실체가 되어버렸다.
나는 스스로를 방어하기 위해 습관적으로 쓰던 수법을 동원했

다. 뷔랭의 엄격한 터치로 묘사된, 기름이 번지르르한 교회 참사 회원이나 악당 같이 생긴 주교들의 모습, 석판화로 돌 위에 새긴 낭만주의 예술가들의 초상화, 뚱뚱한 부르주아들의 풍자화 등을 마음속으로 계속 떠올렸다. 아무런 소용이 없었다. 빅토르는 그들 중 그 누구와도 섞이지 않았다. 여전히 그는 온전하게 피와 살을 가진, 단순하게 묘사될 수 없는 엄연한 하나의 존재였다. 나와 몇 미터 떨어진 곳에서 규칙적으로 호흡하고, 아내와 때때로 말을 주고받거나 애정 어린 손길로 그녀의 팔을 꼭 감싸안고, 아는 얼굴들에게 작은 손짓을 하며 미소지어 보이는 존재. 바로 삼 분 전, 의식하지도 못한 채 내가 목덜미에 느꼈던 것은 그의 숨결이었다. 삼 주 전, 난 그의 입술에 키스를 했고, 무한한 영역인 그의 육체 모든 곳을 내 손바닥으로 어루만졌다.

공포. 절망. 나는 죽어버린 덩어리처럼 심연 속으로 떨어졌다. 매달릴 나뭇가지를 찾아야만 한다. 그것은 저쪽, 창문 뒤에 있다. 다람쥐와 피리새를 품고 있는 창문이 다시 보인다. 그러나 그 광경은 나를 진정시키기보다는 오히려 더욱 고통스럽게 만든다. 나는 또다시 발톱을 드러내고 울부짖는 야수가 팔걸이에 새겨진 의자에 앉아 있다. 내 앞에 서 있는 남자는 빅토르의 모습을 하고 있다. 그가 떠난다. 이제 다시는 그를 볼 수 없을 것이다. 아무래도 상관없다. 난 살아남을 것이다. 거의 꺼져가는 바깥 화로 속의 불꽃은 차가워 보였다. 촛불은 꺼져 있다. 촛대는 식어 있고, 베르니니 조각상의 눈물처럼 흘러내린 단단한 촛농으로 덮여 있다. 살짝 열린 문틈으로 내게로 불어오는 바람은 얼음같이 차가운 북풍이었다. 난 다시 겨울 속으로 들어갔다.

나는 시신들을 파내기 위해 꽁꽁 얼어붙은 땅을 파헤치는 무덤 인부와 같다. 좀더 멀리, 좀더 깊숙이, 내 기억의 지층 속을 파헤쳐야 한다. 출발점까지 다시 거슬러올라간다면, 이 모든 것의 원인을 찾을 수 있으리라. 악천후가 남기고 간 충적토 아래, 내가 찾는 대답이 있을 것이다.

제 2 부

자크 벨랑주, 〈배내옷으로 예수를 감싼 성모 마리아〉_에칭

촛불

1월 10일이었다. 작은 눈송이들이 애쿼틴트* 작업을 위해 동판 위에 촘촘하게 뿌리는 송진가루처럼 흩날렸다. 땅바닥은 새하얗고 푹신해 보였지만, 그 상태가 오래 갈 것 같지는 않았다. 분젠등燈을 동판 아래에 대고 데우면 송진가루가 녹으면서 판 표면에 촘촘한 작은 알갱이들을 남긴다. 그러고 나면, 판화를 찍을 때 필요한 톤의 색조를 얻기 위해 부식용 질산에 판을 담그는 것이다. 땅 아래에 묻힌 하수도의 도관 장치를 타고 흐르는 물도 그처럼 미지근한 온기를 올려보내 차츰 보도와 차도 위에 쌓인 하얀 눈을 녹였다. 나는 코트와 모자에 몸을 파묻은 채 버스를

---

* 동판 표면에 송진가루나 니스를 도포한 다음 부식시켜 섬세한 요철을 얻는, 에칭의 한 방법.

타고 파리를 누볐다. 먼저 간 곳은 아스타르테의 사무실이 있는 9구였다. 센 강과 루브르의 매표소, 피라미드 그리고 팔레 루아얄. 이제 곧 도착할 것이다. 하늘은 우윳빛이었고, 센 강은 밝은 베이지색이었고, 파리의 지붕들은 생크림으로 덮여 있었다. 오페라는 커다란 머랭그 과자를 닮아 있었다. 행인들은 고개를 숙인 채 몸을 오들오들 떨면서 앞으로 나아갔다. 후드를 쓴 아이들은 곧 사라져버릴 귀한 사탕이 하늘에서 떨어지는 것처럼 허공을 향해 입을 벌리며 깔깔대고 웃어댔다. 깨끗한 순백으로 덮인 보도 위에는 이어진 행인들의 발자국과 자전거나 스쿠터의 바퀴 자국이 어두운 흔적을 남겼다. 그것들을 보니 금속판 위에 아무렇게나 휘두른 철침이나 뷔랭의 터치가 떠올랐다. 우스운 직업적 연상 작용이었다.

한숨을 내쉬었다. 이젠 거의 강박관념으로 변하고 있었다. 물론, 어느 정도 인정받을 만한 감정가 수준에 도달했음을 자랑스럽게 여길 수는 있었다. 이미 십여 년간을 책과 작품들 속에 파묻혀 보냈으니까. 내 돋보기는 이제 내 눈의 자연스런 연장延長, 하나의 혹이 되어버렸다. 나는 그 어떤 디테일도 놓치지 않았고, 모든 것에 돋보기를 들이댔다. 내 머리는 결코 쉴 수가 없었다. 내 머릿속에는 이미지의 숲이 자리잡고 있었다. 잎이 큰 식물들로 무성해 빠져나올 수 없는 정글과도 같은. 현실의 세상은 이처럼 두뇌피질 속에 저장된 세계의 보잘것없는 모방에 불과했다. 내 주위의 모든 것은 메아리를 불러일으키고 머릿속에 저장돼 있는 환상을 일깨우며, 깨어난 이미지는 현실과 겹쳐지면서 그것을 지워버린다. 무의식적으로 솟아난 이미지는 관찰된 현실의 사물과 완벽한 일치를 이룬다. 이런 메커니즘은, 때로는 마음에 위안을 주기도 하고 정신을 취하게 만들기도 하며 때로는 걷잡을 수 없이 밀려오기도 한다. 아무런 뒷생각 없이 그저 단순히, 나를 둘러싸고 있는 황홀하고 비현실적인 순백을 음미하고 싶었던 오늘처럼. 아직 그 누구도 더럽히지 않은, 아무것도 씌어 있지 않은 페이지의 환희를 맛보면서, 모든 흔적과 기호가 소멸해버리고 마는 온전한 순수함 속에 나를 풍덩 담그면서.

❦

나는 마틸드의 부름을 받고 가는 길이었다. 그녀는 몹시 당황한 목소리로 누군가 샤갈의 판화들을 놓고 갔다는 소식을 전했다.

"오르탕스, 얼른 좀 와줄래? 자기가 필요해. 정말 어떻게 해야 할지 모르겠어. 판매인이 오늘 저녁 당장 대답을 달라고 하는데, 아니면 도로 가져간다고 하면서."

그녀의 청을 듣고 간 것은 이미 여러 번이었다. 난 마치 미로 속에서 그녀를 인도하는 안내자가 된 것 같았다. 그녀는 깜박거리는 내 작은 촛불에서 나오는 희미한 빛에 의지했다. 나는 벨랑주 판화의 젊은 여인이 기대고 있던 커다란 테이블 위 촛불은 어떤 빛을 비추고 있었을지 궁금했다. 그 불빛은 자신의 후광으로 어떤 비밀을 감싸고 있었을까? 어슴푸레한 그 빛은 서로를 향한 그들의 얼굴에 어떤 표정을 드러냈을까?

아스타르테에 도착해 엘리베이터를 타고 사층으로 올라갔다. 날이 몹시 추웠다. 나는 황금빛 금속판으로 장식된 거대한 출입문의 벨을 누른 다음, 안내원이 자동으로 문을 열어주기를 기다렸다. 매일 아침 영양 가죽으로 윤을 내는 금속판 위에 글씨가 새겨져 있었다. 회사명은 로마자체 대문자로, 두 경매인의 이름은 이탤릭체로 새겨져 있었다. 사무실 업무 시간표는 좀더 작게 씌어 있었다. 딸깍. 마침내 문이 열렸다. 난 두 손으로 문을 밀고 들어갔다. 마틸드의 사무실은 샤를 테송과 프랑수아 에방질 아스트뤼크의 사무실 중간에 있었다. 양탄자가 깔린 복도를 따라 서른 발짝쯤 가면 그녀의 사무실이 나왔다. 그녀는 자신뿐 아니라 보고나 회계를 위해서 찾아오는 직원들의 출입을 편하게 하기 위해 늘 문을 열어놓았다. 나는 세 번 살짝 노크했다. 서류 더미에 코를 박고 책상에 앉아 있던 마틸드가 고개를 들어 환한 미소를 지어 보였다. 그녀의 미소는 언제나 구세주라도 반기는 듯했다.

"오르탕스! 들어와, 들어와, 기다리고 있었어!"

나는 그녀의 뺨에 입을 맞추었다. 그녀는 이런 날씨에 오게 해서 미안하다며 사과하고는, 고객이 기다릴 수 없다고 하더란 말을 덧붙였다. 경매회사에 정기적으로 물건을 대주는 사람이라 신경을 쓰지 않을 수가 없었던 것이다. 잠깐, 그녀가 자신은 그건에 별로 관심이 없다는 사실을 지나치게 강조하는 듯한 인상을 받았다. 이미 자신이 챙길 약간의 수수료에 대해 그 사람과 협상했음이 분명했다. 월말이 푸근해질 정도의 액수로.

눈 한번 깜빡거리는 것으로 충분했을 것이다. 그녀는 평범하지 않은 미모와 우아함을 갖추었다. 노르망디 출신의 어머니와 노르웨이인 아버지로부터 물려받은 긴 금발은 정성스레 손질되어 매끄럽게 윤이 났다. 일할 때 뺨과 어깨를 스치는 긴 머리카락이 불편할 때면, 그때그때 손에 잡히는 대로 핀이나 리본 또는 머리집게 등을 사용해서 땋아내렸던 머리채를 쪽지어 틀어올리기도 했다. 그녀의 눈빛은 자신의 조상처럼 투명한 푸른색이었는데, 갈색 눈썹 연필로 눈꺼풀 바로 위에 가는 아이라인을 그려 눈매가 한층 우아하게 돋보였다.

사무실 벽에 기대어 액자 속에 들어 있는 작품들을 내려다보는데, "탁, 탁, 탁", 반복적인 소리가 멀리서부터 점점 커지며 다가왔다. 몸을 쭈그리고 앉자, 곧 정복한 영토라도 되는 듯 당당하게 방으로 들어오는 아스트뤼크의 래브라도와 얼굴을 맞닥뜨리게 되었다. 주인이 가까이 있는 것이 틀림없었다. 과연, 바로 뒤따라온 아스트뤼크는 문턱을 넘어서기 전에 조심스럽게 노크했다. 난 급히 일어나 인사했다. 하지만 그는 마틸드만 쳐다보느라 내게는 눈길조차 주지 않았다. 마틸드는 나이가 그보다 열 살 정도 아래였을 것이다. 두 금발은 잘 어울리는 한 쌍을 이루었다. 그런데 그녀는 이 갑작스런 방문 때문에 짜증이 난 모양이었다.

"맙소사, 프랑수아 에방질! 페늘롱이 내 방에 와서 털 흘리고 다니는 것 정말 지겹다고 벌써 수없이 말하지 않았던가요? 그래, 이번에는 대체 뭐죠? 여전히 캉의 화상 상속 건인가요? 그래요? 당신이 그걸 차지했어요? 아주 잘됐군요! 아주 잘된 일이에요!"

처음엔 퉁명스러웠던 그녀의 목소리는 몇 마디 하는 동안 아카시아 꿀 같은 달콤함을 되찾았다. 아스트뤼크의 즐거워하는 표정에서 좋은 소식을 전하러 온 것을 짐작한 것이었다. 그러나 아스트뤼크는 입을 열 기회조차 없었다. 내 눈에 마치 선생님에게 점수를 잘 달라고 청하러 온 어린 소년 같아 보였다. 그녀는 그에게 거의 위험하기까지 한 영향력을 가지고 있으면서 그것을 즐기고 있음이 확연했다. 할 말이 없어진 아스트뤼크는 몇 마디 의례적인 말을 더듬거리더니, 개와 함께 자기 사무실로 되돌아갔다. 마틸드는 평소 그녀의 품위 있는 행동과 어울리지 않는 장난스러운 눈짓을 보냈다.

"오르탕스, 운이 좋으면 이 컬렉션에 판화도 있다는 거야! 저 짜증나는 아스트뤼크가 곧장 그걸 알려주러 왔다니까. 어찌나 자랑을 하던지, 날 깜짝 놀라게 해주고 싶었나봐!"

나는 작품들을 꼼꼼히 살펴본 후, 그녀가 샤갈의 판화라고 생각하는 것은 라 퐁텐의 우화를 보고 제작한 짝이 맞지 않는 판화들이라고 설명했다. 모두 별 가치가 없는 것들이었다.

그때 누군가 다시 노크를 했다. 서로 약속을 한 것이 분명했다. 이번에는 테송 드 빌몽테가 모습을 드러냈다. 그는 조끼 주머니에 손을 찔러넣은 채 아무 말 없이 애써 무심한 척하며 서 있었다. 마틸드를 뚫어지게 보느라 내 존재는 알아차리지도 못한 듯했다. 그를 맞이하는 마틸드의 태도가 조금 전 아스트뤼크 때와는 전혀 달랐다. 순간 난 그 자리에 불필요한 존재였다. 그는 아무 용건도 필요 없었다. 그에게서는 그들 두 육체 사이에서 나를 배제시키는 자기장이 나오고 있었다. 나는 늘 지니고 다니는 수첩에 작품 설명에 유용할 메모를 급하게 한 후 인사를 하고 그곳에서 나왔다. 어쨌거나 내가 있을 곳이 아니었다. 마틸드는 애교 섞인 목소리로 날 달래며 문 앞까지 배웅했다. 그녀가 열려 있던 문을 닫았고, 딸깍 하고 열쇠로 문을 잠그는 소리가 들려왔다.

갑자기 머릿속에 이미지들이 떠오르자 나는 복도 반대 방향으로 걸어갔다. 로소 피오렌티노와 프리마티초는 퐁텐블로 성 안의 벽들을 자유분방한 목신과 요정들로 뒤덮었고, 16세기의 판화가들도 그들의 숨가쁜 추격과 필사적인 도망과 선정적인 탐닉을 동판 위에 유쾌하게 묘사했다. 불쌍한 아스트뤼크. 그로부터 삼 세기 후의 판화가인 도미에가 그를 풍자했다면, 아마도 열쇠구멍에 눈을 바짝 대고 있는 모습으로 그렸을 것이다. 그를 깎아내리는 해설과 함께.

돌아오는 길에 차들은 무척 느린 속도로 달렸다. 차도에 쌓였던 눈은 진창으로 변했고, 버스는 조심스럽게 움직였다. 파리는 곧 진창에서 뒹군 더러운 개의 모습처럼 보일 테지. 마침내 목적지에 도착하자 버스문이 끼익 하고 열렸고, 내가 계단을 내려오자 버스는 천식이 있는 커다란 동물처럼 요동을 쳤다. 길을 건너

보도를 거슬러 올라가면서 빙판 위에 여러 번 드러누울 뻔했다. 17세기 네덜란드 부식동판화에서 볼 수 있는, 얼어붙은 강과 호수 위에서 활기 있게 스케이트를 타는 농촌 사람들의 우아한 풍경과는 거리가 먼 모습이었다. 자 이제 그만하자, 또 시작하다니. 이번에는 그런 생각에 웃음이 나올 뻔했지만.

마침내 무사히 목적지에 도착했다. 위험한 여행의 유일한 생존자 같은 심정으로 상점에 들어서자 가볍게 방울이 울렸다. 따뜻한 그곳에서 펠릭스는 최근의 발견을 알려주려 온 한 수집가와 평화롭게 이야기를 주고받고 있었다. 그들은 진한 커피를 조금씩 음미하고 있었다. 나도 그들처럼 하고 싶은 마음에, 시끄러운 커피메이커를 작동시켜 뜨거운 블랙커피 한 잔을 뽑아냈다. 그러고는 커피에 설탕 반 조각을 넣은 다음 컴퓨터 뒤에 있는 내 자리로 피신했다. 이달 말까지 카탈로그를 마무리해야 했다. 습관적으로 벨랑주의 판화가 내가 놓아둔 곳에 잘 있는지를 확인했다. 판화는 경매를 앞둔 다른 판화들과 함께 상자 속에 누운 채 평온하게 쉬고 있었다. 떡갈나무 가구의 서랍들 속에는 터질 듯이 꽉 찬 로얄 판 크기의 파일 십여 개가 세심하게 정돈돼 있었다.

다섯시가 다 되어갈 무렵, 눈이 그쳤다. 그날 들어 처음으로 이메일을 열어보았다. 작은 창 속에 사이버 공간으로 쏘아올려진 무수한 메시지들이 떴다. 대부분은 정보를 요구하고 있었다. 나중에 대답해도 될 것들이었다. 단 하나만이 내 눈길을 끌었는데, '벨랑주의 판화'라는 제목의 메시지였다. 궁금해진 나는 내용을 읽어보았다.

보낸 사람 : d.villalobos@musée-bellange.fr
받는 사람 : contact@boireau-estampes.com
제목 : 벨랑주의 판화
날짜 : 2003년 1월 10일, 14:17:54

내 친구 샤를 테송 드 빌몽테를 통해, 처음으로 공개되는 벨랑주의 판화가 소개될 경매를 귀하가 담당한다는 소식을 들었습니다. 우리 박물관은 이 대가의 판화들을 완전한 컬렉션으로 수집하려고 합니다. 이곳을 책임지고 있는 박물관장으로서 그 판화에 특별한 관심을 가지는 것을 이해하리라 믿습니다. 그 작품을 자세히 살펴보러 가기 위해, 또 필요한 경우에 경매에 응하려면 어떤 조건이 필요한지 알려주시길 바랍니다.

호의에 감사드리며,

박물관장 돌로레스 빌라로보스
자크 드 벨랑주 박물관, 뤼네빌(54300)

소식은 빠르게 퍼져나갔다. 돌로레스 빌라로보스는 호기심 어린 사람들이 만들어갈 기나긴 행렬의 첫번째일 뿐이었다. 그녀의 요청은 완벽하게 정당했다. 벨랑주 박물관은 18세기에 레오폴드 공작이 건축하고 스타니슬라스 공작이 꾸미고 보수한, 낭시의 뤼네빌 성 한가운데에 위치한 로렌 박물관의 부속기관으로, 멋진 프랑스식 정원으로 꾸며진 건축술의 작은 보석 같은 궁전이었다. 벨랑주 박물관은 가장 희귀한 벨랑주의 판화와 데생 컬렉션을 우선적으로 소장했다. 나는 최근 내 소중한 판화와 유사한 작품들을 찾아보기 위해 그곳의 카탈로그와 작품 목록을 살펴본 적이 있었다. 내가 마지막으로 그곳을 방문한 것은 몇 년 전으로 거슬러올라간다. 당시에 단순한 여행객이었던 나는 오늘 내게 연락한 박물관장을 만날 생각은 하지도 못했다.

나는 그녀에게 원할 때는 언제라도 판화를 보여줄 수 있다고 답장을 썼다. 간단한 메일이 몇 번 오간 후에 다음주로 약속이 잡혔다. 돌로레스 빌라로보스는 짧은 파리 여행을 겸하여 1월 15일 오전 늦게 우리를 방문하기로 했다. 나는 책상 위에 놓인 수첩에 일정을 확실하게 표시한 후에 다시 카탈로그를 만드는 일에 몰두했다.

❈

　주말은 평화롭게 흘러갔다. 토요일 오후 내내 펠릭스와 나는
다양한 국적의 방문객들을 위해 쌓아둔 파일들을 꺼내느라 분주
한 시간을 보낸 후 여섯시에 상점 문을 닫았다. 그중 어떤 이들
은 고객으로 바뀌었고, 눈은 비로 변해 있었다.

　월요일 아침부터 난 다시 일에 몰두했다. 가르랑거리는 내 커
다란 장난감의 전원을 켜고, 작성해야 할 목록들을 빠른 속도로
타이프해나갔다. 펠릭스는 놀라운 보물들을 찾아 드루오를 한바
퀴 돌아보러 나갔다. 그는 언제나 행운의 여신이 자신에게 미소
지을 거라 믿었다.

　"13일의 월요일, 이런 날 내게 행운이 오지 않는다면 이상한
거 아냐, 안 그런가, 오르탕스?"

　그는 외투의 깃을 올리면서 그렇게 말을 던지고 나갔다.

　정오가 되기 조금 전, 강도 높은 지적 노동 후에 밀려온 허기
가 내 위를 괴롭히고 있을 때, 방울 소리가 들려왔다. 고개를 들
어보니, 열린 문 앞에 모직 코트를 입은 당당한 풍채의 실루엣이
서 있었다. 낯선 남자였다. 나는 경계심이 일었지만 궁금해하는

표정 아래 그것을 감추었다.

많아야 쉰 살 정도로 보였다. 겉모습으로 볼 때는 테송과 아스 트뤼크와 같은 부류로 보였다. 내 주변에는 이런 유형의 남자들 이 많았다. 그런 생각에 내가 재밌다는 듯 이를 드러내며 입을 비죽거리자, 남자는 그런 내 표정을 자신을 반기는 신호로 받아 들였다. 문이 다시 닫히자, 처음에는 밖에서 비추는 역광에 그의 형체만이 눈에 들어왔다. 그는 몇 걸음 앞으로 다가와서는 천장 에 매달려 있는 전등 불빛 아래에 섰다. 그러자 단번에 섬세하고 뚜렷한 윤곽의 얼굴이 눈에 들어왔다. 한뎃바람에 파랗게 질린 듯 창백한 피부, 아마도 초록색인 듯한 규정하기 힘든 색깔의 맑 은 눈, 날렵하게 곧은 코, 넉넉한 이마. 또한 의지가 강해 보이는 턱과 섬세하게 다듬은 턱수염으로 예술적으로 강조된, 약간 위 로 들린 듯한 입술, 머리가 벗어지는 것을 감추기 위한 듯 아주 짧게 깎은 까만 머리칼. 마치 들라크루아가 석판화로 제작한 메 피스토펠레스의 화신을 보는 것만 같았다. 그는 키가 큰 편이었 고 넓은 어깨와 근육질의 몸매를 지녔으며, 위험해 보이는 무언 가와 함께 절제된 에너지를 뿜어내고 있었다. 멋진 남자란 그를 두고 하는 말 같았다. 이탈리아인일까? 그럴 수도 있지만 어쨌 든 남유럽인인 것은 분명했다.

"안녕하세요, 아가씨. 내가 방해하지나 않았나 모르겠군요.

당신이 경매를 맡았다고 해서요. 내 소개를 하지요. 빅토르 드 푸르크루아 드 라 브레슬이라고 합니다."

내 추측은 어긋났다. 그는 확실히 프랑스인이었다. 그것도 전형적인. 유배지까지 따라갈 정도로 자신의 황제에게 충성을 다했던 낭만적인 영웅의 먼 후손이었다. 그가 센에마른 지역에 소유지를 가지고 있다는 캅드보스크의 말이 떠올랐다. 신중하게 처신하기로 마음먹었다. 일단 무슨 말을 하는지 듣기만 하자. 실수는 하지 말아야 한다. 나는 아직 이 두 남자가 어떤 관계인지 충분히 알지 못한 상태였다. 캅드보스크는 벨랑주의 판화가 이 남자의 집에서 나왔으며, 그가 다른 것들과 함께 그 판화를 가져가도록 허락했다고 주장했지만…… 어쩌면 판화의 엄청난 가치가 그로 하여금 생각을 고쳐먹게 했는지도 모르는 일이었다.

"난 경매인 샤를 테송 드 빌몽테의 친구요."

며칠 간격으로, 그는 나에게 돌로레스 빌라로보스와 똑같은 청을 했다. 아마도 우연의 일치였겠지만.

"샤를과 나는 예전에 법학 공부를 같이 했어요. 우린 지금도 무척 가깝게 지내죠. 그 친구 말이, 아스타르테에서 좀 특별한 고판화를 곧 경매에 부친다고 하더군요…… 내가 듣기로, 아주 희귀한…… 샤를 말이 그게 당신한테 있다고 하던데. 괜찮다면 그걸 좀 보고 싶은데요……"

나는 별수 없이 승낙을 하고 판화를 찾으러 갔다. 허리를 보호하기 위해 무릎을 굽히고 마치 장터의 싸움꾼처럼 나는 이두근을 부풀리고는, 상자에서 조심스럽게 판화를 꺼냈다. 그러고는 그가 알아차릴까 조심스럽게 마음속으로 생각을 정리했다. 그토록 귀한 판화는 그의 집에서 나온 것이다. 그것은 기정사실이다. 하지만 현재의 주인은 그것을 나에게 가져온 키 작은 고물상이다. 만약 푸르크루아가 자신의 다락방을 치워준 사람에게 그걸 준 것이 아니었다면, 고물상은 주인의 동의 없이 그것을 가져온 셈이다. 조심하자, 잘못하면 난처한 입장에 처할 수도 있으니까. 그들의 일에 말려들지 말고, 자기들끼리 해결하도록 내버려두자. 난 다만 단순한 규칙에 충실하면 된다. 내 목록에 기록해놓은 판매인의 이름을 밝히지 않는 것. 그것은 기본 원칙이었다. 침묵과 신중함은 이 직업의 양쪽 가슴과 같다. 조심하지 않으면 내가 은닉했다는 비난을 받게 된다.

나는 초조하게 기다리고 있는 방문객에게로 돌아갔다. 그는 코트를 벗어서 잘 접은 다음 의자 팔걸이에 걸어놓았다. 1월 13일, 보일러를 가동하고 있는데도 사무실에서는 한기가 느껴졌다. 그러나 그 잘생긴 남자는 따뜻하게 옷을 잘 갖추어입고 있었다. 머리부터 발끝까지 온통 거무스름한 회색으로 감싼 차림이었다. 완벽하게 선이 떨어지는 바지, 캐시미어 스웨터, 정장 조끼 그리고 비슷한 톤으로 맞추어 주교의 영대처럼 육중한 상반신의 양쪽으로 각각 한 자락씩 늘어뜨린 실크 머플러까지. 단 하나 눈에 띄는 색은 가느다란 줄무늬가 있는 밝은색 셔츠 깃 위에서 돋보이는, 작은 꽃무늬가 있는 짙은 초록색 넥타이뿐이었다. 그에게서는 우아한 세련미가 풍겨나왔다. 그의 친구인 고물상의 어수선한 차림새와는 전혀 다른 분위기였다.

나는 보호용의 얇은 로도이드 막으로 싸여 있는 두꺼운 판지로 된 파일 안에 넣어놓은 판화를 보여주었다. 그는 판화를 얼굴 높이로 들고 보면서 잠시 생각에 잠긴 듯하다가 다시 테이블 위에 내려놓더니 고개를 숙이고 살펴보았다. 그러고는 판화를 일제곱센티미터씩 꼼꼼하게 차례차례 눈으로 스캐닝해나갔다. 판화 속 전경에 흩어져 있는 작은 오브제들을 한참이나 응시하던 그는 판화에 시선을 고정시킨 채 다시 말하기 시작했다. 목소리는 그윽한 금속성이었다. 목구멍 가장 깊숙한 곳에서 나오는 소리 같았다. 이를테면 명치에서. 어쨌든 그의 특이한 목소리가 마음에 들었다. 그에게 가졌던 경계심이 조금씩 누그러졌다.

"이틀 전에 나와 아내는 친구 태송의 집에서 함께 저녁식사를 했지요. 늘 그랬듯이, 샤를은 그가 최근에 찾아낸 좋은 물건이나 상속물 같은 것에 대해 우리한테 이야기해주었죠. 그 분야에선 확실히 그를 따라올 사람이 없어요. 우리가 학생이었을 때 벌써 그는 쓸 만한 물건들을 누구보다 잘 찾아냈으니까요. 이 판화에 관해 얘기할 때 그는 이것이 16세기나 17세기의 로렌 출신 판화가의 작품이라고 하더군요. 내가 혹시 틀리면 바로 잡아주시오, 난 아무것도 모르기 때문에 그가 한 말을 그대로 반복하는 것뿐이니까. 그의 말에 의하면, 이건 알려지지 않은 장면이라고 하더군요. 한 쌍의 연인, 여러 종류의 오브제들, 뒤에는 동물들이, 구석에는 천사가 있는. 그는 적어도 사만 유로를 받을 수 있을 거라고 했어요. 내가 샤를을 아주 잘 아는데, 그 친구는 아주 희귀한 것만 좋아하죠. 특히 최고 낙찰가를 받을 수 있는 것들을. 그런데 아내가 그 말을 듣고는 의문을 갖게 됐죠. 다락방으로 올라가는 계단에 걸려 있던 액자 속 판화가 이 판화와 아주 흡사했다는 사실이 기억난 겁니다."

나는 아무 말도 하지 않고 다음 말을 기다리면서 침을 삼켰다. 그는 여전히 멍하니 시선을 판화에 고정시킨 채 혼잣말을 계속했다.

"집에 돌아오자마자, 그녀는 곧장 확인하러 위로 달려 올라갔고, 그 판화가 그곳에 없다는 것을 확인했어요. 아내는 그 때문에 무척 상심했어요. 그건 집안 대대로 내려오던 작품이거든요. 난, 솔직히 말하면, 한 번도 신경 써서 들여다본 적이 없지만. 일

전에 고물상을 하는 오래된 친구에게 다락방을 치워달라고 부탁했죠. 도저히 직접 할 자신이 없었거든요. 하지만 그에게 계단이나 액자들을 건드리라고 말한 적은 없어요. 지금으로선 우리에게 없는 건 그 작품이 유일한 것 같군요. 그러니까 그 친구가 내게 말하지 않고 그걸 가져간 거라고 유추하고 있는 겁니다. 아니면 다른 사람일 수도 있겠지요. 지금 한창 집이 보수중이니 일꾼들 중 하나일 수도 있고. 분명 누군가 유혹을 느낄 수 있으니까요. 우리집엔 골동품이 잔뜩 있어요. 그중에는 꽤 값나가는 것들도 있지요. 하지만 난 누구라도 나한테 물어보지도 않고 그것들을 가져가는 걸 원치 않습니다……"

그는 고개를 들어 투명한 눈으로 나를 뚫어지게 바라보았다. 나는 쥐구멍 속이라도 들어가 숨고 싶었다. 그의 세련된 겉모습 속에 살짝 가려진, 거칠고 직선적인 내면이 느껴지자 혼란스러워졌다. 그는 그러한 자신감을 이용할 줄 알았고, 내가 두려워했던 질문을 불쑥 던졌다.

"당신은, 적어도 당신은, 누가 그걸 맡기고 갔는지 알지 않소…… 내게 말해주시오, 그러면 내가 마음의 결정을 하겠소."

머릿속에서 여러 가지 생각이 휘몰아쳤다. 난 소용돌이를 애써 진정시킨 다음 머릿속에 떠오른 생각들을 하나하나 조목조목 이야기해나갔다.

"판화는 여러 장이 있을 수 있습니다. 그 사실을 생각하셔야 합니다. 이 판화는 지금으로선 유일한 것으로 알려져 있지만, 어딘가에 제2, 제3의 것이 없다고는 장담할 수 없죠. 그건 결코 배제할 수 없는 사실입니다. 따라서 이 판화가 당신의 것이라고 생각할 수 있는 근거는 없는 거지요. 그리고 원칙적으로, 전 당신에게 판매자가 누구인지 절대로 알려줄 수가 없습니다. 고해성사나 의사가 진료 사실을 비밀로 지켜야하는 것과 같죠. 당신이 제게 팔고 싶은 작품을 맡긴다면, 당신 역시 자신의 이름이 누설되기를 원치 않으시지 않을까요?"

순간 그는 나를 향해, 불량스럽게 보이는 은밀한 미소를 보내면서 고개를 끄덕였다.

"참 고집이 센 아가씨로군. 아주 좋소. 맘에 들어요. 하지만 두고 봅시다. 사실을 털어놓고야 말 테니까."

그는 단번에 이 일을 힘의 대립관계로 바꾸어놓았다. 순간 난 긴장했고, 어떤 일이 있어도 굴복하지 않으리라고 스스로에게 맹세했다.

❊

시간이 흐르자, 그 키 큰 남자는 내가 점심식사를 해야 한다는

걸 알아차리고는 마침내 나를 놓아주었다. 나는 안도의 한숨을
내쉬었다. 난 캅드보스크에게 이 방문에 대해 알려주고, 그가 직
접 자신의 친구 빅토르에게 진실을 말하도록 권유하는 방법을
선택했다. 내가 밀고자 노릇을 할 수는 없었다. 하지만 아무리
여러 번 전화를 해도 그는 받지 않았다. 자동응답기에 두 번이
나 메시지를 남겼지만 허사였다. 그는 가구나 골동품, 어쩌면 거
위 간이나 밀주를 팔러 프랑스 전국 일주를 하고 있는 것이 분명
했다.

　다음 날 정각 열시가 되자, 친근한 방울 소리가 첫번째 방문객
이 왔음을 알려주었다. 나는 깜짝 놀랐다. 유리문 뒤에, 이제 내
가 알아볼 수 있는 각진 실루엣이 보인 것이다. 빅토르. 설마 매
일같이 공격을 해오지는 않겠지, 내가 무너져내릴 때까지! 그건
게임이 아니지 않은가. 다른 할 일이 있었지만, 그를 들어오게
하지 않을 수는 없었다.

　거침없는 악수, 나를 어지럽게 하는 맑은 시선.

　"날 빅토르라고 불러요, 나도 당신을 오르탕스라고 부를 테
니. 그게 더 편해요. 그리고 걱정 말아요, 당신을 괴롭히러 온 게
아니니까. 당신의 침묵을 이해해요. 그래서 당신을 더 높이 평가
합니다. 다만, 판화를 다시 한번 보고 싶어서 온 거요. 내 아내가
말하는데, 우리 것에는 다람쥐 한 마리가 있다고 하더군요. 그게

늘 인상 깊었다고 했죠. 그런데 어제 그걸 본 기억이 안 나서요. 그러니까 그걸 내게 한번 더 보여주겠소?"

전날처럼 난 그의 말에 응했고, 판화를 꺼내 보여주었다. 이번에는 그에게 자리에 앉도록 권했다. 그는 내 말을 따랐고, 나는 그의 옆에 있는 의자에 앉았다. 작품을 좀더 집중해서 관찰할 수 있도록 배려라도 하듯이 컴퓨터 모니터가 대기상태로 들어갔다. 화면에는 환각을 일으킬 것 같은 현란한 색깔의 이미지들이 아무렇게나 엉켜서 휘돌아가고 있었다.

빅토르는 더운 여름날 저녁 적당히 데워진 수영장으로 들어가듯 판화 속 장면으로 뛰어들어갔다. 나 역시 잠시 망설이다 그의 뒤를 따라 들어갔다. 우리 주위의 세상은 사라져버렸다. 우리는 17세기 초반으로 돌아갔다. 정원의 우물 속을 들여다보며 그곳에서 나오는 축축한 냉기를 갈망하는, 숨막힐 듯 무더운 7월 오후였다. 최근에 밀랍을 입힌 테이블에서는 황금빛 꿀 향기가 배어 나왔다. 마지막 불꽃마저 다 타버린 숯 냄새가 살짝 열린 문틈으로 들어와 섞였다. 문 틈새로 들어온 바람이 테이블 위 깃털을 가볍게 흔들고 지나갔다.

"이렌 말이 맞았어요. 정말 다람쥐가 있군요. 이런 경우에는 언제나 여자들 말을 믿어야 한다니까! 여자들은 별게 아닌 것 같은 세세한 것들까지도 기억하는 능력이 있어서 나를 깜짝 놀라게 하거든…… 아, 그러니까, 당신도 역시 그렇겠군요."

그는 나를 향해 놀리듯이 눈을 찡긋거리며 덧붙였다.

"당신은 직업상 정확한 것을 좋아하겠군요, 그렇지 않나요? 당신의 예리한 눈은 아무것도 놓치지 않을 테니까. 이 판화의 선 영과 아주 미세한 작은 것들까지도 머릿속에 입력해놓았겠죠. 그런데 우리 남자들은 좀 달라요. 우리에게 중요한 건 굵은 선들 이오. 전체적인 모습 말이지. 여기 이것처럼, 보이나요?"

나는 갑자기 불에 데이기라도 한 듯 본능적으로 뒤로 움찔했다. 그가 내 쪽으로 다가오면서 왼쪽 팔꿈치로 내 허리를 살짝 누르며 엄지와 검지로 내 손가락을 덥석 잡은 것이다. 마치 알 파벳을 소리내어 읽으면서 어린아이의 손을 잡고 글씨 쓰는 것을 도와주듯이, 그는 내 손가락을 잡고 확실한 몸짓으로 판화 속 이미지로 나를 이끌었다. 내 손과 그의 손이 함께 판화 속 장면을 구성하고 있는 곡선들을 그려나갔다. 테이블의 윤곽선, 그 위에 흩어져 있는 오브제들 하나하나, 소파의 구불구불한 팔걸이와 등판, 앉아 있는 여인의 등, 하얗게 드러난 목덜미, 모아올린 머리채. 하나가 된 우리의 손가락은 계속 천천히 아래로 내려오면서 그녀의 가냘픈 모습을 그려나갔다. 살짝 위로 들린 작은 코, 살포시 벌어진 입술을 거쳐, 가냘픈 긴 목에서 잠시 지체하다가, 볼록한 가슴 선과 잘록한 허리로 이어지는 경사면, 좀

더 내려와서 무릎의 각과 다리를 감추고 있는 드레스의 떨어지는 곡선까지.

내 심장은 터질 듯이 뛰었다. 심장이 내보내는 모든 피가 그의 손가락 사이에 포로로 잡혀 있는 내 검지 끝으로 몰리는 것 같았다. 나는 그가 그만 멈춰주기를 바랐지만, 그는 오던 길을 다시 거꾸로 거슬러 올라가기 시작했다. 아래에서 위로, 부드럽지만 확실하게, 여인의 어깨까지 올라갔다. 거기서 잠시 머뭇거리던 그는 이번에는 남자의 윤곽선을 따라 계속 가던 길을 갔다. 여인의 쇄골을 힘주어 잡고 있는 남자의 손, 근육이 발달한 팔, 우아하고 남성미가 넘치는 수염 난 얼굴, 약간 곱슬곱슬한 머리칼, 단단한 등의 선을 따라서. 빅토르는 내 손을 잡고 작은 컬을 그려가며 기사의 허리띠에 매달린 지갑을 장난치듯 따라 그린 다음, 그의 단단한 다리를 따라 아래로 내려와서는 마침내 그가 굳건하게 서 있는 대리석 바닥에 가서 멈추었다.

빅토르가 꼭 쥐고 있던 손가락을 마침내 놓아주자, 나는 먼 여행길에서 돌아온 느낌이 들었다. 손이 묵직하니 마비된 것 같았다. 나는 눈을 들어 그를 쳐다볼 용기가 나질 않아 아무 말 없이 기계적으로 손목만 문질렀다. 침묵을 먼저 깬 것은 그였다.

"아름다운 한 쌍이오, 그렇지 않아요? 이 남자는 여인에게서 떨어지질 못하는 것 같군요."

"아뇨, 전혀 그렇지 않아요! 떠나려는 건 남자라고요. 남자가 여인에게 이별을 고하고 있잖아요!"

나는 순간적으로 감정이 폭발해서 그에게 쏘아붙였다. 그러고는 즉시 후회를 했다. 환한 불빛 아래에서 알몸을 드러낸 것 같은 기분이 들었다. 그가 흥미롭다는 표정으로 나를 뚫어지게 바라보았다. 그의 얼굴에서 규정하기 힘든 일종의 사악함이 뒤섞인 솔직함을 읽을 수 있었다. 그 순간 난 그가 내 곁에서 아주 멀리 있기를 바랐다.

그가 자리에서 일어날 때의 진동으로 컴퓨터에 잠들어 있던 텍스트가 다시 깨어났다. 카탈로그와 꼼꼼하게 작성된 목록들이 화면 위에 펼쳐졌다. 그것들은 내 손가락이 자판을 찰랑거리듯 열성적으로 두드려 더 채워주기를 기다리고 있었다. 다행스럽게도 곧 끝이 날 것 같았다. 뒤섞여 있는 이 작은 기호들, 죽 늘어서 있는 활자의 행렬, 판각, 철침 자국, 사소한 결함, 살짝 찢어진 부분, 엷은 다갈색 얼룩과 겨우 눈에 띄는 사소한 차이점. 내가 수많은 시간을 보내며 애써 찾아내려고 했던 이 모든 것들이 갑자기 하찮아 보였다. 그런 것들 앞에, 어제까지 몰랐던 위압적인 풍채의 한 남자가 마주하고 있었다. 내 손에 가해졌던 그의 억센 손길이 아직도 느껴졌다. 강철 같은 완력과 벨벳 같은 부드러움이 함께. 섬유질의 줄무늬 종이와 고급 피지皮紙를 더듬어 만지는 데 익숙해진 손가락으로, 난 갑자기 허공에 아무렇게나 아라베스크와 곡선을 그리고 싶은 충동을 느꼈다.

"당신과 함께 이런 시간을 보낼 수 있어서 정말 즐거웠소⋯⋯ 다람쥐는 핑계였어요. 누가 이 판화를 맡기고 갔는지에 관해서는 내게 말해줄 필요가 없어요. 친구인 샤를에게 물어보기만 하면 되니까. 그리고 사실은, 그건 아무래도 상관없어요. 만약 내가 생각한 대로, 내가 잘 아는 그 키 작은 고물상 친구가 그랬다면 그와 잘 해결하면 되니까. 반씩 나누면 문제는 해결되는 거죠. 단 하나 곤란한 문제는, 판화를 꼭 다시 찾으려고 하는 내 아내를 설득하는 일인데. 그녀는 이 판화에 무척 집착하거든요⋯⋯"

나는 아무 말도 하지 않았다. 판화가 떠나는 것을 보고 싶지 않았다. 그리고 좀더 생각해보니, 바로 그 순간, 그가 떠나는 것 또한 보고 싶지 않았다. 판화에 새겨진 섬세한 선들을 함께 훑어보는 동안 우리 사이에 미세한 가지들이 생겨난 것 같았다. 난 마치 거미줄에 걸린 파리 같았다. 하지만 어떤 두려움도 느껴지지 않았다. 그와 반대로, 갑자기 내 안에서 새로운 작은 불꽃이 일어 가물거리는 것 같았다. 빅토르는 시간에 쫓기는 듯 시계를 들여다보더니 건장한 몸을 내게로 숙여서 아무렇지도 않게, 너무도 자연스럽게 내 두 뺨에 입맞춤을 했다.

"곧 다시 만나요."

그렇게 말하는 그에게서 난 돌아온다는 약속을 엿볼 수 있었다. 인사를 하며 내 어깨 위에 올려놓은 그의 오른손에서 짧은 순간 강하게 쥐는 힘이 느껴졌다.

거울

　나는 사진이 출현하기 이전의 세상에 살고 있었다. 노래하는 폭포가 있는 18세기의 목가적인 풍경은 작고 검은 상자에 의해 포착된 것이 아니라, 판화가의 손으로 동판 위에 재구성되었다. 이끼 낀 수풀 속에서는 피리를 부는 한량들이 자신들의 양 떼에는 무심한 양 치는 처녀들을 희롱하고 있었다. 짓궂은 처녀들은 무성한 나무 그늘 아래 앉아 앞으로 내민 검지 끝에 버찌 한 쌍을 똑바로 들고 있었다. 그 광경은 그녀들을 곁눈질로 보고 있는 통통한 고수머리 청년들의 욕정을 불러일으켰다. 허리춤의 끈이 무심하게 풀어져 있는 그들의 바지는 곧 발목까지 흘러내릴 것만 같았다.

　지금까지는 남자를 유혹하는 여인의 교태를 표현한 주제들이 왠지 신경에 거슬렸다. 그런데 어제 이후로는 멍하니 공상에 잠겨 나도 모르게 그런 것들을 생각하고 있었다. 노련한 부식동판화가들은 이러한 외설적 전원 풍경을 묘사하는 데 재능을 바쳤다. 온 힘을 다해 이성을 유혹하려 애쓰는 그들의 세상은 언제나 습기가 지배했다. 빛나는 태양, 풍만한 가슴과 맨살이 드러난 포동포동한 팔, 근처엔 언제나 물이 흐르고, 때때로 그 물속엔 시간이 흐를수록 점점 달아오르는 감각을 식혀줄 포도주 통이 잠겨 있기도 했다. 야생식물과 수생식물이 뿜어내는 습하고 후끈거리는 열기 속에서 젊은 육체들은 함께 뒤로 넘어지며 희열에 빠져들었다. 판화가가 동판을 부식액인 질산 속에 담그면 끓어오르는 작은 소리와 함께 연기가 살짝 피어오른다. 금속판 표면에 바른 방식제 위에 날카로운 철침으로 그린 선을 따라 동판이 부식되면 작은 인물들의 형체가 그 모습을 드러낸다. 달구어진 금속판은 차갑게 식혀서 맑은 물로 헹구어야 한다.

나는 이런 부식동판화들을 묘사하는 일이 즐거웠지만, 벨랑주의 잔잔한 판화를 결코 잊은 적은 없었다. 그의 판화는 우아함과 부드러움으로 이루어진 절제미를 보여주었다. 그러나 그 속에는 급작스럽고 혼란스러운 긴장 또한 감추어져 있었다. 그곳에는 천사의 모습을 하고 살짝 열린 문틈으로 웃는 얼굴을 내밀면서 방 안을 엿보는 존재가 있다. 하지만 그는 헛수고를 한 셈이었다. 남자와 여자는 어떤 금지된 게임에도 빠져들지 않았으니까. 그런데도 난 이상한 느낌을 떨쳐버릴 수가 없었다. 내 어깨를 움켜잡는 그 손의 느낌을 느낄 수만 있다면 난 그 어떤 귀한 것이라도 주었을 것이다. 다시, 빅토르의 손가락이 떠올랐다. 약지에 낀 결혼반지, 마치 세상을 움켜잡을 듯 넓고 강해 보이는 그의 손바닥이. 기사의 오른손은 허공을 향해 움직임을 그렸고, 다른 편 손가락은 바깥을 가리키고 있었다. 여인의 한 손은 마치 죽어버린 듯 테이블 위에 힘없이 놓여 있었고, 다른 한 손은 위를 향해 손바닥을 편 채로 무릎 위에 놓여 있었다. 상처 입은 새처럼. 나는 그 속에서 감동적인 순수의 상징을 보았고, 그것이 영원한 작별의 장면임을 깨달았다.

돌로레스는 갑자기 들이닥쳤다. 약속 시간보다 조금 늦었지만 개의치 않는 것 같았다. 어쨌거나 그녀는 변명하지는 않았다. 돌로레스가 요란하게 문을 밀고 들어오자, 방울이 갑자기 공포에 질린 듯 딸꾹질을 했다. 그녀는 강한 억양의 목소리로 자신을 소개했다.

"난 벨랑주 박물관 관장 돌로레스 빌라로보스예요."

생강을 넣어 만든 빵과 같은 그녀의 피부색과 윤기 나는 검은 긴 머리칼은 로렌 지방의 칙칙한 회색과 어울리지 않아 보였다. 나중에 그녀와 얘기를 나누던 중, 그녀가 니스의 유서 깊은 가문의 어머니와 프랑코의 감옥에서 살아남은 아버지 사이에서 태어났음을 알게 되었다. 그녀의 어머니는 무료함을 달래고 젊은 자신의 이상주의를 충족시키기 위해 즉흥적으로 스페인 포로의 후원인을 자청했다. 그러고 칠 년간 끈질기게 편지와 세심하게 준비된 생필품 꾸러미들이 오간 후에 압력을 넣어, 자신이 선택했지만 한 번도 보지 못했던 위대한 남자를 세상으로 나오게 하는 데 성공했다. 그들은 지중해에서 가능한 한 멀리 달아났고, 집안의 반대를 무릅쓰고 결혼을 하여 돌로레스를 비롯해 구릿빛 피부를 물려받은 로렌 출생의 일곱 자녀를 두게 되었다. 일곱 아이들 중 첫번째인 돌로레스는 유일한 여자였다. 그녀는 아주 일찍부터 목소리를 높여야 했고, 많은 자식들을 부양하기 위해 가장이 공사판에서 힘겹게 일하는 동안, 어머니가 어린 동생들을 가르치는 데 힘이 돼주어야 했다. 아마도 그런 이유로, 그녀는 아주 어릴 때부터 남녀관계와 각각의 역할에 대해 예민하게 의식하며 자랐을 것이다.

결코 포근하지 않은 1월의 날씨에도 아랑곳 없이, 그녀는 호박색 피부를 한껏 드러내는 얇은 크림색 실크 셔츠만을 걸치고 있었다. 벌어진 셔츠 사이로 움푹 패인 가슴 골짜기가 보였고, 끈 없는 컬러 브래지어가 옷에 닿아 사각거리는 소리가 들렸다. 앉으라고 권하기도 전에 그녀는 모피 칼라가 달린 긴 코트를 벗었다. 그녀에게는 자신의 움직임을 둔하게 하거나 방해하는 모든 것은 재빠르게 치워버려야 하는 장애물이었다. 가까이에 있었던 펠릭스가 다가와서 그녀에게 인사를 했다. 그녀의 당당한 모습이 그의 눈길을 단번에 사로잡은 것 같았다. 그녀는 그보다 머리 하나만큼은 족히 컸지만, 섬세한 얼굴 윤곽선과 더불어 몸 전체에서는 남자들의 시선을 사로잡는 햇살 같은 빛이 뿜어져나왔다. 나는 그녀가 자신을 소개하던 편지를 떠올리고는, 그녀가 친구라고 말한 샤를 테송 드 빌몽테와 어떤 관계인지 궁금해졌다.

"그 판화를 가까이서 보고 싶어요."

그녀는 여러 개의 금반지로 장식한 가늘고 긴 구릿빛 손을 펠릭스의 어깨 위에 아무렇지도 않게 올려놓은 채 거리낌없는 미소를 지으며 큰 목소리로 말했다. 그 순간 나는 뒤집어진 세상을 표현한, 서민들의 모습을 담은 판화의 우스꽝스러운 세계로 내던져졌다. 주인 위에 올라탄 당나귀, 남편을 때리는 아내, 푸주한을 도살하는 새끼 양 그리고 여기, 남자의 어깨를 잡고 있는 여자. 돌로레스는 아직 판화를 보지 못했지만, 그녀가 보여주는 모습은 벨랑주가 그린 이미지의 변형된 버전 같았다. 현실의 거울에 비친 그 모습은 역할이 도치되고 고정 관념을 완전히 뒤엎는 것이었다. 펠릭스는 평소의 그와는 전혀 다른 순종적인 모습으로 문제의 판화를 꺼냈다. 고급 레스토랑의 주방장이 두 발을 꼭 붙이고 똑바로 선 채 비굴한 얼굴로 상체를 앞으로 약간 굽히는 자세로 그날의 특선 요리를 선보이듯이, 그는 돌로레스에게 판화를 건넸다. 점차 나는 욕지기가 치밀어오를 것 같은 느낌에 사로잡혔다.

돌로레스는 테이블 위에 놓인 판화를 오랫동안 응시했다. 그녀의 깊은 관심은 가식적인 게 아니었다. 난 그 속에서 일종의 감동을 읽을 수 있었다. 어쩌면 모든 여자는 이 판화 앞에서 비슷한 감정을 느끼게 될지도 모른다. 그녀는 즉시 다시 이야기를 시작했다.

"제작 배경에 대한 당신의 분석에 나도 동의해요…… 1613년에서 1615년 사이에 제작되었을 거라는 추측은 충분히 타당성이 있어요. 판화의 양식이나 기법으로 볼 때…… 게다가, 이건 진정한 대가의 솜씨죠. 예술가 자신이 스스로 얼마나 즐거워하며 만들었는지도 잘 알겠군요. 그리고 이 판화는 같은 시기의 것인 〈수태고지〉와 꼭 같은 계보에 속한다는 걸 주목해야 해요. 이 여인은 성모 마리아와 거의 같은 위치에 있어요. 특히 살짝 치켜든 얼굴이 말이죠. 그리고 구석에 있는 천사를 보세요. 이건 〈수태고지〉에 있는 천사와 쌍둥이처럼 닮았고요. 이상하게 조금씩 뭉쳐 있는, 똑같이 곱슬곱슬한 머리, 똑같이 여성스러운 면을 가진…… 거의 비틀어져 있는 여인의 손, 남자 팔의 움직임, 마치 천사와 성모 마리아가 나오는 장면을 재해석한 것 같아요. 이 모든 것은 거의 순수한 카라바조 스타일이에요, 내가 지어내는 게 아니라. 벨랑주 또한 스스로 만들어낸 게 아니고요. 앙리 2세 공작이 수태고지 교회를 장식하기 위해 주문한 카라바조의 그림은 1608년에서 1610년 사이에 제작된 것으로 확실하게 알려져 있어요. 그 작품이 벨랑주에게 커다란 영향을 미쳤을 거라고 늘 생각해왔죠. 최근 내가 우리 박물관의 정기 간행물인 『카이에』에 그 주제에 관한 기사를 쓴 게 있는데, 그걸 읽어보셨을 수도 있겠군요?"

우리가 침묵으로 명백한 부정의 대답을 대신하자, 그녀는 기분이 상한 듯 입을 삐죽거리더니 열정에 도취되어 다시 말을 이어갔다.

"그리고 테이블 위에 있는 이 오브제들, 여러 종류의 오브제들이 마치 카탈로그처럼 모여 있죠. 성모 마리아의 털실 바구니나 실타래 또는 기도대 위에 놓여 있는 책처럼 세밀하게 묘사되어 있어요. 이것들을 보고 있노라면 또다른 성모 마리아를 떠올리게 되죠. 발밑에 실타래가 가득 담긴 바구니를 놓고 물레를 켜고 있는…… 그리고 여기, 뒤쪽에 열려 있는 창문의 모티프 말인데요, 벨랑주에게 영감을 주었을 것으로 생각되는 바로치의 판화에 등장하는 것처럼…… 다만, 바로치의 것에서는 창문이 먼 풍경을 향해 열려 있지만, 여기서는 막힌 정원 쪽으로 열린 것만 다를 뿐…… 흥미롭군요, 정말 흥미로워요. 이 판화는 정말 내 호기심을 자극해요! 난 아직 벨랑주의 작품에서 이런 건 보지 못했거든요."

한껏 고양되어 열변을 토하던 돌로레스가 결론을 맺었다. 아마도 몇 시간은 더 말할 수 있었을 것 같아 보였다. 돌로레스는 펠릭스에게 판화의 디테일한 부분까지 사진 찍을 수 있도록 허락해달라고 간청했고, 그는 거절하지 못했다. 그녀는 전체적인 구성뿐 아니라 디테일도 알기를 원했다. 돌로레스는 가방에서 작은 디지털카메라를 꺼내더니, 판화의 왼쪽에서 오른쪽으로 일 센티미터씩 이동하면서 작은 화면 속에 한 장 한 장 사진을 담기 시작했다. 마치 범죄 현장을 조사하는 형사 같았다. 내가 그런 그녀를 지켜보는 동안, 펠릭스는 자신도 모르게 그녀의 헐렁한 셔츠 위로 당당하게 솟아 있는 묵직한 한 쌍의 물체를 멍하니 바라보고 있었다. 돌로레스는 파파라치처럼 탐욕스럽게, 동판 부식으로 새겨진 조그만 두 인물의 사진을 연거푸 찍어대면서 다시 이야기를 늘어놓기 시작했다.

"이 판화에는 명백한 상징이 깃들어 있어요. 그 점이 별로 마음에 안 들어요. 여자는 수동적이고 순종적인 고전적인 역할로 굳어진 채 앉아 있고, 반면 남자는 서 있으면서 그녀의 어깨 위에 얹은 손을 통해 침묵을 강요하며 무게를 잡고 있죠. 그들을 지켜보고 있는 천사는 지극히 중성적으로 묘사됨으로써 단번에 이 장면을 이성 간의 투쟁으로 몰아넣고 있어요. 우린 여기서 남성의 본질과 대립하고 있는 여성의 본질을 보고 있는 거라고요. 여길 잘 봐요. 남자가 허세 부리는 몸짓으로 다른 한 손을 치켜들고 있잖아요. 밖에 있는 무언가를 가리키듯이 말이죠. 남자는 확연하게 행위, 움직임, 정복의 영역에 속해 있고 심지어는, 내가 과장하는 것이 아니라면, 마치 여인의 뺨이라도 때릴 것처럼 보여요."

당혹스러워하는 내 표정을 보자 그녀는 즉시 말을 바꿨다.

"아, 물론 비유적으로 말하는 거예요. 예술가가 그렇게 표현하려고 했던 건 아니라고 생각해요. 적어도 의식적으로 그런 건 아니라는 말이죠. 말하자면, 그 자신도 그런 이미지가 표현된 것을 깨닫지 못했던 거죠. 여기 여인을 봐요. 그녀의 이미지는 결국 날아오르지도 못하면서 날갯짓만 하고 있는 새와, 보금자리를 위한 양식을 모아들이고 겁먹은 듯 무언가를 갉아먹고 있는 다람쥐의 상징으로 연결되고 있어요. 그녀는 자신의 내면에 있는 작은 울타리 안에 포로가 되어 갇혀 있는 거라고요. 재갈이 물린 채로 말뚝에 매여 있는 이 말이 가리키듯이. 그녀 앞에 있는 테이블에는 뭐가 있죠? 불이 꺼지고 죽어버린 촛불, 내팽개쳐진 깃털과 편지, 이것들은 그녀가 자신을 표현하는 것을 금한다는 상징이죠. 명백하게 여성적인 둥근 형태의 화병은 거의 깨져 있다시피 넘어져 있고요. 정물화의 전통적인 상징인 거울도 있죠. 지배적인 남성이 여성에게 안에 틀어박혀 있기를 강요하는 역할. 여성은 단지 예쁘고, 남자의 마음에 들고, 남자의 시중을 드는 것에 스스로 만족해야 한다는 사실을 보여주는 것들이죠. 게다가 이 동전이 증명하듯, 남자는 여자에게 그 대가를 지불해요. 힘을 가지고 있는 건 남성이니까. 그리고 마지막으로, 그들 사이에는 이 반지가 있어요. 이성간의 불가능한 결합을 상징하는……"

그녀의 페미니스트적인 변론이 끝나자, 나는 웃어야 할지 울어야 할지 알 수가 없었다. 장황한 독백이 끝나기도 전에 펠릭스는 경멸하는 듯한 태도로 뒷방으로 피신해버렸다. 그곳에서 그는 막 도착한 판화들을 살펴보았다. 모든 것에 대해 지나치게 고심하는 돌로레스의 태도에 짜증이 난 것이었다. 난 돌로레스를 용서해주려고 노력했다. 그녀는 벨랑주의 판화를, 자신이 가지고 있는 강박관념을 투사하는 보이지 않는 거울처럼 사용한 것이다. 난 그 사실을 알아차릴 수 있었다.

그녀는 디지털카메라를 케이스에 넣고는 가방에 집어넣었다. 그러고는 내 환대와 인내에 감사의 말을 전하고, 펠릭스에게는 금속성의 목소리로 "안녕히 계셔요, 부아로 씨!"라고 멀리 인사를 던졌다. 그는 헛기침으로 대답을 대신했다. 그런데 돌로레스가 갑자기 뭔가 생각난 듯 가방 속 물건들을 다시 뒤지기 시작했다. 그러더니 마침내 길게 접힌 2도 인쇄물을 꺼냈다. 앞에는 박물관 이름과 주소가 인쇄돼 있었다.

"고마운 오르탕스, 당신 덕분에 좋은 일거리가 생겼어요…… 어쩌면 당신은 잘 모르겠지만, 내가 오는 4월 예정으로, 벨랑주의 알려지지 않은 상징주의를 중심으로 대규모 심포지엄을 기획하고 있거든요. 내노라하는 감정가들이 참석할 것이고, 명성 있는 참가자들이 주제 발표를 하겠다고 약속했어요. 물론 기쁜 마음으로 당신들도 초대할 거예요, 부아로 씨와 당신 말이죠. 꼭 와주었으면 좋겠어요. 그리고 내가 이 판화를 무슨 일이 있어도 손에 넣어야 한다는 걸 이해하리라 믿어요. 이것은 그날의 주인공이 될 테니까요. 정말 꼭 맞는 기회잖아요. 기금 마련을 위해 즉시 로렌의 지방 심의회에 접촉을 시도할 거예요. 아마도 당신들의 추정가를 훨씬 넘어서게 될 듯싶은데. 어쨌거나 난 이 판화를 차지하기 위해 모든 수단을 다 쓸 거라고요!"

그녀는 떠났다. 돌로레스는 아무것도 두려워하지 않았고, 모든 것에 자신만만했다. 나는 벨랑주의 작품을 다시 보호용 파일에 넣었고, 판화는 그 안에서 다시 잠들 것이다. 어쩌면 그녀의 격앙된 열정이 읽어낸 판화의 이미지 속에는 진실이 존재할지도 몰랐다. 적어도 그것을 말로 표현해낼 수 있다는 것은 그녀의 분명한 장점이었다. 물론 난 그녀의 말에 전적으로 동의하지는 않지만, 그녀가 일깨워준 것, 그녀가 되살려낸 잠든 상징들을 나도 표현해낼 수 있기를 바랐다. 나는 그 존재조차 알아차리지 못했던 것들이었다. 어쩌면 이미지란 결국 우리가 스스로의 감추어진 한 부분을 투사하는 구실에 불과한 것이 아닐까. 우리는 그 위에 은밀하고 서투른 집짓기를 시도한다. 오직 우리 자신에게만 유효하고, 우리와 함께 사라져버리는. 그다음에는 또다른 이들이 그것을 차지하여 그 누구도 끼어들 수 없는 자신만의 집짓기를 시도하겠지.

때때로 나는 머리를 비워낼 필요성을 느꼈다. 1월 중순의 어느 일요일, 유서 깊은 아프리카 오세아니아 예술박물관을 한 바퀴 돌아보고 싶은 생각이 들었다. 그곳을 마지막으로 방문하는 기회가 될 것이었다. 그 달 말에 문을 닫기로 예정되어 있었기 때문이다. 브랑리 기슭에 새로 지은 무미건조한 건물에서 관람객들은 더 넓은 공간과 밝아진 조명의 혜택을 누리게 될 것이다. 그러나 대충 수리되어 덜그럭거리는 진열창, 손으로 쓴 이름표, 러시아인형처럼 차곡차곡 포개진 모양의 투명한 사각 천장 장식 사이로 완벽한 자연광이 내리쬐는 매력적인 진열실은 다시 볼 수 없겠지. 전시실 모퉁이를 돌다 긴 복도를 따라 배치되어 있는 의식과 관련된 가면과 물건들을 갑자기 맞닥뜨리고는 깜짝 놀라기도 했었지.

　나는 마치 섬을 향해 떠나는 여객선의 갑판 같은, 박물관 높은 곳에서 어슬렁거리기를 좋아했다. 난간 위로 몸을 숙여 바라보면, 남쪽 바다를 연상시키는 터키석 빛깔의 바닥 위에 바오바브나무처럼 높이 서 있는, 선조들의 모습을 조각한 아프리카 토템 신앙의 상징인 말뚝들이 보였다. 또다른 쪽으로 떨어질 듯 몸을 내밀어 내려다보면, 여러 빛깔의 장례용 말뚝들이 우뚝 솟아 있는 오스트레일리아 전시관이 눈에 띄었다. 어쩌면 낯익은 지형 때문에 이곳을 좋아하는지도 모른다는 생각이 갑자기 떠올랐다. 드루오 경매장처럼 이곳도 복층 구조로 되어 있었다. 거대한 입구로 들어서면 일층에는 광대한 홀이 펼쳐졌다. 그곳에 서면 다채로운 프레스코화로 장식된 화려하고 웅장한 방이 보였다. 그

양옆으로는 전시실들이 에워싸고 있었다. 여기저기에 있는 대리석 계단을 통해 발코니로 올라가거나 아래층으로 내려가 악어가 있는 웅덩이의 열대기후와 깊이를 느낄 수도 있었다.

일층에서 나는 혼자 있다시피 했다. 대체로 한산한 편이었다. 짙은 초록빛의 연옥軟玉으로 만든 마오리족의 헤이티키* 펜던트를 다시 한번 더 보고 싶었다. 왼쪽으로 귀엽게 기운 태아의 얼굴이 나를 보고 웃고 있었다. 뉴사우스웨일스에서 가져온 나무 방패에는 의식에 관련된 기하학적인 모티프들이 새겨져 있었다. 나무에 새겨진 반복적인 무늬들이 처음으로 편안하게 다가왔다. 나는 그것들을 이해하는 열쇠 같은 건 가지고 있지도 않았고, 그 속에서 어떤 이미지를 찾으려고 하지도 않았다. 선들은 단순하고 꾸밈 없고 예리했으며, 오직 자신만을 위해 존재했다. 일상적인 오브제들은 순수하고 간결한 선을 가지고 있다. 특히 뒤몽 뒤르빌이 첫번째 여행에서 가져온 폴리네시아의 곤봉은 나를 매혹시켰다. 섬세하게 조각된 곤봉에 맞아 박살났을 적들의 두개골이 떠올랐다. 거기에는 세련미와 야만스러움이 동시에 담겨 있었다. 지금 나는 그 물건이 내게 무언가를 말하려고 했음을 알고 있다. 그것은 북과 남을 이어주고 있으며, 과거와 미래를 요약해

---

* 녹색 돌로 만든 사람 모양의 팬던트를 단 마오리족의 전통 목걸이. 다산의 상징으로 사용되었다.

내포하고 있었다. 뒤몽 뒤르빌은, 내가 전혀 생각조차 못 하고 있을 때 이미 내게 샤를 테송 드 빌몽테의 죽음과, 무덤에서 그가 자신의 친구가 되리라는 것까지 예고한 셈이다.

그 진열장에서 멀지 않은 곳에서, 깃털과 털로 뒤덮인 기괴한 가면들이 내게 눈짓했다. 나는 얼굴을 찌푸리고 입을 실룩거리는 듯한 그들의 모습에 홀려 아편에 취해 안개 속을 헤매듯 걷다가 등을 보이고 서 있는 두 방문객과 부딪칠 뻔했다. 그들 중 한 명이 반사적으로 몸을 돌려 나와 마주했다. 빅토르 드 푸르크루아 드 라 브레슬이었다. 굳어 있던 그의 얼굴에 갑자기 환한 미소가 번졌다. 일 초도 되지 않는 순간에 나를 알아본 것이다. 그러니까 내 모습이 그의 머릿속에 흔적을 남긴 모양이었다. 그의 곁에는 겨우 얼굴을 알아볼 수 있는 또 한 사람이 있었다. 샤를 테송 드 빌몽테였다.

"이렇게 반가울 데가! 맙소사, 오르탕스, 우리 뒤를 따라왔군요! 기막힌 미녀 탐정이로군요!"

짓궂은 농담을 건네며 빅토르가 외쳤다. 나의 출현이 진정으로 그를 즐겁게 하는 듯했다.

"내가 새삼스레 소개를 할 필요가 없군."

빅토르의 조연배우는 그렇게 말하는 것으로 그쳤다. 외모는 사뭇 달랐지만, 그들은 형제간으로 보일 만했다. 빅토르는 크고 등이 약간 굽었으며, 샤를 테송은 그보다 조금 더 작고 마르고 날렵했다. 그러나 그 둘은 사회생활에 능한 남자들에게서 볼 수 있는, 정성 들여 가꾼 세련미를 공통으로 가지고 있었다. 그들이 친구인 것은 알고 있었지만, 일요일 오후에 함께 박물관을 누비는, 특히 원시예술에 심취해 이런 곳까지 와서 즐거움을 느끼는 사이인 줄은 전혀 생각지 못했었다. 그들의 정숙한 아내들은 차를 마시거나 브리지 게임을 즐기고 있을 그 시간에.

샤를 테송은 주머니에서 꺼낸 가죽장갑을 만지작거렸다. 나는 그들의 세계에 속하지 못하는 존재였다. 그들의 일상이 나로 인해 갑작스럽게 중단된 사실이 그의 신경을 거슬렸던 모양이고, 그는 내게 그 사실을 깨닫게 해주었다. 그러나 빅토르는 전혀 개의치 않고 얘기를 계속해나갔다. 나는 빅토르의 시선을 마주하면서 그의 말에 집중하기 위해 초인적 노력을 기울였다. 그는 자신들이 이곳을 방문한 진짜 이유를 알려주었다. 나는 빅토르가 정확히 무엇을 하는 사람인지 감히 물어볼 엄두를 내지 못했었다. 그런데 친구가 내게 보여준 관심이 갑자기 날 정당한 대화 상대로 만들기라도 한 듯, 샤를 테송은 갑자기 태도를 바꾸어 내게 친절한 대답을 해주는 것이 아닌가. 빅토르는 프랑스에서 유일한 작은 사업체를 이끌면서 박물관과 기관들에 임시 또는 상설 전시회에 필요한 설치 장비를 공급하는 일을 하고 있었다.

"아르테팍트, 내 사업체의 이름이오. 그건 여기 있는 내 친구 샤를과 한 내기의 결과죠. 내가 사업을 시작하려고 생각하고 있을 바로 그때 이 친구 샤를이 아스타르테를 설립했지. 그는 작품들을 팔았고, 따라서 나는 다음 단계에서 행동하기로 결심을 했어요. 아르테팍트는 아스타르테가 일을 끝내는 바로 그 시점에서 시작하는 거예요. 샤를은 작품을 공급하고, 나는 그것들을 무대에 올리는 거죠. 아르테팍트, 당신의 전시회를 위한 해결책! 작품을 가지고 계신가요, 우리가 그것을 설치해드리겠습니다!"

빅토르는 친구이자 동료에게 반짝이는 눈길을 던졌다. 그들은 함께 그 농담을 음미하는 듯했다. 함께 커나갈 수 있는 전망 밝은 두 종류의 사업. 기뻐하는 어린아이처럼 함박웃음을 짓고 있는 샤를 테송을 보는 건 이번이 처음이었다.

"센 강변에 짓고 있는 새 원시예술 박물관의 장비를 공급하기로 한 사람도 바로 이 멋진 친구, 빅토르 드 푸르크루아 드 라 브레슬이죠."

그들은 과거의 유물을 살펴보기 위해 이곳을 방문했던 것이다. 빅토르는 또다시 친구의 말을 끊고 자신의 일이 얼마나 혁신적인지 설명했다. 그는 그 일에 커다란 자부심을 느끼고 있었다. 전세계의 박물관들이 그를 필요로 했다. 그는 온갖 것을 구상했고, 그가 제공할 수 있는 영역은 광범위했다. 액자나 진열장에

내장시켜서 체온이 가까이서 느껴지는 순간 적외선으로 작동되는 경보장치, 관람객이 30센티미터 앞으로 다가오면 자동으로 불이 켜지는 그림틀, 푯말, 표지판, 무대장치의 지주, 미끄러지는 벽, 접착식 활자, 입체 인쇄물, 케이스, 보면대譜面臺…… 각각의 프로젝트에 맞춘 끝없이 다양한 장치들은 그를 전세계 최고의 인조물 설치자로 만들어주었다. 모든 것을, 그야말로 그는 모든 것을 제공할 수 있었다. 그러나 잘못 조여진 투명 사각 천장 장식이나 먼지 낀 받침돌, 손으로 고쳐쓴 표식 따위는 그의 소관이 아니었다. 그런 것들은 당장 불에 태워 없애야 마땅했다. 샤를 테송은 친구의 이야기를 들으며 미소짓고 있었다. 나는 그윽하면서 약간은 불명료한 빅토르의 목소리에 취해 있었다.

"다 돌아보았다면 어디 가서 한잔 하는 건 어떻소?"

"좋은 생각이야."

곤봉, 조각된 장식투구, 기원상祈願像이 지켜워진 듯 그의 친구가 맞장구를 쳤다. 친숙한 파리 카페의 문명화된 삶의 모습을 되찾고 싶은 것이었다.

"이봐, 말라빠진 미라 손가락 하나만 줘봐."

밖에 나오자 빅토르가 말했다. 샤를 테송이 작은 금속 케이스를 열자, 그들은 으레 그래온 듯 가느다란 갈색 시가를 하나씩 집어 서로 불을 붙여주었다.

나는 대로로 향하는 거대한 계단을 내려갔다. 내 모습은 건축물의 거대함을 강조하기 위해 로마 신전 아래에 배치해 빠른 터치의 판각으로 흐릿하게 묘사된, 피라네시의 작은 인물 같았다. 내 옆에서 두 남자는 자신들의 왜소함은 전혀 깨닫지 못한 채 작품 속 한담을 주고받고 있었다. 하지만 나는 다시 뒤를 돌아보면서 박물관 정면에 조각된 저부조低浮彫에 압도되었다. 고갱이 묘사한 타히티의 여인들처럼 넉넉한 모습의 거대한 남자와 여자들이 먼 고국의 꽃과 과일들과 동물들과 어우러진 부조였다.

나는 두 동행과 함께 불로뉴 숲가의 한 카페에 자리를 잡았다. 태양이 내리쏘는 창백한 햇살을 받아 먼 호수의 수면이 수은처럼 반짝였다. 그 일요일에는 호수 위에 떠 있는 배도, 일렁이는 물결도 볼 수 없었다. 산책자들은 우리처럼 온기를 찾아 황금빛 튤립 모양의 무광 유리 벽등이 달린 카페의 포근한 가죽의자 위로 피신해왔다. 1920년대 스타일을 흉내내어 벽 전체를 덮은 거울 덕분에 카페 안은 더 넓어 보였고, 손님들의 수는 더 많아 보였다. 주위를 둘러보니 아홉 명의 빅토르와 그만큼의 샤를 테송과 내가 보였다. 시선이 향하는 곳마다 난 빅토르가 알아차리지 못하게 그를 관찰할 수 있었다. 내가 보고 있는 것이 그의 오른쪽 옆모습인지 왼쪽 옆모습인지 잘 구분이 가지 않았지만, 마음속으로 그의 얼굴 윤곽을 따라갔다. 그가 처음으로 내 손을 잡고 판화 속 인물들의 모습을 함께 그렸던 그날을 생각하면서.

마침내 거울 밖의 빅토르에게로 눈이 향하자, 샤를 테송이 급하게 주문을 하는 동안 빅토르 역시 내게 시선을 고정시키고 있음을 알 수 있었다. 영국풍 수채화에서 볼 수 있는, 비 갠 후 열어진 하늘빛의 눈동자였다. 하지만 정확한 색조를 규정지을 수는 없었다. 늘 정확성을 추구해오던 나는 처음으로 모호한 느낌에 직면했다. 색깔과 뉘앙스를 표현하는 내 어휘는 한없이 빈약했고, 내가 알고 있는 것들이 초라하게 느껴졌다. 연갈색이 살짝 섞여 반짝이는 진주빛, 빛 바랜 쪽빛, 주석에 반사된 부드러운 청색, 우윳빛과 옥빛, 사프란 색조가 섞인 코발트 블루, 담녹색…… 그렇다, 1월의 이 빛 속에서는 그것이 가장 가까운 색이었다. 때때로 내 의식의 표면 위로 떠오르는 이미지들처럼, 말은 그저 하나의 보호막일 뿐이었으며 뇌가 위험을 감지했을 때 스스로 작동시키는 하나의 메커니즘에 불과했다. 기사는 여인을 굽어보고 있고, 여인은 몇 시간 전에 우물가에 앉아 바닥이 보이지 않는 우물 속에 던져넣은 돌처럼 위태롭게 흔들리던 순간을 다시 경험하고 있었다.

나는 핫초콜릿을, 그들은 생맥주를 한 잔씩 주문했다. 코트를 벗지 않은 채 손을 녹이기 위해 찻잔을 감싸쥐었다. 강하게 튕기는 베이스 음이 느껴지는 음악이 멀리서 들려오는 가운데, 한가로운 청년들은 함께 웃음을 터뜨렸고, 이웃 테이블에서는 젊은 여자들이 둘러앉아 수다를 떨었다. 붉은색으로 번쩍거리는 바의 카운터에서 접시 부딪치는 소리가 들려오는 19세기 말의 카바레 같은 아련한 분위기가 느껴졌다. 난 깃 장식을 단 화류계 여자처럼, 줄무늬 성장 조끼를 차려입고 실크모자를 옆에 두고 앉은 콧수염이 난 두 신사와 동석하고 있었다. 천재 난쟁이 화가 로트레크가 금방이라도 들어설 것만 같았다. 물랭루주의 댄서 라 굴뤼의 팔짱을 끼고 들어서는 로트레크의 뒤에는 라 굴뤼의 댄스 파트너 발랑탱 르 데조세가 뒤따르고 있었다. 인기 가수 이베트 기베르는 긴 장갑을 끼고 무대에 등장할 참이었다. 공연이 막 시작되려 하고 있었다.

"오르탕스, 꿈을 꾸고 있군요! 이제 그만 꿈에서 깨어나시죠, 아가씨!"

샤를 테송은 농담을 할 때조차 권위적인 모습에서 벗어나지 못했다. 당황한 나는 추위 때문에 잠시 신경이 마비되었던 것 같다며 얼버무렸다.

"내 질문에 대답 안 했잖소. 당신도 동의하는 거요?"

나는 조금 전에 잠깐잠깐 들은 대화의 조각들을 재빨리 모아 붙였다.

"그럼요, 물론이죠."

그렇게 대답하는 내 목소리가 들려왔다. 빅토르는 내게 윙크
하는 것처럼 눈꺼풀을 가볍게 찡그리며 미소 지었다.

조금 전부터 맥주 거품을 윗입술에 묻힌 채 두 남자가 협상하
고 있는 것은 그들 모두와 관련된 새로운 일이었다. 빅토르는 집
안에서 대대로 전해내려오던 상당 양의 나폴레옹 시대 소장품을
경매에 부쳐 팔고 싶어했다. 그의 오랜 친구인 샤를은 그런 일에
도움이 될 수 있는 적임자였다. 푸르크루아 드 라 브레슬 가는
오래전부터 가문의 영웅인 아데마르를 숭배해왔지만, 새 천 년
이 시작되는 시점에서 그와 관련된 전리품들에 공연한 신경을
쓰고 싶어하지 않았다. 새롭게 보수하고 있는 저택은 이제 빈 조
개껍데기에 지나지 않았다. 벽에는 떼어낸 그림들이 사각의 흰
적만을 남겨놓았다. 당대를 풍미했던 화가들이 그린 여인들과
아이들, 경기병 복장을 한 멋진 군인들, 하얀 머릿수건을 쓴 한
할머니들, 엄격한 가장들이 상자 안에 차곡차곡 쌓였다. 전공 훈
장, 무공 훈장, 훈장의 약장略章, 장식술도 상자 안에 자리를 잡
았다. 또한 군도軍刀, 소총, 검, 권총, 조상들과 후손들의 손때가
묻은 안장들도 갈무리되었다. 제정시대의 가구도 분류가 되어,
두 개의 컨테이너 안에 조그만 원탁과 색 바랜 소파, 짝이 맞지
않는 안락의자, 청동상과 석고상, 추시계와 촛대 등이 가득 채워
졌다.

이 모든 작업을 감독한 빅토르는 가족의 역사와 관련된 서류들만 간직하기를 원했다. 그는 판화가 가득 들어 있는 화첩들을 처리하고자 했다. 대부분 나폴레옹 신화와 군복에 관련된 이미지들을 화려하게 채색한 에피날 판화*들이었다. 그것들의 가치를 제대로 평가하기 위해 그는 내 도움을 필요로 했고, 나는 요청을 승낙했다. 두 남자는 수첩을 쥐고 날짜를 의논하더니 마침내 3월 14일로 합의를 보았다. 희귀 판화 경매 전 일주일은 나로선 할 일이 무척 많은 주간이었고, 아스타르테 사는 역사적인 컬렉션을 공개한다는 자부심을 느끼게 될 참이었다. 카탈로그에는 '제정시대의 추억'이라는 달콤한 제목으로 소개될 판화들이었다. 모든 것은 몇 분 안에 결정되었다. 거울 놀이 한가운데서, 서로 응답하는 무한한 이미지들의 조합 가운데서. 거울에 비친 내 아홉 개의 모습은 각각 아홉 개의 찻잔을 비웠고, 아홉 개의 찻잔 받침 위에는 아홉 개의 차 스푼이 놓여 있었다. 핫초콜릿은 어설픈 타원형을 그리며 쟁반에서 테이블로 옮겨지다가 잔 위로 넘쳐 받침 위에 흔적을 남겼다. 두 친구는 자리에서 일어날 준비를 했다. 샤를 테송은 손가락 하나하나 세심하게 장갑을 꼈다.

---

* 에피날(프랑스 북동부 로렌 지방 보주 주의 주도) 지역에서 18~19세기에 성행했던, 대중적 이야기를 담은 화려한 채색판화들을 가리킨다. 주로 종교적인 주제나, 프랑스 혁명, 전투, 군복, 또는 성공을 거둔 소설 등에서 그 소재를 얻었다.

그는 이미 내게는 눈길조차 주지 않았다. 코트를 걸치던 빅토르가 내 손을 살짝 스치고 지나갔다. 순간 나는 뱃속 깊은 곳에서, 아주 깊은 곳에서 무언가가 오그라드는 것을 느꼈다. 그후로도 오랫동안 그 느낌은 지속되었다.

❦

　실내화를 신은 펠릭스는 감탄을 금치 못했다. 누군가 색 바랜 장정의 19세기 앨범을 가져온 것이었다. 우리의 충실한 브로커 한 명이 고향 마을에서 찾아낸 결실이었다. 앨범의 페이지를 넘기면서 난 마치 그림책을 보는 것 같았다. 나란히 꽉꽉 채워 붙인 여러 시대에 속하는 수백 장의 판화들은 대부분 그 주제가 훼손되어 있었다. 수집가에게 판화의 여백은 거추장스러운 여분이었던 것이었다. 중요한 것은 이미지였다. 아마추어 수집가는 이미지에 바짝 가위질을 해, 페이지 당 열여섯 개의 판화를 실어놓았다.

　"무엇보다 이 앨범엔 초상들이 있어. 그러니까 폴 프레시네에게 가져가서 얼마나 줄지 알아봐. 물론 일만 유로 이하는 절대 안 돼."

　그는 잠깐 생각하더니 덧붙였다. 나는 기꺼이 그의 말대로 했

166

다. 폴 프레시네는 선하고 부드러운 사람이었다. 자연이 호의 베푸는 것을 잊었는지, 그는 다소 못생긴 편에 속했다. 무뚝뚝하고 까다롭고 까칠한 성격으로 발전했을 수도 있는 외모였지만, 오히려 그는 그런 결핍을 매력적인 섬세함으로 메워나갔다. 언제나 그는 호주식 바와 나란히 붙어 있는, 몽타뉴 생트 주느비에브 거리의 기다란 상점 깊숙이 들어앉아 있었다. 진열장 안에서는 언제라도 튀어오를 것 같은 캥거루들이 쳐다보고, 일찌감치 취한 젊은이들이 오후 네시부터 술잔을 들고 보도 위를 어슬렁거리고 있을 때, 그는 점점 더 밤의 쾌락과 향락을 추구하는 그곳의 분위기와는 전혀 어울리지 않는 평화로운 항구 같은 분위기에 젖었다. 과거와 현재가 공존하고, 아니 좀더 정확히 말하면 서로를 모르는 체하고 있었다. 하지만 얼마나 더 지속될 수 있을까? 폴 프레시네는 조국에서 무국적자가 되었다. 사람들은 그의 상점을 인수하기 위해 거액의 돈을 제시했다. 선글라스와 정장 차림의 일본인들이 적어도 삼 킬로는 돼 보이는 묵직한 돈가방을 가지고 와서 그에게 떠나달라고 청했다. 그들은 가능한 한 빨리 그곳을 초밥집으로 변모시키려는 계획을 세우고 있었다. 폴은 눈을 크게 뜨더니 트렁크의 내용물은 보지도 않은 채 정중하게 그들을 내쫓았다.

그에게서는 커다란 덩치와 어울리지 않는 온화한 순진함이 배어 나왔다. 나는 그를 방문하는 것을 좋아했다. 상점이라기보다는 좁은 복도 같은 상점 안쪽에 앉아 있는 그를 길에서부터 알아볼 수 있었다. 약간 헤진 황토색 벨벳으로 덮인 근사한 소파에 그는 마치 커다란 거미처럼 퍼져 누워 있었다. 금조琴鳥 모티프로 장식된 소파는 그가 유난히 아끼는 물건이었다. 이십 년 전 세상을 떠난 아버지가 물려준 유산이었다. 그러나 폴은 가족의 전통을 가꿔나가지는 않았다. 퇴역 군인이면서 지리학자였다가 훗날 판화상이 된 그의 아버지가 열정을 가지고 수집한 상당량의 고지도들도 점차 팔아치웠다. 그리고 그렇게 해서 벌어들인 돈을 자신의 전문 분야에 재투자를 했다. 바로 판화 또는 석판으로 인쇄된 초상이 그것이었다.

난 그의 볼품없는 얼굴이 그의 페티시즘의 영향 때문이 아닐까 하고 생각했다. 그는 보기 좋은 얼굴들에 둘러싸여 있기를 좋아했다. 마치 그들이 자신의 또다른 이미지를 투사하기라도 하는 것처럼. 벽을 따라 길게, 오직 잘생긴 젊은이의 초상들만이 걸려 있는 것이 눈에 띄었다. 옷을 벗은 미소년이나 고대풍의 나체화가 아닌, 정직하고 곧은 시선의 반신상이나 흉상들이었다.

벽을 따라 길게 정돈이 된 파일 속에는 공작부인, 기품이 있는 가정교사, 백작부인, 여왕, 여배우, 사교계 여인 등 여인의 모습이 가득했지만, 그들은 벽에 걸리는 은혜를 입지는 못했다. 그는 독신이었지만 드러내놓고 여자를 사귄 적은 한 번도 없었다. 난 그와 함께 있는 것이 좋았고, 오후 늦게 방문을 하게 되면 내게 항상 권하던 초록 과일 향의 중국 차도 좋아했다. 그와 함께 있으면 편안했고, 불건전하거나 모호한 어떤 느낌도 들지 않았다.

이번에도 역시 폴은 크리스마스 아침의 어린아이처럼 기대에 찬 모습으로 내가 가져간 꾸러미를 풀어 앨범을 훑어보면서 큰 소리로 탄성을 질렀다. 그는 펠릭스의 기대치를 넘어서는 금액을 제안했고, 난 즉시 수락했다. 폴은 즉석에서 수표를 써주었다.

그는 아무하고도 경쟁하지 않았고, 누구에게 아무것도 바라지 않고 묵묵히 자기 맡은 바 꾸준히 일해나갔다. 하지만 그는 엄청난 기억력의 소유자였다. 초상 수집을 통해 연마해온 왕조와 이름을 외우는 기억력으로 자신이 당한 모욕적인 사건들도 결코 잊지 않았다. 한 예로, 그의 앞에서는 샤를 테송의 이름을 입밖에 내서는 안 됐다. 샤를 테송이 자신이 진행하던 경매에서 가발 쓴 음악가를 그린 캉탱 드 라 투르의 파스텔화를 사들이면서 폴의 뒤통수를 친 이후로 그는 노여움을 풀지 않았다. 폴은 경매인 샤를에게 얼마든 상관없으니 자기 이름 앞으로 그 그림을 사달라고 부탁한 참이었다. 그날 그는 병원에서 임종을 앞두고 있는 어머니를 보살펴야 했다. 테송은 그의 지시를 따르지 않았다. 오히려 자신이 그 파스텔화를 사들여서는 사무실 벽, 벌거벗은 여인들 그림 맞은편을 장식했다.

그 상실의 경험은 폴에게는 살에 박힌 가시처럼 남았다. 그 파스텔화는 그에게 결코 가질 수 없는 이상적 화신이 되었다. 그것은 자신의 이야기를 들려주는 듯한 수많은 초상 중에서 그가 찾던 신화적인 정수였다. 그가 샤를 테송 드 빌몽테를 향해 엄청난 분노를 느낀 것은 당연했다. 난 그를 탓하지 않았다. 우리는 모두 각기 정도가 다른 페티시스트들이다. 무질서한 세상 속에서 혼란스러워하며, 이럭저럭 배열해놓은 자신만의 세계 속에서 하나의 의미를 찾고자 애쓰는 존재들이다. 내 주위에서 줄곧 강박적으로 나를 따라다니는 이미지들을 컴퓨터 화면 위에 작은 기호들로 표현해내고자 애쓰는 나 역시 그들 중 하나일 뿐이었다.

❋

다행스럽게도, 마침내 캅드보스크가 내게 전화를 걸어왔다.

"안녕하세요, 오르탕스! 정말 미안합니다. 자동응답기에 있는 당신 메시지를 이제야 들었어요."

그사이 십팔 일이 흘러갔다. 그는 대체 어디로 사라졌던 것일까?

"스페인까지 멀리 한 바퀴 돌아보러 갔었어요. 그쪽에도 인맥이 있거든요. 도자기와 나무 조각들을 많이 가져왔어요. 오는 길에는 국경 포르 부 근처의 오래된 친구 집에 잠깐 들렀죠. 그 친구와 나는 서로 교환을 해요. 난 그에게 아르마냑을 대주고, 그는 나한테 바뉼스 포도주를 공급해주죠. 서로 도와가며 살아야 하잖아요? 당신이 원하면, 다음에 파리에 갈 때 가져다줄 수 있어요. 그거랑 리브살트도요. 페르피냥 근처에서 그걸 만드는 친구도 있거든요. 거기서도 이틀간 묵었죠. 그리고……"

난 웃으면서 그의 말을 끊었다.

"감사해요, 캅드보스크 씨. 생각해볼게요. 하지만 그 얘기를 하려고 전화드렸던 건 아니에요."

난 그에게 그의 친구 빅토르의 방문과 그가 판화의 출처에 관해 묻더라는 얘기를 해주었다. 또한 빅토르의 아내가 그것을 되찾고 싶어하지만, 나는 그것을 지켜내 카탈로그나 경매에서 제외시키고 싶어하지 않는다는 사실도 알려주었다. 그러나 빅토르의 손가락의 감촉과, 함께 훑어보았던 이미지의 여정, 나를 당황케 했던 은밀한 그의 시선과 아직도 내 귓전에서 울리던 그의 목소리에 관해서는 함구했다.

"아, 그 얘기였군요! 별것도 아닌 것 가지고 걱정할 필요없어요. 그 건으로 벌써 오늘 아침에 빅토르의 전화를 받았거든요. 그 친구와 합의를 했어요. 사실 그의 집에서 내가 그 액자를 가져온 거라고 말했구요. 난 정말 그게 그 친구를 돕는 거라고 생각했거든요. 조상들로부터 전해내려오는 다른 그림들은 다 치워버리고 층계 벽에 있는 그 판화밖에 남아 있지 않은 상태였거든요. 그는 그걸 팔려고 확고하게 결심했고, 경매에서 받을 값의 오십 퍼센트를 내게 주겠다고 제안했어요. 공평하지 않나요? 그렇긴 해도, 친구 집 다락방 잡동사니들을 치워준 대가치고는 꽤 괜찮긴 하죠. 당신이 그걸 봤더라면! 정말 엉망진창이었어요!"

난 푸르크루아 드 라 브레슬 부인이 그로 인해 생길 돈보다는 판화 자체에 더 애착을 가지고 주저하고 있음을 상기시켜주었다. 캅드보스크의 웃음소리가 들려왔다.

"난 빅토르를 잘 알아요. 우린 스무 살에 낙하산부대에서 함께 근무했어요. 그러다보니 필연적으로 끈끈한 인연을 맺게 되었죠…… 그 친구한테는, 여자들 말은 아무 소용이 없어요, 아내든 다른 누구든요. 자기가 마음 먹으면 단념시킬 방법이 아무것도 없거든요. 어떤 것도 소용 없어요."

안심이었다. 그러니까 벨랑주는 그의 집으로 돌아가지는 않을 것이다. 이웃에 있는 보 르 비콩트 성과 경쟁하고 싶어하는 이렌 드 푸르크루아 드 라 브레슬이 고상하게 꾸며놓은 안락하고 품격 있는 공간으로는. 그것은 아직 나의 파일 안에서 안락한 휴식을 취하며 사람들 앞에서 경매에 부쳐질 날을 기다릴 것이다. 적어도 그만큼의 시간은 번 셈이었다.

  키 작은 고물상은 나에게 팔고 싶어하는 특산품에 대해 또다시 얘기를 늘어놓기 시작했다. 그 역시 쉽게 단념하는 성격이 아니었다. 나는 마지막으로 그의 제안을 거절하고 인사를 했다. 그는 늘 그렇듯이 대담한 인사를 해왔다.

  "안녕, 오르탕스. 내가 뽀뽀해줄게요. 그리고 곧 다시 가서 해줄게요, 양쪽 뺨에!"

  나는 십팔 일 전에 빅토르와 한 가벼운 포옹을 떠올렸다. 갑자기 뭉크의 동판화 〈키스〉의 장면이 눈앞에 떠올랐다. 장면은 극적인 요소를 표현했다. 검은 커튼이 양쪽으로 젖혀져 있는 창가에 야릇하게 껴안고 있는 커플. 긴 갈색 머리의 여인은 고개를 들어 두 손으로 남자의 머리를 움켜쥔 채 가만히 서 있다. 남자의 머리칼은 짧게 깎은 검은색이다. 그의 얼굴은 보이지 않는다. 그는 마치 정복당했거나 또는 애원하는 사람처럼 여자의 얼굴로 파고든다. 그녀는 흡혈귀의 본능을 가진 마녀처럼 그의 자양분을 삼키는 듯 보인다.

이런 황당한 비교를 하고 있는 자신을 발견하고 혼란스러워
진 나는 정신을 딴 데로 돌리기 위해 캅드보스크가 한 말을 애
써 다시 곱씹었다. 그러니까 잘생긴 빅토르는 집착이 강한, 무
엇이든 쉽게 포기하는 사람이 아니었다. 그의 속마음이 알고 싶
어졌다. 나와는 전혀 상관없는 사람이었지만, 공연히 떠오르는
엉뚱한 생각을 떨쳐버리기 위해 편지함을 열어보았다 난 놀라
움에 사로잡혔다. 메시지가 와 있었던 것이다. 빅토르가 보낸
것이었다.

보낸 사람 : vfdelabresle@artefacts.com
받는 사람 : contact@boireau-estampes.com
제목 : 판화와 고물상에 대해서
날짜 : 2003년 1월 31일, 15:06:34

친애하는 오르탕스,

오늘 아침에 당신도 알고 있는 내 친구 고물상 조제프 캅드
보스크와 얘기를 나눴습니다. 당신들이 경매에 내놓으려고
하는 판화를 맡긴 사람이 그 친구라는 걸 난 이미 알고 있었
죠. 하지만 염려하진 말아요, 우린 합의를 보았으니까. 난 그

걸 간직할 생각이 전혀 없고, 내 아내도 나와 같은 생각이에요. 그러니 그 판화를 카탈로그에 잘 실어 최대한 비싼 금액을 받아주길 부탁해요!

지난번 박물관에서 만나 함께 보낸 시간, 무척 즐거웠소. 다시 그런 기회가 있기를 바라겠소.

당신을 생각하며, 빅토르

이미 내가 알고 있는 내용뿐 별다른 얘기는 없었다. 나는 편지의 앞부분을 훑어보면서 그가 매우 치밀하며 계산에 밝은 사람이라는 걸 간파했다. 거래 앞에서는 아름다움의 의미 따위는 퇴색하고 마는 유형의 사람. 반면에, 아래쪽에 무심한 듯 적어넣은 마지막 글귀가 마음을 끌었다. 다정한, 애정마저 느껴지는 말투였다. 나는 그 말을 호감 이상의 의미로 받아들여야 하는 것인지 자문했다. 키보드를 다소 힘차게 두드리는 그의 손가락이 떠올랐다. 머릿속에 떠오른 생각을 하나하나 말로 바꿔가며 약간은 머뭇거리는. 이런 인사말을 선택하기 위해 그는 오랫동안 생각했을지도 모른다. 아니면 반대로, 그저 무의식적으로 사용하는 예의 바른 언어 습관일 수도 있다. 메시지는 긴 선을 타고 내게로 전해져왔고, 이번에는 내 손가락이 작은 사각 플라스틱 위를 두드리며 화면 위에 메시지를 만들어갔다. 우리의 손은 거대한 네트워크 속의 보이지 않는 선을 통해 연결되었다. 우리를 갈라놓은 공간이 무색하게도, 우리의 손가락은 서로 부딪치고 있었다.

화로

2월 4일은 성 베로니카의 축일이었다. 나는 수첩에서 항상 그 날의 성인을 확인하는 습관이 있었다. 그 독실한 여인은 판화상 들의 성스러운 수호신으로 추앙을 받아야 했다. 베로니카는 십 자가의 무게 때문에 피땀을 흘리는 예수를 따라 골고다 언덕을 힘겹게 올라갔다. 그녀가 내민 수건에 예수는 마치 링 위의 권투 선수처럼 얼굴을 닦았다. 예수의 얼굴은 그곳에 지워지지 않는 자국을 남겼고, 그녀는 그 귀한 보물을 집으로 가져갔다.

상점 바닥에 판화지들이 높은 산처럼 뒤죽박죽 쌓여 있었다. 나는 다양한 크기의 종이들을 대충이나마 분류하기 시작했다. 이미 에피날의 펠르랭 판화제작소와 메츠의 당부르 판화제작소 에서 찍어낸 판화들을 수없이 접해본 터였다. 빳빳해서 부서지기 쉬운 담황색 고급종이에 서사적이며 웅장한 장면들이 색색으로 인쇄되어 있었는데, 특히 어린아이나 청소년들의 눈높이에 맞춘 나폴레옹의 전설적 일화들이 눈에 띄었다. 그날 아침, 푸르 크루아 드 라 브레슬 가의 판화 컬렉션이 엉망으로 섞인 상태로 우리에게 전달되었다. 물건들은 두 줄의 붉은 띠가 둘러진 드루오 경매장의 초록색 트럭에 실려 도착했다. 샤를 태송은 직접 나서서 친구 빅토르의 집을 비우고는 인부들이 공사에 착수할 수 있도록 해주었다. 경매는 한 달 반 후로 예정되어 있었다. 안도의 한숨이 나왔다. 소개글을 겨우 작성해 카탈로그의 '제정시대의 추억'에 실을 수 있는 시간은 남아 있는 셈이었다.

펠릭스는 소매를 걷어부친 채 쭈그리고 앉아 담배를 빨아들였다. 가끔 그는 종이뭉치에서 한 장씩 뽑아내서는 우리 뒤에 조심스럽게 내려놓았다. 적지 않은 나이임에도 그는 잘 찍어낸 에디션 앞에서는 어린아이처럼 기뻐했다. 그는 그로 남작의 〈구조를 요청하는 말 위의 마믈루크 대장〉을 발견하고는 기쁨의 탄성을 질렀다.

"이것 좀 봐, 오르탕스, 처음 찍어낼 때의 상태 거의 그대로야! 이런 건 이십 년 만에 보는 것 같은데!"

머리에 터번을 두른 전사가 멋진 아라비아 산 말을 타고 흰 스카프를 나부끼며 무시무시한 눈동자를 굴리고 있었다. 말은 겁에 질린 모습이었다. 전장은 보이지 않았지만 그곳의 움직임, 먼지, 이글거리는 이집트의 태양, 말발굽 소리, 단말마의 비명 소리, 칼을 휘두를 때 번쩍이는 빛 등이 보였다. 그로부터 몇 년이 지난 후 예술가는 자신의 기억을 돌에 새겨넣었다. 그사이, 나폴레옹은 그에게 훈장과 남작의 지위를 부여하고 자신의 공식화가로 삼았다. 남작이 된 그로는 열정적이면서도 성실하게 그림을 그렸다. 그러나 1835년, 원군에게서 구조 받지 못하고 눈앞에서 갈기갈기 찢겨죽은 마믈루크 대장의 환영에 시달리던 그는 끝내 센 강에 몸을 던졌다. 막 예순네 살이 되던 때였다. 펠릭스와 같은 나이였다.

엄습해오는 전율을 억누른 채, 나는 펠릭스가 뭉치에서 끄집어낸 또다른 종이를 바라보았다. 마치 유령과도 같은 아름다운 은회색 판화였다. 석판화로 인쇄한 〈야간 사열〉이라는 제목의 종이 위로 그림자 같은 군대가 달리고 있었다. 판화가 라페의 이름도 새겨져 있었다. 나폴레옹 시대의 서사시는 한낱 악몽일 뿐이었다. 악몽들을 폐기처분하고 새 공간을 마련하고자 결심한 빅토르가 떠올랐다. 어쩌면 그가 옳은지도 몰랐다. 난 그런 그가 부러웠다. 새로운 것을 시도하고, 앞으로 나아가고, 낡은 것들을 처분해 불태워버리는 것. 나는 하지 못하는 것이었다. 내 기억 속은 잡초가 무성한 들판과도 같았다. 그중 무엇을 솎아내야 하는지 구분할 수 없는.

❋

가끔 고객들의 방문으로 중단되기도 했지만, 인내심을 가지고 거의 종일 꼼꼼하게 판화 선별을 하고 난 후 우리는 기분 좋은 보상을 받게 되었다. 아스타르테 사는 매년 초에 감정가들과 충실한 협력자들을 초대해 칵테일 파티를 열었다. 길한 징조로 경매를 시작하기에는 함께 한잔 하는 것만큼 좋은 건 없었다. 이번에는 대규모로 파티가 열렸다. 마틸드는 파티 장소로 부르델 박물관을 대여했고, 우리는 저녁 여섯시 삼십분까지 가기로 되어 있었다.

나는 펠릭스와 함께 도착했다. 사교계를 몹시 싫어하는 그는 불만스런 얼굴이었다.

"어떻게 좀 안 갈 수 없나?"

그는 종일 투덜거렸다. 입구에서 매력적인 안내원이 초대장과 외투를 받아들었다. 난 코트와 목도리 그리고 모피 장갑을 작은 플라스틱 번호표와 바꾸었다. 차츰 기둥 사이로 초대받은 사람들이 옹기종기 모여들었다. 여자들은 저마다 우아함을 뽐내고 있었다. 나는 깊이 생각하지 않고 1920년대 풍의 몸에 꼭 끼는 검은 드레스와 끈 달린 구두를 선택했다. 당대의 부르델이 보았더라도 좋아했을 것이다.

어둠이 깔리기 시작하자, 회랑 아래 그림자와 사람들의 형체를 구분하기가 힘들어졌다. 단번에 알아들을 수 있는 우렁찬 목소리가 내 귀까지 들려왔다. 에티엔 브리사크가 가까이 와 있었다. 펠릭스의 인상이 더 구겨지는 게 느껴졌다. 그 늙은 화상은 잠시도 혀를 가만히 놔두지 않았다. 해마다 그가 경매에 쓰는 상당한 금액에 대한 감사의 표시로 초대된 것인지, 혹은 그가 두려운 나머지 이런 작은 속죄행위로 그의 관용을 얻고자 하는 이들 덕에 초대되었는지는 알 수 없었다. 일흔다섯이 다 된 나이에도 불구하고, 그는 바오로 3세 파르네세 교황이 사들였던 헤라클레스 상을 묘사한 그림들을 상기시켰다. 헤라클레스는 가장 많이 판화로 제작된 남성상일 것이다. 에티엔 브리사크는 그보다는 더 옷을 갖추어입었고, 몽둥이 대신 지팡이를 들고 있을 뿐이었다. 그러나 당당한 자세와 잘 다듬은 짧은 턱수염으로 한층 돋보이는 사각의 얼굴은 헤라클레스와 똑같았다.

"이런, 베르나르와 비앙카로군!"

나와 펠릭스를 알아본 그가 외쳤다. 종이 더미를 매일같이 조금씩 갉아먹는, 떼어놓을 수 없는 두 마리 생쥐 같다며 그가 우리에게 붙여준 별명이었다. 가만 생각해보면, 애정이 담긴 이 별명에 기분 상할 이유는 없었다. 그러면 훨씬 더 신랄하게 쏘아붙일 수도 있었다. 그의 조수 한 명은 고객들 앞에서 '태평한 소'라고 불리는 것에 화가 나서 그를 떠나고 말았으니까. 에티엔 브리사크는 그의 조용하고 무사태평한 성격을 좋아했지만, 주위 사람들에게 별명을 붙여 부르는 습관이 바뀌지는 않았다. 그 불쌍한 조수에게 하루 일과는 지나친 부담이 되어갔다. "복사하려고? 그러면 태평한 소한테 물어보시구려!" "내 돋보기 어디 갔지? 또 태평한 소가 치워버렸군!" 마침내 소는 몇 달 동안 별러온 말을 주인에게 쏘아붙이고는 문을 박차고 나가버렸다.

"내가 소라면, 당신은 이 외양간의 당나귀라는 걸 아십시오, 브리사크 씨!"

브리사크는 아직도 그 말을 할 때마다 웃으면서 떠난 조수를 진심으로 그리워하는 눈치였다.

브리사크가 아버지처럼 다정하게 내 어깨에 팔을 둘렀다. 순간, 번쩍하고 머릿속에 플래시가 터졌다. 말없는 그들만의 발레 포즈 속에 굳어진 벨랑주의 두 인물이 떠오른 것이다. 그러나 이번에는 내가 주도권을 잡고 브리사크의 말에 집중할 수 있었다. 펠릭스는 기둥 뒤에서 담배를 피우기 위해 자리를 떴다. 브리사크는 매우 박식한 화상이었다. 탐나는 판화를 차지하기 위해서라면 무슨 짓이든 할 욕심 많은 인물이기도 했다. 모임 같은 데서 기분이 내키면 그는 사람들의 표정을 보며 하는 진실게임 같은 놀이를 즐겼다. 그는 정원을 둘러싸고 있는 회랑을 돌아 잘 차려진 뷔페와 샴페인이 기다리는 대연회실로 나를 끌고 갔다. 방의 다른 쪽 끝에 있는 멋진 석조 벽난로 속에서는 환대하는 듯한 장작불이 탁탁 소리를 내며 타올랐다.

"저기 서로 노려보고 있는 여자 두 명이 보이지?"

그가 가리킨 사람은 마틸드였다. 하늘거리는 검은 바지와 몸에 꼭 맞는 금사가 섞인 스웨터는 그녀의 완벽한 몸매와 금발과 투명한 피부를 더욱 돋보이게 해주었다. 그녀는 부드럽고 절도 있는 몸짓으로 살짝살짝 스치면서 흰 상의를 입은 웨이트리스들을 지휘하고, 샴페인 잔과 다과들이 잘 분배되고 있는지 감독중이었다. 그녀가 있는 곳에서 멀지 않은 곳에 돌로레스가 손에 잔을 들고 서서 경매사 직원과의 대화에 열중하는 척하고 있었다. 어두운 색의 풍성한 치마와 넓게 파진 오렌지색 튜닉을 입고, 여느 때처럼 화려한 색상의 스카프를 두른 모습이었다. 마치 불꽃이 그녀 몸 전체를 휘감고 있는 것 같았다. 흑옥 같은 머리카락에 살짝 가려진 귀에서는 금빛 귀걸이가 살며시 흔들리며 빛을 받을 때마다 반짝였다. 브리사크가 간파한 것처럼, 그녀는 가끔씩 까만 눈동자로 마틸드를 흘끗거렸다. 마틸드는 그녀의 시선을 느꼈지만 모르는 척하고 있었다.

"두 사람은 모두 상대방을 불편한 존재로 여기고 있어. 한 방에 두 여자를 위한 장소는 없는 법이니까. 저것 봐, 금발은 작은 새 트위티고, 검은 머리는 고양이 실베스터란 말이지. 단숨에 먹어치우려 하고 있잖아. 그렇게 보이지 않나?"

난 그의 말이 옳다는 것을 인정하지 않을 수 없었다. 마틸드는 마치 한 마리 새처럼 유순하고 연약해 보였다. 그녀의 경쟁자에게는 이상적인 먹잇감이었다.

브리사크는 내 팔을 잡고 산책을 계속했다. 무도회장에서 기사와 함께 미뉴에트를 추고 있는 듯한 착각이 들었다. 브리사크는 가끔 도발적인 재담으로 아닌 척하기를 즐겼지만, 그는 격식을 갖추는 데 익숙한 옛날 사람이었다. 그런 그도 애니메이션에는 평소와는 전혀 다른 엄청난 열정을 보였다. 저녁마다 그는 판화가 가득 찬 자신의 아파트에 틀어박혀 애니메이션을 봤다.

"저기 남자들도 잘 보라고. 똑같은 장면을 연출하고 있군."

한번 시작하면 아무도 그를 멈출 수 없었다. 그는 서로 몇 발짝 떨어진 곳에 서서 방문객들과 다정하게 악수를 하며 허세를 부리고 있는 두 경매인을 턱끝으로 가리켰다. 그들은 마주 보고 서 있었지만 서로를 모른 척하고 있었다. 샤를 테송은 다소 거만한 몸짓으로 가슴을 내밀고 서서 차가운 미소를 지으며 상대방을 공공연하게 훑어보았다. 그보다 작은 키에 좀더 건장한 체격의 프랑수아 에방질 아스트뤼크는 상대방이 내민 손을 상냥하게 좀더 오래 잡은 채 다정한 환영의 인사말을 건넸다.

"테송은 벅스 버니 같군. 안 그런가? 긴 다리로 똑바로 서서는 화려한 꼬리에 거만하게 귀를 쫑긋 세운 채 동료에게 도전장을 던지고 있잖아. 반대로, 그 옆의 친구는 사냥꾼 엘머라고 볼 수 있지. 지금은 22구경 라이플 소총을 서랍 속에 넣어놓고 있지만, 그걸 빼들 기회만 노리고 있어."

그는 아무 거리낌없이 말을 이어나갔다. 마찬가지로 세속적인 모임을 몹시도 싫어하는 폴 프레시네는 침울하고 몹시 지루해 보이는 표정으로 홀 구석에 서 있었다. 그가 이곳에 온 것은 그와 친분이 두터운 아스트뤼크의 초대 때문이었다. 어떤 이유에서라도 그는 샤를 테송에게 말을 걸지 않을 터였다. 깊은 생각에 잠긴 표정으로 보아, 자신에게 상실의 아픔을 남긴 파스텔화를 생각하고 있음에 틀림없었다.

에티엔 브리사크는 그를 드루피에 비교했다. "늘어진 양 볼과 겁에 질린 표정 때문"이었다. 하지만 그것도 나름 자제한 표현이었다. 그가 경매중에 공개석상에서 폴 프레시네에게 망신준 일화를 들은 적이 있었다. 모랭 판화제작소에서 제작한 필리프 드 샹페뉴 풍의 장엄한 예수 초상의 낙찰가를 감히 브리사크보다 더 높게 부르는 무례를 범했다는 게 그 이유였다. 물론 그는 브리사크를 이기지 못했고, 승리한 것만으로 만족하지 못한 브리사크는 상대방의 큰 키와 소심한 표정을 '전신주와 그곳에 오줌을 누는 개가 만나 탄생한 우스꽝스러운 작품'이라고 빈정거렸다. 금속성의 날카로운 목소리로 내지른 그 적절한 표현은 화상들 사이에서 여전히 회자되었다.

그다음으로는, 허버트 리버만이 숨을 헐떡거리며 나타났다. 그는 구슬처럼 둥글고 맑은 작은 눈을 굴리면서 샤를 테송을 찾아 인사하기에 바빴다.

"저기를 보라고, 삑삑, 로드러너가 나타나셨군. 코요테와 악수를 하는군."

스위스에서 온 수집가는 비행기가 연착해 파티에 참석하지 못할까봐 조바심쳤다. 한 군데에 있지 못하고, 침대보다는 공항에서 더 많은 시간을 보내며 이 대륙 저 대륙 끊임없이 옮겨다니는 인물이었다. 사실 리버만은 사명을 띠고 있었다. 자기 민족에게 가해졌던 과오를 바로잡고 과거에 약탈당한 유산을 되찾는 일이었다. 그는 사라진 작품 리스트를 언제나 지니고 다니면서 경매장이나 화상들에게서 그것들을 찾아내고자 했다. 그가 그런 일을 할 수 있었던 것은, 스위스 은행 전 지점에 설치된 고도의 안보시스템에서 나오는 특허 사용료로 여유 있는 생활을 하기 때문이었다.

리버만은 외국 매너리즘 판화가들과, 랑그르 출신이지만 종교적 이유로 한동안 스위스로 망명했던 일각수의 대가 장 뒤베의 판화들도 모아들였다. 그리고 집요한 추적 끝에 마침내, 거의 발견되지 않았던 뒤베의 〈요한 묵시록〉 연작 스물세 점 중에서 열세 점을 찾아내는 데 성공했다. 나와 함께 일한 지 일 년이 채 안 되었을 때, 펠릭스는 어느 날 아침 벼룩시장에서 삼 프랑 육 상팀에 산 완벽한 상태의 뒤베의 판화 한 점을 그에게 넘겨주었다. 그후로 허버트 리버만은 파리에 올 때면 정기적으로 우리를 방문했다. 그의 손엔 항상 우리를 위한 초콜릿이 들려 있었다.

마침내 에티엔 브리사크는 내 팔을 놓아주었고, 난 다시 자유로운 몸이 되었다. 내 앞을 지나는 쟁반 위에서 거품이 이는 샴페인 잔을 집어들었다. 펠릭스는 구석에 혼자 서 있는 프레시네에게 가서 음모자들처럼 비밀 회담에 몰두했다. 틀림없이 각자 최근에 새로 발견한 것들을 비교했을 것이다. 그들은 경쟁관계가 아닌, 존중하고 협력하는 사이였다. 브리사크는 몸을 깊숙이 굽혀 기품 있는 노부인의 손에 보란 듯이 입맞춤을 했다. 온통 검은색 차림을 한 그녀의 주름지고 야윈 목에는 진주목걸이가 둘러져 있었다. 마담 코르뉘시앙은 아스타르테 사의 고古데생 감정가였다. 그녀는 탁월한 전문 지식의 소유자였고, 작고 가냘프지만 설득력 있는 목소리로 자신의 배당 작품을 소개할 줄 알왔다. 그녀가 지닌 섬세함은 브리사크의 거친 면과 유쾌한 대조를 이루었다. 마치 곰과 영양 같았다. 오래전에 두 사람이 뜨거운 열정을 나누었던 사이라는 소문도 나돌았다. 그리고 아마도 곰 같은 남자가 동료들에게 보여준 신랄함에 지친 작은 여인이 그를 떠났을 것이다. 그녀는 지금까지 결혼을 하지 않고 독신으로 남아 있었다. 그들이 반짝이는 눈길과 일과 관련된 재미있는 소식들을 주고받는 모습을 지켜보면서, 오십 년 전 그들이 브리사크의 판화와 코르뉘시앙의 데생이라는 관심사를 합쳤더라면 오늘날 진정한 합작 기업의 정상에 서 있으리라는 생각이 들었다. 그 분야의 누구도 그들에게 대적하지 못했으리라.

샴페인 거품이 혀에 닿는 순간 〈사랑의 날개를 꺾어버리는 시간〉이라는 우화가 떠올랐다. 그 주제는 다양한 버전으로 표현되었다. 17세기의 영국 대중을 위해 제작한 반 다이크의 메조틴트, 17세기의 한 이탈리아 판화가의 부식동판화, 1850년의 대중적인 석판화 등. 이런 다양한 형태로 표현되었지만, 그 안의 이미지는 일관적으로 사디즘적인 장면을 보여주었다. 튼튼한 날개를 단 근육질의 노인이 발버둥치고 있는 어린 에로스의 솜털 같은 날개를 커다란 가위로 자르는 장면이었다. 아무런 희망도 남아 있지 않았다. 그는 이제 예전처럼 아무런 근심 없이 가볍게 공중으로 파닥거리며 날아오르지 못하리라. 모든 것은 지나가고, 부서져버리며, 소진된다. 허공을 응시하던 내 눈길은 갑자기 멀리 정원에서 윤곽을 드러내는 한 물체에 가서 닿았다. 커다란 홀의 창문 너머로, 바둑판 무늬의 유리창 때문에 다소 흐릿하게 변형된 한 남자의 모습이 보였다. 빅토르였다.

손가락 끝이 저려왔다. 마치 개미들이 손끝에서 동요하며 움직이고 있는 듯했다. 손에 들고 있는 샴페인 잔 속의 거품처럼. 기둥 사이로 그의 모습이 아스라이 보일 때 잔을 눈 가까이 가져다대자, 내 술잔 위에 두 다리로 똑바로 균형을 잡고 서 있는 그가 보였다. 마치 엄지왕자 같았다. 16세기 판화 속 정원에서 돌 수반의 가장자리를 작은 발톱으로 움켜쥔 채 부리를 앞으로 내밀고 신선한 물을 마시는 새들이 떠올랐다. 조각들이 흩어져 있는 정원을 곧장 가로질러올 수록 점차 그의 모습은 커져갔다. 그는 수도원처럼 설계된 회랑을 빙 둘러오는 수고를 치르지 않았다. 그는 확실하고 조용한 걸음으로 다가왔다. 나를 못 본 것이 분명했다. 받침대에 있는 힘껏 몸을 기댄 채 발을 뻗치면서 내쪽으로 활시위를 당기고 있는 헤라클레스상과 그가 잠시 혼동되었다. 그는 조각상을 빙 돌아서 지나쳤다. 그리스식 정문을 통해 연회실로 들어서자 시야에서 그를 놓치고 말았다.

소란스러움이 절정에 이르고 시끄러운 소리가 점점 커져가면서 모인 이들의 몸이 서로 맞닿을 지경이었다. 부딪치는 술잔 소리, 웃음소리, 감탄사. 마침내 무리 속에서 빅토르를 찾아낼 수 있었다. 그는 친구 샤를 테송에게 인사를 하고 귓속말을 했다. 이상하게도, 내가 그를 마지막으로 보았던 곳 역시 박물관이라는 것이 생각났다. 나는 사방으로 열려 있는 이 커다란 방에서 유일하게 온기를 느낄 수 있는 벽난로 쪽으로 다가갔다. 아스트뤼크는 몇 발자국 떨어진 곳에 있었다. 광대뼈가 발갛게 분홍빛으로 물든 것으로 보아 이미 약간 취한 것 같았다. 그는 마틸드에게 눈독을 들이고 있었다. 예의를 갖추어 남자들을 상대하는 일에 익숙한 마틸드는 그가 하는 대로 내버려두면서 기꺼이 그의 말을 들어주고 있었다.

"아름다운 마틸드, 난 당신이 좋아하는 거라면 뭐든지 할 수 있소."

샴페인을 홀짝거리면서 다소 끈적거리는 목소리로 그가 말했다.

"페늘롱을 집에 놔두고 왔어요, 무척 따라오고 싶어했지만······ 뭐든 말만 해요, 당신이 원하는 건 뭐든지 할 테니까······ 두드려라 그러면 당신에게 열릴 것이오. 당신 스스로도 잘 알지만,

당신이 없었다면 아스타르테는 오늘날의 경매회사가 될 수 없었을 거요. 오직 당신만이 할 수 있었던 그 무엇이 없었을 테니까…… 이 매력, 이 우아함, 이 세련미…… 게다가 당신은 오늘 저녁 정말 아름답소. 내가 용기를 낼 수 있다면, 당신에게 키스를……"

"프랑수아 에방질 씨, 샴페인 좀 천천히 마셔야할 것 같네요. 지금 몇 잔째 마신 거죠? 다섯 잔? 여섯 잔? 제발 체통을 좀 지키시죠. 사람들이 어떻게 생각하겠어요? 당신은 좋은 사람이지만, 우리 사이엔 어떤 일도 있을 수 없다는 걸 잘 알지 않나요. 우선 당신은 전혀 내 타입이 아니에요. 그리고 난 좋아하는 사람이 있다구요. 자, 이제 뷔페로 가서 케이크라도 좀 드시죠. 그러면 술이 좀 깰 거예요. 아니면 바깥 정원으로 나가서 바람을 좀 쐬든지. 그래야 할 것 같군요."

"그래요, 하지만 당신 없이는 싫소."

그가 소리를 지르자 몇몇 사람들이 돌아보았다.

적어도 다섯 잔 아니면 여섯 잔, 어쩌면 그보다 더 마셨을 거야, 난 혼잣말로 중얼거렸다. 그에게 지친 마틸드는 아는 사람 중에 제일 가까운 곳에 있던 허버트 리버만과 얘기를 나누기 위해 자리를 떴다.

"오디세우스가 떠나자 칼립소는 지극히 슬퍼하였다. 그 고통

속에서 그녀는 자신이 불멸의 존재라는 사실을 불행하게 생각
했다."

아스트뤼크는 그녀를 향하여 페늘롱의 한 구절을 암송했다.
아마도 「텔레마스코의 모험」에서 인용했을 것이다. 지금은 심각
한 상황이었다. 아스트뤼크가 중심을 잃고 비틀거리며 더는 자
연스럽게 말이 나오지 않게 되자 페늘롱이 구원의 손길을 뻗친
것이다. 페늘롱은 그가 항상 가지고 다니는 구급상자 같은 것이
었다. 그 속에서 그는 가끔씩 필요한 응급 치료약을 발견하는 듯
했다. 취기로 감정의 고삐가 풀리는 것을 막아야 했다. 페늘롱을
한 구절 인용하고 나면, 그는 다시 본래의 모습을 되찾을 수 있
었다. 그러고는 다시 침묵과 술잔 속으로 빠져들었다.

불쌍한 아스트뤼크. 아무리 죽을 만큼 취했어도, 그는 결코 사
랑하는 여인을 납치하여 먼 나라로 데리고 갈 생각은 하지 못했
을 것이다. 또다시 벨랑주가 등장했다. 그는 마치 충성스러운 개
처럼 나를 도와주러 나타났다. 해석에 따라 거인 오리온 또는 미
소년 아도니스가 되기도 하는 용감한 사냥꾼이 고개를 들고 애
원하다시피 하는 자신에게 날카로운 화살을 겨누는 반항적인 아
르테미스를 어깨에 들쳐업는 장면이 떠올랐다. 그녀의 곁에는
입술이 위로 잦혀진 사냥개가 눈을 치켜뜨고 있었다. 나도 눈을
치켜들었다. 어느새 그가 내 곁에 와 있었다. 그가 다가오는 것

을 보지 못했는데. 푸르크루아 드 라 브레슬이 웃으며 내게로 몸을 숙여 뺨에 달콤한 입맞춤을 했다. 그는 오른손을 내 어깨에 올려놓았다. 등골을 타고 전류가 흘렀다. 그는 가느다란 흰 줄무늬가 있는 감색 정장을 입고 있었다. 반복적인 작은 모티프가 새겨진 진홍빛 넥타이 때문에 그의 가슴에서 피가 솟아나는 것처럼 보였다. 우리는 무척 어색한 분위기 속에서 사소한 이야기를 주고받았다.

"그래, 경매 준비는 잘 되어가나요? 내가 고생을 많이 시키는군요, 오르탕스. 벨랑주의 미공개 작품 경매와 그 전 주에 있을 내 나폴레옹 시대 판화 컬렉션 경매 때문에 일 복이 넘치게 생겼군요."

난 뻔한 말들을 중얼거렸다. 그런 건 문제가 되지 않으며, 이건 내가 좋아서 하는 일이다, 어쨌거나 나는 그런 것밖에는 할 줄 아는 게 없으며, 그를 위해 일할 수 있어서 기쁘다는…… 회색이 감도는 그윽한 초록 눈동자로 나를 유심히 바라보는 그의 눈 속에서 즐거워하는 표정을 읽을 수 있었다. 아마도 내가 당황해하는 걸 즐기는지도 몰랐다. 그때 갑자기 어디선가 들려온 비명 소리 덕분에 난 억지로 무슨 말인가 해야 하는 고충에서 벗어날 수 있었다. 홀 저쪽 편, 벽난로의 온기가 닿지 않아 추운 구석에서 샤를 테송이 격분하여 프랑수아 에방질 아스트뤼크에게 마

구 쏘아대고 있었다. 아스트뤼크가 들고 있던 술잔을 운 나쁘게
도 동업자의 옷 위로 쏟은 모양이었다.

"이 바보 같으니! 조심 좀 할 수 없나? 이것 봐, 똑바로 서 있
지도 못하잖아! 대체 그 꼴이 뭔가?"

"난…… 난 일부러 그런 게 아닐세…… 저절로 미끄러진
거야."

당황한 아스트뤼크가 더듬거리며 말했다. 그는 제대로 말을
잇지 못했다. 그러다 갑자기 취중에 떠오른 영감대로 과장된 어
조로 읊조렸다.

"위험 속으로 뛰어들기 전에는 그것을 예견하고 두려워해야
한다. 그러나 일단 위험에 직면하게 되면 그것을 경멸해야 한다."

소리를 듣고 달려온 돌로레스가 내민 냅킨으로 옷깃을 닦으
면서 테송은 아스트뤼크를 잡아먹을 듯이 노려보았다.

"그딴 거나 읊어대지 말고 가서 잠이나 주무시지!"

테송이 쏘아붙였다. 잠깐 동안 아스트뤼크의 몸이 굳어지면
서 마치 야수처럼 달려들 듯이 보였다. 난 그다음 장면을 연상해
보았다. 벨랑주의 판화 〈걸인들간의 싸움〉이 떠올랐다. 또다시
그가 등장했다. 확실히 오늘은 그가 내 곁을 떠나지 않고 맴도는
것 같았다. 초라한 행색의 비올라 연주자가 으르렁거리는 자신
의 개와 함께, 이를 드러낸 채 한 발을 들고 자신을 죽이려 위협

하는 걸인을 향해 덤벼들고 있었다. 비틀거리던 아스트뤼크는 마침내 움츠러들더니 천천히 몸을 돌려 출구 쪽을 응시했다. 그러고는 그곳을 떠나면서 놀랄 정도로 현학적이고 자신감 있는 목소리로 외쳤다.

"악은 피함으로써 견뎌낼 수밖에 없도다!"

모여 있는 사람들이 깜짝 놀란 표정을 짓고 있는데 에티엔 브리사크만이 큰 소리로 웃음을 터뜨렸다. 빅토르는 내 곁으로 다가와 놀란 표정으로 눈썹을 찡긋거렸다. 등뒤에서 타는 벽난로의 불길이 허리를 따뜻하게 데워주었다. 멀리서 샤를 테송이 '얼른 지나가시오! 구경할 거 없으니'라고 말하는 듯 손짓을 했다. 다시 대화가 시작되었고, 잠시 허공에 멈추어 있던 다과 쟁반들이 다시 움직이기 시작했다. 빅토르는 지나가는 오렌지주스를 집어들었다. 그는 파리 반대편에서 저녁 약속이 있었기 때문에 술을 마실 수 없었다. 게다가 서둘러야 했다. 난 그의 시선이 아래에서부터 천천히 내 몸을 훑어올라오는 것을 느낄 수 있었다. 한참의 시간이 흐른 후에야 그의 눈길은 만족스러운 미소와 함께 내 얼굴에 와 멈추었다.

"오르탕스, 이메일 주소 있소? 휴대전화번호는? 당신에게 연락할 일이 있을지 몰라서."

질문의 의미를 잘 이해하지 못한 채 난 내가 들고 있던 초대장

위에 그가 요구하는 정보를 급히 적어주었다. 순간 양피지 옆에 놓여 있는 깃털 펜이 눈앞을 스쳐갔다. 바깥의 화로는 나무를 숯불로 바꾸고 있었다. 내 몸은 죽어버린 장작이었다. 그는 이미 가버렸다. 그를 붙잡을 수만 있다면, 난 포르티아*처럼 뜨거운 숯덩이라도 기꺼이 삼켰을 것이다. 신비한 작은 여인을 꼭 닮은 판화 속 포르티아는 평행의 작은 판각들로 표현된 뜨거운 항아리 위에 손을 올려놓고 있었다. 나는 그럴 위에 있었고, 방은 갑자기 도가니로 변해버렸다. 난 기독교인들을 교화시키기 위해 판자 위에 찍어낸 석판화 속에서 삼지창을 든 작은 악마들이 지옥 불로 굽고 있는 죄인들처럼 땀을 흘리고 있었다. 빅토르는 활활 타오르는 불길 같은 손으로 내 허리를 감아 자신의 몸에 바싹 붙여 껴안은 다음 그 자리를 떠났다.

주위에서 사람들이 웅성거리고 있는데도, 홀은 텅 빈 것 같았다. 아는 얼굴을 찾던 중, 돌벽에 기대선 채 우울한 얼굴로 술잔 바닥을 들여다보고 있는 돌로레스가 눈에 띄었다. 난 그녀에게

---

* 로마 공화정 말기의 정치가인 마르쿠스 브루투스의 아내. 브루투스가 죽은 뒤 뜨거운 숯을 삼키는 끔찍한 방법으로 자살했다.

로 다가가 팔을 잡았다.

"무슨 일 있으세요? 깊은 생각에 잠긴 것 같군요……"

그녀는 깜짝 놀라더니 즉시 어색해 보이는 환한 미소를 지어
보였다.

"아뇨, 괜찮아요, 오르탕스. 아무 일 없어요! 다시 보게 되어
기뻐요. 당신이 왔는지 궁금했거든요. 샤를이 초대장을 후하게
돌린 것 같네요. 잘한 거죠. 조금 전에 그가 올해에는 관심을 끄
는 감정가들뿐 아니라 중요한 화상들과 수집가들과 박물관장들
도 초대하고 싶었다고 말했거든요. 그러니까 나도 여기 와 있는
거겠지만. 저 사람들 알죠? 아까부터 한참 동안 당신의 고용주
펠릭스 부아로 씨하고 얘기하고 있는 저 키 큰 남자가 누군지 궁
금했어요. 둘 다 벨랑주에게 지대한 관심이 있는 것 같던데. 언
뜻 들으니 당신이 요전에 내게 보여준 그 놀라운 판화에 관해 얘
기하는 것 같더라고요……"

그녀가 가리키는 사람은 폴 프레시네였다. 그를 소개해주겠
다고 하자, 그녀는 기대하지 않았던 기분 전환거리라도 만난 듯
이 내 제안에 동의했다. 폴은 처음에는 움츠러드는 듯한 표정을
지었다. 물론 펠릭스는 그 자리를 떠났다. 혼잣말로 중얼거리면
서. 자신이 스페인 여자들의 '페미니스트적 히스테리성 망상'
이라고 부르는 것을 참아낼 수가 없었던 모양이다. 그가 떠나든

말든 조금도 신경을 쓰지 않는 돌로레스는 벌써 대화를 독점하고 있었다. 폴 프레시네가 관심을 보이자 흥이 난 그녀는 디지털카메라를 꺼내들었다. 곧 그들은 함께 작은 화면을 들여다보며 돌로레스가 보름 전에 하나하나 찍어둔 벨랑주의 부식동판화의 디테일을 살펴보기 시작했다. 폴은 매혹된 표정을 지었다. 여느 때처럼 경매 직전에 있을 공식 전시를 기다리고 있던 그는 아직 판화를 보지 못한 터였다. 다른 사람에게 부담을 주지나 않을까 늘 배려하는 성격 때문이었다. 돌로레스에게는 없는 망설임이었다.

폴은 고문서를 철저하게 뒤져서 자신이 손에 넣은, 희귀하거나 알려지지 않았던 초상화들의 실체를 확인하는 작업을 즐겨했다. 그의 접근 방식은 당대의 사회적 현실을 기반에 두고 연구하는 역사가와 다를 바 없었기에 돌로레스의 열띤 해설은 별다른 영향을 미치지 못했다. 그럼에도 그는 그녀의 말에 귀를 기울였다. 화면 위로 지나가는 장면들이 흥미를 자극한 것이었다. 하지만 돌로레스가 얼굴에 부딪칠 정도로 허공에서 휘둘러대는 카메라 때문에 폴은 이미지에 집중할 수가 없었다.

"내가 말하려는 걸 이해하시죠? 여인은 전통적인 우수憂愁의 이미지라고요. 수 세기 전부터 여자를 예속해오던 남성의 권위에 갇혀 움직이지 않는…… 그와는 반대로 저 멀리, 동물도 물고기도 아니고, 남자도 여자도 아닌 천사를 보세요. 문 사이로 얼굴을 내밀고 있어요. 바깥에도 안에도 있지 않죠. 이건 바로 이성간의 관계에 대한 해석이 아니겠어요?"

폴은 웃으면서 디테일들을 한 번 더 보여달라고 청했다. 가장 그의 관심을 끄는 것은 남자의 형상이었다. 그는 남자의 실루엣을 오랫동안 들여다보았다. 난 보지 않아도 잘 알 수 있었다. 첫 번째 클로즈업은 가볍게 물결치는 풍성한 머리칼과 얼굴이었다. 가느다란 콧수염은 잘 다듬은 턱수염으로 이어졌다. 다소 강해 보이는 오뚝 선 콧날, 목 양쪽으로 넓은 흰 깃이 펼쳐져 있고 화려한 수 장식이 놓인 꼭 맞는 웃옷. 그 속에 꽉 죄어져 두드러져 보이는 상반신. 등에는 비단 장식 줄이 달린 망토를 두르고 있다. 두번째 클로즈업은 끈 달린 가죽 지갑이 매달려 있는 가죽 허리띠로 감싼 가느다란 허리 부분이었다. 짧은 바지 위에 덧입은, 마치 커다란 머랭그처럼 불룩한 반바지. 세번째 클로즈업. 날씬한 다리의 무릎 위에는 리본이 묶여 있고, 다리 끝에는 가죽 각반이 역시 끝에 리본이 달린 채 둘러져 있었다.

"완벽한 귀족의 의상이오."

폴은 정통한 권위자로서의 기쁨을 나타내며 소리쳤다.

"높은 신분에 속하는 인물임에 틀림없소. 그가 누구인지를 알아낼 수 있을지 모르겠지만. 자료를 찾아서 그 시대의 다른 초상화들과 비교를 해봐야겠소. 이 잘생긴 남자의 신체적 특징이 눈에 띄게 구체적으로 묘사된 걸 보면 예술가가 어떤 특정 인물을 염두에 두고 제작한 게 분명해요. 어쩌면 로렌 궁정의 누군가를? 앞으로 알아봐야겠지만. 어쨌든 매우 흥미롭군요."

그는 여인의 모습에는 별다른 관심을 보이지 않았다. 내게는 그다지 놀랄 일도 아니었다. 그는 여인을 대충 훑어보더니 테이블 위에 흩어져 있는 오브제들에 더 많은 관심을 보였다. 돌로레스는 번호가 붙은 자신의 작은 이미지들이 그의 관심을 끄는 사실에 기뻐했다. 모든 이미지들을 다 보여주자, 그녀는 카메라를 집어넣더니 내가 이미 본 인쇄물 뭉치를 꺼내들었다. 엷은 보라색 바탕에 검은색으로 인쇄한 안내서였다.

"이것 좀 보시겠어요, 프레시네 씨. 제가 4월에 벨랑주의 상징주의에 관한 대규모 국제 심포지엄을 개최하거든요…… 거기에 참석해주시는 영광을 베풀어주실 수 있는지요? 뤼네빌은 파리에서 그렇게 멀지 않아요. 그리고 고전적인 정원이 있는 아담한 우리 박물관은 봄에 정말 근사하답니다."

"가지 않을 이유가 없군요. 아주 끌리는 제안이에요. 당신도 갈 거죠, 오르탕스?"

난 아마도 그럴 것이라고 대답했다. 펠릭스가 며칠간 나 없이 지낼 수만 있다면.

샤를 테송이 우리 쪽으로 다가왔다. 그는 감독관처럼 모두 즐거운 저녁시간을 보내고 있는지 확인하기 위해 이 그룹 저 그룹 옮겨다니는 중이었다. 순간, 돌로레스가 더위에 축 늘어졌다가 다시 생기를 되찾은 튤립처럼 표정이 환해지는 것이 느껴졌다. 테송은 우리가 하는 말은 제대로 듣지도 않은 채 무심하게 몇 마디 말을 던졌다. 그의 눈은 다음에 어디로 옮겨갈지를 살피며 홀을 둘러보았다. 우리와 가까운 곳에 에티엔 브리사크가 지팡이를 한 손으로 잡은 채 마담 코르뉘시앙과 함께 환히 웃으며 긴 가죽소파 위에 앉아 있었다. 바리톤의 호쾌한 웃음소리에 소녀 같은 그녀의 가냘픈 웃음소리가 경쾌한 스타카토로 뒤섞여 들려왔다. 감동적인 장면이었다. 학교 운동장에서 놀고 있는 어린아이들 같았다. 똑같은 장면이 시대를 넘어서서 반복되고 있었고, 이미지들은 복제되어 퍼져나가는 대량 생산품 같았다. 아마도 돌로레스와 샤를 테송도 분명히 언젠가 똑같은 친밀함을 나누었을 것이다. 어쩌면 가끔씩, 아직 그런지도 모르지만.

"돌로레스를 새삼 소개할 필요가 없겠군요."

그렇게 말하면서 샤를 테송은 그녀를 향해 돌아섰다.

"당신은 눈에 띄지 않을 수가 없나보군요, 돌로레스. 사람들이 화려한 색깔에 둘러싸인 아름다운 갈색 피부의 여인이 누구냐고 자꾸만 묻는 걸 보면…… 오늘 저녁 정말 매력적으로 보이는군."

돌로레스는 처음으로 아무 말 없이 몸을 뒤로 젖혔다. 마치 마틸드에게 달콤한 말을 속삭이던 아스트뤼크를 다시 보는 것 같았다. 소란을 피우고 억지로 그곳을 떠나기 전 모습으로. 이 땅 위에는 오직 그들만이 존재했고, 그들 눈에 우리는 보이지 않았다. 그들 둘만의 재회는 엄청나게 뜨거웠을 것이다. 펠리시랭 롭스가 동판에 새긴 에로틱한 작은 판화들이 빠른 속도로 내 머릿속을 지나갔다. 그것들을 멈추는 것은 불가능했다. 어색해진 나는 옆에 있는 누군가가 내 생각을 알아차리지 않기만을 바랐다. 다행스럽게 그들은 아무 말도 하지 않았다. 그때 가늘고 긴 손이 마치 새의 날개처럼 샤를 테송의 팔 위에 내려앉더니, 짐승의 발톱을 닮은 손가락으로 그의 팔을 꽉 움켜잡았다. 에티엔의 말이 결국 옳았다. 우리는 서로 스치고, 서로 움켜잡고, 서로 부딪치려고 애쓰는 동물적인 육체를 가진 존재들일 뿐이라는. 마틸드는 마치 세이렌처럼 너울거리며 경매인의 소매를 잡아끌었다. 우리의 작은 무리 밖으로.

"샤를, 서둘러요. 대영박물관 관장님이 런던으로 돌아가기 전에 인사하길 원하세요. 유로스타가 한 시간 후에 출발하기 때문에 시간이 없다는군요……"

테송은 그녀에게 이끌려 향수 냄새만 남긴 채 멀어져갔다. 그 순간, 돌로레스의 얼굴은 잠깐 동안 하르푸이아의 모습을 떠올렸다. 마틸드를 그 자리에서 돌로 만들어버리고 싶어하는 메두사의 얼굴. 메두사가 아름다운 갈색 피부의 여인과 금발의 여인 중 누구를 먼저 없애고 싶어할지 궁금해졌다. 억눌린 난폭함은 실추된 여왕의 말없는 고통으로 변했다. 폐위 당하고 낙오된 여왕. 돌로레스는 조금 전에 그녀를 처음 보았을 때처럼, 다시 슬프고 멍한 표정이 되어 홀로 벽에 기대어 서 있었다. 고통의 성모마리아, 마테르 돌로로사. 그것은 잔인하리만큼 그녀에게 잘 어울리는 이름이었다.

다음 날, 샴페인 거품이 뒤늦게 효력을 발휘한 탓인지, 넘치는 기운을 느끼면서 일하러 가는 동안 공기중에 떠도는 봄의 기운을 느낄 수 있었다. 추위는 멀리 달아나버렸다. 거의 잊고 있던 나폴레옹 시대 판화들과 다시 마주하자, 아데마르 드 푸르크루아 드 라 브레슬과 눈더미 속에 파묻힌 그의 병사들이 떠올랐다. 난 정말 운이 좋았다.

펠릭스는 일사천리로 밀어붙이는 성격이었다. 그는 마무리가 된 카탈로그를 인쇄업자에게 맡겼고, 늦은 오후면 견본이 도착할 것이다. 그후엔 사방에서 물밀 듯 밀려오는 질문 공세에 시달리게 될 터였다. 아니, 이미 일은 시작되었다. 편지함을 열어보면 알 수 있었다. 영어가 주를 이루는, 다양한 언어로 된 편지들이 줄을 이어 신비한 벨랑주의 판화에 관한 정보를 요구하고 있었다. 소식은 빠르게 퍼져나갔다. 맨 먼저, 두 시간 전에 뉴욕에서 보낸 메시지로 눈이 갔다. 이곳의 오전 여덟시는 그곳의 두시를 가리켰다. 난 스타니슬라스 보르단스키가 밤에 즐겨 일한다는 것을 알고 있었다. 메시지 너머로 걸쭉한 콧소리를 내는 그의 음성이 들려오는 것 같았다.

보낸 사람 : stanislas@bordanski.fineprints.com
받는 사람 : contact@boireau-estampes.com
제목 : 판화 경매
날짜 : 2003년 2월 5일, 08:12:27

하이, 오르탕스 그리고 펠릭스!
안녕하십니까? 비즈니스는 잘 되어가는지요? 파리에 가본 지도 꽤 오래 된 것 같은데 곧 다시 갈 수 있기를 바랍니다. 다음달 3월 21일에 경매가 있다는 소식을 조금 전에야 알게 되었어요. 자크 드 벨랑주의 희귀한 판화가 나온다고 하더군요.

그 작품에 대해 좀 알려주시면 고맙겠습니다. 그것 때문에 내가 파리에 가게 될지도 모르니까요.

호의에 감사드리며, 스탄

맙소사. 작은 내 주인공들이 이토록 뜨거운 관심을 불러일으키다니. 스타니슬라스에게 뭐라고 말할 것인가? 무엇보다도 비즈니스맨인 그는 희소성과 인쇄의 질, 예외적인 여백이나 명성 있는 컬렉션에 속한다는 걸 보여주는 표시 따위의 기준으로 판화의 가치를 가늠했다. 서명이나, 어떤 정보를 제공해주는 헌정의 표시 또한 중요했다. 사실 그에게 이미지 자체는 거의 문제가 되지 않았다. 난 그에게 앉아 있는 작은 여인과 떠나려는 기사에 대해 장황한 연설을 늘어놓고 싶지 않았다. 그에게 아무런 감흥도 불러일으키지 못할 테니까. 어쨌거나 그는 일주일 내로 받아보게 될 경매 카탈로그에서 판화의 상세한 묘사를 읽어볼 수 있을 것이다. 판화의 크기, 종이의 종류, 투명무늬의 제작 날짜 등을…… 그가 파리에 오게 될 것은 분명한 사실이었다. 그가 좀더 인내를 가지고 기다리면서 신중하게 생각할 수 있도록, 디지털카메라로 찍은 판화의 사진을 이메일로 보내주었다. 전송이 완료되었다. 팔백만 픽셀로 변한 이미지의 섬세하고 뚜렷한 판각들은 땅 위에 엉켜 있는 여러 케이블 중 하나를 타고 파리와 뉴욕 간을 천체의 이동속도만큼이나 빠르게 여행했다. 순식간에, 이미지가 보르단스키의 컴퓨터에 저장되었다. 작은 여인은 멀미가 났을 것이며, 서 있다 흔들린 기사는 균형을 잡기 위해 테이블에 매달렸을 것이다. 테이블 위의 오브제들이 바닥으로, 방 여기저기로 흩어지지 않은 건 기적 같은 일이었다.

파일 전송이 완료되는 순간, 화면 위쪽에서 불이 켜진 작은 아이콘 하나가 보였다. 누군가가 내게 소식을 전해온 것이다. 깜짝 놀란 내 눈앞에 펼쳐진 것은 빅토르의 메시지였다. 나를 초대하는.

보낸 사람 : vfdelabresle@artefacts.com

받는 사람 : hortense.cardinal@boireau-estampes.com

제목 : 한잔 어때요?

날짜 : 2003년 2월 5일, 10:07:13

친애하는 오르탕스,

내일 저녁 당신과 술 한잔 하고 싶군요. 판화의 출처 건으로 불편하게 했던 것에 대해 사과하고 싶소. 당신이 그 일을 기분 나빠하지 않다는 것을 내게 보여줘요. 내일 저녁 일곱시에 에

스페리드 호텔에서 기다리겠소.

당신을 생각하며, 빅토르

내 눈을 믿을 수가 없었다. 빅토르가 나를 보고 싶어하다니. 내게 화해를 청하는 말투를 사용했지만, 내가 자신에게 유감이 없다는 것은 어제 이미 깨달았을 것이다. 어쩌면 단지 나와 함께 있기를 바라는지도 몰랐다. 빅토르가 나를 위해 이처럼 시간을 할애한다는 사실에 내 마음은 들떴다. 그는 자신이 개발한 설비 들을 박물관과 기관에 팔기 위해 전세계를 누비고 다니는 데 대 부분의 시간을 보내는 사람이었다. 그렇다, 그는 마치 헤라클레 스처럼 하나의 과업이 끝나기가 무섭게 벌써 다음 것을 시작했 다. 그런데 그런 그가 에스페리드의 정원에서 나와 함께 한가롭 게 노닐기를 원하고 있다니. 신들의 과수원을 지키는 세 님프와 용 가까이에서 황금 열매를 따면서. 〈파리스의 심판〉을 묘사한 판화들이 연달아 내 눈앞을 지나갔다. 그중에서 가장 선명하게 보이는 라이몬디의 것에서는, 분노한 다른 두 여신이 보는 앞에 서 아프로디테 여신을 가리키며 그녀에게 소중한 사과를 건네는 영웅의 옆모습을 볼 수 있다. 그 장면에 연인 베르툼누스와 포모 나의 모습이 오버랩 되었다. 갓 딴 작고 둥근 사과 주위에서 그들의 손가락이 서로 맞닿는다. 먹음직스럽게 살이 오르고 과즙이 풍부한 과일을 생각하니 입에 침이 고여왔다. 머리카락이 허리까지 늘어진 육감적인 몸매의 고혹적인 이브는 무뚝뚝하고 조심스러운 아담에게 금단의 열매를 건네주었다. 사과들 그리고 또 사과들, 사과잼을 여러 병 만들고도 남을 양이었다. 내 의식 표면에서 손수레들을 가득 채울 만큼의 사과들이 넘쳐흘렀다. 트럭들은 넘치는 사과들을 내 머릿속 길 위에 한가득 쏟아놓았다. 지나칠 수가 없어 나는 그것들을 만지작거렸다. 망가지기 시작한 사과에서는 벌써 새콤한 능금주 냄새가 나기 시작했다. 피곤해진 나는 머리를 흔들었다. 내 머릿속 장치는 결코 휴식을 모르는 모양이었다.

마우스를 클릭했다. 컴퓨터 화면이 텅 비었다. 뿌연 회색이 다정해 보이기까지 했다. 마침내 진정된 내 머릿속에서 여전히, 잠시 동안 빅토르의 눈동자 색이 떠다녔다.

화병

　카탈로그가 완성되는 즉시 한 권을 에티엔 브리사크에게 갖다주기로 약속을 해놓은 터였다. 하루 동안 여러 곳을 방문해야 했다. 처음엔 폴 프레시네, 그다음엔 생 세브랭 거리에 위치한 우렁찬 목소리의 에티엔 브리사크의 아파트를. 벌써 몇 년째 그는 카르티에 라탱에 있는 상점은 방치해둔 채 뜰이 내려다보이는 아파트의 사층에서 일했다. 아파트 정문이 닫히면, 파리 한가운데에 평화스러운 작은 항구가 생겨났다. 스프링클러와 솔질로막 깨끗하게 닦은 타일 바닥이 매끄럽게 반짝거리면서 사륜마차와 사각거리는 드레스를 입은 여인을 맞이할 준비가 되었다. 건물 회랑 근처에는 카나리아와 알록달록한 앵무새들이 목이 터져라 울어대는 새장이 하나 있었다. 뚱뚱하고 가무잡잡한 새 주인은 종종 대문 앞에서 바람을 쐬었다.

내가 지나가자 창살 뒤에서 작은 소란이 일었다. 깃털이 부딪
치는 소리, 횃대의 흔들림, 새들의 시끄러운 울음소리. 여 관리
인은 내 인사에는 답하지 않은 채 나를 힐끗 쳐다보았다. 나는
뜰의 구석에 있는 낡은 계단을 오르기 시작했다. 가운데가 닳아
미끄러워 조심스럽게 올라가야 했다. 짙은 주홍빛으로 칠한 문
앞에 위압적인 매트가 놓여 있었다. 섬유로 짜인 매트에는 대문
자 알파벳 E와 B가 마치 상감象嵌 무늬처럼 박혀 있었다. 감히
그 위에 발을 올려놓을 엄두가 나지 않았다. 둥근 금빛 금속 초
인종을 누르자, 초인종 소리 대신 멀리서 외치는 우렁찬 목소리
가 들려왔다. "들어오시오!" 나는 매트를 건너뛰어서 문을 밀고
들어갔다.

눈앞에 펼쳐진 복도는 끝이 없어 보였다. 한쪽으로는 천장까
지 책들이 빼곡한 떡갈나무 책장이 놓여 있었다. 반대편 벽 아래
바닥으로 그림 파일들과 종이들이 차곡차곡 쌓여 있었다. 그 사
이로 겨우 지나갈 수 있는 좁은 참호 같은 통로가 남아 있었다.
나는 복도를 지나 아파트 안쪽에서 들려오는, 억눌린 소리가 나
는 곳으로 다가갔다. 뮈샤, 셰레, 카피엘로의 포스터들 하며, 붙
어 있는 꼬리표로 보아 연극에 관한 컬렉션이 들어 있는 것으로
보이는 회색 파일들이 균형 있게 높이 쌓여 있는 곳에서 오른쪽

으로 돌아, 닦은 지 한참 돼 보이는 뿌연 유리가 달린 이중문을
밀고 들어갔다. 에티엔 브리사크는 그곳에 있었다. 텔레비전 불
빛 속에서 지팡이를 든 채 18세기 스타일의 소파에 푹 파묻힌
채. 그는 나에게 아무 말도 하지 말고 의자에 앉으라는 손짓을
했다. 나는 의자 위에 놓여 있던 종이들을 조심스럽게 모아 가만
히 바닥에 내려놓았다. 화면에는 고양이 실베스터가 수염 사이
로 쉭 소리를 내며 새장 사이로 발을 들이밀었다. 트위티는 가느
다란 아이 목소리로 반항하며 구석에 웅크리고 있었다. 그때 흥
분한 할머니가 고양이 머리 위로 우산을 내리치자 쓰러지는 고
양이 몸 위로 비처럼 별들이 쏟아져내렸다. 그와 동시에 에티엔
브리사크가 펄쩍 놀라면서 지팡이를 들더니 자신의 발밑에 있는
빈 상자를 내리쳐 납작하게 찌그러뜨렸다. 그는 흥에 겨운 소리
를 지르며 신이 나서 의자 위로 뛰어올랐다. "어린이 여러분 끝
났습니다"라는 자막이 텔레비전 화면을 가로질렀다. 고령에도
원기가 넘치는 그의 흥분한 모습에 나는 놀라고 말았다.

　"정말이지 아무리 봐도 싫증나지 않는단 말이지."

　그는 고백하며 텔레비전과 비디오를 끄기 위해 다소 힘겹게
자리에서 일어섰다.

　"자, 이제 카탈로그를 보여주시오!"

　그는 총천연색 애니메이션에서, 작품 설명을 위해 내가 골라

실어놓은 차분한 이미지 사진으로 옮겨갔다. 벨랑주에게 할애된 두 쪽을 한참 동안 들여다보았음은 물론이었다. 소파에 푹 파묻혀 카탈로그를 열심히 읽고 있는 그의 모습은 조금 전보다는 인상적이지 않았다.

그에게 방해가 될까 신경이 쓰인 나는 시간을 죽이기 위해 거실 주변을 죽 둘러보았다. 테이블 구석에는 먹다 남은 음식이 놓여 있었다. 관리인이 하루에 두 번씩 식사를 올려다주었다. 그는 총채를 들고 와 판화나 서류가 쌓여 있지 않은 몇 안 되는 가구들의 먼지를 털어내기도 했다. 에티엔 브리사크가 자신의 세계에 허용하는 유일한 끼어들기였다. 그가 작품과 책들을 지층처럼 차곡차곡 쌓아두고 지낸 지도 벌써 사십오 년이었다. 복도 끝에 있는 작은 부엌으로 살짝 들어가보니, 사용하지 않는 오븐 속에 보나르의 삽화가 실린 책이 수십 권 쌓여 있었다. 냉장고까지 열어볼 엄두는 나지 않았다.

때때로 그는 판화나 포스터를 가지고 흥정했다. 그가 요구하는 가격은 엄청난 것으로 정평이 나 있었다. 하지만 그에게 특정 작품이나 예술가를 요구하는 일은 무모한 짓이었다. 그가 요구한 것들을 단번에 찾아내는 일은 결코 없었으니까. 몇 년 전에는 서랍장 밑에 넣어둔 채 잊고 있었던 두루마리를 꺼내려고 바닥에 납작 엎드려 지팡이로 쑤시고 있던 그의 모습을 우연히 목격한 적도 있었다. 작품들을 있는 대로 들쑤시다 빈손으로 돌아서는 일도 잦았다. 흔들리는 받침대 위에 올라가서는 지팡이 끝으로 옷장 꼭대기를 톡톡 두드려볼 때도 있었다. 마치 집 나간 탕아를 찾기라도 하듯이. 이제 그는 아래에 파묻혀 있던 것들이 저절로 위로 올라올 때까지 내버려두는 방법을 택한 것 같았다. 자신들이 찾는 판화 하나가 나타나주기를 이십 년째 기다리는 고객들도 있었다. 사람들이 안달할 때마다 브리사크는 라퐁텐을 인용했다. "인내와 세월이란……" 그는 그런 식으로 군림하길 즐겼다.

그가 원하는 판화를 손에 넣기 위해서는 뭐든지 할 수 있는 사람이라는 걸 난 잘 알고 있었다. 벨랑주의 판화 사진과 클로즈업으로 찍힌 부분들을 오랫동안 자세히 살펴보는 그의 태도로 미루어볼 때, 나의 수수께끼 커플이 곧 구십 도로 회전하게 되리라는 예감이 들었다. 오랫동안 수직으로 얌전하게 서 있던 푸르크루아 드 라 브레슬의 저택 벽에서, 그들은 곧 에티엔 브리사크의 종이 더미 위에 수평으로 놓일 것이었다. 또다른 충적토가 그 위를 덮어버리기 전까지. 그렇게 되는 것이 그들에게 잘된 일일지는 잘 모르겠지만, 따지고 보면 미국의 어느 박물관에 전시되는 것보다는 그 편이 더 나을지도 몰랐다. 여인과 그녀의 기사는 무대 앞에서 많은 이들에게 보이기를 원하지 않을 테니까. 그들은 자신들만의 은밀함을 더 깊이 가꾸어나가면서 이별의 고통스런 순간을 그늘 속에서, 자신들만을 위해 좀더 오래도록 연장하고 싶어하지 않을까.

노부인의 주름진 피부처럼 보랏빛 줄무늬가 섞인 베이지색 벽난로 위에 걸린 액자 속 사진 한 장이 눈길을 끌었다. 지금보다 적어도 마흔 살은 젊어 보이는 에티엔 브리사크가 흑백 의상을 입고 매력적인 모습의 마들렌 코르뉘시앙을 향해 몸을 숙이고 있었다. 그녀는 커다란 흰색 단추들이 달린 짙은 색 정장을 입고 그에 어울리는 작은 모자를 쓰고 있었다. 나란히 앉아 있는 그들 주위에는, 몸에 좀 끼긴 하지만 우아해 보이는 의상을 입은 근엄한 표정의 신사들이 줄지어 앉아 있었다. 똑같은 의자들이 죽 늘어서 있었지만 어떤 신전이나 성당 내부는 아니었다. 아마도 스위스의 경매회사로 보였다. 1960년대에 늘 함께 다녔던 에티엔과 마들렌은 당시 베른과 취리히의 경매를 휩쓸었다. 단련된 두 쌍의 눈은 희귀하거나 특이한 작품들을 함께 찾아냈고, 바로 거기서 그들의 부가 축적되었다.

"이건 무슨 일이 있어도 내가 가져야겠는데."

마들렌을 두고 한 말이 아니었다. 그 이야기는 이미 과거일 뿐이니까.

"오르탕스, 진실을 말해주는 표지들이 있는 법이거든. 신께서는 우리에게 뭔가를 말해주지. 우린 그걸 알아들을 줄만 알면 되는 거고. 여기 왼쪽 페이지에 클로즈업으로 나와 있는 넘어진 화병 보이지? 저기, 창문 옆 서랍장 위를 보라고…… 이것과 쌍둥이 형제 같지 않나?"

내 눈에도 명백해 보이는 사실이었다. 중국풍의 도자기를 모방한 화병, 아니 가운데가 불룩 튀어나오고 키가 큰, 고화도高火度*로 제작한 도자기 화병이었다. 다채로운 새와 꽃과 과일들의 엮음장식이 흰 바탕 위에서 돋보였다. 불룩 튀어나온 화병의 배 주위로 당초무늬가 죽 둘러쳐져 있었다.

"16세기의 난간동자欄干童子** 모양 화병이지. 나무에서 열리는 버터만큼이나 발견하기 힘든 거야. 1590년에서 1600년 사이에 부르기뇽 지방에서 제작된, 여태껏 흠집 하나 없는 희귀한 것들 중 하나지. 전해내려오는 것 중에서 이 화병과 닮은 건 딱 하나밖에 없거든. 세브르의 국립도자기박물관에 있는 것 말이야. 그리고 이건 내가 목숨처럼 아끼는 거라고. 아주 오래전에, 내 서른다섯번째 생일에 마들렌이 선물해준 것이거든."

유쾌한 평소 표정과는 달리, 그의 미소 속에 슬픈 그림자가 언

---

* 도자기의 유약에는 800~900°C의 낮은 온도에서 녹는 저화도유와, 1200~1300°C의 높은 온도에서 녹는 고화도유가 있다.

** 난간에 일정한 간격으로 세운 작은 기둥.

뜻 스쳐지나갔다.

"그녀는 우리가 함께 여행을 갔을 당시에 이걸 느베르의 한 오래된 골동품상에서 발견했지. 내가 기억하기론, 그때가 1964년 아니면 1965년경, 6월 어느 화요일 오후 세시쯤이었을 거야…… 차에 기름을 넣으러 교외로 가려는데, 휘발유 냄새를 싫어했던 그녀는 같이 가려고 하지 않더라고. 그래서 성당 근처에서 쇼핑이나 하라고 내려주고 갔지. 내가 터키옥 빛깔의 소형차 '아미 8'을 타고 데리러 갔더니, 마들렌은 커다란 꾸러미를 들고 길가에서 나를 기다리고 있었어. 포장지로 싼 둥글고 목이 긴 화병이었지…… 그녀는 그날 기막힌 발견을 한 거야. 우리는 화병을 뢰르소에서 가져온 포도주 상자 사이에 잘 고정시킨 다음 파리로 돌아왔지. 그후로, 이건 내 곁을 떠난 적이 없어……"

순간 그는 실제 나이보다 훨씬 더 늙어 보였다. 나이에 비해 팔팔하기로 소문이 나 있는 그였는데. 갑자기 오그라들고 쪼그라져 보이는 그는 흡사 건들거리는 테이블에 팔꿈치를 기댄 채 싸구려 포도주가 담긴 물병을 응시하며 생각에 잠긴, 판 오스타더의 그림 속의 작은 노인처럼 보였다. 그러나 순간적인 인상은 곧 사라졌다. 그는 재빨리 본래의 모습을 되찾더니 카탈로그를 탁 덮어버리면서 외쳤다.

"에티엔 브리사크의 이름을 걸고 맹세하는데, 이건 내 차지가 될 것이야!"

✿

   이른 오후, 햇살에 푹 파묻힌 파리의 기온은 갑자기 15도까지
치솟았다. 이른 아침에 하얗게 끼어 있던 공원의 서리는 어느새
녹아서 증발해버렸다. 도시는 새롭게 세척한 듯한 공기를 호흡
하고 있었다. 난 퐁데자르* 위로 센 강을 건너갔다. 굵은 오리목
을 엮어놓은 나무다리가 불안하게 느껴졌다. 맞은편에서, 혹은
나를 지나쳐서 행인들이 지나가며 나무가 흔들거릴 때마다, 마
치 급류 위에 불안하게 매달려 있는 임시 구름다리 위를 한 발
한 발 나아가고 있는 탐험가라도 된 것 같았다. 발 아래에서는
강물이 조용히 흘러갔다. 옷깃과 머플러 사이로 나와 있는 얼굴
들이 파리의 풍경을 배경으로 더욱 선명하게 두드러져 보였다.
강물과 평행을 이루며 길게 펼쳐진 루브르를 배경포 삼아 마음
속으로 몇몇 사람의 얼굴을 손가락으로 그려보았다. 연인의 그
림자를 벽에 그림으로써 사랑하는 연인의 모습을 영원히 남길
수 있었던 고대 디부타데스의 딸**을 떠올리며 나도 모르게 미

---

* Pont des Arts, 예술의 다리.
** BC 6세기경 고대 그리스의 사키온에 살던 도공 디부타데스의 딸은 전쟁터에

소지었다. 그녀의 연인은 페르시아 전쟁중, 혹은 거역할 수 없는
의무에 따라 지중해 연안의 중심지에서 교역을 이끌던 중 영원
히 사라져버렸다. 그녀는 항아리를 가득 실은 그의 갤리선을 결
코 다시는 볼 수 없었다. 새벽마다 태피스트리를 짰다 풀었다 했
던 페넬로페와 달리, 그녀는 벽에 공간이 조금도 남지 않을 때까
지 계속해서 그림을 그려나갔다. 무수하게 늘어난 그의 모습은
현실감을 상실하기에 이르렀고, 디부타데스의 딸은 마침내 자신
의 고통을 잊을 수 있었다.

　반대편 강가를 향해 서둘러 걸음을 재촉하는, 사업가로 보이
는 키 큰 형체들이 잠깐 빅토르를 떠올렸다. 걸음걸이, 시선, 어
깨의 곡선. 내 마음속을 파고들었던 디테일들이었다. 이렇게 단
편적인 조각들을 모으다보면 어느새 그의 모습이 생생하게 떠올
랐다. 마치 예전에 할머니들이 말 잘 듣는 아이에게 상으로 주던
석판화 종이인형을 만들 듯이. 팔다리, 머리, 상반신과 손발을
잘라 다시 이어맞추면 미소짓는 장밋빛 뺨의 작은 꼭두각시가
탄생되었다. 빅토르는 종종 어두운 표정을 짓고 눈썹을 찌푸렸

나가는 연인과 헤어지기 전에 램프불에 비친 그림자를 벽에 그렸다. 그녀의 아
버지는 이것을 진흙으로 빚어 가마에 구워내 막새기와 장식으로 썼다. 이것이
사람의 얼굴을 기와장식에 쓰기 시작한 첫번째 기록이다. 이 고사는 조각의 기
원, 드로잉의 기원이라는 미술사적 측면만이 아니라 미학적 차원에서도 비평가
들에 의해 자주 인용되고 있다.

다. 하지만 그가 반짝이는 송곳니 두 개를 드러내보이며 미소를 지을 때면 나는 꼭두각시로 변해버렸다.

내 안에 통제 불능의 욕망이 꽃처럼 활짝 피어났다. 신선한 물결이 내 몸속을 훑고 지나간 것처럼, 생기 넘치는 나의 육체는 날아오를 듯 가벼웠다. 그날 나의 육체는 우아하고 조심스러웠다. 오직 그의 눈길과 손만이 내 몸을 만질 수 있었다. 빅토르는 그 없이는 상상조차 못 했을 길로 나를 이끌었다. 오래전부터 잊고 있었던 감각이 내 안에서 다시 깨어나는 듯했다.

나는 소박하게 장식된 루브르 박물관의 카레 정원을 거쳐 팔레 루아얄 방향으로 거슬러올라갔다. 정원은 고전적인 높은 담들에 둘러싸여 있었지만, 그 사이사이에 줄무늬가 있는 기둥들이 악센트를 주며 익살스럽게 서 있었다. 어두컴컴한 밤에 본다면 줄무늬 죄수복 차림의 거인들이 모여 서서 심심풀이 놀이라도 하고 있는 듯한 착각을 불러일으켰을 것이다. 나는 대략 천삼백만에서 천오백만여 개의 판화가 보관돼 있는 국립도서관을 따라 길게 나 있는 길로 계속 걸어가다 증권 거래소 앞을 지나쳐갔다. 건물은 아주 고즈넉해 보였다. 깃털이 뽑힌 겁먹은 닭들이 가느다란 다리로 푸드덕거리며 계단으로 쏟아져내려오는 광경을 묘사한 19세기의 풍자화에 종종 등장한 건물이었다.

판화 경매의 실질적인 방식을 논의하기 위해 마틸드와 만나기로 약속했다. 인쇄업자가 카탈로그 오백 부를 가져다놓은 상태였다. 나는 9구라면 길들과 지붕 덮인 통행로를 지나가는 노정까지 주머니 속처럼 훤히 잘 꿰고 있었다. 잘 찾아가면, 아스타르테 사까지 유리지붕 아래 있는, 인형의 집같이 작고 말끔한 상점들만을 통과해 갈 수도 있었다. 도시 중심부에 길게 나 있는 포석 깔린 이 터널은 재난 시에 대피할 수 있는 폐쇄된 갤러리 같은 세계, 또 하나의 세상이었다. 내가 무척 좋아하는 한 현대 판화가는 거대하게 변형된 터널 속에 쥐며느리 같이 벌레만 한 인물들이 가득 차 있는 몽환적인 풍경을 묘사했다. 기괴한 코끼리 석상들로 장식된 거대한 통로 속에서 길을 잃어버린 벌레들은 유리벽면을 따라 눈을 들어 하늘을 찾고 있었다. 난 다시 거리로 나왔고, 햇빛에 잠시 눈이 부셨다.

불 루주의 막다른 골목에 이르자, 태평스럽게 복도를 어슬렁거리고 있던 래브라도가 나를 맞아주었다. 머리를 긁어주자 개는 주인의 본거지로 되돌아갔다. 마틸드의 사무실은 여느 때처럼 활짝 열려 있었다. 내 앞에 길 쪽으로 난 창문 두 짝이 완전히 열려 있었다. 따사롭게 내리쬐는 햇살의 정기를 빨아들이기라도 하려는 듯이. 아직 다소 쌀쌀하지만 봄을 예고하는 미풍이 불어왔다. 바깥으로부터 떠들어대는 목소리들이 들려왔다. 건물 앞면에는 여러 사람이 서 있을 수 있는 좁은 발코니가 길게 붙어 있었다. 여름이면 마틸드는 그곳에 긴 접이의자를 펼쳐놓았다. 다른 계절에는 그곳에 작은 식물들을 놓고 끈기 있게 가꾸었다. 히드, 팬지, 제라늄과, 특히 작은 오렌지나무에서 열리는 오렌지는 그녀의 자랑거리였다. 나뭇잎 너머로, 샤를 테송 드 빌몽테의 그윽하지만 약간 퉁명스러운 목소리와, 여전히 감미롭지만 평소보다 냉담하게 들리는 마틸드의 목소리가 들려왔다. 발코니의 움푹한 곳에 서 있는 그들의 모습은 보이지 않았다.

"그만해, 마틸드. 오해하고 있는 거야. 돌로레스와 나는 정말 아무런 사이도 아니야!"

"샤를, 날 과소평가하지 말아요. 그 여자의 모든 것이 당신 덕분이라는 걸 아주 잘 알고 있으니까요. 뤼네빌 박물관 관장 자리부터 시작해서 말이죠. 그 여자가 로렌 지방심의회에 연줄이 있다고 꽤 자랑을 하고 다니던데, 당신 동생이 거기 있다고 내게 분명히 말하지 않았던가요?"

조금은 상황을 즐기고 있는 듯한 남자의 목소리가 구슬리는 톤으로 변했다.

"이런, 마틸드. 당신 무서운 사람이군그래. 좋아, 내 동생이 문화부와 문화부 지방위원회에 영향력이 있는 친구들이 있어서 부탁을 좀 했던 건 사실이야. 뤼네빌은 성을 막 복원한 참이었고, 부속 박물관을 맡을 관장을 찾고 있었지. 돌로레스가 우리 경매회사에서 연수를 할 때 난 그녀의 능력을 눈여겨보았고. 그때는 당신이 아직 들어오기 전이었지. 그 무렵 그녀는 르네상스 말기 로렌 지방의 회화에 관한 박사 논문을 끝마쳤어. 활달하고 적극적인 성격이었지만 대학에 자리를 잡지 못하고 있었지⋯⋯ 그렇게 해서 그곳에 자리를 잡게 된 거라고. 물론, 공식적인 채용 경쟁 같은 걸 어느 정도 건너뛴 건 사실이지만, 그래서 처음에는 고생을 좀 했지. 하지만 잘 버텨내서 결국 자기 자리를 지켜낸 거야."

이번에는 그와 마찬가지로 끈적거리는 달콤함이 깃든 여자의 목소리가 반격을 해나갔다.

"샤를, 내가 부탁한 것에 대해 생각해봤어요? 새 아파트를 사는 바람에 갚아야 할 월부금이 엄청 늘어나 유지하기가 힘들어요. 경매에서 약간의 수당을 떼어주는 건 별로 어려운 일이 아니잖아요⋯⋯ 회사가 그 정도 여력은 충분히 가지고 있지 않나요?"

침묵이 이어졌다. 건물 관리인이 보도에 내놓았다가 다시 거두어들이는 쓰레기통의 덜그럭거리는 소리만 들려왔다. 바투 붙어 있는 건물들이 공명상자 역할을 하는 바람에, 작은 플라스틱 바퀴들이 내는 소리는 귀를 멍하게 하는 올림포스 산의 천둥 소리처럼 우렁찼다.

갑자기 차갑게 식어버린 샤를의 목소리가 들려왔다.

"그런 일은 있을 수 없다는 걸 잘 알텐데…… 그걸 회계 상으로 어떻게 처리하란 말이지? 그리고 연말에 당신한테 주는 보너스도 이미 상당하지 않나? 그 사실을 잊으면 곤란해…… 이십 퍼센트 정도는 인상해줄 수 있도록 노력을 해보지. 하지만 그 이상은 절대 불가야. 그러니까 마틸드, 그런 생각은 머릿속에서 지워버리는 게 좋을 거야. 그리고 최근에 이미 월급 인상에 대해 재협상을 하지 않았던가…… 이미 우리 회사는 다른 어떤 직원도 받지 못하는 혜택을 당신에게 부여하고 있어. 진심으로 말하는데, 사랑하는 마틸드, 이건 말도 안 되는 얘기야. 그러니 부탁인데, 이건 없던 얘기로 하지."

다시 침묵이 자리를 잡았다. 한겨울에 잠깐 포근하고 맑은 날씨가 스쳐간 다음, 다시 차가워지기 시작하는 공기 속에 두터운 긴장감이 감돌았다. 난 그들을 볼 수 없었다. 어쩌면 마틸드는 샤를의 품속에 안겨 있는지도 모른다. 갑자기 빅토르의 품속에 안겨 있는 내 모습이 떠올랐다. 너무도 당연하게, 또다시 이미지가 떠올랐다. 순간 나의 육체가 견딜 수 없을 만큼 외롭게 느껴졌다. 새로운 욕망이 나의 뼈를 단단하게 하고, 뜨거운 열기가 내 안에 퍼져나갔다. 죽은 이들까지 깨울 만큼 뜨거운.

갑자기 문턱 위에 누군가의 모습이 나타났다. 마틸드가 작은 계단을 내려와 사무실 양탄자 위로 내려섰다. 우울하고 불쾌한 표정을 짓고 있던 그녀는 내가 와 있다는 사실을 알아차리지 못한 듯했다.

나는 재빠르게 몇 마디 말을 웅얼거렸다.

"그냥 지나가던 길이었어…… 나중에 다시 올게, 경매에 관해 상의하려던 것뿐이니까……"

"그래, 그래. 알았어."

언뜻 보기에도 머리 끝까지 화가 난 그녀가 문 쪽으로 향하면서 대답했다. 스치듯이 그녀가 지나가자 투명한 크리스털 화병이 서류 더미 위로 넘어졌다. 화병에 꽂혀 있던 유일한 장미 한 송이는 화병에 비해 다소 커서 불안정해 보였다. 책상과 서류들 위로 물이 쏟아지자, 눈물에 번져내린 마스카라처럼 잉크가 번졌다. 그녀는 소리를 지르더니 클리넥스로 쏟아진 물을 대충 닦아내면서 계속 떠들어댔다.

"이게 그 인간이 준 것이라고 생각하면, 이놈의 장미가, 정말 웃기지! 그래, 이런 건 이렇게 하는 거야!"

그리고 꽃은 쓰레기통 속으로 내려앉았다.

돌아오는 길에 발걸음은 절로 국립도서관으로 향했다. 그곳의 모습은 층층이 겹으로 만든 밀페유 케이크를 연상시켰다. 판화보관소의 거대한 서랍들 속에는 사이사이에 보호용 실크지를 끼워넣은 귀한 판화들이 가지런히 정리되어 있었다.

보관소로 들어가기 위해서는 신분증을 제시해야 했다. 지극히 성스러운 곳으로 들어가기 위해서는 입구에서 벨을 울린 다음, 두터운 양탄자가 깔려 있고 펠트로 꾸며진 부속실을 거쳤다. 정중하고 차분한 걸음걸이를 요구하기라도 하듯 왁스로 잘 닦인, 오래된 금빛 마룻바닥이 발 아래에서 유쾌하게 삐걱거렸다. 보관소는 쥐죽은 듯 조용했다. 속세의 소란스러움은 이곳의 문턱을 넘지 못했다. 1602년, 겨우 스물여덟 살이었던 벨랑주가 자신이 맡은 일의 규모를 가늠해보기 위해 낭시 성안에 있는 공작부인의 접견실에 들어갔을 때에도 이러한 경의를 표해야 함을 느꼈을 것이다. 그는 모노그램과 명구및 상징들로 이루어진 화려한 장식의 주문을 맡았다. 훗날 공국의 왕위를 이어받을 바르 공작의 젊은 아내를 위해 잎이 무성한 도금양나무 장식을 해야 했다. 금박을 아끼지 말고 패널과 창틀까지 세심하게 정성을 들이는 작업이었다. 부르봉 가의 왕녀로 태어난 공작부인 카트린은 프랑스 국왕 앙리 4세의 동생이었다. 로렌 공국은 그녀와의 결혼을 통해 또 하나의 위대한 국가에 경의를 표해야 했다. 정원으로 통하는 접견실은 그녀의 침실과 나란히 붙어 있었다. 예술가는 주문대로, 로마 역사에서 빌려온 장면들이 높은 창문들 사이에서 펼쳐지는 모습을 상상해보았다. 때때로 그의 시선은 멀리 밖을 향해 규칙적인 패턴으로 잘 가꾼 화단을 응시하기도 했다.

판화 보관실에 나 있는 높은 창문들은 뜰을 거쳐 이곳까지 침투할지도 모를 햇빛을 흡수하기 위한 두꺼운 장막으로 둘러쳐져 있었다. 아래쪽 작은 자갈밭 위에는 여름이나 겨울이나 밤낮으로 뒷짐을 진 채 명상에 잠겨 걷고 있는 모습의 사르트르 상과 끝이 뾰족한 쇠창살들이 박혀 있었다. 그때 갑자기 한 가지 생각이 나를 사로잡았다. 이곳에 보관되어 있는 벨랑주의 판화를 전부 살펴봐야겠다는 생각이었다. 기껏해야 가죽으로 제본된 앨범 두 권 정도의 분량을 넘지 않을 터였다. 하지만 관장은 작품집이 대출중이라며, 현재 그 책들을 열람중인 사람과 서로 조정해보는 게 어떻겠느냐고 제안했다. 방의 다른 쪽 끝에서 작은 나무책상 위로 몸을 숙이고 있는 거구가 눈에 띄었다. 폴 프레시네였다. 즉시 그를 알아본 나는 가구와 진열대 옆으로 길게 깔린 붉은 융단 띠를 따라 조심스럽게 그의 곁으로 다가갔다. 그러고는 그를 향해 살짝 몸을 숙이면서 중얼거렸다.

"텔레파시가 통했나보군요!"

그는 나뭇가지로 건드린 메뚜기처럼 소스라쳐 놀랐다. 우리는 잠시 말없이 웃음을 주고받았다.

그의 앞에는 낡은 표지의 앨범 두 권이 펼쳐져 있었다. 이제는 내가 잘 알고 있는 벨랑주의 판화들이 들어 있었다. 나는 천천히 페이지를 넘겼다. 천으로 몸을 우아하게 휘감은 채 너울거리는 듯한 인물들 앞에서 가슴 죄는 감동을 느끼면서. 종교적인 장면을 전통적으로 묘사한 것도 있었다. 다소 거칠고, 때로는 거의 불안해 보일 정도의 터치로 동방박사와 사도들을 묘사한 작품들을 통해 벨랑주는 정통 가톨릭의 전통과 부합하는 예술가로 인정받았다. 당시의 풍속을 나타내는 한두 장면들, 궁중 발레의 의상 모델들과 동일 인물인 것으로 확인된 아리따운 여자 정원사를 묘사한 작품들도 있었다. 그러나 특별히 우리의 관심을 끄는 작품은 보이지 않았다. 우리의 관심 대상인 미상의 판화가 들어갈 수 있는 자리를 찾기는 힘들어 보였다. 폴은 오늘 내가 일찍 가져다준 카탈로그 한 부를 옆에 펼쳐두고 있었다. 잘생긴 기사가 클로즈업되어 있는 페이지를 접은 채로. 그의 머릿속에는 오직 한 가지 생각밖에 없었다. 그의 신원을 확인하는 것.

폴은 두번째 앨범을 덮은 다음, 이번에는 좀더 작은 세번째 앨범을 펼쳤다. 로렌 가 세력가들의 초상화집이었다. 그 속의 군주들과 주변 인물들, 엄격해 보이는 그들의 배우자들은 모두 닮은 모습을 하고 있었다.

"우리의 남자 주인공은 약 오십 세 정도 됐을 거야."

폴이 작은 목소리로 내게 말을 건넸다. 그가 뒤적이고 있는 판화집에는 한 페이지에 열두 장의 이미지가 촘촘하게 붙어 있었다.

"자네가 주장한 대로 판화가 1615년경 제작된 것으로 간주한다면, 그는 1565년경 태어난 게 되지…… 그러면 이제 그가 누구인지를 알아보는 일이 남았군…… 자, 로렌의 샤를 3세 공작은 1608년에 사망했으니까 자동적으로 배제되는 거고. 그는 여자 형제들밖에 없으니 그쪽에서 찾아보는 건 아무 소용이 없어. 그래 맞아! 기즈 가문의 초상화들이 있었지! 그들이 어쩌면 우리 의문에 대한 열쇠를 쥐고 있는지도 모르겠군. 앙리 르 발라프레와 로렌의 추기경이었던 그의 동생 루이 2세를 보면…… 우리의 기사와 뭔가 닮은 데가 있지 않나? 자네는 어떻게 생각하나, 오르탕스?"

난 확신을 갖지 못하고 얼굴에 의구심을 드러냈다. 그들이 공통으로 가지고 있는 턱수염을 제외하고는, 기즈 가의 불행한 형제와 정체 불명의 기사 사이에는 닮은 점을 발견할 수 없었다.

형제의 코는 여우처럼 섬세하고 뾰족한 편이었고, 우리의 남자는 선이 굵은 매부리코에 가까웠다. 또한 머리를 짧게 깎은 그들과 달리 그의 머리칼은 훨씬 길었다.

"이런, 아니지! 맙소사, 바보 같으니라고. 그럴 수가 없어. 그들은 둘 다 1588년 앙리 3세의 명으로 블루아에서 살해당했거든. 벨랑주가 이 판화를 제작할 당시에 그들은 이미 오래전에 죽어 있었어. 그들의 동맹과 함께…… 맙소사! 이 기사 말이야! 자네 눈에도 그렇게 보이나, 오르탕스? 정말 근사한 판화가 아닌가 말야! 이 판화는 여기 있는 이런 평범한 초상들 가운데 묻혀버리면 안 되는 거라고!"

그가 가리킨 것은 칼로가 판화로 제작한 팔스부르크 왕자의 멋진 초상이었다. "루이 드 로렌, 팔스부르크의 왕자, 왕실 대장". 조그만 안내판에 멋을 부린 필기체가 새겨져 있었다. 제목 아래에는 당연히 완벽에 가깝게 묘사된 모델의 업적을 찬양하는 두 편의 사행시가 적혀 있었다. 흥분하여 뒷발로 일어선 채 콧구멍을 벌렁거리고 있는 말 위에 올라앉은 당당한 풍채의 남자의 모습이었다. 머플러가 바람에 휘날리는 가운데, 그는 억센 손으로 지휘봉을 휘두르고 있었다. 원경에는 서로 추격하며 앞을 다투어 서로를 죽이는 전투 장면이 펼쳐졌다. 승리를 확신한 기사는 미소를 짓고 있었다.

"루이 드 로렌은 우리가 바로 앞 장에서 본 발라프레의 동생인 추기경, 루이 드 기즈의 서자였지. 그는 궁정에서 매우 촉망받는 인물이었어. 앙세르빌 남작이라고도 불렸고. 그는 1610년에 적자로 인정받았고, 성년이 된 1613년에는 로렌의 원수로 임명되었지…… 앙리 2세는 그를 극진하게 총애했기 때문에, 아마도 자신의 딸인 클로드와 기꺼이 결혼이라도 시켰을 거야…… 유감스럽게도 오늘날엔 이런 남자들은 더 찾아보기 힘들지……"

재빠르게 계산을 해본 나는 그가 잠시 흥분한 나머지 착각한 사실을 확인시켜주었다.

"당신이 말하는 멋진 청년은, 1624년에 팔스부르크 왕자라는 작위를 받았을 당시 칼로가 판화로 제작한 거예요…… 그때 그는 서른여섯 살이었어요. 여기 판화 아래 조그맣게 적어놓은 걸 보세요. 그는 1588년에 태어났다고 적혀 있죠…… 당신도 조금 전에 그가 1613년에 성년이 되었다고 말했잖아요. 그러니까 오십대로 보이는 우리 주인공 남자와는 나이가 맞지 않아요. 그는 1565년경 태어난 걸로 보이니까요…… 그러니까 당신이 말하는 루이 드 로렌은 그다음 세대에 속하는 인물인 거죠……"

내 말에 유감이라는 식으로 얼굴을 살짝 찡그린 그의 두툼한 아랫입술이 찌그러지면서 약간 우스꽝스러운 표정을 자아냈다. 확실히 잘생긴 얼굴은 아니었다. 그러나 열정적으로 탐구하는 그의 모습은 육체적 결함을 잊게 만들었다. 그는 갑자기 낮게 외치더니 몇 페이지 앞으로 되돌아가서, 1599년경 토마 드 뢰가 판화로 남겨놓은 로렌의 군주 앙리 2세의 얼굴에 시선을 고정시켰다. 프랑스 국왕의 동생인 카트린과 결혼할 당시 타원형 테두리 속에 그려진 그의 초상은 지혜로움과 우수가 깃들인 진중한 이미지를 보여주었다. 섬세하게 자수가 놓인 꼭 끼는 웃옷, 세심하게 다듬은 짧은 수염, 균형이 잘 잡힌 얼굴, 뒤로 넘겨빗은 약간 긴 고수머리, 강한 인상을 주는 코와 특유의 구부정한 모습이 잘 나타나 있었다.

"바로 이 남자야! 오르탕스, 우리가 찾아낸 거라고!"

폴이 큰 소리로 외쳤다. 나도 그와 같은 의견이었다. 그 둘은 명백하게 닮아 있었다. 비록 십오 년 간격으로, 완전히 다른 스타일의 판화가에 의해 그려졌지만, 그 둘은 동일 인물임이 분명했다. 결혼을 위해 새겨진 삼십대의 초상을 현저히 늙어 보이게 하면 충분히 알 수 있었다. 주름을 좀더 강조하고, 머리를 좀더 희게 만들고, 이마를 좀더 넓게 하면, 그의 또다른 분신인 쉰 살의 모습이 떠오르는 것이다. 친절하게도 이미지 아래 첨부된 옛 박물관장의 작게 갈겨쓴 글씨가 주인공의 출생연도를 확인시켜주었다. 1563년. 더는 찾을 필요가 없었다. 완벽하게 들어맞았다. 앉아 있는 젊은 여인을 굽어보고 있던 기사와 로렌의 공작 앙리 2세는 동일 인물이었다.

※

밖은 어느새 저녁이었다. 2월 초순이었는데도 아직 밤은 일찍
찾아와 재빠르게 모든 형체들을 황혼으로 빠뜨렸다. 나는 근거
지로 다시 돌아갔다. 작은 공간에 소란스러운 미국인 고객들이
몰려드는 시간이었다. 카운트다운이 이미 시작되었다. 이제 한
시간 삼십칠 분 후면 빅토르를 다시 만나게 된다. 긴 하루 일과
를 끝낸 그는 밀려오는 피로를 잊기 위해 금빛의 몽트라셰 포도
주 한 잔을 손에 들고 갈색 가죽소파에 앉겠지. 편안한 자세로
도란도란 얘기를 나누다가 넓은 가슴으로 시원한 웃음을 터뜨릴
준비가 된 채로.

난 바다의 공기를 들이마셨다. 내 가슴은 요오드로 가득 찼고,
내 몸은 파도 위에서 흔들거렸다.

"This one or that one? What do you think?(이것 아니면
저것? 어떤 게 더 나아 보여요?)"

난 물기를 머금은 단단한 모래 위로 내려섰다. 영어로 그렇게
물어오는 고객이 들고 있는 뷔야르의 석판화 두 장 중에서 하나
를 선택해주어야 했다. 갑자기 판화 속에 펼쳐진 색들의 축제 속

에서 새로운 매력이 느껴졌다. 대로 위에는 푸른 원피스 차림에 노란색과 장밋빛의 챙 넓은 모자를 쓴 여인들이 거닐고 있었다. 정원에는 넉넉하고 온화한 표정의 보모들이 따뜻한 시선으로 지켜보는 가운데, 황금빛 잔디 위에서 붉은 공을 좇아 달리고 있는 즐거운 아이들이 가득 차 있었다. 길가에는 터키옥 빛깔과 감색 그리고 샛노란 비둘기들이 힘찬 날갯짓을 하고 있었다. 카페 테라스에는 체리 빛깔의 탑을 입고 풀빛 롱스커트를 입은 여인들이 앉아 있었다. 자신들을 바라보는 남자들의 시선 아래서 여인들은 스스로를 아름답고 경쾌하게 느끼고 있었다. 그들의 경쾌함은 도시 전체를 관통해 색의 물결을 퍼뜨렸다. 쉽게 결정을 못하고 있는 고객에게 고마운 마음이 들었다. 그녀는 그리자유*가 끼어들어갈 곳이 없는 신세계 아메리카에서 왔다. 그곳에서의 삶은 강렬하고 선명한 색조가 지배하는 테크니컬러**로 흘러간다. 그녀는 그런 곳에서 행복을 발견하겠지. 반면 내 머릿속을 떠나지 않고 있는 오래된 판화는 그녀에게 아무런 감동도 불러일으키지 못했을 것이다. 젊은 여인과 중년의 남자는 판각과 교차판각이 만드는 미묘한 유희와, 다양한 뉘앙스로 변하는 흑백의 결합으로 묘사돼 있었다. 그녀를 탓할 수는 없었다. 그녀의

---

* 회색만 써서 농담, 명암을 그리는 화법.
** 컬러 영화 테크닉의 일종이자 그 상표명.

세계관 또한 똑같이 가치 있는 것이며, 지금 이 순간 나 또한 그 것을 공유하고 있었으니까. 기쁨과 기다림에 들뜬 나는 아무런 근심 없이 경쾌하게 바람에 펄럭이고 있는 알록달록한 색깔의 깃발이 되어버렸다.

하루가 끝나가고 있었다. 마침내 결정을 한 고객은 〈들판을 건너서〉를 선택했다. 그녀 쪽으로 약간 몸을 숙이자 그녀에게서 풍겨나오는 라벤더 향기가, 내리쬐는 충만한 햇살 속에 보랏빛 꽃들이 끝없이 펼쳐진 판화 속 들판으로 나를 이끌었다. 나는 철 문을 닫고 문을 이중으로 잠갔다. 밖은 어두웠고 다시 추위가 찾 아온 듯 쌀쌀했지만, 내 발은 한여름 밀밭 속을 미친 듯이 달려 가고 싶은 욕망을 느꼈다. 이제 곧 그를 만나러 간다. 나를 기다 리고 있는 것이 무엇인지는 알지 못했다. 410호실. 그가 내 휴대 전화에 남겨놓은 메시지였다.

시간은 여섯시 삼십분을 가리켰다. 아직 완전한 밤은 오지 않 고 있었다. 지붕 위 하늘에서는 구름이 빈둥거리고 있었다. 다가 올 마지막 순간을 음미하기 위해 난 일부러 먼 길로 돌아갔다. 그의 벗은 몸을 상상해보려고 했지만 내 머릿속에 떠오른 것은 벨랑주의 또다른 판화뿐이었다. 〈피에타〉. 빛으로 둘러싸인 성 모마리아의 눈과 살짝 잦혀진 작은 코는 하늘을 향하고 있다. 그 녀가 가늠할 수 없는 고통 속에 빠져 있는지 아니면 지금까지 경험해보지 못한 황홀경을 맛보고 있는 것인지는 판단하기 힘들었다. 벌어진 오른손의 검지가 경동맥을 가리키면서 그녀의 목덜미를 스치고, 왼손으로는 숨진 아들을 감싼 수의를 부여잡고 있다. 그녀의 팔은 손등에 구멍이 뚫린 채 축 처져 있는 아들의 손을 감싸고 있다. 그의 성해포聖骸布는 순결 무구한 나비의 날개처럼 그녀 앞에 펼쳐져 있다. 중앙에는 뒤틀려 있는 남자의 몸이 정면으로 보였다. 그는 마치 잠들어 있거나, 나른하게 늘어져 있거나 또는 끝없는 쾌락에 빠져 있는 것처럼 보인다. 그들을 이어주고 있는 혈연관계는 이제 의미가 없다. 그는 눈을 감고, 목이 늘어지고, 머리카락이 흩어진 채, 뒤로 젖혀진 머리를 어머니의 가슴에 내맡기고 있다. 그의 상반신과 배는 점묘로 두드러지게 표현되었고, 강조된 어깨의 둥근 부분은 힘없이 축 처진 양팔로 이어진다. 가슴을 비추는 강렬한 빛은 선영 아래 어렴풋이 보이는 작고 단단한 남성의 젖꼭지를 섬세하게 강조하고 있다. 또한 뒤틀린 왼쪽 허리 때문에 갈비뼈와 복부 그리고 단단한 넓적다리의 근육이 길게 드러나 보였다. 늘어진 수의 자락이 몸통을 가려주면서 이루는 균형은 실제로는 불가능한, 예의상의 배려일 것이다. 마지막으로, 포개진 다리의 오른발에 가린 왼발을 늘어진 천이 덮고 있었다.

그가 있는 곳이 점차 가까워지자 관자놀이로 피가 몰리는 것 같았다. 내 가슴은 터질 듯이 부풀어올랐다. 엘리베이터를 타고 오층으로 올라갔다. 노크를 하자 그가 말없이 문을 열어주었다. 그는 허리에 새하얀 수건을 두르고 있었다. 그의 구릿빛 상반신과 배를 보자 난 온몸이 마비되는 것 같았다. 완벽한 조각 같은 몸매였다. 감히 그를 만질 용기가 나지 않았다.

그리고 수의가 바닥으로 떨어져내렸다. 마치 부주의로 그런 것처럼. 넋이 나가버린 나는 비로소 미상의 젊은 여인과 그녀의 잘생긴 기사를 이어주는 끈이 어떤 것인지 이해할 수 있었다. 이제는 확실히 알 수 있었다. 그들은 이미 수 세기 전에 죽었지만, 그들의 살갗은 우리가 함께 나누는 애무 속에서 파르르 떨렸고, 먼지가 된 그들의 뼈는 어느 날 우리의 뜨거운 포옹 속으로 녹아들었다.

그것은 어떤 인식과도 비교할 수 없는 깨달음이었다. 내 머릿속은 텅 비어버렸다. 난 물속에서 조금씩 거품을 내며 녹아내리는 아스피린 알약과도 같았다. 거품은 점점 커지고 부풀어오르더니, 수면 위로 올라와 하나씩 터져버렸다. 찌를 듯이 강렬한 리듬으로. 마침내 이미지들은 모두 소멸해버렸다. 이제는 아무것도 남지 않았다. 나의 뇌는 기능을 멈춰버렸다. 하나의 거대한 거품이 되어버린 나는 부풀어오르고 팽창하여, 마침내는 경쾌하고 즐겁게 그의 품안에서 터져버렸다.

깃털

이제는 아무것도 예전 같지 않았다. 난 살아 있음을 느꼈다. 태양처럼 빛나는 나의 육체는 기쁨에 겨워 어쩔 줄 몰라했다. 빅토르는 이 새로운 우주의 중심이었다.

돌로레스는 며칠 후 다시 등장했다. 컴퓨터 화면에 뜬 메시지는 그녀의 정보 수집에 진전이 있었음을 알려주었다. 그녀는 두 연인의 오른쪽 테이블 위에 흩어져 있는 오브제들에 관해 세심하게 조사를 한 끝에 결정적인 결론에 도달했다.

보낸 사람 : d. villalobos@musée-bellange.fr

받는 사람 : contact@boireau-estampes.com

제목 : 벨랑주의 판화

날짜 : 2003년 2월 14일, 11:13:56

친애하는 오르탕스,

이토록 내 호기심을 불러일으키는 판화에 대해 계속 연구하지 않을 수가 없었어요. 작은 자취 하나조차 소홀히 지나칠 수 없었기 때문에, 조류학에 심취한 내 동생에게 테이블 위에 펼쳐져 있는 편지 옆 깃털에 대해 알아봐달라고 부탁하기까지 했지요. 당신도 그렇게 생각하겠지만, 작은 디테일 하나도 중요하잖아요. 그 결과, 그것은 처음에 내가 생각했던 것처럼, 전통적으로 쓰이던 거위 깃털이 아니라 백조 날개의 칼깃으로 만든 것으로 밝혀졌어요. 이런 깃털은 평범한 깃털보다 더 크고 뻣뻣해서 더 넓고 위엄 있는 글씨를 쓸 수 있었기 때문에 수사본과 공식 교서나 텍스트 등을 쓰는 데 사용했다고 해요. 또한 백조는 군주들의 상징이기도 한 신성한 새로 여겨졌죠. 한 예로, 아직도 영국에서는 오직 여왕만이 그 고기를 먹을 수 있다는 사실을 생각해보세요. 따라서 이 판화에는 궁정의 인물이나, 적어도 그 측근이 관련되어 있다고 유추해볼 수 있는 거죠.

난 이것이 우연의 선택이 아니라, 좀더 상징적인 의미가 포함돼 있다고 생각해요. 내 생각에는, 뽑혔기 때문에 그로 인해 육체가 없어진, 즉 본래의 모습을 상실한 이 깃털이 백조의 죽음을 상징하는 것 같아요. 또한 깃털은 방문 위에 보이는 천사의 날개를 반영하기도 하죠. 그런데 잘생긴 청년의 얼굴을 한 아주 매력적인 천사, 즉 '아름다운 천사(벨 앙주 bel ange)'는 예술가 바로 자신을 가리키는 말이 아닐까요? 그가 살았던 17세기에는 언어유희가 유행이었고, 그는 그런 식으로 판화의 구성에 스스로를 포함시켰던 것으로 보이지 않나요? 어떤 의미에서 이 판화는 그가 부르는 백조의 노래라고 볼 수도 있죠. 그는 이 판화를 제작한 직후인 1616년에 죽었으니까요…… 난 우리를 올바른 방향으로 이끌어줄 확실한 열쇠를 찾았다고 생각해요. 당신은 어떻게 생각하는지 알고 싶군요.

그리고 마침 오늘이 그날이군요, 해피 발렌타인! 좋은 사람과 함께 보내기를 바라면서……

우정을 담아, 박물관장 돌로레스 빌라로보스
자크 벨랑주 박물관, 뤼네빌(54300)

돌로레스의 머릿속 또한 한시도 쉬지 않는 모양이었다. 그녀의 머리는 이미지와 오브제들을 포착해 뜨거운 냄비 속에 넣고 자신만의 소스를 첨가해 버무린 다음, 그 위에 이해하기 힘든 어려운 말들을 씌워 자신만의 요리를 만들어냈다. 난 그녀의 논증에 완전히 설득 당하지는 않았지만, 무언가가 내게 진실이 그리 멀지 않은 곳에 있음을 말하고 있었다. 폴과 나는, 우리의 남자 주인공이 로렌 공작 앙리 2세라는 결론에 도달했다. 돌로레스 역시 다른 방식으로 결론에 다가가 있었다.

이제는 공작이 억센 손아귀로 어깨를 잡고 있었던 젊은 여인이 누구인지를 알아내야 했다. 아마도 그것이 그가 말 위에 올라타기 전의 마지막 포옹이었으리라. 문득 빅토르의 넉넉한 손이 떠올랐다. 그의 손이 닿는 느낌은 마치 여자의 육체에 가하는 형벌과 같았다. 그의 손가락에는 교차된 두 개의 검 위에 독수리의 머리가 달린, 둥근 가문의 문장이 붙어 있는 반지가 끼워져 있다. 이 순간 그의 두 손이 두 마리 뱀처럼 내 옷 사이로 미끄러져 들어와 내 허리를 감싸안을 수만 있다면, 난 내가 가진 무엇이든 아낌없이 주었을 것이다.

일주일 내내 그는 조용했다. 어떤 제스처도, 어떤 신호도 보내지 않았다. 해피 발렌타인. 그는 마치 이 지구상에서 사라져버린 것 같았다. 나 역시 침묵을 지켰다. 돌로레스처럼, 그 역시 불쑥 내 앞에 다시 나타날 것 같은 예감이 들었다. 기다리는 동안, 형언할 수 없는 행복감이 내 몸 주위를 떠다니고, 내 발은 더 확고하게 땅을 딛고 서 있었다. 지진 같은 떨림이 내 몸 전체를 훑고 지나가는 느낌이었다. 모든 것이 단순하고 명료했다. 주위의 색들은 불길처럼 타올랐다. 처음으로 머릿속이 빈 듯 평온했다. 오직 그의 이미지만으로 가득 찬 채.

난 돌로레스에게 폴과 내가 자랑스럽게 여기는 작은 발견을 서둘러 알렸다. 지금까지는 앙리 2세가 벨랑주의 판화에서 발견된 유일한 역사적 인물인 듯했다. 그의 신체적 특징이 평소 예술가의 방식과는 달리 매우 사실적으로 표현되었기 때문이다. 마치 수 세기를 뛰어넘어 이 우의적인 판화를 통해 어떤 메시지를 우리에게 전달하려는 것 같았다. 그는 그 시대의 미의 기준에 일치시키기 위해 군주의 모습을 변형시키거나, 그를 영웅처럼 그리거나 미화시키지 않으려 각별한 주의를 기울인 듯했다. 측면으로 보이는 공작은 젊은 여인에게 커다란 마음의 동요와 명백한 긴장감을 불러일으켰던, 피와 살을 가진 사람이었다. 그는 1563년 11월 8일에 태어났다. 실은 샤를 테송의 무덤 위로 몸을 굽히는 순간 깨달은 우연의 일치였지만, 신기하게도 삼백구십 년의 간격을 두고 샤를 테송 드 빌몽테의 생일과 꼭 같은 날이었다. 이 세상의 일들은 신비한 자력을 지닌 전갈들에게 지배되고 있는 것일까. 그들은 두꺼운 껍질로 스스로를 방어하면서 결정하고 명령하고 행동하며, 앞을 가로막는 것은 무엇이든 창과 같은 침으로 처치해버린다. 전능한 기사의 처분을 기다리며 순종

적으로 앉아 있던 작은 여인이 그후 어떤 운명을 겪었을지, 나는
궁금하지 않을 수 없었다.

❧

그는 마치 잠든 것 같았다. 몸을 굽혀 받침대 위에 펼쳐진 판
화를 뚫어지게 쳐다보고 있는 허버트 리버만은 마치 '광물학'
항목의 자연사 판화들 속의 화석이라도 된 것 같았다. 판화에 매
혹당한 그는 소금기둥으로 변해버린 것이다. 그가 비와 삽으로
쓸어담을 만한 작은 알갱이 무더기로 변해버릴까 어깨를 잡고
흔들어볼 엄두도 나지 않았다.

마침내 그가 다시 깨어났다. 그의 오른손이 움직이더니 다음
페이지로 넘겼다. 그러나 조금 전의 집중력은 사라진 듯했다. 그
는 다른 판화들은 건성으로 볼 뿐이었다.

"이 벨랑주는 아주 비정형적이야."

그는 단언했다. 그 역시 그 장면에 빠져든 것이 확실했다. 리
버만은 불치병에 걸렸음을 받아들이는 '광적인' 수집가들 중 하
나인, 19세기적인 사람이었다.

그는 스스로에게 모든 것을 허락하고 모든 것을 가질 수 있었
지만, 그를 완전히 사로잡고 있는 병적인 열정은 사그라지지 않

았다. 물론 판화들은 많았지만, 그러한 풍요 속에서 자신의 관심을 끌 가치가 있는 오직 하나뿐인 작품을 찾아냄으로써 그 숙명을 깨버리고자 끝없이 노력했다. 지금 펠릭스와 나는 그가 이번에도 역시 잊지 않고 가져다준 초콜릿 상자를 열심히 뒤지면서 그와 유사한 경험에 빠져 있었다. 미각이 기대했던 맛은 그 기다림을 충족시키면서 앞서 존재한 모든 맛을 지워버렸다. 허버트 리버만은 은밀히 기다려왔던 이미지가 우연히 자기 눈앞에 나타나 그 공간을 채워줄 때까지, 자신과 함께 움직이는, 부유하는 욕망에 둘러싸여 살았다. 그러다가 그런 기다림이 구체화되는 순간이 오면, 그의 존재는 형체와 의미를 띠게 되고, 그는 마치 행복한 연인처럼 기뻐 어쩔 줄 몰라했다.

"이 판화의 의미는 잘 모르겠지만, 그런 건 아무래도 좋소. 내겐 이게 필요합니다."

그의 어조는 단호했다. 난 이미 붉은 벨벳 벽으로 둘러싸인 홀에서 브리사크와 그가 마주하는 모습을 떠올리고 있었다. 그들은 팔꿈치를 직각으로 구부리고 주먹은 꼭 쥔 채, 다리 하나를 앞으로 굽힌 자세로 제리코의 석판화 속 권투선수들처럼 격렬한 싸움에 진입할 자세를 갖추고 있었다. 상반신을 드러낸 채 바짓자락은 장딴지까지 걷어올린 모습이었다. 흑과 백. 스위스인과 프랑스인. 왜소한 남자와 건장한 남자. 신중한 사람과 신랄한 사람. 후자가 반드시 이기리라는 보장은 없다. 또한 캘리포니아에서 공부할 당시 레슬러로 이름났던 미국인 보르단스키는 어떤 생각을 할 것인가? 그도 머지않아 개입하게 될 것이다. 싸움은 난투극으로 변할 것이며, 결코 만만한 전투가 아닐 터였다. 여인과 그녀의 기사는 그들의 전투가 다양한 색깔로 펼쳐지는 모습을 지켜보게 되리라.

난 현실을 인정해야 했다. 내게 이토록 소중한 판화를 결코 내 것으로 간직할 수 없을 거라는 걸. 대신 적어도 그것을 간직할 자격이 있는 사람의 손에 가도록 최선을 다해야 했다. 어쩌면 일주일마다 손톱 손질을 해온 섬세한 리버만의 손에 그 자격이 있을지도 몰랐다. 그는 최근에 뉴욕에서 본 〈유럽 판화에 나타난 매너리즘〉 전시회에 대해 열성적으로 이야기했다. 당연히 벨랑주도 나오는 전시회였다. 그의 주변으로는 특히 네덜란드와 이탈리아 판화가들의 작품들이 있었다.

"하지만 가장 멋지고 굉장한 건 단연코 그였어요! 게다가 사람들 생각도 똑같았구요. 그의 판화들 앞은 사람들로 득실득실했어요."

"난 전시회가 정말 싫소."

펠릭스는 늘 하는 애기로 반박했다.

"당신은 우주인처럼 몸에 괴상한 장비를 달고 있는 관람객들을 참아낼 수 있단 말이오? 그곳에서는 작품 자체를 감상할 수가 없어요. 모두 똑같은 생각만 하도록 이상한 물건을 강요하기 때문에."

난 펠릭스가 무슨 얘기를 하는지 잘 알고 있었다. 녹음 해설을 들을 수 있는 헤드셋을 말하는 것이다. 그는 그것을 쓰고 있는 관람객들을 '안테나가 달린 좀비들'이라고 불렀다. 작은 군대처럼 작품 앞에 촘촘히 일렬로 행진하며 박자를 맞추어 수신기에서 울리는 정보들, 즉 제작날짜, 이름, 작품이 비롯된 출처와 영향 등을 억지로 받아들여 삼켜야 하는 것이다. 테이블 아래 정렬된 약자는 기계를 작동시키기 위해 언제 어떤 단추를 눌러야 하는지 설명해주었다.

그의 이런 논증 방식은 내겐 아주 익숙했다. 이미 수없이 들어왔으니까. 게다가 나 역시 그의 말에 대부분 동의했다. 작품은 이런 미장센이 필요 없다. 빅토르 같은 이들은 직업으로 그런 일을 하고 있지만 말이다. 사업가다운 기회주의일 것이다. 하지만 그의 육체는 코멘트가 필요 없었다. 지나치게 근육이 발달되어 배에 단단하고 규칙적인 모양의 주름이 잡혀 있는 16세기 남자 조각상들처럼 육중하고 관능적인 육체. 그의 앞에서 난 음탕한 노인들의 시선을 피해 달아나 버드나무 아래 개울에 발을 담그는 가냘픈 소녀였다. 점점 물이 불어나 곧, 아주 곧 물살에 휩쓸려 물속으로 가라앉고 말 운명을 지닌.

✽

그로부터 얼마 지나지 않아 우리는 샤를 테송 드 빌몽테로부터 모임에 참석해달라는 통고를 받았다. 초대의 톤은 거의 위협적이었다.

"아스타르테 사의 감정가들은 2월 17일 월요일 오전 아홉시 삼십분, 푸아소니에르 대로 10번지, 레 샤르보니에 식당에서 있을 조찬 모임에 반드시 참석하길 바랍니다."

중대 안건이 틀림없었다. 샤를이 우리에게 무엇을 통고하려는 건지 궁금했다.

레 샤르보니에는 그의 단골 은신처였다. 그는 매일 정오에 그곳 지정석에서 점심식사를 했다. 테송과 아스트뤼크를 포함해 그날 아침에 모인 사람은 모두 스물일곱 명이었다. 흰색과 붉은색의 체크무늬 식탁보는 시골의 선술집과 그곳에서 국자로 떠질그릇에 담은 뜨거운 수프를 연상시켰다. 우리는 테이블을 가운데 두고 마주 보고 나란히 앉았다. 식당의 이름이 말해주듯이, 경매인들이 드나들기 전에는 이 구역의 숯장수들이 이곳의 단골들이었다. 건물의 층마다 포대에 가득 채운 조개탄을 배달하고 난 후에, 그들은 허기를 채우고 값싼 포도주로 하루의 피로를 풀러 이곳에 왔다. 샤를의 손은 새하얗고, 셔츠는 풀이 잘 먹여져 있었으며, 얼굴은 깔끔하게 면도되어 있었다. 그런 그와 그들 사이에 찾아볼 수 있는 공통점이라곤 그의 완벽한 울 양복이 무연탄 색이라는 것밖에 없었다. 식탁 끝에 군림하듯 앉아 있는 그의 옆에는 아스트뤼크가 앉아 있었다. 아스트뤼크의 의자 아래에는 그의 래브라도가 몸을 웅크린 채 잠들어 있는 듯했다.

나는 나이에 비해 쾌활하고 맵시 있는 마들렌 코르뉘시앙의 오른 옆자리 밀짚 장식 의자에 앉았다. 그녀는 나에게 인사하며 매력적인 미소를 지어 보였다. 펠릭스는 그녀의 왼쪽에 앉아서 인사를 건넸다. 우리는 판화와 데생 감정가로 구성된 하나의 파벌을 이루었다. 주위에는 아는 이들과 모르는 얼굴들이 섞여 있었다. 가구, 보석, 그림, 책, 문장, 동양학, 고고학 그리고 원시예술의 감정가들과 아주 생소한 분야의 감정가들까지 와 있었다. 마침내 샤를 태송이 말문을 열었다.

"안녕하십니까, 여러분. 이렇게들 참석해주셔서 감사합니다. 필요한 서류를 가져오느라 좀 늦어지고 있는 마틸드만 빼고는 모두 모이셨군요. 마틸드가 오면 우리가 모인 이유에 대해 바로 얘기를 시작하도록 하겠습니다."

사실상, 그 혼자만이 염려스러운 얼굴을 하고 있었다. 다른 참석자들은 장소의 새로움과, 식탁 가운데 일정한 간격으로 놓인 바구니 안의 크루아상을 맛볼 기대에 들떠 주의가 산만한 학생들처럼 잡담을 나누었다. 레이스가 달린 하얀 앞치마를 입은 여종업원이 우리에게 카페 누아르, 카페 오레, 티 또는 핫초콜릿을 권했다. 그녀는 무엇보다도 갓 짜낸 오렌지주스를 추천했다. 우리를 만난 김에 마들렌 크르뉘시앙은 가방에서 종이 하나를 꺼내 보여주었다. 현존하는 어떤 판화와 유사하다고 생각되는, 검은 돌로 그린 데생을 복사한 것이었다. 소인국의 요리사들이 음식을 해서 먹여주는 가르강튀아를 그린 데생이었다. GD라는 모노그램이 적혀 있었다. 펠릭스와 나는 그 데생이 귀스타브 도레의 것임에 일치를 보았다. 그것은 우리가 가지고 있는, 라블레의 삽화를 나무에 새긴 도레의 판화와 유사했다. 그녀는 작은 목소리로 고맙다고 인사했다. 그때 마틸드가 들어왔다. 그녀는 가지고 온 서류를 식탁 위에 내려놓으면서 샤를 테송 옆으로 가 앉았다.

"자, 크루아상 좀 드시면서 얘기하죠, 먹으라고 있는 거니까요."

그 말이 떨어지기가 무섭게 페늘롱이 몸을 일으키더니 입술은 위로 잦히고 혀는 늘어뜨린 채 식탁 위에 코를 박았다. 그 광경을 보고 몇몇은 웃음을 터뜨렸지만 샤를 테송은 감정이 폭발하기라도 한 것처럼 소리쳤다.

"아스트뤼크! 당장 이 짐승을 여기서 내보내! 여기가 무슨 동물원이라도 되는 줄 아나, 맙소사!"

아스트뤼크는 투덜거리면서 지시를 따랐다. 그가 손가락을 튕기자, 그의 개는 작은 바구니에 담겨 손에서 손으로 옮겨지고 있는 크루아상을 아쉬운 눈길로 한 번 더 쳐다보고는 그를 뒤따라나갔다. 샤를 테송은 동업자가 돌아오기를 기다리지도 않고 자기 앞에 놓인 서류를 뒤적이며 이야기를 시작했다.

"여러분을 이렇게 모이게 한 것은 최근에 일어난 불미스러운 일들에 대해 논의하고자 해서입니다. 물론 여러분의 절대적인 신중함을 믿습니다. 이 사실이 절대로 밖으로 새나가서는 안 되니까요."

갑자기 사람들의 턱은 움직임을 멈췄고, 그들이 들고 있던 찻잔이 열린 입으로 가닿기도 전에 그대로 허공에서 멈췄다. 모두의 시선이 샤를 테송에게로 고정되었다. 그때, 마지못해 개를 보도 위 주차금지 표지판에 묶어놓고 들어온 아스트뤼크가 식탁 끝에 있는 자기 자리로 돌아가 앉았다. 장면은 한 가지 디테일만 제외하고는 조금 전과 똑같았다. 첫번째 상태 : 개가 있다. 두번째 상태 : 개가 없다. 판화 제작시 금속 연마기로 약간 갈아 없앤 정도의 차이였다. 아마추어들은 돋보기를 눈에 바짝 갖다댄 채 세심하게 살펴봐야 알 수 있는 미묘한 차이였다.

"여러분 중 어떤 분들은 내가 무슨 말을 하려고 하는지 잘 알고 계실 겁니다. 그분들 역시 피해자였으니까요. 이미 육 개월 전부터 매 경매 때마다 귀한 물건들이 의문스럽게 사라졌던 사실을 우린 알고 있습니다. 여기 계신 베르토 씨가 해상유물 경매 전날에 의문의 증발을 한 1640년의 희귀 지중해 지도에 관해 말해주실 수 있을 겁니다. 그 지도는 경매의 백미였고, 추정가만 무려 삼만 유로로 평가되었죠. 또한 그것과 함께 앙시앵 레짐 때의 육분의六分儀*도 사라져버렸죠. 흑단과 놋쇠로 만들어진 유일한 모델로, 명성 있는 제작자의 서명인이 새겨진 것이었습니다…… 제가 잘못 알고 있으면 정정해주시기 바랍니다, 베르토 씨."

고개를 숙인 채 멍하니 식탁보의 체크무늬를 응시하고 있던 감정가는 말없이 고개만 끄덕였다.

"마담 블랑댕 역시, 지난주에 부인이 담당했던 경매 시작 한 시간 전에 결코 적다고 볼 수 없는 물건 세 가지가 사라진 것을 알게 되었죠."

샤를은 서류 한 장에 시선을 고정시켰다.

"나뭇잎 장식의 은식기 세트와 작은 받침대가 달린 크리스털

---

* 천구 상의 두 점간의 각도를 재는 기계. 태양이나 별의 고도를 재거나, 지금 있는 곳의 위도와 경도를 알아내는 데 쓰임.

250

물병, 위에 십자가가 달린, 적옥으로 된 성배라고 기록돼 있군요. 이 세 물건도 마치 우연인 것처럼 가장 비싼 것들이었죠. 또한 보석 감정가인 마드무아젤 데그랑주도 이 캐럿짜리 사파이어와 열네 개의 다이아몬드로 장식된 아르데코 금반지가 사라진 것에 대해 이야기해주실 수 있을 겁니다……"

바로 내 앞에 앉아 있던 두 여자는, 마치 하나의 용수철로 움직이는 인형들처럼 동시에 고개를 끄덕였다.

"그 리스트는 아직 한참 더 있습니다…… 하지만 현재로는 어떤 해명도 할 수가 없어요. 절도 행각의 방식이 한 가지 유형이 아니기 때문이죠. 어떤 물건들은 경매 직전에 드루오 경매장의 창고에서 도난 당했습니다. 또 어떤 것들은 경매에 앞선 프리뷰 전시 기간에 전시실에서 사라졌어요. 또다른 것들은 바로 우리 경매회사에서 감정가의 방문을 기다리는 동안 임시로 보관해둔 곳에서 도난 당했죠. 그러나 불행하게도 각 작품이나 가구 앞마다 경비원을 배치할 수는 없는 현실입니다. 물론 이에 대한 내부 조사가 이루어지고 있긴 하지만, 이 악행의 주모자가 전혀 다른 인물인지 아니면 우리 중 하나인지는 밝혀진 게 아직 하나도 없습니다. 지금으로서는 여러분께 극도로 주의하실 것을 요청할 수밖에 없군요. 하지만 안심하십시오. 여러분의 전시 때에는 적어도 세 명의 경비원과 필요한 경우에는 보충 인원도 요구할 거니까요. 우리는 이에 드는 비용을 아끼지 않을 것입니다. 또한 가능한 곳에는 어디든 비디오 경비 시스템을 설치할 것입니다. 이런 악의적인 행위는 우리의 명성에 큰 타격을 입히는 일입니다. 하지만 모두 힘을 합쳐 대처한다면 이런 행위에 종지부를 찍을 수 있을 것이라고 믿습니다. 범인이 한 명이든 여러 명이든, 더는 발각될 위험을 감수하지는 않을 테니까요. 친애하는 여러분, 전 여러분의 협조를 믿으며 충심으로 여러분을 위해 일할 것을 말씀드립니다."

샤를은 선동적 웅변가의 소질을 타고난 것 같았다. 그러나 그의 연설은 거기까지였다. 그의 열변은 참석자들 사이에 냉랭한 분위기를 감돌게 했다. 낮은 목소리로 회의적인 논평들을 속삭이는 웅성거림만이 들릴 뿐이었다. 겁 많고 우유부단한 파리 한 마리가 테이블 위의 참석자들 머리 사이를 나지막하게 날아다녔다. 아스트뤼크는 묶여 있는 자신의 충실한 동료를 속히 풀어주기 위해 말 한 마디 없이 도망치듯 자리를 떠나갔다. 마틸드도 그의 뒤를 따라나갔고, 샤를 테송은 그녀가 놔두고 간 서류를 한데 모으느라 애쓰고 있었다. 그녀는 그에게 눈길조차 주지 않았다. 자신의 사냥감에 초연한, 고고한 아프로디테의 모습이었다. 참석자들은 하나하나 자리에서 일어나서는 홀로 또는 몇 명씩 짝지어 출구로 발걸음을 옮겼다.

＊

샤를 테송 드 빌몽테의 말은 뷔랭으로 제작된 피렌체의 판화 속 하늘의 둥근 솜뭉치 같은 구름처럼 내 머릿속에 떠다녔다. 차례차례 줄지어 지나가는 구름은 모두 닮아 있었다. 그의 경고가 머릿속에서 맴돌았다. 상점으로 돌아오자마자, 난 내 작은 친구들이 편안하게 잘 자고 있는지 다시 한번 확인했다. 염려할 건 없었다. 그들은 제자리에 잘 있었다. 펠릭스는 확실하게 못박아 말했다.

"어떤 일이 있어도 경계를 게을리 해서는 안 돼…… 모든 사람을 주의 깊게 지켜봐야 해…… 아무리 잘 아는 사람이라도 절대로 작품과 혼자 있도록 내버려두면 안 된다는 말이지……"

경매가 한 달 앞으로 다가오자, 애호가들이 부산스럽게 움직이기 시작했다. 전화가 빗발쳤고, 경매에 나올 판화들에 관한 질문도 말 그대로 홍수처럼 쏟아졌다. 곰곰 생각해보니, 어느 시대나 촘촘하고 비스듬한 평행의 긴 판각을 사용해 비를 표현했던 것 같았다. 반면, 태양은 구球에서 나오는 원심력의 빛으로 표현되었다. 내가 움직이는 세계는 아이들의 그림 같은 단순함을 간직하고 있었다. 그러나 빅토르는 공기보다 더 가볍게, 수년 동안 무한한 공간을 돌아다니고 있었다. 세계의 모든 박물관이 그를 환대했다. 지상으로 돌아와 내 곁에 머물 때 그는 조상들의 땅에 깊이 뿌리박은 채 다시 묵직해졌다. 그러나 이곳에서 멀어지자마자 다시 새로운 수평선을 향해 날아갔다. 한숨이 나왔다. 우리는 화합할 수 없는 궤도를 가진 두 개의 행성이었다.

기적이 일어났다. 올림포스 산 꼭대기에서 제우스 신이 인간에게 신호를 보낸 것이다. 그는 왕홀 끝으로 지그재그를 그리며 하늘에 번개를 내리쳤다. 그 전파는 내 휴대전화의 화면에 몇 개의 글자로 구체화되어 나타났다. '마드리드에서 내일 돌아감. 20일 목요일 같은 시간 같은 장소에서 볼까?' 내 대답도 같은 길을 따라 전해졌다. 단 세 글자였다. '좋아요!' 갑자기 내 가슴이 열기구처럼 부풀어올랐다. 최초의 열기구 비행 시도는 18세기에 시작되었고, 그 일은 튈르리 공원의 동판 위에 새겨져 영원히 그 모습을 남기게 되었다. 뜨거운 공기로 가득 채워져 부풀어오른 나는 나무들 위로 날아올랐다. 지상을 벗어난 나는 환호와 갈채 속에 자꾸만 위로, 더 위로 올라갔다.

❋

그때까지 시간을 죽여야 했다. 난 벨랑주의 판화 속 젊은 여인이 누구인지 알아내기로 마음 먹었다. 폴과 돌로레스는 우리의 작은 집짓기에 각자의 돌을 가져다놓았다. 이번에는 내가 그 일을 계속 할 차례였다.

난 그녀의 옆모습밖에는 볼 수 없었다. 따라서 나이를 추측하기는 힘들었지만, 아마도 이십대로 추정되었다. 나는 마음속으로, 판화가 탄생한 해인 1615년으로 돌아갔다. 여인은 또렷한 코, 보조개가 곁들여진 도톰한 입술 그리고 귀엽게 둥근 턱을 가지고 있었다. 긴 목에는 물방울 모양의 크리스털이 매달린 섬세한 목걸이가 걸려 있었다. 난 그녀의 실루엣을 속속들이 기억하고 있었다. 눈을 감고도 얼굴을 그릴 수 있을 정도였다. 나는 전율했다. 이러한 느낌은 그후에 발견한 또 하나의 새로운 느낌과 뒤섞였다. 벨벳 같은 빅토르의 피부의 감촉이었다. 이 두 경험은 이제 내겐 하나였다.

이 아름다운 미상의 여인은 1590년경에 태어난 것이 틀림없었다. 그녀와 나의 가치관이 서로 공통점이 거의 없으리라는 것은 자명했다. 아마도 그녀는 당시 여성에게 어울리는 조심스러움과 절제를 가꾸어나가는 데 전념하고, 자신의 지위와 출생 신분을 예리하게 의식하고 있었을 것이다. 그녀를 둘러싼 한 무리의 하인과 하녀들은 그녀의 아주 작은 욕망에도 귀를 기울였을 테고. 그녀는 배고픔과 목마름도, 가난과 질병도 몰랐을 것이다. 그녀가 살았던 지방은 부유하고 풍요로웠다. 하지만 그런 것이 얼마나 오랫동안 지속될 수 있을 것인가? 그로부터 머지않아 30년 전쟁이 일어나 농촌은 황폐해지고, 도시와 마을들은 약탈당했다. 그 직후, 그런 광경에 충격을 받은 칼로는 〈전쟁의 비참함〉이라는 두 개의 작은 연작을 통해 그 실상을 증언하고자 했다. 그러나 그는 그 작품들이 세상의 빛을 보기도 전에 한창 나이로 세상을 뜨고 말았다.

현재의 상황에 몰두해 있는 젊은 여인은 미래를 예측하지 못했다. 중년의 남자는 작별의 몸짓처럼 그녀의 어깨에 손을 올려놓고 있다. 어쩌면 자신의 사람으로 인정한다는 서임敍任의 제스처였을까? 그에 감동한 여인은 눈을 들어 그를 바라본다. 나는 선반에서 찾아낼 수 있는 모든 초상화들의 카탈로그를 꺼내놓았다. 남자가 앙리 2세라는 것은 추호도 의심할 여지가 없었다. 그의 삶에는 두 여인이 차례로 존재했다. 첫번째 부인 카트린 드 부르봉은 자식을 낳지 못한 채 1604년에 사망했다. 그로부터 이 년 후, 그는 마흔셋의 나이로 열다섯 살 처녀와 재혼했다. 마르그리트 드 곤차가는 로렌의 궁정에서 살면서 이 공국과 이탈리아 사이의 유대를 공고히 할 목적으로 만토바에서 온 아가씨였다.

이제 완벽하게 들어맞았다. 1615년에 새로운 공작부인은 스물네 살이었고, 공작은 쉰두 살이었다. 그들은 함께 평화로운 궁정을 지배했다. 정략 결혼의 불쾌함을 잊기 위해서인듯, 젊은 공비公妃는 축제와 화려한 무도회에 취해 나날을 보냈다. 내 시선을 끈 1612년의 작자 미상의 한 부식동판화 속 전승기념품과 우의화寓意畵로 장식된 원형의 메달 속에는, 측면에서 바라본 앙리 2세와 마르그리트의 흉상이 묘사돼 있었다. 공작은 콧수염 아래서 즐거워하는 표정을 짓고 있었고, 약간 뒤로 물러나 있는 젊은 여인은 희미하고도 평온한 미소를 띠고 있었다. 각자 같은 방향을 똑바로 바라보고 있었다. 마르그리트의 얼굴은 거의 비슷한 시기에 벨랑주가 제작한 판화 속의 여인과 꽤 닮은 모습이었다. 그러나 그들의 얼굴은 절대적 확신을 가지고 판단하기엔 너무 평범해 보였다. 그런데 한 가지 디테일이 내 생각에 힘을 실어주었다. 남편 옆에 서 있는 공작부인의 목에 걸린, 물방울 모양의 보석이 달린 섬세한 진주목걸이었다.

흥분한 나는 추론을 계속 해나갔다. 판화가가 기분 내키는 대로 테이블 위에 늘어놓은 오브제들은 우의적 의미가 담겨 있음이 분명했다. 그것들은 아름다운 여주인을 찬양하는 노래를 부르며, 그녀의 덕성을 널리 알리기 위해 그곳에 놓인 것이었다. 거울은 그녀의 아름다움을, 깃털과 편지는 그녀의 완벽한 교양을, 촛불은 현명함을, 화병은 다산성을, 동전은 번영을 그리고 반지는 그녀의 충절을 상징했다. 이 모든 자질을 갖춘 마르그리트는 그녀를 자랑스럽게 여기는 남편의 포옹과, 아름다운 천사가 그녀에게 보내는 즐겁고 애정이 담긴, 감탄 어린 눈길을 받을 자격이 충분했다.

예술가와 젊은 공작부인을 이어주는 인연은 각별했다. 전해 내려오는 자료와 계약서들을 통해, 벨랑주가 첫번째 공작부인이 사망한 후에도 계속 궁정에 남아 두번째 공작부인을 위해 일했음을 알 수 있었다. 똑같이 고향 땅에서 멀리 떠나온 두 여인은, 즐거움을 추구하고 인위적인 것들에 매달리며 그 속에서 향수를 달랬다. 겨우 삼십 세 무렵이었던 1602년부터 벨랑주는 궁정에서 급여를 받는 공식 화가가 되었다. 샤를 3세와 그의 사후에는 아들이자 계승자인 앙리 2세가 벨랑주에게 궁정 장식과 종교화, 초상화와 시사적 그림들을 주문했다. 그러나 그중에서 오늘날까지 전해오는 것은 거의 없었다. 벨랑주의 재능이 만개한 것은 공작의 재혼을 축하하기 위한 축제 때였다. 한 건축가의 지휘 아래, 그는 다른 화가들과 함께 시청 앞에 설치되는 임시 개선문의 장식을 끝내기 위해 밤낮으로 일했다. 개선문 아래로 바르의 새로운 공작부인이 화려하게 입성을 할 예정이었다. 쉼 없이 자르고 못박고 붙이면서 1606년의 5월과 6월을 보내야 했다. 다행히도 하루 해는 길었고, 날씨는 온화했다. 벨랑주는 판지를 조립해 건축물을 만들고 그 위에 채색을 했다. 트롱프뢰유* 장식, 뮤즈와 미의 여신, 풍요의 뿔, 문장들이 서로 앞다투어 눈길을 끌었다. 그 여세를 몰아, 그는 저명한 초대 손님들과 오케스트라가 자리잡을 야외 갤러리의 장식도 맡게 되었다. 또한 공작부인이 타게 될, 금박을 입힌 열두 명의 꼬마 큐피드로 꾸며진 호화로운 마차의 장식을 맡은 것도 벨랑주였다.

새 공작부인은 도시의 환대와, 실력을 한껏 발휘한 화가의 재능에 매혹되었다. 그후로, 그녀는 자신이 몹시도 좋아하는 발레 의상을 고안하기 위해 끊임없이 그에게 도움을 청했다. 흘끗 보이곤 곧 사라져버리는 무대 위 무용수들의 우아한 움직임처럼, 본질적으로 오래 보존될 수 없는 이런 창작물들의 흔적은 이제 어디에도 남아 있지 않았다. 기껏해야 벨랑주가 부식동판화로 새긴 여성상이나, 드리워진 천의 흘러내리는 모습과 의복의 주름 묘사들 속에서 의상에 대한 그의 생각을 파악할 수 있을 뿐이었다. 또한 꽃과 과일바구니를 들고 스커트와 페티코트 차림에 신화 속 여주인공 같은 샌들을 신고 있는, 동판에 새겨진 아리따운 여정원사들의 모습만이 1611년 공국 궁전이 새로 꾸민 이탈리아식 정원의 개관을 위해 마련한 축제와 춤에 대한 유일한 기록으로 남아 있을 뿐이다.

＊눈속임기법. 실물 같은 착각을 일으키는 그림이나, 그 기법을 가리킨다.

어쩌면 고향을 떠나온 젊은 공작부인에게 연민을 느낀 벨랑주가 유쾌하고 화려한 축제를 통해서 궁정생활의 중압감으로부터 벗어나도록 그녀를 부추겼던 것은 아닐까? 그들 사이에는 상호적인 애정과 존경의 관계가 형성되었을 것이다. 그는 국가간의 정략적인 결합인, 어울리지 않는 결혼의 무미함을 깨뜨리고자 하는 그녀의 확고한 의지와 분명한 결단력을 존중했다. 그녀로서는 그의 활기와 열정, 색과 옷감에 대한 뛰어난 감각과 장식예술에 대한 빛나는 창의성을 음미하며 즐겼을 것이다. 예술가는 공작과 그의 배우자로부터 동시에 궁전의 모든 방과 갤러리와 집무실을 장식하는 임무를 부여받았다.

내 앞에 펼쳐진 이미지는 사 세기라는 시간을 뛰어넘어, 이러한 있음직하지 않은 우정의 역사를 이야기해주고 있었다. 벨랑주는 누구의 혈통인지도 모르는 불분명한 출신의 화가이자 판화가로, 진정한 재능을 알아보고 격려하는 식견 높은 수호자이자 예술 애호가인 왕족 커플의 지지를 받은 인물이었다. 따라서 그가 이 특별한 판화에서 묘사하고자 한 인물들은 바로 그들이었을 것이라는 확신이 강하게 들었다. 판화 속의 '벨 앙주(아름다운 천사)'는 자신의 은인들의 합리적인 결합을 찬양하며 오늘날까지도 우리를 혼란에 빠뜨리는 기이한 에로티즘을 깃들여놓은 것이다. 어쩌면 그 자신도 젊은 이탈리아 여인의 매력에 빠져들었을지도 몰랐다. 하지만 여기서는 자기 자신을 직접 그 장면에 투사하고자 했다는 것이 더 진실에 가까울 것 같았다. 1612년, 마흔 살이 다 되어가던 판화가는 클로드 베르주롱이라는 열일곱의 젊은 여성과 결혼을 했다. 그 결혼의 증인들은 재정 회계책임자와 회계감사관 그리고 법원의 행정관과 공작의 시의侍醫 등, 이른바 군주의 가까운 고문들이었다. 벨랑주 역시 궁정에서 인정받는 인물이었음을 단적으로 말해주는 상류계층의 사람들이었다. 그로부터 일 년 후, 지극히 자연스럽게 앙리라고 이름지어진 그의 장남의 세례는 아주 상서로운 징조하에 치뤄졌다. 공작이 몸소 아이의 대부로 자청하고 나선 덕이었다.

궁정의 분위기는 화기애애했다. 왕족, 예술가, 무용수와 정원사들은 서로 손을 맞잡고 유쾌한 원을 그리며 돌아갔다. 그들은 오늘날 이 판화가 불러일으킨 사람들의 탐욕 따위는 꿈에도 생각하지 못했을 것이다. 그 평화로운 시절에 대한 유일한 증거인, 부서져버릴 것 같은 이 한 장의 종이가 오늘날 치열한 쟁탈전을 야기하고 있었다. 갑자기, 거대한 운명의 톱니바퀴가 불길한 모습으로 내 눈앞으로 다가왔다. 모든 것을 가차없이 짓밟으며 앞으로 나아가는.

드디어 2월 20일 목요일이 밝았다. 에티엔 브리사크는 파리에
온 미국인 동업자 스타니슬라스 보르단스키와 함께 우리를 방문
하겠다고 미리 통고해왔다. 브리사크보다 열다섯 살이 적은 보
르단스키는 우윳빛 피부와 묘하게 대조되는, 칠흑같이 검고 숱
많은 긴 머리칼을 가지고 있었다. 작고 검은 두 눈은 예리해 보
였고, 가느다란 콧수염 아래로는 언제나 아이로니컬해 보이는
모호한 미소를 짓고 있었다. 상상 속에서 그에게 모자를 씌우자
고야의 판화 〈자화상〉의 살아 있는 버전을 보는 것 같았다.

그들이 함께 방문한 이유를 잘 납득할 수가 없었다. 그들은 서
로 경쟁 관계에 있지 않은가. 그들이 함께 판화 파일 위로 몸을
숙이고 있는 모습을 보자, 난 내 생각이 틀렸음을 깨달았다. 그
들의 기맥氣脈은 서로 통하고 있었다.

"이것 좀 보여주시오. 혹시 뒤에 뭐가 묻지는 않았을까?"

브리사크는 커다란 풍경화를 가리키며 동업자에게 말했다.
그는 뒷면을 살펴보기 위해 라켓처럼 넓적한 손으로 그림틀을
조심스럽게 잡더니 판화를 뒤집었다. 마치 처음으로 창녀촌에
이끌려간 젊은이가 조심스럽게 여자의 속치마를 들어올리듯이.
소심함과 탐욕의 공존. 더 많이 알아내어 깊이 간직된 비밀을

캐내려는 욕망. 상품을 음미하기 전에 더듬어 만져보고 싶어하는 고객의 뻔뻔스러움. 그가 가장자리를 잡고 있는 판화의 앞면은 깨끗했지만 뒷면에는 지문과 잉크 자국으로 군데군데 얼룩져 있었다.

"정말 순 엉터리가 찍어냈구먼! 이거 좀 보라고, 얼마나 엉망인지!"

그가 입으로 뱉어내는 거친 말은, 작가가 직접 서툴게 인쇄한 판화 앞에서 감탄하고 있음을 보여주는 그만의 방식이었다. 판화가는 풍부하고 매끈거리는 배경색조와 '효과를 잘 살린' 완벽한 판화를 찍어내기 위해 그림자와 빛을 정성스럽게 분배하면서 동판에 손수 넉넉히 잉크를 칠했을 것이다. 그런 와중에 시커매진 자신의 손으로 종이 뒷면을 더럽힌 것이다. 브리사크와 보르단스키 그리고 펠릭스와 나는 동판과 씨름하던 이의 노고를 떠올리는 이 작은 흔적들을 사랑했다. 우리가 결코 그 모습을 알지 못할, 루이 15세 시대의 한 예술가의 지문을 우리에게 기념으로 제공해주는 것이었으니까.

판화는 1753년 로마에서 제작된 것으로, 난파 장면을 묘사한 것이었다. 산산조각난 배는 성난 물결 위를 떠다니는 한낱 지푸라기에 지나지 않았다. 조그맣게 보이는 선원들은 파도 속에서 발버둥치며 부러진 돛대 조각을 간신히 부여잡고 있다. 그들 주위에는 찢어진 돛의 잔해들이 떠다니고 있다. 바다 위 절벽 위로 올라간 조그만 사람들은 비극 앞에서 자신들의 무력함을 슬퍼하며 자비를 구하려는 듯 하늘을 향해 팔을 들어올리고 있다. 멀리 번개가 하늘에 줄무늬를 그리고, 폭풍우가 우르르 몰려오고 있다. 이처럼 동요하는 자연과 원초적 카오스 상태로 회귀하는 세상을 상징하듯이, 거친 판각들이 판화 윗면의 삼분의 일을 차지하고 있었다.

벨랑주의 판화를 지배하는 차분함과 억눌린 긴장과는 매우 다른 분위기였다. 보르단스키가 판화를 집어들자, 난 그의 입에서 또 무슨 외설스런 말이 나올까 잠시 염려스러웠다. 그의 프랑스어 실력을 잘 알고 있었기 때문이다. 다행히도, 그는 첫눈에 매혹당한 것 같았다.

"This is amazing…… I have never seen anything like this(정말 놀랍군요…… 지금까지 이런 건 보지 못했소)……"

난 지금까지 우리가 도달한 결론은 혼자만 간직하기로 마음먹었다. 분명 돌로레스는 자신을 위해 새로운 발견을 남겨두었다가 심포지엄에서 한 방 터뜨리기를 원할 테니까. 난 아무래도 상관없었다. 그건 당연한 일이었으니까.

나란히 앉은 두 남자는 프랑스어와 영어를 섞어가며 진지한 논의를 하고 있었다. 나는 경매 목록을 만드는 데 열중하는 척하면서 그들이 나누는 대화를 단편적으로 엿들었다. 그들은 금액과 숫자들과, 내게도 일부 낯익은 미국 박물관들과 관장들의 이름을 언급했다. 그들은 벨랑주의 판화의 최종 목적지가 어디가 될 것인지에 관해 이야기하고 있었다. 함께 자금을 마련해 판화를 사들인 다음, 그것을 되팖으로써 발생하는 상당 금액의 차익을 나눠가질 계획을 세우고 있는 것이었다. 벨랑주에게 컬렉션의 따끈한 자리 하나를 선뜻 마련해 줄 미국 기관들은 많을 테니까. 에티엔 브리사크를 찾아갔을 때, 어떤 일이 있어도 그것을 손에 넣고야 말 것이라고 한 그의 말이 생각났다. 방법을 바꿔야 했던 것이다. 보르단스키와의 경쟁이, 가장 노련한 탐험가인 자신조차 호흡이 가빠지는 높은 곳으로 몰아갈 수도 있다는 것에 두려워진 듯했다. 서로 힘을 합쳐 모험을 하는 것이 더 나을 터였다.

그들은 한 사람인 것처럼 동시에 자리에서 일어났다. 보르단스키는 떠나며 내게 다짐했다.

"경매를 진행할 비서를 한 명 보내겠소. 아마 나도 직접 참석을 하겠지만. 한 달 후 맞죠? 3월 21일은 금방 올 거요. 판화를 살펴보게 해주어서 고맙소."

브리사크는 우렁찬 목소리로 "잘 계시오, 친구!"라며 내내 아무 말 없던 펠릭스에게 인사를 건넸다. 그리고는 항상 날 미소짓게 하는, 예의 그 포옹하는 척하는 몸짓과 함께 내게 손을 내밀었다. 그가 손잡이를 세게 잡고 문을 확 열어젖히자, 갑자기 발작이라도 하듯 방울이 울려댔다.

❋

책상 위의 컴퓨터는 대기 모드로 쉬고 있었다. 오른쪽에는 빨리 처리하지 않으면 곧 무너져내릴 것 같은 우편물 더미가 잔뜩 쌓여 있었다. 나는 재빠르게 분류를 했다. 광고 전단, 각종 청구서, 이런저런 편지들, 그리고 마지막으로 뤼네빌의 벨랑주 박물관의 약자가 찍힌 베이지색 봉투가 눈에 띄었다. 내게 온 것이었다. 돌로레스의 커다랗고 둥근 글씨에서는 어린 소녀의 천진함이 배어나왔다. 그녀의 필기체는 전체적으로 동글동글했다. i 위에 찍힌 점들은 줄기 위에 달린 꽃봉오리를, 단어 끝의 s는 등을 둥글게 구부리고 있는 고양이를 닮았다. 배가 불룩 나온 b, d, p, q와 땅딸막한 t, f, l 그리고 a, e, o는 동그랗게 뜬 눈을 연상시켰다. h, m, n과 r은 육감적인 곡선을 그렸다. 그녀의 편지에서는 아무것도 감추려하지 않는 솔직함과, 자신의 모든 것을 보여주는 신뢰할 만한 여성의 모습이 보였다. 그녀의 이론적인 과장과 자유분방한 옷차림은 이제 문제가 되지 않았다.

친애하는 오르탕스,

그동안의 정보 수집으로 새로운 사실을 알아내게 되었어요. 난 당신이 프레시네 씨와 함께 밝혀낸 남자 주인공의 신분에 대해 확신을 가졌죠. 그래서 이곳 낭시에서 앙리 2세와 벨랑주를 그 미상의 젊은 여인과 연관시킬 수 있는 모든 서류를 찾아낼 생각으로, 1612년에서 1615년까지의 기간에 해당되는 고문서들을 뒤져보기 시작했어요.

쉬운 일은 아니었지만, 난 마침내 이곳의 고문서 보관소에서 1615년 10월 20일자로 되어 있는 공작의 칙서를 찾아냈고, 그 내용은 내 호기심을 끌지 않을 수가 없었어요. 칙서의 복사본 한 부를 보내니 읽어보고 당신 의견을 말해줘요. 우린 반드시 이 판화의 의미를 찾아낼 수 있을 거라고 믿어요!

각별한 우정을 담아, 돌로레스 빌라로보스

일이 진행되어 가는 모습에 나는 흐뭇했다. 돌로레스가 나와 함께 공유하는 판화에 대한 열정과, 여기저기서 끌어모아 조각을 이어 맞춘 요소들이 결국 우리에게 그 의미를 알려주고야 말 것이다. 자신들이 가진 유일한 힘인 돈을 이용해 판화를 차지하고 소유하려는 리버만이나, 보르단스키나 브리사크 같은 속물들보다, 그를 이해하기 위해 어떻게든 그 실마리를 찾고자 하는 우리가 우월하다는 믿음 또한 힘이 되어주었다. 그들은 그의 주인 될 자격이 없었다. 서랍이나 파일 속에 그 판화를 가 두어놓더라도 언젠가는 그들 손에서 벗어날 것이다.

돌로레스가 보낸 텍스트는 흔들리지 않는, 기울어진 필기체 로 적혀 있었다. 공국의 행정 담당관리로 보이는 인물의 글에 서는, 문서의 뜻이 명확하게 전달될 수 있도록 각고의 노력을 기울였음을 엿볼 수 있었다. 그는 분명 오랜 경험과 높은 교양 을 지닌 이였을 것이다.

로렌의 공작이며 칼라브르, 바르, 겔드르의 후작이자 공작의 이름 으로.

로렌 회계감사원의 친애하는, 충성스러운 국가의 회계감사관이자 재무관인 니콜라 드 필누아의 건강과 평안을 빌며.

본인은 그대가 책임지고 있는 국고로부터 매년 육백 프랑을 친애 해 마지않는 앰리 드 레슈렌 부인에게 지급할 것을 명한다. 첫번째 지급일은 다가오는 1615년 성탄절이며, 그후 매년 같은 시기에 계속 지급하도록 한다.

또한 상기의 부인이 르미르몽 수도원까지 무사히 여행하여, 친애하는 인척인 카트린 수녀원장의 보호 아래 어떤 불편함도 겪지 않고 우리의 국왕이 지정한 기간까지 그곳에 머무를 수 있도록 그에 필요한 모든 경비를 지급할 것도 명한다.

우리가 국고에서 별도로 지급하는 이백 프랑은 친애하는 귀족 자크 샤를 드 벨랑주 경과 앙세르빌의 루이 남작으로 하여금 앰리 드 레슈렌의 여행길에 어떤 불행이나 불쾌한 일이 일어나지 않도록 동행할 시에 각각 백 프랑씩을 사용할 수 있도록 하려는 것이다. 상기 부인은, 특별히 동반한 비밀 문서에서 밝힌 바와 같이, 우리를 추억할 수 있도록 모든 의복과 책, 무기, 말, 보석 등을 원하는 만큼 가져갈 수 있음을 밝혀둔다.

이 칙서와, 벨랑주와 앙세르빌 남작에게 각각 백 프랑을 지급하였다는 영수증을 함께 보고하면, 아무런 문제 없이 처리하도록 지시된 대로 상기 금액이 로렌 회계감사원 의장에 의해 해당 연도에 회계 처리되어 그대에게 지급될 것이다.

1615년 10월 20일 낭시에서 작성됨.

편지는 공식 문서의 성격상 다소 부자연스러웠으나, 매우 유용한 정보를 제공해주었다. 돌로레스는 대어를 건져올린 셈이었다. 공작은 앰리 드 레슈렌이라는 여인에게 당시로는 상당 액수에 달하는, 매년 육백 프랑의 연금과 부대비용을 지급할 것을 요구하는 편지를 자신의 재무관에게 보냈다. 최근에 조사를 통해 알게 되어 기억에 담아둔 정보에 의하면, 당시 국왕의 서열 첫번째 궁정화가였던 벨랑주의 일 년치 급여는 사백 프랑이었다. 무엇보다 내게 깊은 인상을 준 것은, 이 여인이 철저히 보호받을 수 있도록 공작이 각별한 신경을 쓰며 지시를 내렸다는 사실이었다. 그녀가 죽을 때까지 어김없이 연금이 지급되도록 조치한 것이다. 게다가 그녀가 무사히 먼 길을 갈 수 있도록 국고에서 특별 재정을 사용하도록 지시하기까지 했다. 그녀는 공작의 누이 카트린이 수녀원장으로 있는 르미르몽 수도원에 은거하기로 되어 있었다. 카트린이란 이름의 여자는 앰리 드 레슈렌이 '어떤 불편함도 겪지 않도록' 그녀를 보호할 의무를 부여받았다. 게다가 궁정에서 가장 인정받는 화가와 공작의 총애를 받는 높은 신분의 귀족 두 사람이 위험과 매복이 숨어 있을지도 모르는 긴 여정에 그녀와 함께 동반하는 임무를 맡았다.

이 모든 정황은 일종의 도피를 연상시켰다. 불행히도 지금은 사라져버린 비밀 첨부문서에서 밝혔듯, '우리를 추억할 수 있도록' 여인은 장신구, 말과 보석 등 원하는 것은 무엇이든 자유롭게 자신의 짐과 함께 가져갈 수 있었다. 편지의 어조는 매우 사적이고 감동적이었으며, 단순히 재정 문제를 처리하는 문서와는 어울리지 않았다. 공작에게 여인이 매우 중요한 의미를 가지는 인물임을 말해주는 단서였다. 공식적인 딱딱한 언어와 틀에 박힌 숫자와 구문 뒤에는 이 미상의 여인의 평안을 진정으로 바라는 마음과 그녀의 안위에 대한 염려, 그리고 더 나아가 그녀에 대한 애틋한 사랑이 엿보였다. 우리를 갈라놓은 사 세기라는 오랜 시간이 무색할 만큼, 난 이 앰리가 분명 앙리 2세 공작의 '친애해 마지않는' 여인임을 깊이 확신할 수 있었다.

나 또한 강도들이 우글거리는 울창한 숲속을 헤치고 목숨을 무릅쓰면서 소중한 내 사랑에게 달려갔을 것이다. 미친 듯 달려가다 기진맥진해 땀에 축축하게 젖은 말을 계속 재촉했을 것이다. 달리다가 지쳐 쓰러질 때까지. 도사리고 있을지 모르는 함정과 음모에도 아랑곳 없이, 난 얼굴도 가리지 않은 채 그를 다시 만나기 위해 달려갔을 것이다. 시간이 다가오고 있었다.

두번째는 언제나 미스터리다. 이미 예상하고 있지만 마주하면 새삼 놀라게 되는. 마치 금속판 위에 끈적끈적한 검은 잉크를 칠한 후 찍어낸 드가의 모노타이프 앞에 선 것처럼. 금속판 위에 압력이 가해지면 이미지는 종이 위로 옮겨가게 된다. 그러면 금속판 위에는 아무것도 남지 않는다. 그러나 두번째로 압축기 아래를 지나가면 창백하고 희미한 회색을 띤, '유령'이라는 명칭이 어울릴 것 같은 두번째 이미지가 나타난다. 그것은 이미 모든 것을 가져간 첫번째 이미지의 그림자일 뿐이다. 그러나 예술가는 그것을 파스텔화로 변형시킨다. 하나의 기억, 하나의 지침이자 희미한 흔적 같은 그 속에서 그는 색에 대한 욕망을 마음껏 펼쳐보인다. 점차 더 강렬하고, 더 생생하고, 더 빛나는 그림이 완성되어감에 따라 감히 상상할 수 있었던 모든 것을 넘어서게 된다.

두번째 만남에서, 그는 온몸으로 내 몸을 이끌었다. 마치 예전에 그의 손이 내 손을 이끌었던 것처럼. 이번에는 절제하지 않고 몸과 마음이 시키는 대로 나 자신을 내맡겼다. 여인의 얼굴이 점차 또렷하게 떠오르더니 투명무늬처럼 내 살갗으로 들어와 포개졌다. 빅토르가 내 몸을 애무할 때면, 연인을 아낌없이 어루만지던 판화 속 기사의 몸짓이 떠올랐다. 나 또한 그의 몸 위에서 길을 잃어버린 채 헤맸다. 그의 육체를 구석구석 탐닉하기엔 내 두 손이 너무 작았다. 뜨겁고 부드러운 그의 살갗 속으로 들어가고 싶었다. 하지만 그는 내게 저항했고, 난 그의 표피 아래 무엇이 있는지 결코 알 수 없었다. 충족되지 않은 욕망. 난 결코 탐색을 멈추지 않을 것이다.

그러나 한 가지 명백한 사실을 받아들여야 했다. 그는 내게 속

하지 않는다는 것을. 한 손을 여인의 어깨에 올려놓은 채, 기사는 언제라도 떠나갈 것 같은 모습으로 자신이 넘어설 문을 다른 한 손으로 가리키고 있었다. 나와 밀착되어 있는 이 살갗의 표면에서 나는 결코 더 멀리 나아갈 수 없을 것이다. 수 세기를 뛰어넘어 한순간 다시 합쳐진 우리의 육체는 또다시 떨어질 것이다. 그는 또다시 나를 홀로 내버려둘 테니까. 갑자기 내 안에 커다란 빈자리가 생겨났다. 그 무엇도 채워줄 수 없는 고통의 자리.

갑자기 몸속에서 피가 요동을 치는 것이 느껴졌다. 아무것도 보이지 않았다.

점점 부풀어오르던 파도가 아득한 시간 속으로부터 거슬러올라오면서 젊은 여인과 공작을 휩쓸고 가버렸다. 거대한 물결이었다. 내 머릿속까지 쓸어가버리는 거대한 소용돌이였다.

반지

그와 헤어질 때면 언제나 유형을 떠나는 기분이 들었다. 게다가, 언제나 먼저 가버리는 것은 그였다. 짧은 안녕을 하고 나면, 다시 문이 닫혔다. 그것이 전부였다.

기다림은 여러 날 동안 길게 이어졌다. 업무와 잡다한 일들로 시간을 보내면 기분이 좋아 보이거나 웃을 수도 있었다. 그러나 그의 침묵을 떠올리게 되면 내 안의 빈자리가 점점 커져갔다. 난 내가 어디에 있는지, 내가 누구인지 알지 못했다. 마침내 그가 돌아왔다는 소식을 알려오면, 난 번개가 내려치는 듯한 그 순간만을 위해 살고 있음을 깨달았다. 어리석은 오르탕스.

세상은 내게 불분명한 캔버스가 되어버렸다. 난 종이에 코를 박은 채, 17세기의 초상 판화 속에 철침으로 짜넣은 그물 모양의 격자무늬를 살펴보았다. 그들의 자신감이 부러워졌다. 자신이 어디로 가야 할지 알고 있는 판화가는 판각들을 능숙하고 자신감 있게 교차시켰다. 자신이 원하는 이미지가 그대로 나와주리라는 확신에 가득 찬 채. 그러나 난 나 자신에게 분명히 답해줄 수 있는 게 거의 없었다. 경매는 삼 주 후로 예정되어 있지만, 여인과 기사가 겪게 될 운명에 대해 난 아무것도 알 수 없었다. 그들이 최고가 낙찰자의 소유가 된 후 다섯 대륙 중 어느 곳에 안착하게 될지도 예측할 수가 없었다. 빅토르가 지금 일본, 노르웨이 아니면 캘리포니아에 있는지도 알 수 없었다. 그리고 이 판화와 그 수수께끼에 관해 어떻게 생각해야 할지도 더는 알 수 없었다. 남자가 앙리 2세인 것은 확실해 보였지만, 그렇다면 젊은 여인은 대체 누구란 말인가? 일주일 전, 돌로레스는 메일에서 내 추측이 틀렸음을 확인시켜줌으로써 내가 애써 지어놓은 작은 집을 흔들어놓았다. 이제 난 젊은 공작부인 마르그리트 데 곤차가 공작의 진정한 애정의 대상인지, 그가 어깨를 잡고 있는 여인이 누구인지 짐작할 수 없었다. 그녀는 공작부인이 아닌 또다른 여인일 수도 있다. 공작은 잘생긴 매력적인 남자였다. 그가 아름다운 여인들과의 달콤한 모험을 두려워할 이유가 있었겠는가. 난 그가 이 앰리 드 레슈렌과 어떤 관계였기에 이처럼, 1615년 10월 20일에, 그녀를 멀리 르미르몽 수도원으로 보내 그 속에서 영원히 침묵하며 숨어 지낼 것을 명했는지 확실하게 말할 수 있기를 바랐다.

　그때 새로운 방문객이 찾아와 모호한 공상으로부터 나를 깨어나게 했다. 샤를 테송 드 빌몽테였다. 센 강을 건너오는 일이 흔치 않은 그의 방문은 내 궁금증을 자아냈다. 구석에서 서류에 코를 박고 일하고 있는 펠릭스에게 신호를 보내자 그가 일어서서 다가왔다. 두 남자는 형식적인 악수를 나누었다. 주위를 둘러보던 테송이 천장까지 높이 쌓여 있는 책과 판화들을 향해 보내는 경멸의 시선은 나를 놀라게 했다. 질서정연함을 사랑하는 그에게 그것들은 아무런 의미를 부여할 수 없는 무질서한 무더기로 보였을 것이다.

　"안녕하시오, 펠릭스 씨. 내가 오늘 방문한 이유는 사후 재산 목록을 만들기 위해서요. 아주 근사한 오를레앙 공 섭정 시대의 가구들인데, 어쩌면 당신도 거기서 판화 몇 점을 건질 수 있을지도 몰라요. 우리가 경매권을 따낼 수만 있다면 말이오⋯⋯ 미망인이 다소 고집이 센 편이라 경쟁 회사들을 접촉할 생각을 하고 있었는데, 내가 절대로 거부할 수 없는 가격을 제시했지요! 포르말린과 나프탈렌으로 보물을 보존해온 이런 오래된 가문들이 없었다면 당신과 우리 같은 사람들이 어떻게 살았을지 모르겠소, 정말⋯⋯"

"아, 나야 뭐, 그래도 잘살 거요. 난 송장을 먹고사는 사람이 아니거든…… 판화가 우리 손에 들어온다면 그건 좋은 일이지만, 그렇다고 그걸 차지하려고 아무 짓이나 할 생각은 없소……"

펠릭스가 퉁명스러운 어조로 쏘아붙였다.

그는 내가 알고 있는 오래된 이야기를 빗대어 언급하고 있었다. 갑자기 바닥이 미끈거리고 뱃속에서 창자가 꼬이는 것 같았다. 펠릭스의 화난 모습은 나를 몹시 두렵게 했다. 아무 말 없이 담뱃불을 붙인 다음 길게 두 번 연기를 내뿜는 것을 보고 그가 몹시 긴장하고 있음을 알 수 있었다. 샤를 테송의 표정이 갑자기 굳어지더니 담배연기를 들이마시지 않으려고 공공연하게 고개를 뒤로 젖혔다.

"이봐요, 친구. 그 오래된 이야기를 언제까지 계속 할 작정이오…… 과거는 지워버릴 줄도 알아야하는 거요! 난 다만 그대들이 우리에게 애써 만들어준 근사한 카탈로그를 축하하러 온 것뿐이란 말이지. 그리고 멋지게 돋보이도록 자리잡아준 그 주인공 판화에 대해서도 말이오. 세간의 이목을 집중시킬 게 틀림없으니까……"

"모든 공은 오르탕스에게 있소."

펠릭스가 퉁명스럽게 대꾸했다.

난 펠릭스의 머릿속에 무슨 생각이 들어 있는지를 읽으면서 그가 태송에게 느끼는 악감정을 가늠해볼 수 있었다. 이미 그 일에 대해 그로부터 종종 이야기를 들은 터였다. 삼 년 전, 샤를 테송과 그의 회사는 대대적인 광고를 통해 큰 이익을 남겨 처분할 생각으로 노 백작부인의 유산을 차지해버렸다. 펠릭스가 적어도 삼십 년은 알고 지낸 노부인이었다. 그가 아직 젊었을 때, 펠릭스는 그녀의 장서와 판화들을 분류하여 목록을 만들어주고 얼마간의 돈을 번 적이 있었다. 그후 그는 비가 오나 눈이 오나 거르는 법 없이, 일요일마다 브리오슈를 들고 그녀를 방문했다. 그녀는 그에게 실론티를 끓여주었고, 두 사람은 자신들이 공통적으로 좋아하는 것들에 관해 두서없는 정담을 나누었다. 나이가 들어감에 따라 백작부인은 불행이 닥칠 경우에 유산 처분을 맡아줄 것을 여러 차례에 걸쳐 펠릭스에게 부탁했다. 그리고 그는 그녀에게 반드시 그렇게 하겠다고 맹세했다. 오랜 우정과, 삼십 년 동안 똑같은 도자기 찻잔에 따라 마신 수백 리터의 차와, 오랜 시간 동안 경건하게 함께 들여다본 후 아쉬운 마음으로 아르쉬브 거리의 넓은 아파트 책장에 다시 꽂아놓은 수많은 책들의 이름을 걸고.

그런데 어느 일요일, 펠릭스는 그녀의 아파트 문이 닫혀 있는 것을 발견했다. 낙상으로 인한 상처를 제대로 치료받지 않아 발생한 괴저로 고통받던 백작부인이 재산을 탐내던 조카에 의해

양로원으로 옮겨진 것이었다. 자식이 없었던 그녀는 그곳에서 조용히 가능한 한 빨리 세상을 뜨기를 원했다. 실제로 그녀는 그곳에 오래 머물지 않았지만, 그녀의 조카는 아파트를 차지하기 위해 그녀의 숨이 멎기도 전에 아파트를 비우고자 했다. 아파트에 있던 가구, 램프, 보석, 책, 판화, 오래된 문서들은 즉시 경매 처분하라는 꼬리표와 함께 아스타르테 사로 넘어갔다. 아스타르테 사는 좀더 가치가 있다고 판단한 가구와 장식품들은 정식으로 분류해 전문잡지에 선전했다. 펠릭스 부아로가 미처 알기도 전에 책과 판화들은 바구니에 쓸려들어가 헐값에 처분되는 초라한 경매품이 되고 말았다. 백작부인이 벽난로 위의 대리석과 청동으로 된 괘종시계 아래, 자신의 유산을 이해하고 제대로 평가할 줄 아는 유일한 사람으로 그를 지명한다는 편지를 남겨놓았음에도 불구하고.

그는 그 일로 오랫동안 샤를 테송에게 좋지 않은 감정을 품었고, 그가 테송을 위해 다시 일하기로 한 것은 단지 그러한 낭비가 다시는 일어나지 않도록 하기 위해서였다. 배신은 결코 진정으로 용서되지 않았다.

경매인은 보이지 않는 먼지를 털어버리려는 듯 기계적으로 자신의 트위드 양복을 매만지더니 다시 말을 꺼냈다.

"벨랑주의 이 판화는 진정한 걸작이오. 추정가를 삼만 오천에서 사만 유로로 잡는 건 좀 너무 약하지 않나? 실제로는 얼마나 나갈 것 같소? 그 두 배? 세 배?"

그의 질문 뒤에는 미학적 고찰과는 거리가 먼 탐욕과 이해 관계가 숨어 있었다.

"난 아무것도 모르오. 그리고 솔직히 말해서, 내게 그런 건 중요한 게 아니오."

펠릭스의 대답이었다.

아프리카 가면들 사이에 함께 있던 샤를 테송과 그의 친구 빅토르의 모습이 머리를 스치고 지나갔다. 어쩌면 경매인 테송은 푸르크루아 드 라 브레슬 가의 사람들이 너무나도 알고 싶어하는 문제를 대신 질문하도록 위임받은 것은 아닐까? 이 한 장의 판화가 그들에게 얼마의 돈을 가져다줄 것인가? 어쩌면 며칠 후에 있을 나폴레옹 시대의 추억의 경매보다 훨씬 더 많이? 현금으로 바뀔 이 예술품들은 그들의 오래된 저택을 새롭게 단장하는 데 큰 보탬이 될 터였다. 빅토르는 나에게 그 저택은 1830년 아데마르의 장남 결혼식의 혼수로 전해내려온 것이라고 말했다. 그곳은 이미 팔 대째 푸르크루아 드 라 브레슬 가문의 영지이며, 그들의 가장 큰 자부심이었다. 하지만 양쪽으로 대칭적인 대저택은 지금 흙투성이의 거대한 공사장으로 변해 있었다. 방정식은 간단했다. 장교의 군도軍刀는 흰색 페인트 열 통과 맞먹었다.

수비대 소총수의 초상화는 수 킬로미터를 바를 수 있는 시멘트와 맞먹었고, 조제핀 드 보아르네의 흉상은 새 할로겐 난로를 살 수 있게 해줄 것이며, 황제의 대장이 썼던, 사령부의 휘장이 장식된 프랑스산 비버 가죽 이각모二角帽 유니쿰*은 마굿간의 일부를 아파트로 변모시키는 데 쓰일 것이다. 남편보다 감수성이 발달한 듯한 푸르크루아 드 라 브레슬 부인이 계속 간직하고 싶어 했던 벨랑주의 판화는 무엇을 대체할까. 낙엽처럼 하나하나 떨어지는 슬레이트 지붕의 한 부분? 석조 건물의 파사드와 독수리상의 보수? 연못과 풍경화 같은 정원을 꾸미는 데?

"어쨌든 판화를 잘 돌보고 지키도록 하시오, 상황이 상황이니만큼."

샤를 테송은 문을 향해 걸어가면서 결론짓듯 말했다.

"물론이오."

펠릭스가 차갑게 대답했다. 어깨를 으쓱하고 올리는 그의 몸짓은 아주 잠시, 낭만주의 시대 석판화에서 볼 수 있는 거대한 야수의 몸짓과 흡사해 보였다. 말을 잡아먹기 위해 달려들 준비가 된 포식자의 전율이 느껴지는, 부드러운 털가죽 아래 신경질적으로 꿈틀거리는 근육. 그러나 돌아서서 나가는 테송은 그것

---

* 세상에서 단 하나밖에 존재하지 않는 어떤 물건이라는 의미로. 서적상, 골동품상에서 쓰이는 전문용어.

을 알아차리지 못했다.

❧

　사실, 난 빅토르에 대해 알고 있는 게 아무것도 없었다. 벨랑
주에 대해서도 아는 것이 거의 없었다. 그러나 그건 우리 사이의
역사적 거리와 당시의 취약한 기록 탓으로 돌릴 수 있었다. 전문
가들은 1595년 2월 8일자 공식문서에서 그의 첫번째 흔적을 발
견함으로써 그가 1570년경 태어나지 않았을까 추측했다. 그것
은 당시의 한 궁내관의 아들을 오 년간 고용한다는 견습 계약서
였다. 화가와 실내 장식가로서의 그의 이력을 따라가며, 공작의
주문서와 그에 따른 지불금, 그가 직접 서명한 영수증 등을 통해
서 조금씩이나마 그의 생애를 추정해나갈 수 있었다. 그는 많은
아이들의 대부였고, 당시 상류사회의 여러 결혼식과 민간 계약
서의 증인 역할을 수행했다. 1608년 3월 5일, 벨랑주는 당시 이
웃나라였던 프랑스로 베일에 싸인 여행을 떠난다. 공식 일정은
앙리 4세가 퐁텐블로와 루브르, 생 제르맹 앙 레에 대규모로 짓
고 있는 성들의 새로운 장식들을 살펴보는 것이었다. 그런데 당
시 벨랑주처럼 타고난 품격과 여유, 귀족적인 매너를 지닌 화가
는 중개인이나 외교관, 심지어는 밀정 역할까지도 할 자격을 갖

추고 있었다. 그가 맡았던 진짜 임무에 대한 의문이 아직까지 풀리지 않는 것은 그 때문이다. 게다가 벨랑주가 사절로 떠난 지 십 주가 채 안 된 5월 14일에 노老공작 샤를 3세가 세상을 떠나는 바람에 그는 서둘러 낭시로 돌아와야 했다. 그리고 궁정의 화려함과 호화로움 속에 삶은 다시 계속되었다. 1612년 7월 28일, 벨랑주는 지참금을 듬뿍 안겨준 한 약제사 궁내관의 딸과 아름다운 결혼식을 치르게 된다. 그리고 세 아들을 얻었으나, 결혼한 지 사 년 만에 자세한 정황이 알려지지 않은 가운데 그 역시 세상을 떠나게 된다.

돌로레스는 나로 하여금 이러한 전기적 자료들을 다시 찾게 했다. 2월 말에 보낸 그녀의 편지가 내 신경세포를 자극했던 것이다. 여기서도, 벨랑주는 또다시 충성스러운 앙세르빌의 남작 루이와 함께 앙리 2세 공작이 마음에 두고 있던 까다로운 임무 하나를 맡게 된다. 단 한 명의 젊은 여인을 위해 지체 높은 호위병이 두 명이나 동반했다는 사실은, 그 임무가 왕관의 보석을 지키는 것보다 더 중요한 일이었음을 단적으로 보여준다.

앰리 드 레슈렌이라는 이름에 내 소중한 친구 폴 프레시네는 무언가 떠올렸음이 분명했다. 어쩌면 그는 공들여 세공한 팔걸이 소파에 앉아 있는, 강렬한 시선의 젊은 그녀와 모든 면에서 일치하는 여인의 모습을 조그맣게 새긴 판화를 구해줄 수 있을

지 모른다. 우리에게 큰 도움이 될 터였다. 전화기의 숫자판 열 개를 누르자 폴의 목소리가 들려왔다. 난 돌로레스가 알아낸 사항들을 가능한 한 간단하게 보고했다. 보통은 차분하고 느릿하게 늘어지는 그의 목소리에 갑자기 생기가 돌았다.

"물론, 알고말고, 그 이름! 노트 좀 확인해볼 테니 잠깐만 기다려요."

폴은 유럽의 모든 왕조와 프랑스 명문가의 족보를, 때로는 별로 대단치 않은 가문까지 모두 기록해놓았다. 빅토르와 그의 조상들 이름도 분명히 들어 있을 것이다. 잠시 책상 위에 놓아둔 수화기 너머에서, 그가 꼼꼼하게 주석을 단 색인카드를 보관한 서랍장의 작은 서랍들이 삐걱거리는 소리가 들려왔다. 좀더 크게 삐걱거리는 소리와, 멀지만 분명하게 "여기 있군!" 하고 외치는 소리, 그리고 마룻바닥 위에서 점점 더 크게 울리는 발소리가 들리더니 다시 그의 목소리가 들려왔다.

"내 기록들 속에 앰리 드 레슈렌이란 여인이 있는데, 잘 들어요, 그녀는 바로 기즈 추기경과 관련 있는 인물이었소. 그럼 어떤 자격으로? 어떻게 생각하오? 바로, 그녀는 그의 내연의 처였소. 기즈 추기경은 '르 발라프레(얼굴에 칼자국이 있는 이)'라고 불렸던 기즈 공작과 함께 암살된 그의 동생이오. 1588년 크리스마스 이브에 프랑스의 왕 앙리 3세의 명령으로 블루아에서.

그의 내연의 처가 아들 루이, 즉 훗날 앙세르빌의 남작이 된 바로 그 루이를 낳은 지 꼭 열흘 만에 말이지!"

그의 말을 듣는 순간 피가 거꾸로 솟는 것 같았다. 갑자기 온몸의 혈관이 끓어오르는 기분이 들었다. 그의 설명에는 1615년 공작의 명령서와 일치하는 사실이 한 가지 있었다. 앙세르빌의 남작 루이 드 로렌의 이름이 앰리 드 레슈렌의 이름과 관련이 있다는 것이 그것이었다. 게다가 그가 그녀의 아들이라니.

그러나 연대가 일치하지 않았다. 1615년 스물일곱의 나이에 벨랑주와 함께, 이미 그 자신도 서른이 가까운 나이에, 그것도 자신의 어머니를 앙리 2세가 도피시키려는 수도원으로 이끌고 가다니…… 아니, 그럴 리가 없었다. 그 문서는 넌지시 더 젊은 여인에 대해 언급하고 있다는 깊은 확신이 들었다. 두 남자가 르미르몽 수도원까지 호위하도록 임무를 부여받은 인물은 연약하고 상처받기 쉬운, 미혼의 여인이었다. 바로, 벨랑주의 판화에서 옆모습만을 보여주고 있는, 군주 앙리 2세의 손에 어깨를 붙들린 여인. 그녀는 또다른 앰리 드 레슈렌이었다.

그녀가 정말로 앙세르빌 남작의 어머니였다면 공작의 명령서는 그들의 인척 관계를 언급했을 것이다. 그리고 그녀가 그의 어머니가 아닌데도 똑같은 이름과 성을 가지고 있다면, 그녀는 나이가 더 많은 앰리 드 레슈렌의 딸일 수밖에 없다. 따라서 그녀

는 바로 루이와 친남매간일 것이라는 게, 부글부글 끓고 있는 내
머리가 내린 결론이었다.

난 폴에게 담담하게 감사 인사를 하고 수화기를 내려놓았다.
차분하게 생각을 정리하고 싶었다. 그래, 그렇게밖에 생각할 수
없었다. 한 여자가, 짐작건대 혼외의 관계에서 딸을 낳아 자신과
똑같은 성과 이름을 붙여준 것. 그렇게 하면 떳떳하게 아버지의
이름을 세상에 드러내놓고 말할 수 없는 딸이 적어도 모계만은
밝힐 수 있을 테니까. 벨랑주가 1615년경 그린 것으로 추정되는
젊은 앰리는 기껏해야 삼십 세 정도밖에 되지 않았을 것이다. 그
렇다면 그녀는 1585년경 태어난 것으로 추측할 수 있다. 즉 그
녀는 공작의 총신인 앙세르빌의 남작, 자신의 동생 루이보다 세
살 정도가 더 많았다. 그렇다면 그녀 또한 기즈 추기경의 딸임이
거의 확실했다.

푸르스름한 보주 산맥의 능선이 아득하게 보였다. 젊은 여인
은 슬픔이 밀려와 참기 힘들어질 때면 그곳으로 시선을 향했다.
그녀는 결연히 몸을 돌려 해가 떠오르는 동쪽을 바라보았다. 저
산 너머에는 더 아름다운 세상이 있지 않을까. 결코 그곳에 갈

수는 없겠지만. 낭시는 북서쪽으로 약 삼백 리외 떨어진 곳에 있었다. 그녀의 새로운 거처이자 이 세상에서 마지막으로 머무르는 곳이 될 그곳까지 가기 위해서는, 새벽부터 밤이 찾아올 때까지 길가 여인숙에서 말을 바꾸어가며 꼬박 한나절을 가야 했다.

그들은 그녀를 수도원과 가까운 숙소로 안내했다. 말수가 적고 신중해 보이는 하녀 두 명이 그곳에서 기다리고 있었다. 그녀처럼 이곳을 거처로 선택한 수녀들이 각각 한 층을 차지하고 있었다. 그들은 모두 명문 귀족 집안의 딸들이었다. 이곳에 들어오기 위해서는 적어도 16대에 걸쳐 귀족 신분을 유지하고 살았음을 증명해야 했다. 마땅한 혼사를 성사시키지 못한 아버지는 거추장스러운 딸을 이런 식으로 떼어버리고는 편안한 마음으로 아들을 출세시키는 일에 전념했을 것이다. 앰리는 불평할 처지가 아니었다. 그녀가 이곳에 은신처를 마련한 것은 오직 공작의 배려 덕분이었다. 그녀는 지체 높은 귀족 집안의 후손도 아니었다. 그녀의 아버지는 그녀에게 이름조차 남겨주지 못했으니까. 그녀의 문장에는 아무런 상징도 들어 있지 않았다.

이곳에서 그녀는 자유로운 몸이었다, 황금 새장 속에 있을지라도. 오직 수녀원장과 두 조사제助司祭만이 독신 서원을 할 의무가 있었다. 다른 수녀들은 산기슭에 있는 작은 마을을 자유롭게 오가면서 즐겁게 한담을 나누며 지냈다. 그들이 지켜야 할 의무는 정해진 시간에 미사에 참례하는 것뿐이었다. 수도원의 어슴 푸레한 빛 속에서 앰리는 조용히 시편을 읽으면서, 공작이 한 말들과 그의 애정 어린 손길을 여전히 그리고 매일 같이 생각하고 또 생각했다.

❖

나폴레옹 시대의 추억 경매일이 다가오고 있었다. 그날은 3월 13일 목요일, 성 루데리코 축일이었다. 경매는 그다음 날인 3월 14, 성 마틸다의 축일로 예정되어 있었다. 난 달력이 제공하는 이런 미미한 지표들을 절대적으로 필요로 했다, 왜인지는 설명할 수 없었지만. 난 하루 중 일부를 17세기와 18세기에 판화로 제작된 달력들을 분석하는 데 할애하기도 했다. 매끄럽게 반짝이는 실크에 찍어낸 판들은 약간 닳았거나 좀이 먹어 있었다. 나보다 앞서 다른 누군가가 그 속에서 삶의 표지와, 매일매일 지켜나갈 단순한 가이드라인을 발견했을 거라는 생각이 들었다. 일기예보, 천문학적 관찰, 농사일에 관한 지혜들…… 모든 것은 하늘 저 높은 곳에 씌어 있었다. 어떤 우월한 힘이 자신의 의지대로 세상과 날씨의 질서를 바로잡으며 별 이변 없이 다스리고 있는 것이다. 커다란 페이지의 나머지 부분에 그려진 장식들은 당시 군주를 찬양하기 위한 것이었다. 신과 군주의 위대한 영광을 기리기 위해 환상적인 꽃 장식 모양의 테두리 속에 그가 치른 전투와 정복 장면 등을 묘사한 것들이었다.

이번 주 금요일의 주인공인 성녀로 말하자면, 그녀는 항상 저기압이었다. 마틸드는 드루오 경매장 일층 전시실에서 눈살을 찌푸린 채 돌아다녔다. 샤를 테송이 그녀의 부탁을 들어주지 않은 게 틀림없었다. 그날 아침, 인사를 하러 다가가자 그녀는 내게 억지미소를 지어 보였다.

"조짐이 별로 좋질 않아. 구매자들이 파업을 하는지 원. 구매 요청이 거의 없어. 조금 있다 샤를이 망치를 잡으면 어떨지 모르겠지만…… 다행히 이번에는 경계가 삼엄하고 보충 인원을 채용해 없어진 건 아무것도 없는 것 같아."

그녀의 말이 옳았다. 경매가 시작되자 모든 매물이 제자리에 있음이 확인되었다. 완벽하게 맞물려 돌아가는 톱니바퀴처럼 호명을 할 때마다 모든 경매물이 즉각 모습을 나타냈다. 하지만 홀은 반 정도만 자리가 차 있었다. 연단 위에 올라간 샤를 테송은 오른 구두 끝으로 발 아래 있는 리놀륨 장판을 긁어댔다. 마치 재갈 때문에 성이 난 고집 센 말처럼. 팔리지 않은 매물들의 가격이 내려감에 따라 긴장은 점점 고조되어갔다. "낙찰!"하고 외치는, 경매인의 주문 같은 소리는 거의 들리지 않는 가운데 그가 내리치는 망치는 점점 더 기운이 빠져갔다.

나폴레옹은 이제 더 돈을 벌어들이지 못했다. 단지 몇 점의 그림과 집록集錄 또는 친필 서명 등만이 구매자를 찾을 수 있을 뿐이었다. 반들반들 윤을 내거나 필요시에는 수리까지 거친 제정 시대 가구들은 머지않아 번화가에 위치한 골동품상 진열대에 전시될 것이다. 그 나머지는 푸르크루아 드 라 브레슬 가가 자랑하던 가구 창고로 다시 돌아갈 때까지 홀 뒤의 보관 창고에 차곡차곡 쌓이게 된다. 결국 가장 잘 팔린 것은 내가 펠릭스와 함께 카탈로그를 만든 판화들이었다. 그것들은 하나도 남지 않고 모두 떠나갔다. 빅토르와 그의 가족은 큰 손실을 입은 셈이었다. 팔리지 않은 매물의 65퍼센트가 그들의 것이었으니까. 최악의 예상보다도 훨씬 적은 수익을 거둔 셈이었다. 대저택에 있는 오십 개의 방들 중 겨우 십여 개 정도만 다시 칠하고 수리할 수 있는, 보잘것없는 액수였다.

이 모든 것은 일주일 후에 있을 우리의 경매에 불길한 전조였다. 하지만 나는 우리 관객은 다른 사람들이며, 애호가들이 이미 경매에 참석할 것을 약속하지 않았냐며 자신을 달랬다. 그들은 이미 내게 그것을 입증해 보였다. 프리뷰 전시 기간에 구매자들의 열정을 가늠해볼 수 있는 충분한 시간이 있을 터였다. 공작과 마주 앉아 있는 앰리는 걱정할 필요가 없었다. 자신이 살던 시대에는 세상에서 멀리 떨어진 곳으로 유배를 당해야 했던 그녀를, 지금은 전세계가 저마다 먼저 끌어가려고 아우성을 치고 있지 않은가.

그녀는 소박한 떡갈나무 테이블에 앉아 몇 시간이고 편지를 쓰면서 하루를 보낼 수 있었다. 테이블의 나무는 그녀보다 앞서 그곳에 기대었던 여인들의 팔꿈치로 닳아 반들반들 윤이 났다. 시간은 아주 조금씩 낱알 하나씩 떨어져나갔고, 모든 시간은 서로 닳아 있었다. 하늘에서 해가 서서히 제 갈 길을 가는 동안, 사물과 그림자의 색은 눈에 띄지 않게 조금씩 변해갔다. 그녀는 하루하루 자신의 얼굴이 시들어가고, 몸이 오그라들고 굳어져가는 것을 느낄 수 있었다.

종이 위에서 바스락거리는 깃털 펜을 들고 있는 그녀의 손은 바싹 말라버린 줄기가 달려 있는 죽은 나뭇가지 같았다. 예전에 그 손은 그가 준 반지가 도장처럼 찍혀 있는, 생기에 가득 찬 한 마리 작은 동물과 같았다. 남성미 넘치는 그의 육체를 향해 덤벼들던. 먼저, 손가락 끝으로 다소 거친 그의 얼굴 윤곽을 따라가며 그려본다. 손바닥으로 그의 뺨과 광대뼈를 꼭 움켜쥔 다음,

넓은 이마를 쓰다듬으며 턱과 부드러운 턱수염을 향해 아래로 천천히 내려온다. 그녀의 손은 눈을 감고 있는 잠자리 날개 같은 그의 속눈썹을 살짝 스치고 또 스쳐본다. 얼굴 전체로 번지는 그의 미소가 그녀의 손짓을 부추긴다. 그녀의 곁에서라면 어깨를 짓누르는 군주로서의 의무를 잊을 수 있었다. 벨랑주는 궁전의 갤러리들 중 하나를, 늘 그에게 깊은 인상을 남겼던 여인상주女人像柱와 사람 크기의 신화 속 인물들의 그림으로 장식했다. 그 중에는 고개를 잔뜩 수그린 채 거대한 지구를 받쳐들고 있는 아틀라스도 있었다. 그것이 다만 그림일 뿐이라는 걸 알면서도, 그녀는 공작을 만나러 그 앞을 지나갈 때마다 마치 지구가 무너져 내리기라도 할 것처럼 방어적이 되었다. 영웅을 짓누르는 거대한 지구가 궁전 홀로 굴러떨어져 모든 것을 깔아뭉갤 것에 대비하듯, 그녀는 뒤로 몇 발짝 물러서서 무릎과 어깨를 움츠린 채로 팔을 앞으로 내밀며 걸었다.

뜨거운 포옹을 한 그녀는 그에게 베개를 받쳐주고 그의 심장이 뛰는 소리를 들었다. 처음에는 빨랐던 심장 박동이 차차 느려지면서 규칙적인 리듬을 되찾았다. 그녀는 자신의 목에 닿은 그의 손가락에서 빛나는 둥근 루비 반지를 바라보았다. 반지의 틀은 궁정의 전속 세공인이 정교하게 조각한 순금으로 만들어져 있었다. 세공인은 공작의 요청에 따라 엄지손톱만 한 물방울 크

292

리스털 장식이 달린 진주 목걸이의 복제품도 만들었다. 공작의 결혼식 날 마르그리트의 목을 장식한 바로 그 목걸이의 복제품이었다. 공작부인의 목에 걸린 그것을 볼 때마다 몹시 부러워했던 그녀를 위해 공작은 깜짝 선물을 준비한 것이었다. 금도금한 작은 장식 못이 박힌 가죽 보석상자 속에서 완벽하게 똑같은 목걸이를 발견한 그녀는 깜짝 놀라 눈가에 그렁그렁한 눈물을 담은 채 연인을 바라보았다. 그를 나무라야 할지, 그의 발 아래로 몸을 던져야 할지 알지 못한 채. 그는 그저 말없이 두 팔을 벌렸고, 그녀는 그의 품속으로 뛰어들었다.

그러나 그 일이 마르그리트의 격한 증오를 불러일으킬 것은 미처 예상치 못했다. 그때까지 공작부인은 아무것도 몰랐거나 알기를 원하지 않았을 수도 있다. 그러나 지난해 가을이 시작될 무렵, 수확의 기쁨과 바쿠스 신을 경배하는 무도회에 투명한 눈물을 닮은 크리스털 장식의 진주 목걸이를 착용한 앰리가 궁정에 나타나자, 불쾌한 감정을 참을 수 없었던 마르그리트는 옆을 지나가던 그녀에게 독설을 퍼부었다. 마치 결투자가 도전 신청의 표시로 장갑을 내던지듯이.

"마담, 명심하시죠, 이 궁정에 공작부인은 한 사람뿐이라는 것을."

그녀는 얼굴을 붉히면서 자신의 목으로 손을 가져갔다. 즉시 그 목걸이를 벗어던지고 싶어졌다. 헤라클레스를 죽게 만든 독 묻은 옷을 걸친 것처럼 목 주위가 갑자기 화끈거려왔다. 그 장면을 보고도 무심하던 공작이 조금 원망스럽기도 했다. 어쩌면 그는 그 심각성을 미처 깨닫지 못했는지도 모른다. 선물한 보석들을 착용하고 나타나도록 요구한 것은 바로 그였으니까. 아마도 그렇게 함으로써 자신들의 암묵적 관계를 세상 사람들에게 알리고 싶었는지도 몰랐다. 그 일이 초래할 결과를 미처 예상치 못한 채, 그는 그 상징적 행위를 통해 그녀를 자신의 적법한 배우자와 같은 반열에 올려놓았던 것이다. 그러나 마르그리트는 젊지만 교활했다. 그녀는 즉시 공작에게, 자신이 당한 공개적인 모욕을 보상하지 않으면 공국과 자신의 고향인 부도富都 만토바의 돈독한 관계에 금이 갈 수도 있음을 상기시켰다. 또한 언제라도 상거래가 약화되고 자본의 유입이 중단될 수 있음도 경고했다. 마르그리트는 주인을 위해서는 무엇이든지 할 이탈리아인 자객들을 수하에 두었다. 앙리는 그녀를 믿을 수가 없었다. 가슴이 찢어지듯 아팠지만, 앰리의 신변을 보호하기 위한 조치를 취해야 했다. 낭시의 수도원은 충분히 안전하지 않았다. 그녀를 위한 유일한 은신처는 르미르몽뿐이었다.

❧

3월 17일 월요일과 함께 돌로레스가 찾아왔다. 이번에는 파리에서 일주일간 머물 예정이었다. 일주일 후는 봄이 시작되는 첫날이자 경매가 예정된 날이기도 했다. 그녀는 뤼네빌 박물관의 정원에는 이미 벚꽃이 피고 화단에는 앵초가 융단처럼 깔렸다는 소식을 전했다. 그녀의 심포지엄에는 전세계로부터 등록 요청이 쇄도했고, 지방 심의회는 벨랑주의 판화를 위한 거액의 기금을 희사했다. 할렐루야! 판화는 이제 그녀의 것이었다.

미모의 관장은 가슴을 앞으로 내밀고 허리를 활처럼 젖힌 채 이미 외우다시피 한 판화를 굽어보았다. 굵게 쪽진 머리를 모아주고 있던 연필을 빼기 위해 그녀의 손이 머리로 올라가자, 넋을 잃고 판화 파일을 들여다보던 방문객들이 잠시 눈을 돌려 그녀를 보았다. 그런 그녀의 기교는 마틸드와 닮은 데가 있었다. 쪽지어 올린 머리, 일상적인 오브제들을 갑자기 귀한 물건으로 변화시키는 기술, 단순한 작업도구가 무엇보다도 예민하고 육감적인 육체를 위해 사용된다는 사실을 상기시키는 방식 등이 그랬다. 그녀가 물 밖으로 나오면서 몸을 터는 강아지처럼 머리를 흔들자 물결치는 듯한 긴 머리카락이 어깨까지 늘어졌다. 돌로레스는 이번에는 연필을 입에 물었다. 벨 에포크 시대의 도발적인 여인이 피우던 담배를 연상시키는 모습이었다.

잠깐 동안의 동요가 가라앉자 좌중은 다시 조용해졌다. 다시 방문객들은 펼쳐져 있는 판화 파일을 뚫어지게 바라보았다. 침묵 중에 조심스럽게 넘기는 종이 소리만이 간간이 들려왔다. 펠릭스는 사람들이 파일을 너무 빨리 넘기지는 않는지 유심히 살펴보았다. 그림틀 사이로 공기가 너무 많이 들어가면 주름이 생겨서 돌이킬 수 없게 되거나, 더 나쁜 경우에는 판화의 여백이 찢어지기도 했다.

갑자기 문 손잡이의 방울이 울리는 소리가 났다. 새로운 방문객이었다. 멀리서 온 사람이었다. 일본인 같아 보이는 그를 보며 나는 정기적으로 우리를 찾아오는 일본인 관장들이나 고객들을 떠올렸다. 서양인인 내게 그들은 모두 비슷해 보였고, 그들의 이름은 모두 비슷하게 들렸다. 인종 분리주의자라고 자처해온 내 기억력이 혼란을 느끼는 유일한 경우였다. 다행히 새 방문객은 머리를 살짝 숙여 인사를 한 후에 독일어로 말을 걸어왔다. 그제야 난 오사카에서 곧바로 날아온 아키라 츠쿠야마를 알아보았다. 그가 하이델베르크에서 예술사를 공부한 덕분에 우린 적어도 유럽의 한 언어를 공통으로 알고 있었다. 덕분에 대화가 수월해졌다.

그는 벨랑주의 판화를 보러 일부러 찾아온 참이었다. 앰리는 그의 나라 여자들과는 전혀 닮지 않았지만, 그녀에게서는 국경을 초월하는 우아한 매력과 섬세함이 배어나왔다. 돌로레스는 귀를 쫑긋 세우고 우리 대화를 엿들었다. 독일과의 국경지대인 로렌 출신의 그녀는 우리가 말하는 언어를 충분히 알아들었다. 키 작은 박물관장이 원대한 계획을 펼쳐 보임에 따라 그녀의 얼굴에 점차 그늘이 드리워졌다. 그가 책임지고 있는 판화 컬렉션을 위해 이 작품을 반드시 손에 넣어야 한다고 말했기 때문이다. 그 프로젝트를 위해 특별히 한 부유한 실업가가 상당 액수를 기부했다고 한다. 복제품은 절대적으로 피할 것이며, 오직 희귀 판화만을 구입하라는 지시와 함께. 벨랑주는 박물관 행정가들의 구미를 당기게 할 만한 모든 조건을 갖춘 작품이었다.

돌로레스는 새끼를 보호하려는 암사자와 같은 사나운 시선으로 일본인을 노려보았다. 난 그녀의 마음을 거스르지 않도록 요령껏, 그가 판화를 살펴보게 해달라고 부탁해야 했다. 그녀는 마지못해 자리에서 물러났다. 츠쿠야마는 검사용 돋보기를 꺼내서 규정대로 판화를 관찰하기 시작했다. 환자의 건강을 확인하고 만족해하는 의사처럼 그의 입가에 미소가 번지자 가늘게 찢어진 그의 눈은 더 작아 보였다. 돌로레스는 그 순간을 기다렸다는 듯 그에게 일격을 가했다. 그녀는 상당한 수준의 독일어로, 이미 이 판화가 해외로 반출되지 못하도록 자신의 친구인 경매인 샤를 테송 드 빌몽테가 모든 조치를 취해놓았으며, 결론적으로 그 작품이 국가의 문화재산으로 간주되어 프랑스 수집가들 손에 머물게 될 것이라고 당당하게 얘기했다. 그녀는 자신의 이익을 대변하면서 적을 교란시키려 애쓰고 있었다. 정보를 제공했다가 다시 혼란에 빠뜨리는 일은 전시에 흔히 쓰는 전략이다. 그러나 실제로 샤를 테송이 바라는 것은 경쟁을 부추기고 영역을 넓히는 것이었다. 판화가 일본이나 미국 어디로 가든지 그에게는 아무 상관이 없었으니까. 구매 희망자가 많을수록 낙찰가는 치솟을 터였다. 흐뭇한 미소를 짓는 그의 모습이 떠올랐다.

츠쿠야마의 얼굴에는 당황한 표정이 역력했다. 지역 문화재 관련당국의 개입에 관해서는 생각해본 적이 없었던 것이다. 돌로레스의 말이 꽤 설득력이 있었던 모양이다. 그녀는 자신의 작은 승리 앞에서 의기양양해했다. 일본인 관장은 멍하니 판화 파일 몇 개를 더 뒤적거리더니 돌로레스에게는 눈길조차 주지 않은 채 그 자리를 떠났다. 어쨌거나 3월 21일 경매에는 참석할 것이라고 다시 한번 다짐하면서. 좌석을 예약하라고 권하자 그는 고개를 끄덕였다.

어느덧 저녁 여섯시가 되었지만 돌로레스는 떠나지 않고 남아 있었다. 마지막 애호가들이 떠나자, 그녀는 판화 파일들을 서랍식 보관함에 다시 넣을 수 있도록 나를 도와주었다. 그 속에서 그들은 그다음 날 오후까지 안전하게 머무를 수 있을 것이다. 잠시 한가해진 틈을 타 돌로레스는 아라비아 족장의 지갑처럼 빼곡히 채워진 서랍장에 기대선 채 탐색에 진전이 있는지 물어왔다. 이제 우린 둘 다 한 가지 사실에 확신을 가지고 있었다. 공작과 마주 앉아 있는 젊은 여인은 분명 공작의 총신 앙세르빌 남작의 친누나였던 앰리 드 레슈렌이라는 것에. 돌로레스는 내가 펼쳐 보이는 논증에 수긍하는 듯했다. 난 그녀에게 좀더 깊은 내 느낌을 얘기해주었다. 그러나 어떤 구체적인 증거를 제시할 수는 없이, 판화 속 이미지 앞에서 꿈꾼 끝에 얻은 결실에 대해 설명해줄 수 있을 뿐이었다. 마르그리트가 결혼식 때 건 목걸이를 연상시키는 앰리의 펜던트, 마음을 혼란스럽게 할 정도로 명백한, 아름다운 커플의 은밀한 관계, 그리고 공작부인의 질투에 대해. 공작은 연인을 멀리 떠나보냈다. 이 극적인 제스처에 아내의 분노가 사그라들기를 바라면서. 돌로레스가 보기에도 그 사실들은 앰리의 갑작스런 수도원 행에 대한 충분한 이유가 될 수 있었다.

그러자 그녀는 며칠 전에 낭시의 고문서 보관소에서 찾아낸 서류의 복사판을 보여주었다. 가능했다면 그녀는 거기서 며칠 밤이라도 새웠을 것이다. 서류는 1608년 6월자 공식문서였다. 5월과 8월 사이의 대장臺帳에는 많은 서류들이 기록돼 있었다.

때는 앙리 2세 공작이 부친의 서거로 군주의 자리에 오른 바로 그 시점이었다. 새로운 군주를 향하여 탄원과 청원이 줄을 이었다. 돌로레스가 내게 내민 종이는 앙리 2세가 친히 서명한 특별한 허가증이었다. 그 속에서 그는 '짐의 궁정에 막 도착한' 젊은 앰리 드 레슈렌에게 궁전의 한 부분에 해당하는 안락한 거처를 제공할 것과, 그녀의 일상에 필요한 하인의 숫자를 명기했다. '그것이 짐의 뜻이기 때문이다. 1608년 6월 25일 낭시에서 씀.' 그 아래에는 공작의 우아한 자필 서명이 적혀 있었다.

조금씩 우리 눈앞에서 형태를 갖추어가는 퍼즐에 필요한 조각이었다. 젊은 여인은 머무를 곳이 필요했고, 바로 궁전의 중심에서 찾게 되었다. 갓 도착한 그녀를 공작은 지극히 당연하게도 지체 높은 인물로 대우했다.

"공작의 가장 아끼는 총신이던 앙세르빌 남작과 그녀의 혈연 관계를 생각해볼 때 충분히 이해가 가는 일이죠."

돌로레스가 주장했다.

그로부터 오 년 후, 남작은 그 누구도 이의 없이 만장일치로 로렌의 원수로 임명되었다.

"그에 비하면, 그의 누이에게 거처를 제공하는 것쯤은 아무것도 아니죠. 당시 앰리는 스물세 살이었는데, 그녀를 보호해줄 남편도 없이 낯선 도시에서 혼자였으니까요. 동생이 도움을 주고 누이에게 숙식을 제공하기 위해 자신의 높은 지위를 이용한 건 조금도 놀랄 일이 아니죠."

내가 덧붙였다.

돌로레스의 눈은 정확한 실마리의 냄새를 맡은 사립탐정처럼 반짝였다. 그녀는 나를 향해 공모자의 시선을 보내면서 이렇게 말하는 것 같았다. '우리 둘이 힘을 합치면, 큰 일을 할 수 있을 거야!' 그러고는 의자 위에 털썩 주저앉아 자판을 두드리는 나를 바라보았다. 난 그날의 마지막 이메일들을 확인했다.

여전히 빅토르의 소식은 눈에 띄지 않았다. 갑자기 가슴속에서 고통이 부풀어올랐다. 난 간신히 스스로를 납득시켰다. 그가 다시 시간이 날 때를 기다려야 해. 그가 다시 돌아오리라 믿으며 인내를 가지고, 이렇게 계속 살아가야 하는 거야.

"무슨 걱정 있어요, 오르탕스?"

돌로레스가 물으며 나를 향해 걱정스러운 듯이 몸을 숙이면서 내 손을 잡았다. 난 고개를 숙이고 중얼거렸다.

"아뇨, 아니에요, 아무것도 아니에요. 그냥 좀 늦어지는 메시지를 기다리는 거예요……"

그녀는 한숨을 내쉬었다.

"남자죠, 분명! 그들을 절대로 믿어서는 안 된다는 건 잘 알고 있죠…… 남자들은 자기 생각밖에는 하지 않아요…… 자기가 필요할 때만 연락을 하지, 그 전에는 절대로 하지 않죠. 그러니까 기다리는 동안 일이나 합시다. 일이나 해야지, 별다른 방법이 없다구요."

❧

앰리 역시 궁전 날개에 위치한 삼층 거처에서 순종적으로 기다렸다. 동생 루이는 그곳에서 멀지 않은 신도시의 특별한 저택에서 살았다. 이 년 전 성년이 되었을 때 공작이 하사한 저택이었다. 공작이 루이와 질녀인 앙리에트를, 어쩌면 심지어는 딸인 클로드를 결혼시키려고 한다는 소문도 나돌았다. 루이는 세련되고 야심만만하며 정치와 병법에 능한 젊은이였다. 앰리는 그런 동생에 감탄해 마지않았다. 약관의 나이에도 그는 로렌 왕가의 이름으로 소집되어 그에게 맡겨진 보병 연대를 훌륭하게 이끌었다. 앰리는 루이가 앙리 공작의 절대적 신임을 받아 그의 총신이 된 것도 잘 알고 있었다. 1610년, 공작은 그를 적자로 인정하는 은총까지 베풀었다. 이제 루이는 세상 사람들의 눈에 더는 기즈 추기경의 서자가 아니었다. 그는 앙세르빌의 남작이자 불레의 후작이며, 공작이 친아들처럼 사랑하는, 궁정에서 가장 주목받는 인물이 되었다.

앰리가 머무는 방의 창문에서 유모와 궁녀들을 동반한 아이

들이 정원에서 노닐고 있는 모습이 언뜻 눈에 띄었다. 잘 구획
지어진 아름다운 직사각형 화단 가운데 오솔길들이 소용돌이 모
양과 덩굴 무늬를 이루었다. 그녀의 눈은 마치 태피스트리 속을
헤매듯이 그곳을 바라보고 있었다. 정원 너머로는 구도시를 안
전하게 감싸고 있는 보루가 이어지는 선이 보였다. 그녀가 낭시
에 도착하기 훨씬 전에 강화된 보루였다. 반면에, 신도시 주위로
는 건축물들이 조금씩 세워지고 있는 광경을 지켜볼 수 있었다.
노래하는 듯한 개성적인 어조의 나폴리인 잠바티스타 스타빌리
의 지휘 아래, 성벽은 계속 더 높고 더 길게 올라가고 있었다. 앰
리는 그의 성*이 건축가에게는 길조라고 생각했다. 그가 태어났
을 때, 요람을 굽어보던 착한 요정들이 신도시라는 보석을 박은
돌 반지를 만들 것이라는 예언을 한 것은 아닐까. 천부적인 재능
을 타고난 그는 세상에서 가장 아름답다고 평가받는 자신의 건
축물을 자랑스럽게 여겼다. 그는 구도시와 신도시 사이에 좁은
통행로만을 남겨두었는데, 그녀는 홀로 그곳을 통과해 일직선으
로 정비해놓은, 깨끗하고 널찍한 신도시의 거리로 들어가는 것
을 꺼려했다. 그곳에 노점을 차려놓은 수많은 장인들의 노골적
인 시선 때문이었다. 부산스레 움직이던 주물 제조업자, 비누 제

---

* 스타빌리(stabili)는 이탈리아어로 '안정된, 튼튼한'이라는 뜻.

조업자, 염색업자, 무두장이, 금은 세공사, 조각가, 구두 수선공과 온갖 상인들이 그녀가 지나가는 것을 바라보느라 동작을 멈추었다. 그녀는 고개를 숙인 채 사람들의 눈에 띄지 않고 다닐 수 있는 구도시의 미로 같은 골목길을 더 좋아했다.

하지만 여자인 그녀가 먼저 달려갈 수는 없는 노릇이었다. 그가 기꺼이 원할 때를 기다리는 수밖에. 그는 무료할 때나 그녀가 보고 싶어지면 거처로 사람을 보냈다. 그녀는 신경을 곤두세운 채, 다가오는 하인의 발소리와 문손잡이를 만지는 소리가 나는지 귀를 세우기도 했다.

그녀는 잘 알고 있었다. 더 바라서는 안 된다는 것을. 그는 이미 그녀에게 여자가 꿈꿀 수 있는 가장 아름다운 목걸이와 빛나는 반지를 선물했다. 그녀를 맞이하는 그의 팔에는 따뜻한 환대가 담겨 있었고, 그의 몸과 얼굴의 환한 미소는 진실을 말해주었다. 그러나 삼십 분짜리 모래시계를 세네 번 정도 뒤집어놓을 정도의 시간이 지나면, 그녀는 눈에 띄지 않게 발끝으로 살금살금 거처로 다시 돌아가야 했다. 그를 혼자 쉴 수 있도록 해야 했으니까. 그는 마르그리트가 좋아하는 만찬과 축제, 무도회 같은 궁정의 북적거림에 마지못해 이끌려 다니기도 했다. 하지만 공작은 언제나 마르그리트가 좀더 젊긴 하지만 그 아름다움은 앰리의 발밑에도 미치지 못한다고 속삭였다. 앰리는 저녁마다 자신

의 거처에서 홀로 그 말을 되새기며 마음속에 기쁨과 희열이 가
득 차오르는 것을 느꼈다. 밖에서는 어느새 정원사들이 밤의 지
표가 될 화로들의 불꽃을 되살리고 있었다.

"시각, 청각, 후각, 미각, 촉각. 가장 순수한 것부터 가장 육체
적인 것까지 오감이 완벽하게 표현되어 있군요. 정신에서 육체
를 향해 가는 거예요. 여전히 그리고 언제나 그렇듯이, 한 남자
와 여자가 시간을 초월하는 영원한 연인의 모습을 구현하고 있
고요. 오늘날에는 아주 단순한 도상으로 굳어진 이미지죠. 이를
테면, 목욕탕에 파란색과 분홍색의 수건이 있죠. 수건에는 컬러
로 각각 '그'와 '그녀'라는 필기체가 자수로 새겨져 있고. 이른
아침에 콸콸 틀어놓은 뜨거운 물에서 피어오르는 수증기 속에서
서로 꼭 껴안은 두 육체를 두 개의 통속적인 추상이 감싸는 것이
죠. 오늘날의 사회는 이런 캐리커처 말고는 우리한테 보여줄 게
아무것도 없는 건가요?"

단골로 오는 수집가는 영성이 부족한 오늘날의 세상에 대한
독설을 서슴지 않았다. 그에 의하면, 바로 그런 이유로 오늘날의
세상은 관능성의 모든 마력과 신비를 잃어버렸다. 포옹은 진부

해지고 헤퍼졌으며 공허해졌다. 안경을 낀 키 작은 대머리 남자
는 오감이 재현된 작품들을 수집하는 자신의 방식으로 그러한
데카당스에 대항하여 투쟁했다. 지금 이 순간 그는 펠릭스가 보
여준 작자 미상의 플랑드르 소小연작을 자세히 들여다보며 만족
스러운 미소를 지었다. 신사는 자신의 연인에게 거울을 건네준
다. 그녀는 자신의 아름다움이 머지않아 곧 시들어버릴까 염려
되는 듯 거울 속에 비친 자신의 모습을 뚫어지게 바라본다. 그의
마음속에는 오직 그녀밖에 없다. 그리고 둘이 함께 연주회를 하
는 모습이 나온다. 음악의 세계 안에 다시 하나가 된 그들. 그녀
는 클라브생 건반을 스치듯 두드리고, 그는 만돌린을 켠다. 그러
자 세상은 조화로움으로 가득한 장미밭으로 변한다. 그들은 그
속에 얼굴을 파묻은 채 코가 벌렁거릴 정도로 진한 꽃 향기를 맡
는다. 이미 그들의 몸은 서로에게 가까이 다가가 있다. 나뭇잎
그늘 아래에서 꼭 껴안은 그들은, 잘 익은 감미로운 과일을 베어
물 듯이 서로의 입술을 탐한다. 마침내 코르셋이 열리고 셔츠 깃
이 벌어진 채, 그들은 포옹하고 뜨거운 키스를 나눈다. 두 손 가
득 서로의 육체를 더듬으면서.

　고객은 만족한 표정으로 즉시 제시한 금액을 지불했다. 무척
행복해 보였다. 그가 느끼는 희열이 기묘한 방식으로 내게 전염
되어왔다. 빅토르. 갑자기 손가락 끝의 부드러운 살갗에, 섬세하

게 다듬은 그의 꺼칠꺼칠한 턱수염의 감촉과 매끄러운 상반신의 부드러움 그리고 배의 온기가 전해져왔다.

돌로레스의 충고를 따라야 해. 일에 빠져드는 거야. 이런 환영들은 떨쳐버려야 해.

내 눈앞에는 내가 살펴봐주기를 기다리는 고판화들이 쌓여 있었다. 나는 그것들을 하나씩 조심스럽게 넘겨보았다. 뒤러의 코뿔소가 눈에 띄었다. 주름진 갑옷으로 무장하고 우툴두툴한 살껍질과 묵직한 발굽이 달린 커다란 발을 가진 거대한 동물. 갑옷은 마치 갈라진 조각들을 볼트로 이어붙인 것처럼 보인다. 빅토르 역시 한 집안의 가장이며 힘 있는 자의 표지인 단단한 껍질에 둘러싸여 있다. 그것은 그를 보호해주며, 그와 동류인 사람들이 그를 인식하는 지표가 된다. 평상시 그의 육체는 청동 방패와도 같다. 난 그의 장갑 철판에 작은 구멍을 뚫어 조금씩 그를 해체시키기를 즐긴다. 거친 비늘 아래에는 만져보면 놀라울 정도로 부드럽고 매끄러운 육체가 숨어 있다. 내 노력에 따라, 압축된 금속은 조금씩 얇게 펴지고 길게 늘어난다. 난 느낄 수 있었다. 앰리도 나와 같은 뜨거움으로 자신의 남자를 사랑했었음을. 그녀도 나처럼, 그의 살갗을 끝없이 어루만졌으리라. 그의 몸이 가루가 되어 허공에 흩어져버릴 때까지.

난 물질의 세계에 확고하게 닻을 내린 이 남자가 부러웠다. 그는 어떤 근심도 거리낌도 없이, 오직 단순한 에너지에 의해서만 움직이는 사람이었다. 그 에너지는 그가 지칠 줄 모르고 온 세상을 돌아다니게 만드는 힘이었다. 계약을 따내고, 비즈니스를 매듭 짓는 것 외에 그에게 중요한 건 없었다. 그의 머릿속엔 제어할 수 없는 이미지나 몽상의 자리는 없었다. 자신이 최근에 거둔 성공에 대해 이야기하며 환하게 미소짓는 그의 얼굴이 떠올랐다. 그에게 욕망을 지배하고 강제하는 것은 육체였다. 그리고 난 기꺼이 그에게 맞춰주었다. 그의 지식을 나누어가지고 싶었다.

하지만 지금 내 손길을 기다리는 건 붉게 채색된 나체화 습작 더미였다. 달리거나 몸을 구부리고 있는 역동적인 근육질의 남성적인 모습들. 육중하지만 붙잡을 수 없는, 그의 몸을 연상시키는 나신들. 두 팔을 벌려 그를 안으려 했지만 허공에 헛 손짓만 할 뿐이었다.

마지막으로, 그리스도의 승천을 그린 옛 대가의 작품이 그 진지한 주제에도 불구하고 날 미소짓게 했다. 신의 아들은 구름 위에서 맨발만 보일 뿐이었다. 그의 나머지 부분은 기적 같은 거양성체擧揚聖體로 이미 천상에 올라가 있었다. 지상에 남은 사도들은 깜짝 놀라 고개를 들고 하늘을 바라본다. 그들의 후광이 서로 부딪치며 탄성이 새어나온다. 옷자락이 바스락거리며 부딪치는 소리가 들리고 꿈틀거리는 발가락이 보인 후, 그는 정말로, 영원히 사라져버렸다. 하늘로 빨려 올라가듯.

하나가 된 우리의 머리에서도 동심원처럼 점점 퍼져나가는 빛이 느껴졌다. 육중한 그의 몸 아래에 있는 난 숨이 가빠진다. 공기가 점점 희박해지면서 내 머릿속에 산소가 부족해진다. 눈을 감고 몸을 활 모양으로 젖힌 채, 난 영광스런 후광이 우리를 감싸고 있는 것을 느낀다. 난 신음을 하고, 그는 탄식의 한숨을 내쉰다. 하늘로 상승하는 소용돌이에 휩쓸린 모든 형체와 모습은 소멸되고 오직 빛만이 남아 있다. 눈이 부셨다. 눈부신 비상이었다. 그리고 난 다시 태어났다.

편지

"제기랄, 여기가 자기 집인 줄 아는 거야, 뭐야! 제멋대로 드나들면서 그런 짓을 하다니!"

샤를 테송이 외쳤다. 순간적으로, 통제할 수 없는 반사작용으로 내 머리는 기즈 공작과 그의 동생 추기경이 함께 있는 초상화들을 떠올렸다. 처음으로 떠오른 것은 잘 알려진 이미지로, 추기경이 죽임을 당하는 장면을 나무에 새긴 것이었다. 갓난 루이와 어린 앰리의 가엾은 아버지는 자신의 사생아들이 커가는 것을 보지도 못한 채, 겨우 서른셋의 나이에 광적인 두 병사의 창에 몸이 꿰뚫어져 죽고 말았다. 그리스도와 같은 나이였다. 그가 걸쳤던 추기경의 자줏빛 옷처럼 붉은 피가 곧 흘러내릴 것이다.

벨벳은 해졌지만, 색깔은 변하지 않았다. 물론 상황은 변했다.

오늘날 종교전쟁은 다른 양상을 띠면서 중동으로 옮겨갔고, 블루아 성에서는 왕의 명령에 따라 암살되는 이는 없다. 유일하게 들리는 기관총 소리는 이중 나선 계단 앞에서 사진기 셔터를 연거푸 눌러대는 일본인 관광객들이 내는 것이었다. 3월 20일 드루오에서 잠재적 갈등과 내부의 싸움과 대전對戰의 동기가 되는 것은, 예술이나 신앙보다는 돈이었다.

샤를 테송은 극도로 화가 나 있었다. 마틸드가 방금 전한 소식 때문이었다. 또다시 작품 하나가 없어졌다. 아스타르테 사가 고스란히 떠맡아야 하는 손실이었다. 이번에는 피카소의 조그만 데생이었다. 붉은 색연필로 큼직하게 서명한, 발자크의 멋부린 초상화로, 마들렌 코르뉘시앙이 그날 오후에 경매가 열릴 이웃 홀에서 미리 소개하고 있던 작품이었다. 딱 오 분간 자리를 비웠을 뿐인데 그녀가 다시 돌아왔을 때 작품은 온데간데없이 사라져 있었다. 그것이 걸려 있던 벽의 자리는 붉은 직사각형 모양으로 눈에 띄었다. 자신의 탓이라고 생각한 마들렌은 안절부절못했다.

이층에 있는 넓은 전시실에 있는 판화들 역시 벽에 나란히 걸려 전시되었다. 홀의 네 모퉁이에는 근엄한 표정을 짓고 있는 경비원 네 명이 각자 벽 한 면씩을 배당 받아 눈을 떼지 않고 지키는 중이었다. 관람객들은 고개를 들고 시계 반대 방향으로 돌았다. 어떤 이들은 분위기에 압도된 듯 나지막한 목소리로 감상평을 나눴고, 어떤 이들은 권위자의 우월성을 과시하려는 듯 커다란 몸짓을 하며 떠들어댔다. 주머니 속의 휴대전화들은 예측 불가의 생뚱맞은 교향악을 연주했다. 중개인과 화상들은 누가 더 많은 관심을 가지고 있는지 앞다투어 보여주려는 듯 민첩한 동작으로 귀에 작은 헤드셋을 갖다댔다. 뜻밖의 파도 소리를 들을 수 있는 소중한 조개껍데기라도 되는 것처럼.

그때 그곳을 지나던 아스트뤼크가 샤를과 마틸드를 보고 다가왔다. 카탈로그 더미를 팔 아래 끼고 경쾌한 표정을 지은 그 모습은 학생들에게 상을 나누어주려고 하는 학교 선생님 같아 보였다. 그들 셋은 바투 모여 얼굴을 맞대고 서서 공모자의 표정을 지었다. 상황의 심각성 앞에서 두 남자는 오랜 분쟁 따위는 잊은 듯했다. 아스트뤼크는 순간적으로 놀라움과 당황스러움이 교차된 표정을 짓고 있었다. 막 그 소식을 알게 된 모양이었다.

나는 궁금해하면서 정해진 방향과 반대로 돌고 있는 사람들의 호기심을 달래주어야 했다. 그중에서도 칼로의 부식동판화 작품이 내일 경매에 나온다는 소식에 한 달 전부터 잠을 못 이루고 들떠 있는 한 나이든 애호가를 안심시켜야 했다. 그는 이십년 전부터 칼로 시리즈를 '완성' 시킬 수 있는, 실상은 보잘것없는 판화 한 점을 찾는 데 전념해왔다. 그에게 그 일은 도달할 수 없는 지평선과 같았지만, 곪은 상처를 긁는 것처럼 반복되는 좌절을 그는 기꺼이 즐기며 버텨왔다. 그러한 여정을 마치고 마침내 소중한 판화를 트로피처럼 손에 넣어 감격스런 성취감을 맛보고 나면, 그는 더는 인생의 짜릿함을 느끼지 못하게 될 수도 있었다. 그러한 성취로 인해 오히려 자아의 완전한 상실감을 맛볼지도 몰랐다.

테이블 위에 쌓여 있는 카탈로그는 십 유로밖에 하지 않았다. 그러나 관람객들은 그 돈도 쓰지 않으려고 여러 가지 수단을 동원했다. 경매인들의 이름을 들먹이거나, 감정가, 판매자, 구매자 또는 화상을 자처하며 무료로 카탈로그를 요구했다. 그들의 말을 확인하기 어려웠기에 우리는 대체로 믿는 척했다. 권위를 내세우며 단호한 목소리로 "난 아스타르테 씨의 아주 친한 친구요!"라고 주장하는 이도 있었다. 이런 경우에는, 한바탕 웃음을 터뜨린 다음 카탈로그 값을 지불할 것을 요구했다. 지갑에서 마지못해 빠져나온 지폐는 가볍게 날아 테이블 위에 안착했다.

테이블 위에서 빙글빙글 돌던 동전 한 닢이 살며시 테이블 가장자리로 굴러갔다. 내 머릿속은 또다시 통제 불능이 되었다. 난 붉은 천이 늘어진 길고 평평한 제단 뒤에 앉아 있었다. 내 어깨를 잡고 있는 손은 없었다. 빅토르는 멀리 있었다. 내 앞에는 무엇을 연상시키는 힘이나 본질적 풍요로움이 결여된 일상적인 오브제들이 아무렇게나 놓여 있었다. 서서히 침강하는 반짝거리는 카탈로그 더미, 무료함을 달래느라 만지작거려 뒤틀린 클립들, 뚜껑이 없어진 만년필, 십 유로짜리 지폐들이 비어져나온 찢어진 봉투, 아스타르테의 직원들이 구매 지시를 갈겨쓴 메모지철, 버려진 명함들…… 에어컨은 더운 공기와 찬 공기를 번갈아 뿜어냈고, 인공 조명의 빛은 강렬했다. 기계적으로 세어본 천장의 조명은 모두 쉰여덟 개였다. 갑자기 열린 창문 너머로 보이는 정원이 견딜 수 없이 그리워졌다. 피리새가 지저귀고, 다람쥐들이 노닐며, 말뚝에 묶인 말이 뒷발로 일어서는 풍경이. 살짝 열린 문틈으로 스며드는 장작불 타는 냄새가. 우물 깊은 곳에서 찰랑이는 물소리가. 빅토르. 그는 대체 어디 있는 걸까?

매일같이 자줏빛 홀을 몇 바퀴씩 돌다 마침내 머리가 돌아버린 광신자 한 쌍이 우리 앞을 지나갔다. 생전에 인정받지 못하는 것에 낙심한 여 화가는 십 년 전부터 경매중에 동맥을 베겠다고 으름장을 놓으면서 세상을 원망했다. 피카소의 작품들을 찾아 눈이 튀어나올 정도로 모든 전시를 관람하는 남자는 그런 그녀의 조연 같았다. 그는 자신이 찾는 작품을 보자마자 당당하게 감정가들의 테이블로 가서는, 연필로 그린 스케치들을 보여주며 외치기도 했다.

"이거 보시오! 나도 이만큼 할 수 있단 말이오! 피카소, 그는 너무 과대평가 된 거라고!"

난 한숨을 쉬면서 펠릭스와 시선을 교환하고는 혼잣말로 중얼거렸다.

"훌륭한 예술가들은 말이 없는 법이지."

내 시선은 여전히 멀리 보이는 피카소의 판화에 머물러 있었다. 그가 당한 모욕에 대해 용서를 구하기라도 하려는 것처럼. 부드러움과 야성이 섞인, 〈여인의 옷을 벗기는 목신〉이다. 엄지와 검지로 길게 누워 있는 나신 위의 시트를 들어올리는 장면은, 한 손으로 판화를 집어올리는 펠릭스의 엄숙한 몸짓을 연상시켰다. 판화가 곧 어떤 계시라도 내려줄 것처럼 판화를 드는 그의 기술은 누구도 따라하지 못할 만큼 놀라웠다. 지금 그는 뉴욕에서 날아온 한 젊은 여인에게 벨랑주의 판화를 소개하고 있었다. 스타니슬라스 보르단스키의 비서였다. 키가 크고 늘씬한 그녀는 둥글고 작은 눈에 코는 뾰족하니 길었고, 머리칼은 탈색해 고슴도치 바늘처럼 짧게 커트한 스타일이었다. 그녀와 잘 알고 지내는 에티엔 브리사크는 그녀를 '나무의 딱따구리'라고 불렀다. 그녀의 이름은 앨리슨이었다.

관람객의 물결 속에서도 지팡이를 짚은 노화상의 독특한 실루엣은 금방 눈에 띄었다. 조금씩 절뚝거리며 걷던 그는 벽에 걸린 판화들 앞에 멈춰 서서 꼼꼼하게 들여다보았다. 그는 앨리슨에게 다정하게 인사를 건넨 후, 한참 전부터 그녀의 관심을 끌려고 헛되이 애쓰는 아스트뤼크에게 신사답게 자리를 양보해주었다. 아스트뤼크는 앨리슨과 마주하자마자 그녀를 쇠시리 쪽으로 끌고 갔다. 그들은 함께 그곳에 팔 꿈치를 기댄 채 그가 팔 밑에서 꺼낸 경매 카탈로그를 유심히 들여다보았다. 그들 옆을 지나던 나는 그들이 벨랑주의 작품이 실린 페이지를 보고 있는 것을 보게 되었다. 브리사크는 나처럼 멀리서, 그들의 수상쩍은 행동과 아스트뤼크의 미간의 이중 주름이 평소보다 더 깊게 패는 것을 지켜보고 있었다.

갈피를 잡을 수가 없었다. 난 혼란에 빠졌다. 처음에는 브리사크가 단독으로 판화를 원하는 줄로 믿었다. 그다음에는 그가 보르단스키와 협약을 맺은 것으로 생각했다. 그런데 이번에는 보르단스키의 비서가 판화에 상당한 관심을 보이는 것이 아닌가. 그녀는 그녀 자신을 위해 그것을 원하는 것일까? 아니면 프랑스인 동료와 맺은 협약을 파기하려는 상사의 명령에 따라 움직이는 것인가? 이렇게 얽히고설키는 게임 속에서 대체 앰리와 공작은 어디에 안착할 수 있을 것인가? 맞은편 벽에 걸려 있는 바자

렐리의 실크스크린이 내 시선을 끌었다. 사각형은 움푹 들어가 있거나 튀어나와 있다. 경우에 따라 다르게 보였다. 모든 것은 시선의 초점을 어떻게 맞추느냐에 따라 달라진다. 에셔가 그린 계단에서, 끝없이 올라갈 수 있지만 결국에는 계단을 내려오고 있으며, 결국 어디에도 도달할 수 없음을 깨닫게 되는 것처럼.

불쑥 돌로레스가 확신에 찬 모습으로 내 곁에 나타났다. 그녀가 돌아왔다는 사실만으로도 위안이 되었다. 더구나 빛나는 미소로 보아 나를 깜짝 놀래킬 소식을 가져온 것 같았다. 벨랑주 판화의 수수께끼를 해독하는 것은 그녀에게도 중대한 과제였다. 내 머릿속에서는 젊은 여인의 고뇌와 그녀를 둘러싼 남자들이 지금 이 분명한 현실보다 더 중요한 자리를 차지하게 되었다. 막연한 위험이 느껴지기도 했지만, 지금으로선 무엇보다도 고마운 도피처가 되어주고 있었으니까. 우린 그 수수께끼를 밝혀내야만 했다.

돌로레스는 피 묻은 머리카락의 일그러진 메두사 얼굴을 들고 선 페르세우스처럼 보란 듯 의기양양한 표정을 짓고 있었다. 잠깐 동안 그녀의 태도에 강렬하고 무모해 보이는 무엇이 엿보였다. 그녀는 몹시 즐거워하며 그날의 발견을 설명하기 시작했다.

"퐁텐블로 성 도서관에서 1608년의 고문서를 모조리 뒤져보고 돌아오는 길이에요. 며칠 전부터 내 머릿속에서 떠나지 않는 가설이 하나 있었는데, 그 생각을 떨칠 수가 없었거든요…… 앰리 드 레슈렌과 그의 동생 루이, 즉 앙세르빌 남작과의 관계는 분명하게 밝혀진 것 같은데, 당신도 나와 같은 생각이죠?"

나는 그녀가 무슨 얘기를 하려는지 이해할 순 없었지만 말없이 고개를 끄덕였다.

"난 앰리와 벨랑주를 이어주는 관계 또한 밝혀내야만 했어요. 그 여인은 1608년 5월 말이나 6월 초에 낭시에 도착했죠. 그 사실에 관해서는 우리 둘 다 확신하고 있잖아요. 당시 막 권좌에 오른 앙리 2세가 취한 첫번째 조치는 궁전에 그녀의 거처를 마련해주는 것이었어요. 물론, 당시에는 일이 잘못되어 결국 칠 년 후 르미르몽 수도원에 강제로 유배를 당할 거라는 사실을 그녀는 꿈도 꾸지 못했겠죠…… 1608년에 그녀는 스물세 살이었어요. 여느 젊은 여자라면 남편과 아이 서넛은 있을 만한 나이였죠. 그녀에게는 그런 것들이 없었던 게 확실해 보였고요.

무엇보다 내 관심을 끈 것은, 그녀가 프랑스 여행에서 벨랑주가 돌아온 시기와 거의 같은 시기에 낭시에 도착했다는 사실이었어요. 게다가 그는 분명 한시 바삐 고국에 돌아왔을 거예요. 로렌의 샤를 3세가 서거했다는 소식을 전해들었기 때문이죠. 바로 그때 그가 앰리를 함께 데리고 왔을 거라고 유추해볼 수가 있어요…… 자, 이건 1608년 3월 5일자 공작 명령서를 복사한 종이예요. 말하자면 그의 임무를 지시했던 문서죠."

돌로레스가 내민 종이에는 내가 이미 벨랑주의 삶에 관해 조사하면서 읽고 또 읽어 외우다시피 한 내용이 적혀 있었다.

친애하고 존경하는 우리의 궁정화가 자크 벨랑주 경이 프랑스로 떠나, 그곳 왕의 궁전들과 다른 곳들의 독특한 예술과 그림들을 보고 돌아온 후 우리와 전하를 위하여 봉사하고 더욱 각별히 힘써줄 수 있도록 그에게 일백삼십오 프랑의 금액을 지급할 것을 명한다.

돌로레스는 커다란 제스처로 팔을 휘둘러가며 말을 이었다.

"그처럼 재능 있는 화가가 명성 있는 궁정 예술가들의 솜씨를 배워오기 위해 이웃 나라에 파견됐다는 사실은 놀랄 일이 아니죠…… 하지만, 그가 자신의 군주를 위해 수행하기로 예정된 은밀한 '봉사'라는 게 뭘 것 같아요? 자금 운반? 밀서나 비밀 외교문서 전달? 아니면, 프랑스 왕의 주변 인물들의 초상화를 그려주면서 그들 사이에 떠도는 잡다한 정치적 비밀들을 캐내는 것일까요……? 포즈를 취하며 초상화를 그리는 길고 지루한 시간 동안 그들에게 말을 붙여서 입을 열게 만드는 거죠. 이런 모든 가능성은 내가 지어낸 게 아니라 이미 나보다 앞서서 논의되었던 것들이에요, 당신도 잘 알고 있겠지만."

난 그녀가 무슨 얘기를 하고 싶은 것인지 궁금해하면서 눈살을 찌푸렸다. 그녀는 내면에 태양이 뜨겁게 불타고 있는 듯 빛나고 있었다.

"오르탕스, 난 이런 과정들이 정말 미치도록 재미있어요⋯⋯ 오래전에 고문서학을 공부하던 시절도 생각나고요. 난 퐁텐블로의 고문서들을 몽땅 뒤져서는 궁정의 부인들과 귀족들의 편지를 꼼꼼하게 살펴보았죠. 그러다가 마침내 1608년 봄에 집중하게 되었어요. 그런데 바로 거기서 잭팟이 터진 거예요! 여자들이 그렇게 수다스럽고, 항상 누군가에게 속내를 털어놓고 싶어하는 건 우리한테 잘된 일이에요. 난 앙리에트 드 브로통이라는 한 궁정 여인의 편지를 손에 넣었어요. 자신의 자매인 마담 드 라 트레빌에게 혼란스런 속마음을 알리기 위해 쓴 것이었어요. 이걸 좀 읽어보겠어요, 내가 그대로 베껴 썼거든요. 아마 깜짝 놀랄걸요."

몹시 궁금해진 나는 그녀가 건네주는 편지 두 장을 읽어나갔다.

사랑하는 벗이자 자매에게,

난 지금 깊은 슬픔에 빠진 채 그대에게 혼란스러운 내 마음을 전하기 위해 이 편지를 쓰고 있답니다. 나의 사랑하는 앰리가 작별 인사를 하고 떠난 지금 난 말도 못 할 정도로 우울하고 그녀를 잃은 슬픔을 어떻게 견뎌내야 할지 모르겠군요. 그녀가 이제 다 큰 숙녀라는 건 알고 있지만요. 난 올해 궁정 사람들과 함께 샹보르에 가는 것이 전혀 내키지가 않아요. 여행을 떠나기 위한 준비를 해야 하는데, 그 생각만으로도 마음이 불편해지거든요.

아! 열세 살이던 레슈렌 양을 우리 식구로 맞아들인 지 벌써 십 년이 흘렀군요. 늠름하고 기품 있고 운동에 능한 두 아들의 어머니로서 난 그녀와는 아무런 인척관계도 없었지만, 내가 그녀를 친딸처럼 여기고 사랑했다는 건 그대도 잘 알고 있지요. 그녀를 딸처럼 곁에 둔다는 것은 내겐 정말 무엇에도 비할 수 없는 행복한 일이었어요. 앰리는 여자로서의 모든 매력을 고루 갖추고 있거든요. 고상한 품격, 고매한 마음, 섬세하고 재치 있는 성격, 부드럽고 상냥한 태도, 이 모든 것이 아주 자연스럽게 어우러져 나타났죠.

폐하는 혼란스런 시기에 일찍 하느님의 품으로 불려가신 그녀의 아버지에게 가해졌던 모욕을 속죄하기 위해, 관대한 마음으로, 아직 어린아이였던 그녀를 궁정으로 불러들이셨죠. 우리의 선한 왕께서는 궁정에서 연금과 교육을 제공하며 기즈 추기경의 따님을 돌봄으로써 그를 죽음에 이르게 한 선왕의 죄를 속죄하길 원하셨던 거예요. 어린 앰리를 동반했던 그녀의 어머니는 고통과 세월의 무게로 너무 허약해져 일찍이 세상을 떠나고 말았어요. 그때 내가 그녀를 맡게 되었던 거죠. 폐하께서는 내 뜻을 허락하는 은총을 베푸시면서 몹시 기뻐하

셨죠.

사랑스러운 앰리와 얘기하는 게 내게 얼마나 큰 기쁨을 주었는지 그대에게 다 표현할 수 없을 정도랍니다, 자매여. 그대가 먼 곳으로 떠나버린 후, 난 그대의 빈자리를 채워줄 애정 어린 동반자를 찾지 못해 마음 한구석이 무척이나 허전했었지요. 그런 내 눈에, 내 사랑하는 앰리는 활짝 피어나는 한 송이 꽃과 같았어요. 예술과 학문은 그녀의 예민한 영혼에 풍요로운 부식토와 같았지요. 앰리의 앞날을 염려하던 나는, 그녀의 덕성과 우리 사이의 깊은 애정을 고려해볼 때 그녀가 혼기에 이른 내 막내아들의 훌륭한 짝이 될 수 있을 것이라고 믿었답니다.

하지만 난 감히 군주의 뜻을 거스를 정도로 무모하지는 않았어요. 로렌의 공작께서, 남편을 얻어야 할 나이가 된 기즈 추기경의 따님을 자신의 궁정에서 머물게 하기를 원했던 거예요. 그녀가 고귀한 가문의 후손임은 누구도 부인할 수 없었으니까요. 그래서 그녀를 즉시 호위해 가기 위해 낭시에서 당당한 풍채를 지닌 귀족 신분의 한 화가가 막 당도했답니다. 난 바로 오늘 아침에 레슈렌 양에게 작별 인사를 해야 했어요. 그녀를 떠나보내면서 우리는 많은 눈물을 흘렸지만, 이제 슬퍼한들 무슨 소용이 있겠어요? 우리의 운명은 우리를 다스리시는 군주의 손에 달려 있는 걸요. 우린 그저 아무 말 없이 그 뜻에 따라야 할 뿐이지요.

이제 안녕, 내 충실한 친구여, 지금 이 순간은 내 마음이 너무 아파

어쩌할 수가 없군요. 이럴 때 그대가 내 곁에서 날 위로해줄 수 있다면 얼마나 좋을까요. 하느님께서 항상 그대를 지켜주시기를 빌며, 국왕의 아들 가스통 왕세자의 행복한 탄생일인 1608년 4월 25일 금요일 퐁텐블로에서.

그대의 자매인

앙리에트 드 브로톤

�֍

앰리는 자신의 양어머니와 영원히 이별하면서 온몸으로 울었다. 마담 드 브로톤은 아름다운 여인들을 사랑했던 왕의 총애를 받았던, 왕비의 궁녀들 중 하나였다. 왕은 그녀를 존중했고, 왕을 포함한 어떤 남자들의 구애에도 그녀는 명예를 더럽히는 일이 없었다. 기껏해야 왕은 대운하를 따라 정원을 거닐고 싶어질 때 그녀에게 자신의 마차에 동반할 수 있는 영광을 주는 것으로 만족해야 했다. 마담 드 브로톤은 아주 젊지는 않았지만, 재기와 선함을 고루 갖추고 있어 모두 그녀를 좋아했다. 그녀는 자신의 덕성이 깃든 가정의 품으로 앰리를 기꺼이 받아들였다. 그녀의 남편은 1590년에 경기 도중 낙마하여 세상을 떠났다. 앰리는 그녀의 두 아들을 자신의 형제들처럼 여겼다. 그녀 역시 멀리 낭시에 어린 남동생이 있었다. 루이는 장래가 촉망되는 청년이었지만, 사실 그녀는 동생을 잘 알지 못했다. 그녀가 십 년 전에 낭시를 떠나왔을 때, 루이는 아직 어린아이였기 때문이다. 하지만 샤를 3세는 그를 자신의 보호 아래 두고는 세속의 남자에게 알맞는 교육을 시켰다. 루이는 무기 다루는 것을 좋아했고 누구보다도 기마술이 뛰어났다. 그의 명성은 프랑스 왕의 궁정까지 전해져서, 모두 그가 로렌 공작의 아들인 앙리 2세의 가장 가까운 친구이자 심복이라고 믿었다.

그들의 나이차는 한 세대만큼이나 되었다. 앰리가 낭시로 돌아오던 그 해에 루이는 겨우 스무 살이었고, 공작 앙리는 마흔다섯 살이었다. 그러나 두 남자는 그들의 생애를 화려하게 장식한 빛나는 무공과 뛰어난 운동 기량으로 하나가 되어 남자들만의 강렬한 우정의 기쁨을 나누었다. 운명의 장난인지, 벨랑주가 호위한 앰리의 귀향은 노공작 샤를 3세의 서거와 시기가 일치했다. 장례 준비로 낭시 전체가 들썩이고 있을 때 앰리는 새 거처에 자리를 잡았다. 장례 준비위원회는 공작의 비서관인 클로드드 라 뤼엘이 맡았다. 궁정 예술가들은 사건을 스케치하고 종이에 그려 기록을 남기도록 청탁 받았다. 1610년 4월 20일, 샤를 3세의 장례식과 앙리 2세가 공식 업무를 보게 된 것을 동시에 기리는 부식동판화 연작을 제작하는 데는 삼 년 가까운 세월이 걸려야 했다. 그 일을 위해 특별히 스트라스부르에서 온 독일인 프리드리히 브렌텔과 스위스인 마태우스 메리안이 총 지휘를 맡았다.

앰리는 멀리서 의식을 지켜보았다. 아직 궁정에 자신의 자리를 요구할 입장이 아니었기 때문이다. 하지만 그녀는 여러 달에 걸쳐서 벨랑주와 또다른 화가들의 그림들을 한가롭게 감상할 수 있었다. 벨랑주는 부식동판화 제작을 하고 있는 자신의 아틀리에로 그녀를 초대했다. 그곳은 그녀의 거처와 멀리 떨어져 있지 않은 궁전의 날개 일층에 있었다. 그녀는 아틀리에를 가로지르는 줄 가운데 매달려 있는 막 찍어낸 판화지를 보는 것을 좋아했다. 마치 나쁜 겨울날씨 탓에 정원 잔디 위에 널지 못하고 지하 창고에서 말리는 침대시트를 연상시키는 풍경이었다. 그녀는 조금씩 여러 번 반복해서 꼼꼼하게 동판을 적시는 판화가들을 지켜보았다. 넘쳐흐르는 부식제에 손가락을 데지 않도록 주의해야만 했다. 또 어떤 이들은 동판을 가열하거나, 선을 집중해서 살펴보고, 철침을 더 뾰족하게 갈거나, 잉크를 준비하거나, 압축기를 돌렸다. 아틀리에에서는 송진과 연기, 땀 그리고 질산 냄새가 뒤섞여 났다.

벨랑주는 그녀에게 화려하고 다양한 의상들에 관해 얘기해주었다. 말들의 꼬리와 갈기를 땋는 데 들이는 정성과, 행렬을 한 번 나가는 데도 얼마나 오랫동안 훈련시켜야 하는지도. 그 역시 공작의 공식화가 자격으로 앙리 2세의 개선장군 같은 입성 행렬에 궁신들과 함께 부름을 받은 적이 있었다. 연작의 마지막으로 그가 그 행렬을 동판에 새겨 영원히 남기고자 했을 때, 아틀리에의 두 우두머리인 브렌텔과 메리안은 그에게 시험삼아 부식동판을 제작해보도록 했다. 사실, 그들은 그의 능력을 의심했다. 주로 프레스코와 벽에 트롱프뢰유를 그리던 벨랑주가 과연 방식제 위에 그린 후 질산으로 부식시키는 섬세한 그림에 집중할 수 있을지, 회의적인 반응을 보이며 우려를 표명했다. 그러나 벨랑주는 그것이 기우였음을 입증해 보였다. 모든 기사들이 짧은 윗도리와 주름잡힌 옷깃 속에 얼굴을 파묻은 채 근엄하고 엄숙한 표정을 짓고 있는 장면 속에, 그는 깃털 달린 커다란 모자를 쓰고 약간 흥분한 말 위에 올라탄 채 익살맞은 미소를 짓고 있는 젊은 이로 자신을 너무도 자연스럽게 묘사해 보였다.

첫 시도였지만, 대가의 솜씨였다. 브렌텔과 메리안은 놀라서 아무 말도 하지 못했다. 마침내 그들은 야심만만한 판화 연작을 완성했고, 벨랑주는 계속 궁전의 집무실과 방들을 자신의 환상적인 그림들로 꾸며나갔다. 그리고 저녁이 되면 몰래 아틀리에에 틀어박혀 막 발견한 부식동판화의 즐거움에 홀로 빠져들었다.

벨랑주의 판화 속 테이블 위에 흩어져 있는 오브제들처럼, 그녀의 삶에서 알려진 것은 여기저기 흩어져 있는 단편들뿐이었다. 잉크가 말라버린 편지들, 왕의 서명이 적힌 문서들, 그리고 한발 더 나아가 좀더 확실한 것으로는, 그녀가 지역 상인들 앞으로 쓴 사소한 지출을 입증하는 계산서들이 있었다. 프랑스의 도서관들과 고문서 보관소에 보관돼 있던 이러한 단편적인 문서들을 이어맞추는 과정에서 공작 앞에 영원히 앉아 있는 여인의 실체는 조금씩 드러나고 있었다.

이론적인 고찰 방식에 익숙한 돌로레스는 이제 다른 느낌으로 여인에게 점차 빠져들고 있었다. 그녀도 나처럼 여인에게서 살아 있는 사람의 실체를 느끼고 있었다. 어쩌면 이 순간, 무감각해진 눈으로 어떤 이미지에도 시선을 고정시키지 못한 채 무기력하게 움직이고 있는 저 수많은 사람들보다 훨씬 더 살아 있는 것 같은 사람을. 당혹스러워진 나는 아무 말도 못하고 돌로레스에게 편지를 돌려주었다. 그러고는 마치 처음 보는 사람들처럼 관람객들을 바라보았다. 그들은 때로는 물결처럼, 때로는 단속적으로 돌아가는 작은 소용돌이처럼 바스락거리며 움직였다.

매혹적인 미소나 적절한 재담으로 왕의 관심을 끌고 싶어하는 귀족들과 우아하게 차려입은 여인들이 먼 길을 떠나는 레슈렌 양과 그녀의 수행원인 자크 드 벨랑주에게 인사를 하기 위해 이른 아침부터 왕 주위에 모여 있었다. 신의 은총으로 왕비는 끊임없이 해산을 하느라 매우 바빴지만, 왕은 화가와 젊은 여인에게 몸소 작별 인사를 하고자 했다. 공식적인 작별식은 최근에 지은 데 세르 화랑에서 거행되었다. 그곳에 있던 노老화가 루이 푸아송은 벨랑주를 위해 투시 부감도법과 화랑 벽에 길게 그린 왕의 거처와 소유지에 대해 상세히 설명해주었다. 벨랑주는 그의 붓을 집어들고는, 보는 이들의 감각을 자극하고 즐거움을 배가시키기 위해 트롱프뢰유 기법으로 약간의 가필加筆과 새로운 원근효과를 더할 것을 제안했다. 노장 루이 푸아송은 젊은 로렌 출신 화가의 부인할 수 없는 뛰어난 재능을 인정하고 그에게 고개를 숙이면서도, 평소보다 훨씬 더 솔직하고 자유분방한 영감을 보여주었다며 앙리 왕이 자신에게 늘어놓는 찬사를 경청하고 있었다. 벨랑주는 아무 말도 하지 않은 채 그런 광경을 재밌다는 듯 지켜볼 따름이었지만.

그때 귀에 익은 목소리 하나가 나를 현실로 되돌아오게 했다. 상아 손잡이가 달린 지팡이를 짚은 한 남자가 가슴을 내민 채 홀에서 걸어가고 있는 게 보였다. 에티엔 브리사크가 홀의 출입문 입구에 막 나타난 작고 가냘픈 여인을 향해 가면서 크게 외치는 소리가 들려왔다.

"마들렌, 이봐, 당신이 그렇게 괴로워할 필요가 없다니까! 당신 잘못이 아니란 말이야!"

"그것 참 반가운 말이네요, 에티엔! 그럼 당신이 판매인한테 그렇게 좀 말해주겠어요? 여러 가지로 정말 운이 없었던 거라고. 난 겨우 오 분간 자리를 비웠을 뿐인데, 하필 그때 복도에서 홀 입구를 막고 있던 그랜드 피아노를 옮기는 걸 도와달라는 동료의 호출을 받고 경매인들이 나갔던 거예요. 아주 순간의 일이었는데, 그런데 돌아와보니 피카소의 데생이 사라져버렸지 뭐예요!"

브리사크는 서글픈 미소를 지으며 마들렌 코르뉘시앙의 어깨를 다정하게 감싸안았다. 가냘픈 노부인은 근심스런 표정으로, 우아하게 주름잡힌 두 손을 위로 치켜들면서 자신의 무기력함을 슬퍼했다. 두 사람은 고통과 노후, 그들 주위로 무너져내리는 세상의 자락들을 떠받치기에는 너무 굼뜨고 서툴어진 육체의 무력함으로 갑자기 하나가 된 것 같았다. 피카소의 〈초라한 식사〉를 연상시키는 상황이었다. 긴장과 피로의 표정이 뒤섞이고, 여자를 보호하고자 하지만 왠지 아무 소용없을 것 같은 남자의 제스처, 가냘픈 여인의 눈 아래 보이는 다크 서클, 비어 있는 접시 앞에서 짓고 있는 고뇌에 찬 표정 등 모든 것이 똑같았다.

난 머릿속의 환영을 털어버리고 돌로레스의 말에 집중했다.

"난 이제 가봐야 해요, 오르탕스. 루브르 박물관장과 점심식사를 하기로 했거든요. 내 심포지엄에 참석해달라고 얘기해보려고요…… 우린 굉장한 문서를 가지고 있잖아요? 이제 그걸 모두에게 확실하게 알리는 일만 남은 거라고요. 그러면 곧 중요한 화젯거리가 될 테죠. 그게 내일 내가 경매에 꼭 참석해야 하는 또하나의 이유인 거예요. 난 절대로 이 판화를 놓치지 않을 거라고요!"

펠릭스는 경비를 위해 특별히 배치된 감시인이 옆에서 지켜보는 가운데 판화를 다시 파일에 넣었다. 아스트뤼크와 앨리슨은 홀 구석에서 서로 인사하고 있었다. 아스트뤼크가 준 카탈로그를 가지고 서둘러 떠나던 그 미국 여인은 에티엔 브리사크에게 고갯짓으로 인사를 건넸다.

정오가 되기 직전에 샤를 테송 드 빌몽테가 다시 나타났다. 그는 한 쌍의 남녀에게 전시실을 안내하는 환대를 베풀고 있었다. 빅토르와 그의 아내였다. 갑자기 나 자신이 조금 전의 마들렌 코르뉘시앙처럼 허약하고 무기력하게 느껴졌다. 난 이런 종류의 대면을 극도로 싫어했다. 전형적인 판화에서 뷔랭으로 새겨진, 결코 서로 만나지 않는 평행의 판각들처럼 세상도 평행으로 머물러 있어야 했다. 결코 서로 만나지는 않지만 그 판각들이 이루는 이미지는 아름답고 심오했다. 그런데 조각칼이 그만 옆으로 미끄러진 꼴이었다.

"새삼스레 소개할 필요는 없겠죠."

샤를 테송이 나와 펠릭스를 향해 말했다. 서로 기계적으로 악수를 하는 동안 빅토르는 내 시선을 피했다.

"난 판매인들을 소중히 여깁니다, 특히 친구일 경우에는 더욱 그렇죠. 같이 점심을 먹으러 가기 전에 전시실을 한 바퀴 돌아보자고 했소……"

경매인은 빅토르를 향해 마치 공모자라는 듯 눈짓을 했다. 그러고는 나를 보며 말을 이었다.

"모든 게 잘 되어가고 있는 거죠, 그렇지 않소, 오르탕스?"

내가 말없이 고개를 끄덕이자 그는 푸르크루아 드 라 브레슬 부부를 향해 돌아섰다. 이렌은 고개를 약간 왼쪽으로 기울인 채 그의 말을 듣고 있었다. 빅토르는 웃옷 주머니에 손을 찔러넣은 채 가슴을 내밀었다. 샤를 테송이 계속 말했다.

"걱정하지 마시오, 친구들. 나폴레옹 유물 경매는 운이 없거나 상황이 받쳐주지 않아서 유감스럽게 진행이 된 것뿐이오. 그러니까 이번에 그걸 만회하면 되는 거라고요, 걱정하지 말아요!"

그는 그들을 전시실 구석으로 데리고 가서는 이번 경매의 마지막 날이 될 내일, 벨랑주의 판화와 함께 경매에 부쳐질 고판화들에 대해 간략한 자랑을 늘어놓았다. 다소 마음이 진정된 마들렌 코르뉘시앙을 데생 전시실까지 데려다주고 온 에티엔 브리사크가 다시 모습을 나타냈다. 지팡이에 몸을 의지한 채 경매인 일행이 서 있는 구석으로 무거운 발걸음을 옮긴 그는 두 손으로 지팡이를 잡고 그들 앞에 떡하니 버티고 섰다. 하얀 콧수염 아래로 비웃는 듯한 미소를 띠면서.

"테송, 테송, 어리석은 바보, 당신은 사기꾼!"

그는 테송의 말을 가로막으며 콧노래를 흥얼거렸다. 난 그의 생각을 읽을 수 있었다. 그는 경매인이 돈 많은 잠재적 구매자 커플을 감언이설로 꾀고 있는 중이라고 생각한 것이다.

"이 사람이 얘기하는 걸 절대로 다 믿지 마시오, 여러분, 이 사람은 지독한 사기꾼이란 말이오!"

이렌은 눈을 크게 떴고, 빅토르는 놀라서 약간 의심쩍은 표정을 지으며 눈살을 찌푸렸다. 완벽한 짙은 회색 정장 속에서 몸이 굳어진 샤를 테송은 경멸하는 눈빛으로 브리사크를 아래위로 훑어보았다.

"도대체 무슨 얘기를 하고 싶은 거요, 브리사크 씨?"

그는 차갑게 쏘아붙였다.

"당신이 아주 잘 알지 않소, 친애하는 샤를 씨. 당신이 돈을 더 많이 쓰게 만드는 건 처음이 아니지. 그렇소, 여러분, 조심하시오, 이 비열한 인간은 경쟁 상대도 없는데 낙찰가를 올려놓는 아주 유감스러운 습성을 가지고 있단 말이오. 불쌍한 구매자들의 돈을 더 많이 쓰게 하려고 말이지! 지난달에도 그는 세잔의 판화 하나를 제 값보다 두 배나 더 지불하고 사도록 나를 부추겼지요. 그걸 사려는 사람은 나밖에 없다는 걸 잘 알면서도 말이지…… 테송, 당신이 부리는 수작에 지친 사람이 나뿐이 아니라는 걸 명심하시오. 지난해 카날레토 건을 잊지 않고 있는 미국 화상 보르단스키도 있으니까. 그 친구 역시…… 내가 당신이라면, 아주 조심할거요. 펀치라는 게 있거든, 그 친구…… 그걸로 맞으면 무척 아프단 말이지!"

실례인 줄 알면서도, 난 그들의 대화를 한 조각이라도 놓치지 않으려고 귀를 쫑긋 세웠다. 말을 마친 브리사크는 획 돌아서서 커다란 몸을 이끌고 느릿느릿 문 쪽으로 멀어져갔다. 거북해진 빅토르는 잘 닦은 구두의 끈 구멍을 마음속으로 세어보았고, 그의 아내는 반짝거리는 구두코를 뚫어지게 내려다보고 있었다. 누구도 샤를 테송을 똑바로 볼 생각을 하지 못했다. 어색한 분위기를 깨뜨린 것은 그였다.

"자, 친구들, 저 미친 노인네가 지껄이는 말을 믿지는 않겠죠! 여긴 저런 친구들이 많아요, 이곳 드루오엔. 정확히 몇 명인지 나도 잘 모른다니까!"

부부는 모든 것이 다시 정상으로 돌아온 것을 보고는 안심이 된 듯 미소를 지어 보였다.

하지만 아무것도 더는 정상이 아니었다. 한 달 전, 빅토르는 거침없이 내 옷을 벗겼다. 그가 바라는 것은 오직 한 가지밖에 없었다. 난 살짝 벌어진 입술 사이로 내민 그의 혀를 음미했고, 입술과 몸 전체로 그를 원했다. 그는 신음 소리와 함께 자신을 내맡겼다. 처음으로 느껴보는 감정이 내 혈관을 타고 퍼져나갔다. 난 그 무엇보다도 그를 사랑했다.

그런데 오늘, 난 그에게 존재하지 않는 사람이었다. 그에게 달려들어 나를 억지로 인정하게 하고 싶었다. 아니 그보다는, 이 매력적이고 자그마한 여인이 겁에 질려 비명을 지를 때까지 그녀의 옷깃을 잡고 흔들고 싶었다. 자신은 그를 소유할 자격이 없노라고 고백할 때까지. 분명 내가 그에 대해 알고 있는 것을 그녀는 모를 것이다. 나처럼, 절정의 순간에 그의 얼굴을 똑바로 바라보면서 그의 신음 소리를 듣지도 못할 것이다.

더는 그들 앞에 버티고 서 있을 수가 없었다. 억지로 발길을 돌리던 나는 군중 속에서 두드러지는 거구의 폴 프레시네를 발견했다. 그에게는 수 년 전부터 드루오 경매장의 모든 전시실을 체계적으로 돌아보는 습관이 있었다. 액운을 부른다고 생각하는 13호실만 원칙적으로 제외하면서. 그 때문에 그는 이미 여러 차

레에 걸쳐 아름다운 초상 판화들을 놓쳐야 했다. 그는 내게로 다가오면서 손을 내밀었다. 난 마치 로봇처럼 기계적으로 악수를 했다. 그리고 정신을 가다듬어 머릿속에서 빅토르와 이렌을 맹렬하게 밀어낸 다음, 폴에게 은밀하게 돌로레스의 최근 발견에 대해 알려주었다.

"오르탕스, 그거 정말 굉장한 소식이군! 당신들 두 사람이 아주 멋진 일을 해낸 거야. 새로운 발견을 한 거라고. 사 세기 동안이나 대답을 기다려온 문제에 대해서 말이지!"

진심으로 감탄하는 듯 보였지만 그의 시선은 샤를 테송 주위를 맴돌고 있었다. 그의 표정으로 생각이 다른 곳에 가 있음을 읽은 나는 그의 마음을 건드려보았다.

"저 잘생긴 샤를 씨를 많이 싫어하시죠, 그렇지 않아요?"

그는 놀란 표정으로 나를 돌아보았다.

"그게 그렇게 잘 보이나?"

"선생님을 어느 정도 아는 제 눈엔 아주 확실하게 보이는데요."

"저런, 오르탕스, 누구에게나 각자 지고 가야 할 십자가가 있는 법이지. 하지만 저 작자를 안 보고 살 수만 있다면 난 지금보다 훨씬 더 잘 살 것 같거든. 이 년 전에 그가 내 뒤통수를 치면서 사들였던 캉탱 드 라 투르의 파스텔화를 나한테 다시 되팔도록 설득하려고 무진 애를 썼는데…… 심지어는 그가 지불한 돈의 세 배까지도 제시했는데 전혀 들으려고 하지 않더군. 그래서, 이건 진심인데 말야, 그가 지구 반대편으로 사라져버린다면 난 훨씬 더 편하게 숨쉴 수 있을 것 같단 말이지……"

응어리진 증오심에 대해서 그가 이처럼 솔직하게 내게 털어놓은 것은 처음 있는 일이었다. 나를 향한 그의 신뢰에 감동 받은 나는 하마터면 그에게, 내 십자가는 바로 샤를 옆에서 보란 듯이 나의 존재를 무시하고 있는 빅토르 드 푸르크루아 드 라 브레슬이라고 말할 뻔했다. 폴과 나는 바람 부는 골고다 언덕 위의 두 도둑처럼 땅바닥에 내팽개쳐졌다. 무기력하게 움직이지도 못한 채, 이글거리는 햇빛에 조금씩 타들어가는 존재들처럼.

우리가 마지못해 지켜보던 그들 무리가 마침내 자리를 옮겨갔다. 난 샤를 테송과 빅토르의 마지막 대화를 엿들을 수 있었다. 아직 떠나지 않고 남아서 전시된 작품들을 가까이에서 살펴보던 이렌은 마치 유명 디자이너 상점의 진열창에 코를 바싹 들이대고 모피의 가격을 따져보는 사람처럼 멍한 표정을 짓고 있었다. 샤를 테송이 나지막한 목소리로 말했다.

"이보게 친구, 정말로 걱정할 거 없다니까. 이 판화의 값은 올라갈 거야. 그리고 어떤 일이 있어도 우리가 반드시 그걸 되살 걸세. 아스타르테는 충분히 그럴 능력이 있으니까. 낙찰가가 설사 십만 유로가 넘는다 해도, 지난번 나폴레옹 경매의 실패를 보상하기 위한 작은 선물이라고 생각하게나…… 내가 자네에게 지불하는 돈을 자네의 그 고물상 친구와 나눠가지면 되는 거야. 그리고 무엇보다도 이렌은 판화를 되찾게 되는 거지. 그녀가 무척 애착을 가지고 있던 것이지 않나. 그럼 모든 게 해결되고, 우리 모두가 만족하게 되는 거지! 화상들과 구매자들이 엄청나게 몰려올 것이고, 우리 경매사는 저절로 아주 훌륭하게 선전이 될 거란 말야. '미상의 벨랑주 판화, 아스타르테에서 경매인 샤를 테송에 의해 기록적인 금액에 낙찰되다!' 아마도 신문에 커다란 제목으로 기사가 날 터이고, 심지어는 여덟시 뉴스에 나올지도……"

그가 계속해서 말하는 동안 빅토르는 고개를 끄덕이며 동의를 표했다.

"알겠나, 이건 엄청나게 어려운 일이 아니란 말일세…… 그리고 그런 조건이라면, 자네 가구와 그림들의 경매를 내게 일임해줄 수 있겠지, 그렇지 않나?"

그 말을 하며 샤를 테송이 옆구리를 툭하고 건드리자, 빅토르는 친구의 호전성과 협상가로서의 뛰어난 계략 앞에서 웃음을 터뜨렸다.

"샤를, 정말 아무리 고집 센 사람이라도 자네한테는 못 당하겠군…… 이렇게 저울질을 시키는데 어떻게 버틸 수 있겠냐 말이지. 어차피 그 골동품들은 어떻게 해야 할지 고민거리였어. 가구 창고를 지으려면 돈이 많이 들 테니, 어떻게든 처분하려고 했거든…… 좋아, 자네가 모두 가져가게! 하지만 말야, 허풍은 안 통하네, 이번에는 지난주 것보다 훨씬 더 좋은 결과가 있어야 하는 거야!"

"물론이지, 약속함세. 그리고 기억하게. '테송 드 빌몽테는 친구를 놓치면 안 된다네. 푸르크루아 드 라 브레슬은 그가 없으면 쿵, 하고 말에서 떨어진다네!'"

두 친구는 호탕하게 웃음을 터뜨렸다. 그들이 법대생이었을 때, 공부의 지루함을 달래기 위해 꿍꿍이를 꾸미다가 저녁이면 술에 취해 작은 다락방으로 돌아가는 방탕한 생활을 하면서 터뜨렸음직한 웃음이었다.

나의 경악을 뒤로 한 채 협정은 조인되었다. 이제 난 앰리와 그의 키 큰 남자가 어느 곳으로 떠나갈지 알 수 있었다. 출발점으로의 회귀였다. 빅토르는 상당한 금액을 싹쓸이하면서 자신의 투자를 회수해갈 것이다. 그리고 그들에게로 달려가다시피 한 이렌은 곧 환한 미소를 지으며 소중한 가문의 유산을 되찾는 기쁨에 손뼉을 치게 될 테고. 모든 것이 가장 이상적으로 착착 진행되고 있었다.

빅토르는 나에게 눈길조차 주지 않고 멀어져갔다. 그들 셋이 출구로 향하는 동안 내가 들을 수 있었던 몇 마디 말은 조금 전과는 다른 성질의 것이었다.

"깜짝 놀랄 만한 쇠고기 스튜…… 그리고 아스파라거스 무슬린, 정말이라니까! 포도주 보관창고 역시 최근에 더 좋아졌거든……"

언제나 대화를 독점하는 것은 샤를 테송이었다. 그는 활기를 되찾았고, 난 앰리처럼 허탈감에 빠져들었다.

그녀가 처음으로 공작을 만난 것은 1608년 7월 26일 저녁식사 모임에서였다. 그들의 사랑이 처음 시작된 것도 그 무렵이었다. 남자들은 오후 내내 검술 경기를 하며 즐겼다. 그녀의 동생 루이는 늘 그렇듯이 뛰어난 기량을 발휘했다. 반면 자크 드 벨랑주는 그 자리에 참석했지만 검은 만지지도 않았다. 대신 그는 사람들의 자세를 주의 깊게 관찰하면서 뛰어난 동작이 나올 때마다 칭찬하는 듯한 몸짓과 함께 그것들을 마음속에 기록했다. 마지막 경기에서는 루이와 그의 친구인 공작이 맞붙었다. 공작은 명예롭게 싸웠지만 승리는 젊은 기사의 몫이었다. 하지만 공작은 전혀 기분이 상한 것 같지 않았다. 오히려 그는 웃으면서 친구를 얼싸안았다.

여인들은 관람석에서 경기를 지켜보며 간간이 박수를 보냈다. 젊은 공작부인의 궁녀들은 저희끼리 소곤거리며 때때로 터져나오려는 웃음을 삼베 손수건으로 억누르기도 했다. 그들은 경쟁자들의 풍채와 용맹함에 대해 대담한 평들을 주고받았다. 몇 줄 뒤에 홀로 외로이 앉아 있던 앰리는 몹시 불편함을 느꼈다. 그녀는 여인들의 그런 대담함에 익숙지 않았다.

다행스럽게도, 자크가 그녀를 연회실까지 동반해주었다. 그는 언제나 그녀의 곁에서 충실한 수행원의 역할을 이행해주었고, 그녀는 그것에 대해 매일 신께 감사드렸다. 새롭게 꾸며진 연회실로 들어서면서 앰리는 이상한 기분이 들었다. 몇 주 전만 해도 그곳에는 고인이 된 공작의 시신이 방부 처리가 된 채 누워 있었다. 비단으로 덮인 시신이 누워 있던 받침대의 자리에 지금은 커다란 사각형으로 배열된 수많은 테이블이 아름답게 장식된 채 놓여 있었다. 중앙에는 연회의 흥을 돋우기 위해 어릿광대들과 곡예사들이 묘기를 펼쳐 보일 공간이 마련돼 있었다. 이번에는 향 냄새와 관 앞에서 무릎을 꿇어야 하는 격식에 부담을 느낄 필요가 없었다. 그녀는 모세의 삶을 중요한 사건 중심으로 꾸며놓은 벽의 태피스트리들을 여유롭게 감상하며 감탄사를 연발했다. 천장에는 공국을 상징하는 모티프가 규칙적인 간격을 두고 반복적으로 그려져 있었다. 로렌의 십자가와 왕관 장식으로 꾸며진 이중의 알파벳 C를 순금으로 도금한 것이었다. 그녀는 구름 위를 걷는 올림포스의 여신이라도 된 것처럼, 화려한 색깔로 엮음장식 무늬 자수가 놓인 터키산 양탄자를 밟고 마침내 자신에게 배당된 자리에 가 앉았다.

그녀의 왼편에는 자크가, 오른편에는 루이가 앉았다. 그녀가 앉아 있는 구석 자리에서는 비스듬하게 몇 미터 떨어진 상좌의 공작과 공작부인을 지켜볼 수 있었다. 마르그리트는 허리를 꽉 조이고 부푼 소매가 달린, 지나치지 않을 만큼 가슴이 파인 에메랄드색 새틴 드레스를 차려입었다. 반원형으로 목덜미를 감싸는 높은 레이스 옷깃은 활짝 펼친 공작의 꽁지 깃털을 연상시켰다. 벨랑주가 디자인한 그녀의 의상은 그가 공작부인에게 바치는 격조 높은 경의의 표현이었다. 공작부인을 헤라 여신처럼 보이게 하고자 한 그의 의중대로 그녀는 연회석상에서 빛나는 자태를 뽐냈다. 공작은 금 자수가 놓인, 꼭 끼는 암홍색 윗저고리를 입었는데, 주름 잡힌 둥근 옷깃이 잘 다듬어진 덤불 같은 턱수염을 사뿐히 받쳐주었다. 공작은 미소를 띤 채 루이를 향해 테이블 너머로 몸을 숙이더니, 앰리가 이해할 수 없는 농담을 그에게 건넸다. 기분이 상한 표정을 감추지 못한 마르그리트는 보란 듯이 옆에 앉은 최고 궁녀를 향해 고개를 돌렸다.

커다란 촛대 모양의 샹들리에 아래에 놓인 금은 식기들이 반짝거리며 빛났고, 소스에 버무린 고기 냄새가 멀리 앉은 그녀의 코끝까지 와닿았다. 희석한 포도주를 채운 잔들이 돌았고, 자고새, 메추라기, 가재, 사냥 고기, 아티초크와 멜론 등이 접시에 가득 쌓여 있었다. 앰리는 식욕이 동하지 않았다. 홀 한구석에 가득 쌓인 설탕에 절인 배와 오븐에 구워낸 과자, 달콤한 디저트들을 보자 머리가 빙빙 돌 것 같았다. 그녀가 간신히 깨작거리는 동안, 입맛을 다셔가며 먹던 옆의 두 사람은 몸을 의자 등받이에 젖힌 채 한숨을 내쉬며 다음 차례를 기다렸다.

앰리는 공작 부부에게서 눈을 뗄 수가 없었다. 그녀는 마담 드 브로통과 함께 프랑스 왕의 궁정 축제에 몇 번 참석해봤지만, 마치 운명의 아이러니처럼 자신이 떠나던 날을 제외하고는 왕을 이렇게 가까이에서 알현한 적은 없었다. 이 자리에서 그녀는 공작에게 바치는 소네트와 찬사에 경의를 표하기 위해 술잔을 여러 차례 입술로 가져가야 했다. 오늘 밤은 공작의 국왕 즉위를 경축하는 날이었다. 그녀의 동생 루이는 궁정에 초청된 시인들을 쉬지 않고 부추겼고, 그들의 시를 논평하며 때때로 좌중에게 웃음을 선사했다. 동생에게 집중되는 사람들의 이목이 행여 자신에게까지 미칠까 부담을 느낀 앰리는 시선을 아래로 떨구었다. 그때 난처해하는 그녀를 알아본 공작은 짓궂은 장난기가 발동해 그녀에게 말을 걸어왔다.

"마담, 그대는 우리의 이웃나라인 고귀한 프랑스 궁정에 있다 돌아온 걸로 아는데, 그곳에도 이곳처럼 재사才士들이 넘쳐나는지 얘기해줄 수 있겠소?"

"폐하, 제게 감히 말하는 것을 허락하신다면, 저는 이런 재사들이 그곳에도 있는지에 대해서는 아는 바가 없답니다. 제게는 감히 그런 것을 판단할 수 있는 능력이 없기 때문이지요. 하지만 제게 많은 은혜를 베풀어주신 위대한 왕께서 다스리고 계시다는 것은 알고 있지요. 또한 이 아름다운 로렌 궁정에도 그런 위대한 왕이 계시다는 것에 대해 하늘에 감사할 따름입니다."

그녀의 재치 있는 답에 참석자들은 감탄사를 터뜨리며 웅성거렸다. 공작 자신도 흡족한 표정으로 고개를 끄덕였다. 연회의 나머지 시간 동안, 그녀는 자꾸만 자신에게로 향하는 그의 시선을 느낄 수 있었다.

난 홀로 드루오 근처의 레스토랑으로 가 보잘것없는 그날의 추천 요리를 주문했다. 자리에 앉아 무릎 위에 냅킨을 펼치자마자 문턱을 넘어서는 허버트 리버만이 눈에 들어왔다. 손을 들어 그에게 합석하자는 신호를 보냈다. 그는 반갑게 자리에 앉으면서 들고 있던 가방을 바닥에 내려놓더니 테이블 다리와 자신의 다리 사이에 조심스럽게 끼워넣었다. 그러고는 잘 있는지 확인하기 위해 계속해서 흘끗거렸다. 너무 익어버린 안심 스테이크를 먹으면서도 옆에 꼭 끼고 있을 정도로 소중한 것이 그 속에 들어 있는지 그에게 물었다.

"이건 말이오, 한 민족 전체의 기록이라오!"

식사를 하면서 그가 대답했다. 궁금해진 나는 좀더 자세히 이야기해달라고 청했다. 그는 중대한 책임을 지고 있는 사람다운 진지한 태도로 맑은 눈을 칼날처럼 빛냈다.

"오르탕스, 난 이 벨랑주를 놓칠 수가 없어요…… 어떤 일이 있어도 이 경매엔 참석할 겁니다! 드루오에 와 있는 동안을 이용해 전시실들을 돌아보면서 우리 '시온의 예술을 사랑하는 친구들' 모임에 활력을 불어넣을 만한 것들을 수집하려고 하고 있어요. 2차 세계대전 동안 약탈당한, 유대인 소유였던 작품들을 되찾는 데 주력하는 거죠. 우리는 독일 표현주의 작품들과, 일반적으로는 나치가 저속하게 '퇴폐 예술'이라고 비하한 것들에 관심을 가지고 있어요. 물론 이 판화처럼 나를 감동시킨 작품들은 아니지만…… 대학살 때 재산과 생명을 처절하게 빼앗긴 조상들의 이름을 걸고 이 사업에 자그마한 기여라도 해야 한답니다."

수단과 방법을 가리지 않고 끊임없이 역사의 비극적 실수를 바로잡고자 하는 그의 시도를 인정하고 찬사를 보내지 않을 수 없었다.

"실수가 아니오, 오르탕스. 어떻게 그런 말을! 그건 가축 운반 차량이 터져나갈 정도로 사람들을 싣고 가는 걸 공공연하게 묵인한 당국의 협조하에 행해진 커다란 죄악이란 말입니다!"

그가 열을 올리며 말했다. 또다시 잘못된 어휘를 선택해서 그의 마음에 거슬리는 실수를 할까 두려워진 나는 더 입을 열 엄두를 내지 못했다. 그는 내 몫까지 이야기했다.

"게다가 오늘 무척 실망스러운 일이 있었죠. 더 솔직히 말하면, 역겹기까지 했어요. 오늘 오후에 아스타르테 사가 경매에 내놓기로 되어 있는 데생과 그림 전시를 관람했죠. 그런데 거기서 마주친 샤를 테송이 평소에는 그렇게 정중하더니, 오늘은 내 질문에 대답조차 하지 않더군요. 그는 키르히너의 작은 그림을 내려서 살펴보는 것조차 허락하질 않았어요. 1942년 이후로 사라져버린 그의 작품과 정확하게 일치하는 것이었거든요. 자신이 말하는 것보다 훨씬 더 많이 알고 있지만 정보를 감추고 있다는 걸 난 알 수 있었죠…… 혹시 그 작품이 경매에서 제외될까봐 그랬던 것이겠지만. 하지만 난 그 출처가 불법적이라는 사실을 입증할 수 있다면 얼마든지 경매를 막을 수 있도록 허가 받았다고요. 내가 알아야 하던 것은 액자 뒤에 찍혀 있는 컬렉션 마크 예요. 하펜베르크 가문의 인장이 찍혀 있을 가능성이 크거든 요…… 그들 삼대가 수용소에서 사라졌고, 살아남은 몇 안 되는 후손들은 지금 사라진 작품들을 되찾는 일에 큰 뜻을 두고 있 죠. 다행히 목록이 금고에 보관되어 그대로 온전하게 남아 있거 든요."

난 경매인이 거부했지만 감정가인 마들렌 코르뉘시앙은 언제 라도 그림 보는 걸 허가해줄 거라고 알려주었다. 경매는 오십 분 후에 시작할 예정이므로 시간은 아직 남아 있었다.

"물론 그렇죠. 하지만 이건 테송 드 빌몽테와 나 사이의 개인 적인 문제입니다. 이런 식의 태도 때문에 공동체 전체가 전멸한 거라고요. 절대로 묵과할 수 없어요. 내겐 수행해야 할 임무가 있단 말입니다."

그의 태도는 소름 끼칠 정도로 단호해 보였다. 프랑스와 나바 르의 전 유대 공동체가 테송에게 등을 돌릴 수도 있다는 생각에 두려움마저 느껴졌다.

커피를 마시고 난 후 매너가 좋은 리버만은 내 몫까지 계산을 하고는, 가방을 옆구리에 낀 채 의문을 풀기 위해 드루오 경매장 으로 달려갔다. 다시 혼자 남겨진 나는 뜨거운 커피에 설탕 반 개를 넣고는 지구 온난화로 차츰 녹아내리는 작은 빙하처럼 천천히 녹는 것을 지켜보았다. 인간은 결코 역사로부터 교훈을 이 끌어낼 수 없을 것이다. 기껏해야 빈약한 수단과 하찮은 열정으로 전열을 재정비하고 앞선 이들의 과오를 바로잡도록 노력할 뿐. 정의를 대의명분으로 내세우는 리버만은 아직도 기억이 생생한 범죄를 단칼에 내리쳐 단죄하고자 한다. 앰리 역시 결국 당시 군주들의 장난감일 뿐이었다. 프랑스의 왕 앙리 3세는 정통성을 문제삼으며 왕권을 위협하는 가톨릭교도 연맹을 결정적으로 진압하고자 그녀의 아버지와 숙부의 암살 지시 문서에 서명했다. 그로부터 십 년 후, 종교전쟁은 이미 아득한 이야기가 되어 있었다. 관대했던 앙리 4세는 프랑스의 왕위를 지키기 위해 선왕이 저질렀던 죄악을 씻고자 했다. 그는 추기경의 딸을 자신의 궁정으로 불러들였다. 그런 상징적인 제스처로써 여전히 로렌의 세도 가문인 기즈 가의 후손에게 베푸는 자신의 관용을 주지시키고자 한 것이었다. 사려 깊은 군주였던 그는 그녀를 적이 아닌 친구로 만들고자 했다.

그로부터 다시 십 년 후, 이번에는 로렌의 궁정이 다시 그녀를 불러들였다. 그곳은 비록 정통은 아닐지라도 기즈 가의 후손이었던 그녀가 머무를 진정한 자리였으니까. 적어도 왕국의 질서를 바로잡고자 했던 노공작이 하늘의 부름이 가까워짐을 느끼자 서둘러 실행에 옮긴 일이었다. 앰리는 또다시 짐을 꾸려서 길을 떠났다. 모든 이의 존경을 받았던 그녀의 동생은 어린 시절에 이미 공작의 궁전에 자리를 잡고 낭시를 떠난 적이 없었다. 앰리와 그를 함께 자신의 사람으로 만들고 싶어했던 프랑스의 왕은 그에게 마사馬事 관원의 자리를 제공했으나, 로렌의 공작은 이미 지도자의 자질을 보이는 전도유망한 젊은이를 놔주려고 하지 않았다. 평온한 나날이었지만, 언제 알 수 없는 위협이 몰려올지 예측할 수 없었다. 군대 지휘자들은 언제라도 필요한 존재였다. 로렌의 궁정은 외교적 책략의 차원에서, 앰리의 이름만 남겨둔 채 그의 이름을 속히 삭제해버렸다. 로렌의 궁정과 자신의 가문을 대표하여 프랑스에 외교 사절로 파견된 사람은 과거의 치욕을 씻고 싶어했던 관대하고 너그러운 품성의 앰리였다.

물론, 그녀는 두 왕조 사이에서 자신의 역할이 무엇인지 대해 명확하게 의식한 적은 없었다. 작고 가냘픈 그녀는 오늘날 자기 앞의 테이블 위에 놓인 깃털처럼 이리저리 끌려 다녔다. 그리고 역사의 톱니바퀴는 마침내, 아주 작은 모래알에 불과했지만 공국을 위험에 처하게 할 뻔했던 그녀를 짓눌러버리고 말았다.

앰리는 시중들과 정원에서 산책을 하고 있을 때마다 공작이 그곳으로 나온다는 사실을 알게 되었다. 그가 지나갈 때면, 그녀는 시선을 아래로 향한 채 프랑스 궁정에서 배운 대로, 로렌의 여인들보다 더 우아하고 넉넉한 몸짓으로 경의를 표했다. 처음에 공작은 고개를 살짝 숙여 앰리에게 인사를 건넸다. 그러던 8월 말경 어느 날, 그는 그녀의 손을 잡고 작은 숲 쪽으로 이끌고 갔다. 그녀는 손가락 끝으로 무거운 드레스 자락을 추켜든 채 조심스럽게 걸어갔다. 공작은 그곳을 새롭게 설계하여 새로운 종의 나무들을 심고, 화단과 그 속에 미묘하고 조화롭게 섞여들며 흘러갈 수로를 만들 자신의 구상에 대해 이야기했다. 그녀는 그의 말을 주의 깊게 듣고 있었다. 그러다가 그가 말을 멈추더니 마치 옮겨심을 관목이라도 보는 것처럼 그녀의 얼굴을 뚫어지게 응시했다. 얼굴에 홍조를 띤 그녀는 자신도 모르게 머릿속에 떠오른 새로운 구상을 그에게 설명했다. 정원의 보기 좋은 굴곡들이 시각에 늘 새로운 즐거움을 선사해주는 것처럼, 라일락, 등나무, 목련, 오렌지나무 또는 인동덩굴 같은 향기를 뿜어내는 나무들을 곁들여 후각 또한 유쾌하게 자극해주는 정원을 만들 수는 없을까요. 적절하게 배열된 나무들 사잇길을 눈 감은 채로, 나무들로부터 뿜어져나오는 향기를 음미하며 산책할 수 있는. 그녀의 말에 깊은 인상을 받은 공작은 그 자리에서, 그녀의 바람을 반드시 만족시켜주리라 약속했다.

조경 공사가 시작되자 정원에는 일꾼들의 외침이 울려퍼졌다. 그때부터 공작은 습관처럼 앰리와 함께 궁전의 방과 홀들을 다니기 시작했다. 그러다가 비계 위에서 장식물과 금박들을 정성 들여 손질하고 있는 벨랑주와 종종 마주치기도 했다. 어느 날, 비계 위의 벨랑주가 그들에게 인사를 하다 실수로 초록 물감이 묻은 붓이 아래로 떨어지면서 앰리의 밝은색 드레스에 흔적을 남기고 말았다. 그녀가 몹시 당황해하자 공작은 자신의 개인 집무실로 데리고 가서는 하인에게 물병에 미지근한 물을 담아오라고 지시했다. 둘만 남게 된 그들은 누가 먼저랄 것도 없이 서로 오랫동안 억제해왔던 본능이 이끄는 대로 행동했다. 크림색 실크 드레스에 묻은 초록 얼룩은 이제 중요하지 않았다. 드레스는 그대로 바닥으로 흘러내렸고, 앰리는 비로소 그의 품에 안길 수 있었다. 인간의 형상을 한 그의 몸속에는 마르스, 헤라클레스, 제우스와 같은 여러 신과 영웅들이 함께 존재하고 있는 것 같았다. 한갓 연약한 존재인 그녀는 그의 뜨거운 열정 앞에서 황홀하게 무너져내리고 말았다.

그후로도 그들의 만남은 계속 되었고, 종종 뜨거운 포옹으로 이어졌다. 다행스럽게도, 하늘의 도덕적인 배려 때문이었는지, 그녀는 사실상 공작의 내연의 아내였지만 한 번도 임신을 한 적이 없었다. 공작의 열정은 오랫동안 지속되었고 조금도 무디어지는 것 같지 않았다. 그녀는 그를 온전하게 마음속에 담아두었고 더는 결혼할 생각을 하지 않았다. 그녀는 그와 한지붕 밑에 있다는 것만으로도 충분히 행복했다. 비록 계단과 회랑과 복잡한 갤러리들이 그들을 갈라놓고 있을지라도.

※

앰리는 무대 뒤에서 벌어지는 정치적 음모와 계략에 대해선 아무것도 알지 못했을 것이다. 그런 것은 여인들의 영역이 아니었으니까. 그러나 오늘날에는 상황이 많이 달라졌다.

아니, 사실은 그렇지 않을지도 모른다. 난 내가 통제할 수 없는 은밀한 음모와 계략으로 이루어진 미로의 한가운데 서 있었다. 오늘 아침에도 샤를 테송 드 빌몽테의 술책을 우연히 엿들었지만, 감히 내가 어떻게 그에게 맞설 수 있단 말인가? 오만이 하늘을 찌르는 잘생긴 구릿빛 피부의 남자는 내게 관심조차 보이지 않을 것이다. 이미 자신에게 반감을 가지고 있는 한 무리의 사람들의 비난에 둘러싸여 사는 그가 아닌가. 헛되이 그에게서 금전적 보상을 기대하고 있는 마틸드. 더는 그의 술수에 놀아나고 싶어하지 않는 화상들. 그토록 갈망하는 파스텔화를 그가 양도해주기를 바라는 헛수고를 했던 폴. 영원한 동료이자 적으로

서, 자신의 존재 외에는 그에게 비난 받아야 하는 이유조차 알지 못하는 아스트뤼크. 나폴레옹 유물 경매에서 그가 올린 보잘것 없는 성과에 실망한 빅토르. 친구인 백작부인의 유산을 빼돌린 일을 결코 용서하지 못하는 펠릭스. 자신의 라이벌에게 추파를 던지는 그를 못 견뎌하는 돌로레스. 오늘 아침부터 그를 공공연하게 유대인 배척자로 의심하고 있는 리버만. 벨랑주의 미발견 판화가 해외로 나갈 수 있도록 허가를 받아내는 노력을 하지 않는다며 그를 비난하는 일본인 츠쿠야마.

일본인보다 머리 두 개는 족히 더 큰 테송은 그를 아래위로 훑어보았다. 그의 더듬거리는 영어를 전혀 못 알아듣는다는 표정을 지으면서. 테송은 마지못해, 그건 몹시 특별한 작품이므로 프랑스에 머물러 있어야 한다고 대답했다. 또한 일본 역시 자국의 소중한 유산을 보호하지 않느냐며, 벨랑주를 맞이하게 될 프랑스 박물관은 이미 정해졌으므로 그를 필요로 하지 않는 일본인들 가운데서 방황하는 대신 자신의 고향인 로렌으로 돌아가게 될 것이라는 얘기를 늘어놓았다.

그의 노골적인 파렴치함 앞에 분노가 끓어올랐다. 그의 말엔 조금의 진심도 없다는 것을 나는 너무나 잘 알고 있었다. 사실 그는 작은 여인과 그녀의 기사에게 전혀 다른 행선지를 예정해 두고 있지 않은가. 그에게 벨랑주의 판화는 목적을 달성하기 위한 하나의 수단에 불과했다. 돌로레스 역시 헛물을 켜고 있었다. 앰리가 태어나기 몇 년 전에 씌어진 몽테뉴의 글이 머릿속에 떠올랐다. "참으로, 인간이란 헛되고 다양하며 변하기 쉬운 굉장한 주체다……"

빅토르 역시 내 눈앞에선 너무나도 달라져 있었다. 조개껍데기처럼 단단하게 걸어잠근 채 나의 존재를 외면했다. 난 진실을 알아야 했다. 공작 역시 마르그리트가 가까이 있을 때는 앰리를 그렇게 대했을지도 모른다. 난 고통스런 감정에 사로잡히고 싶지 않았다. 오늘 저녁 돌아가자마자 이메일을 보내 만나자고 할 생각이었다. 그가 필요했다. 나 또한 그를 온전하게 내 마음속에 담아두고 있었으니까.

보낸 사람 : hortense.cardinal@boireau-estampes.com

받는 사람 : vfdelabresle@artefacts.com

제목 : 만나고 싶어요

날짜 : 2003년 3월 20일, 18:56:22

사랑하는 빅토르,

오늘 아침, 몹시 차가워 보이더군요. 하지만 어쩔 수 없는 상황 때문일 테니 난 이해할 수 있어요…… 이번 주 언제 다시 볼 수 있겠죠? 당신이 너무 그리워요.

오르탕스

그는 즉각 답장을 했고, 그의 이름을 발견한 나는 뛸 듯이 기뻤다.

보낸 사람 : vfdelabresle@artefacts.com
받는 사람 : hortense.cardinal@boireau-estampes.com
제목 : RE : 만나고 싶어요
날짜 : 2003년 3월 20일, 18:59:03

오르탕스,

미안하지만 가능하지 않을 것 같소. 시간을 전혀 낼 수가 없어요. 이제 우리 각자 자신의 삶으로 돌아가도록 합시다, 할 일이 많으니까. 당신과는 정말 즐거웠지만 아무리 좋은 일도 끝이 있는 법이지 않소. 이제 내 일과 가정에 충실하고 싶어요. 당신도 그렇게 하기를 바라고. 내일 경매가 잘되기를 바라겠소.

빅토르

　모니터 안의 윈도우 창이 날 압도했다. 고개를 들어 눈을 크게 뜨고 화면을 응시했다. 이해할 수 없는 난해한 기호들이 부유하고 있었다. 반사적으로 소파 팔걸이에 조각된 사자머리를 움켜쥐었다. 가슴속에서는 오염된 공기가 순환을 멈췄고 폐는 썩어가고 있었다. 그는 바로 내 앞에서, 자아도취적인 귀족적이고 우아한 제스처로 내 어깨에 손을 얹은 채 서 있었다. 하지만 그의 입은 향기로운 장미와 우아한 진주 대신 끈적끈적한 발로 내 드레스를 더럽히는 비열한 두꺼비들을 뱉어냈다. 이제 그것들은 내 눈동자를 덮은 안개 같은 베일 뒤로 사라져 보이지도 않았다. 경쾌하게 떨리는 목소리로 봄을 예고하던 명랑한 피리새 소리도 들리지 않았다. 경쾌함과 우아함은 사라져버렸다. 난 갑자기 아무 이유 없이, 배가 불룩한 화병을 손등으로 툭 쳐서 넘어뜨렸다. 비어 있는 화병은 깨지지도 않았다.

　그가 내게 준 반지를 손가락에서 뺐냈다. 이제는 아무 의미가 없어진 반지였다. 그가 지갑에서 동전 한 닢을 꺼내더니 반지 옆에 세워놓았다. 역겨움이 몰려왔다. 내 마음의 평화를 이런 돈으로 살 수 있다고 생각하다니. 내가 계속 침묵하리라는 것을 그는 알고 있다. 난 그에게 아무런 할 말이 없다. 의무가 그를 부르고 있지 않은가. 안장을 얹은 그의 말이 뒷발로 일어서 있다. 그의 어깨에는 무거운 짐이 놓여 있으니까. 열린 문틈으로 골수까지 얼게 만드는 차가운 바람이 불어왔다. 하지만 밖은 이미 봄이다.

더는 그의 눈을 바라볼 수가 없었다. 내 눈이 이처럼 따갑고 눈앞이 희미한 것은 참고 있는 눈물 때문인지도 모르겠다. 결코 영원을 바란 적이 없다고 말하기에는 너무 늦어버린 것 같았다. 그는 내 말을 믿지 않을 것이다. 촛불은 꺼져 있었다. 흐릿해진 거울은 이제 아무것도 비출 수가 없다. 아름다움은 영원히 지속되지 못하고 시들어가는 장미꽃에 불과하다는 것을 난 잘 알고 있었다. 위엄이 깃든 그의 보기 좋은 풍채에서 눈을 뗄 수 없었다. 허세 부리는 자는 죽어가는 순간에도 당당한 외양을 지키려고 한다. 하지만 그의 입에서 나오는 말은 저속함을 감출 수가 없었다. 차라리 공사판 일꾼이 더 품위 있으리라, 무두장이가 더 세심하게 배려하리라. 포효하는 짐승을 손으로 꽉 붙잡은 채, 난 미동도 하지 않고 앉아 있었다.

현실을 직시하는 법을 배워야 한다. 역사는 끊임없이 반복된다. 역사는 남자들이 규정한 법칙에 희생되고 짓밟힌 수많은 여인들의 시체로 점철된, 끝없이 펼쳐진 길이다.

발 아래 땅이 갈라지면서 난 최후 심판의 날처럼 그 속으로 떨어진다. 나를 기다리는 뜨거운 지옥의 불길과 쇠꼬챙이와 쇠스랑들이 솟아 있는 곳으로. 나와 함께 수많은 여인들이 수 세기 동안 그곳으로 떨어지고 있었다. 그리고 앞으로도 오랫동안 그럴 것이다. 나 앰리는, AD 1615년에, 연기가 피어오르는 소용돌이에 휩싸인 채 깊은 땅속으로 끝없이 떨어져내렸다.

우물

놈은 길고 가느다란 열 개의 발을 가지고 있다. 르동의 석판화로 제작된 거미가 내 머릿속으로 들어가 간질이고 있다. 다리를 마구 움직여댄다. 멈춰야 한다. 이렇게는 견딜 수가 없다. 둥근 머리를 가진 그놈 역시 순진한 척하는 미소를 띤 채 하늘을 바라보며 무심한 표정을 짓고 있지만, 실상은 날 비웃고 있다. 이를 드러내고 내게 덤벼들 기세다. 어쨌거나 내가 할 수 있는 말은 없다, 자리를 차지하고 있는 건 그놈이니까. 생각을 가다듬기가 힘들다. 겨우 추스르려고 하면 놈이 발길질로 툭 건드려 생각을 다시 흩뜨리고 만다. 웬 소란스러움인가. 놈은 칸막이에 머리를 부딪치고 튀어오른다. 그러고는 자랑스러운 미소를 지으며 빠르게 지그 춤을 추어댄다. 난 도무지 이해할 수가 없다.

놈의 날카로운 발은 빅토르의 이미지를 떠올린다. 그의 멋진 미소까지도. 그의 손이 클로즈업된다. 그는 내 손을 잡고 종이 위에 이차원으로 묘사된 인물들의 윤곽을 따라 그리게 한다. 삼차원 속 하얀 시트 위에 그의 당당한 구릿빛 육체가 누워 있다. 완벽하게 다려져 처음에는 매끄럽고 차가웠던 시트는 오래된 휘장처럼 구겨져버렸다. 이불은 뭉쳐져 바닥으로 흘러내렸고, 난 동그랗게 몸을 웅크린 채 그의 품에 안겨 있다. 손가락 세 개로 그의 압도하는 듯한 몸을 살짝 스쳐본다. 그러고는 그 위에 천천히 보이지 않는 줄무늬를 그려넣는다. 거미는 지나가기를 거듭하며 자꾸만 파고들어간다. 마치 선사시대의 원시인들이 동굴 깊숙한 곳에 남겨놓은 흔적들처럼 깊숙이 들어박힌다. 황홀한 고문이다. 긴 발로 나의 신경줄 마디에서 하프 연주를 하고 있다. 떨리고 전율하는 연주 소리가 울려퍼진다. 끔찍한 협주곡이다.

나의 육체는 다시 잠들어버렸다. 나의 이성은 애써 차분하게 버텨내라고 명령했다. 그럴 가능성은 희박했지만. 내 육체는 평소의 태도와 습관들을 되찾았고, 또다시 삶은 컴퓨터 키보드를 두드리는 내 손가락과, 판화를 살펴보며 시간을 죽여가는 내 눈으로 집중되었다. 내 육체의 다른 부분은 죽어버린 그루터기에 불과했다.

멜랑의 〈그리스도의 얼굴〉. 17세기 판화의 걸작이다. 호명呼名에 빠진 것이 없는지 확인했다. 경매는 오후에 열린다. 그리스도의 얼굴은 언제나 내 시선을 잡아끌어 최면 상태에 빠지게 했다. 뷔랭으로 단숨에 새긴 나선형 판각과 적절하게 배치된 가늘거나 굵은 선이 힘차게 내리그은 쉼표 모양의 코에서 시작해 슬픈 남자의 얼굴, 지쳐 보이는 눈과 가시관을 쓴 이마에 구슬처럼 맺힌 핏방울을 묘사했다. 사람 얼굴 크기로 제작된 이 판화는 고통을 이해하고 세상 마지막 날까지 그것을 자신이 지고 가고자 했던, 선하고 동정심 많은 한 인간의 눈물과 땀을 묘사해낸 걸작이었다.

고판화들은 모두 제자리에 있었다. 지금으로선 모든 것이 완벽했다. 근대의 작품들은 그뒤를 이어 모습을 드러냈다. 고갱의 목판화들. 〈테 파루루〉. 한 남자가 쭈그려앉아 애원하고 있다. 인자한 보호자 같은 모습의 여인이 활짝 벌린 두 팔로 그의 매끄러운 구릿빛 몸을 부드럽게 감싸안는다. 분노와 절망이 교차한다. 좀더 떨어진 곳에 〈말하는 악마〉가 보인다. 냉소적인 형상. 마치 무슨 말을 하려고 내게로 달려드는 것 같다. 〈마나오 투파

파우〉. 엎드려 누운 채 고뇌에 찬 눈을 크게 뜨고 있는 여인은 다시는 돌아오지 않을 그에 대한 추억으로 넋이 나간 상태다. 이미지들은 나를 압도했고, 이제 난 그들을 다스릴 수 없었다. 아무런 방법이 없었다. 복종하는 수밖에. 저마다 나를 향한 듯한 메시지를 속삭이고 있었다. 마네의 석판화 속 '기구氣球'는 결코 날아오르지 못할 것이다. 주위에는 군중이 밀집해 있고, 헬륨으로 가득 채워진 둥근 기구는 날아오르길 열망하지만 땅바닥에 밧줄로 묶여 있다. 마네의 그다음 작품은 멕시코의 황제의 처형 장면을 묘사한 〈막시밀리안의 처형〉이었다. 그는 바로 코앞에서 총을 맞고 처형당했다. 정당한 처벌이었다. 매캐한 화약 냄새에 콧속이 따끔거리는 것 같았다. 정신 차리자. 연극을 하듯 나의 역할을 충실히 이행하자. 나처럼 모든 것을 잃어버린 앰리를 생각하면서 난 기운을 되찾았다.

공작은 벨랑주가 처음으로 시도한 부식동판화에 관한 소문을 듣게 되었다. 그리고 그가 계속 그 길로 나가도록 격려했다. 난 해질 무렵이면 그의 아틀리에를 방문했다. 그는 구석에 앉아 있는 내 존재를 잊은 듯했다. 내가 조용히 기다리는 동안 그는 가끔찍 나를 보며 희미한 빛 속에 미소지었다. 우리는 서로 말을 걸지 않았다. 난 감히 그를 방해할 엄두가 나지 않았다.

그의 작업대 주위로 햇불이 집중적으로 밝혀져 있었다. 사방으로 비치는 불빛이 후광처럼 그를 밝혀주었다. 그러나 그 주위도 점점 어두워지면 다시 암흑 세계가 펼쳐졌다. 1610년 어느 추운 겨울저녁, 앙리 공작에게 청원을 하기 위해 궁정에 찾아갔던 뤼네빌 근처 비크 태생의 열일곱 살 젊은 화가가 우리를 찾아왔다. 벨랑주는 그를 안심시킨 다음 국왕과의 알현시에 그를 지지해주었다. 하지만 공작은 고용하기 전에 능력을 증명해 보이라는 말과 함께 그를 돌려보냈다. 궁정 장식 담당으로는 공작이 절대 신임을 하고 있는 벨랑주 경이 있었기 때문이었다. 난 감히 끼어들 수가 없었다. 그런 일들은 마르그리트 공작부인의 소관이었으니까.

자크 벨랑주는 선한 사람이었다. 그는 자신의 우월한 지위 때문에 열정적이고 순수한 청년의 야망이 꺾인 것을 무척 유감스럽게 생각했다. 미안한 마음 때문에 바로 그날 저녁, 그는 청년을 텅 빈 아틀리에로 오게 하여 부식동판 기법을 시도하게 했다. 그렇게 함으로써 청년의 생각을 바꿔 새로운 지평을 열어주고자 한 것이었다.

윤나는 동판 위로 말없이 몸을 숙이고 있는 판화가 앞에서 청년 화가는 계시를 받았다. 우리가 있는 곳에서는 불빛 속에 드러난 그의 얼굴과 손만이 보일 뿐이었다. 때때로 자크는 촛불을 집어들고 동판 위 그림 가까이 비추어보면서 진행 상태를 확인했다. 자유로운 한 손을 오무려 새어들어오는 바람으로부터 불꽃을 보호하기도 했다.

구부러진 그의 실루엣은 주위의 어둠과 어우러져 어둡고 불분명한 덩어리처럼 보였다. 반들거리는 동판 위에 반영된 불꽃은 흔들리며, 뜨겁게 반짝이는 작은 늪을 이루었다. 모든 삶이 그 속에 집약돼 있는 듯했다. 그 광경에서 강렬한 인상을 받은 청년 화가는 바로 그다음 날부터 작업에 착수했다. 그는 이탈리아의 키아로스쿠로* 효과를 최대한 살리기를 원했고, 어린 그리스도를 묘사하는 밑그림을 시도했다. 어둠 속에서 목수는 대패 위로 몸을 구부리고 있고, 어린 그리스도는 한 손에 든 촛불을 다른 손바닥으로 감싸고 있었다. 그의 살갗은 투명해 보였고, 모든 빛이 그로부터 나오는 것 같았다.

젊은 화가는 그후 몇 주 더 궁정에 머물렀다. 그가 차원 높은 영감을 바탕으로 새로운 길을 열어갈 인물임을 예감한 자크와 나는 그에게 숙식을 제공하도록 공작에게 간청했다. 창조의 입

---

* chiaroscuro, 명암법의 일종으로, 단색을 써서 명암을 표현한 미술 기법이나 그림을 가리킴.

김이 그를 통과해 지나가는 것을 느낄 수 있었다. 그림이 완성되자, 결국 공작을 설득시키지 못한 청년 화가 조르주 드 라 투르는 새로운 그림들에 대한 구상으로 머릿속을 가득 채운 채 뤼네빌로 돌아갔다. 그후 우리는 그를 다시 보지 못했다. 그후로 나는 저녁마다 어두운 아틀리에의 평범한 촛불에서 뿜어져나오는 후광을 새로운 시선으로 지켜보게 되었다.

나 역시 그 기이한 분위기와, 어둠과 강렬한 빛의 불안한 대조를 인식하고는 있었지만, 청년 화가처럼 그 속에서 착상을 얻지는 못했을 것이다. 그는 대수롭지 않은 일상과, 우리가 그날 저녁 함께 있었던 장소에 고유한 색채와 조명으로부터 영감을 얻어, 그림과 조명에 대한 새로운 개념과 방식을 만들어냈다. 그는 작고 보잘것없는 존재와, 사물들의 은혜롭고 신비한 느낌을 배가시키기 위해 물감을 뿌리는 방식 등을 사용했다. 그러나 천재의 불꽃은 어느 곳보다도 그의 영혼 깊은 곳에서 불타고 있었다.

자크 또한 그와 다르지 않았다. 그는 내가 자신에게 행운을 가져다준다면서 곁에 있어주기를 원했다. 그가 몇 달 전에 내게 보여준 첫번째 판화 〈막달라 마리아, 성 안나와 함께 있는 성가족〉은 공작과 공작부인의 찬사를 받았고, 다른 그림들도 같은 방식으로 제작해달라는 주문을 받았다. 질산에 부식시키기 전에 방식제 위에 철침으로 이미지를 그려넣을 때 참고할 수 있는 성모의 모델이 없으면, 그는 내 모습을 그려넣었다. 그리고 그 결과에 만족한 후로는 모델을 먼 곳에서 찾지 않았다. 그리하여 막달라 마리아와 성 안나 그리고 어린 예수까지 모두 내 모습을 닮게 되었다. 난 구릿빛 피부에 길게 땋아내린 머리의 키 큰 집시여인도 될 수 있었다. 본래의 나와는 전혀 다른 모습이었다. 난 작은 키의 금발에 섬세한 얼굴과 약간 들려진 코를 가지고 있다. 돌아가셨지만 아직 기억 속에 생생하게 살아 계신 어머니의 모습을 닮았다.

휠씬 더 아름다운 여인들이 있지 않느냐고 묻자, 벨랑주는 내가 완벽하게 어울리기에 다른 모델은 필요없노라고 대답했다. 그는 동판화를 제작해 손수 줄무늬가 비치는 종이에 찍어내는 일에서 커다란 즐거움을 느꼈다. 필요한 인물들을 선정하여 판각을 사용한 단순한 기법으로 자신이 원하는 포즈와 몸가짐대로 표현하는 것은 마술과도 같은 일이었다. 그에게 인물들의 디테일은 중요하지 않았다. 그가 묘사하는 모든 여인은 동정녀건 성녀건 여신이건 정원사건 모두 나를 닮았다. 그에게 그런 건 문제가 되지 않았다.

공작은 그의 재능을 치하했고, 새로 제작된 이미지마다 그 속에서 자신이 아끼는 내 모습을 발견하는 것을 즐기는 듯했다. 그들은 판화 속의 나를 두고 게임을 하는 것 같았다. 공작은 새로운 작품이 인도될 때마다 찬사를 보내고, 나를 염두에 둔 새로운 이미지를 다시 요구했다. 벨랑주는 자신의 예술에 점점 더 확신을 가지고 그 도전을 받아들였다. 몇 년이 지나자, 마르그리트는 그런 유희에서 위협을 느끼게 되었다. 그녀는 벨랑주가 내가 아닌 자신의 이미지를 영원히 남겨주기를 바랐다. 게다가 작품마다 수백 장씩 인쇄된 판화들이 공국뿐 아니라 프랑스 궁정에까지 전해지는 상황이었다. 고위직의 사절이나 밀사들이라면 공작으로부터 명상과 경건함을 불러일으키는 장면들을 묘사한 판화를 선물로 받았다. 그러나 그들은 판화 속 여인들의 원형이 나라는 것은 알지 못했다. 벨랑주가 창조한 이미지들은 앙리 2세의 궁정에서 유행하는 예술의 지혜와 경건함, 우아함과 감각적인 취향을 유럽 전역으로 전파시켰다. 마침내 마르그리트는 수태고지와 성가족, 동방박사들의 경배, 그리스도의 매장 등을 자신에 대한 모독으로 받아들이게 되었다. 단지 그 장면들에서 끊임없이 내 모습을 발견해야 한다는 이유만으로. 그리하여 마침내 남편에게 유희를 끝낼 것을 강요하기에 이르렀다.

오늘 아침 난 돌로레스에게 무어라 말해야 할지 난감한 생각이 들었다. 그녀에게 샤를 테송 드 빌몽테의 속마음을 알려주어야 할 것인가. 겨우 몇 주 전, 그는 샴페인 거품 사이로 공공연하게, 연인처럼 그녀를 힘껏 포옹하지 않았던가? 그녀를 위해 무엇이든 할 수 있을 것 같이. 하지만 그녀는 이제 꿈에서 깨어나야 했다. 머지않아 그의 추락을 보게 될 테니까.

하지만 그녀의 심포지엄과 박물관의 미래가 이 판화에 달려 있었다. 그녀는 샤를이 자신을 지지해줄 것이라고 철석같이 믿고 있었지만 사실은 그렇지가 않았다. 그녀와 나는 우리를 지배하는 남자들 손안의 장난감일 뿐이었다. 우리는 그들에 의해 언제나 멀리, 산으로 유배를 떠나야 했다. 검은 옷을 입고, 머리엔 작은 사각 크레이프가 달린 하얀 베일을 쓴 채로. 공손하고 유순한 태도로. 우리 앞에는 죽어버린 영원永遠이 펼쳐져 있었다. 끝없이.

하지만 유배 가운데에도 모호한 기쁨이 존재했다. 관점을 미묘하게 변화시키면서 나는 그림을 보고 또 들여다보았다. 판각의 많고 적음에 따라 찍어낸 판은 시시각각으로 변한다. 오늘 3월 21일, 경매는 순조롭게 진행되는 듯했다. 프랑수아 에방질 아스트뤼크는 이상하게 그 모습을 드러내지 않고 있는 테송을 대신해 즉석에서 진행을 맡았다. 꽉 들어찬 홀의 관중 앞에서 망치를 내려치는 그는 신이 나 있었다. 짧고 경쾌한 망치 소리였다.

"진정으로 자유로운 사람은 예속 상태에서도 자유로울 수 있는 사람이다."

오늘 아침에도 아스트뤼크는 그의 충실한 페늘롱을 다시 한 번 인용했다. 그의 개는 평소처럼 그를 바짝 따라다녔다. 또다시 샤를 테송과 언쟁을 한 후에 방을 나가면서, 내면의 작은 모터가 작동해 저절로 튀어나온 말이었다. 대수롭지 않은 일이 발단이었다. 공식 문서에 빠져 있던 서명이 문제였다. 짜증이 난 아스트뤼크는 테송에게 속히 서명을 하도록 재촉했다. 물이 꽉 찬 화병에는 한 방울의 물만 더해져도 넘쳐흐르는 법이다. 아스트뤼크는 아직도 내 귓가에 맴도는 수수께끼 같은 말을 중얼거리면서 그곳을 떠났다.

난 무척이나 조심스럽게 돌로레스에게 내가 알고 있는 사실을 알려주었다. 판화는 그녀의 것이 될 수 없으며, 샤를 테송은 그것을 이용해 대대적인 광고를 한 다음 주인에게 다시 돌려줄 계략을 세워놓았다는 사실을. 돌로레스는 내 말을 믿으려 들지 않았다.

"그건 말도 안 돼요. 난 샤를을 수 년 전부터 알고 지냈어요. 그 사람이 나한테 이럴 수는 없을 거예요, 절대로!"

샤를은 자신의 단골 식당인 샤르보니에로 나와 펠릭스를 초대할 때 그녀에게 눈길조차 제대로 주지 않았었다. 난 어쩌면 그의 지정석 맞은편에, 어제 빅토르가 그의 아내 옆에 앉았던 바로 그 자리에 앉게 될지도 몰랐다. 희색이 만면한 마틸드는 돌로레스를 매섭게 노려보았다. 그녀는 샤를의 왼편에 앉게 될 것이다. 우리는 직업과 동료들, 경매 등에 관한 재미있는 일화를 곁들인 이야기를 나누게 될 것이다.

충격을 받은 듯 홀로 멍하니 서 있는 돌로레스를 보자 안쓰러운 마음이 들었다. 활기 넘치던 평소의 모습과는 너무도 다른, 창백하고 흐트러진 모습의 그녀가 부서져내릴 듯 서 있었다. 르미르몽에 도착한 앰리 역시 며칠 전의 모습과는 너무도 다르게 변해 있었다.

이상한 우연의 일치인지, 바로 오늘 아침 보주 지방에 위치한 작은 도시의 고문서 보관소에서 온 편지를 우편물 더미에서 발견했다. 1960년대에 르미르몽 수도원에 보존되어 있던 역사적인 문서들을 모두 그곳에 모아놓았는데, 정보처리기술의 발달 덕분에 최근에야 분류 작업이 끝난 모양이었다. 내 요청에 답변을 한 문서담당자는 분명 열성적인 말단이었을 것이다. 열흘도 채 걸리지 않아서 내가 원했던 것을 찾아낸 걸로 봐서. 그건 앰리의 편지들이었다.

비록 복사본이긴 했지만, 그녀의 이미지대로 작고 섬세한 필체는 아직 또렷하게 알아볼 수 있었다. 문서담당자는, 그녀의 편지들이 리본으로 묶인 채 단 하나의 번호 아래 분류가 되어 있었으며, 한 번도 보내진 적이 없었던 것으로 보인다는 상세한 설명을 덧붙였다. 그렇지 않다면, 어떻게 오늘날까지 수도원의 고문서실에 남아 있겠는가? 그뿐 아니라, 얼마 되지 않는 편지들은 모두 1615년 10월과 11월자로 씌어진 것들뿐이었다. 그후에는 아무것도 없었다.

사백 년 전에 잠든 영혼을 깨우고 있다는 생각을 하며 난 정신을 집중해 편지들을 읽어나가기 시작했다. 마침내 나 자신과 대면하는 듯한 느낌이었다. 그토록 오래전에 내가 쓴 편지들이 마침내 그 수취인에게로 도달한 것만 같았다.

사랑하는 형제에게,

어제 난 마치 이곳이 내 마지막 거처인 것 같아 마음이 약해지고 우울해져서 이 유명한 수도원에 당도했어요. 이처럼 아름답고 가구가 잘 갖춰진 숙소와, 여행 내내 그대가 나를 보호해준 것에 대해 하느님께 감사를 드렸어요. 이제 비록 다시는 볼 수 없지만, 그대를 마음으로 사랑하는 것밖에는 내가 할 수 있는 일이 아무것도 없군요.

그대에게 고마움의 마음을 표현하기엔 나의 글 솜씨가 너무나 부족함을 깨닫게 되는군요. 형제여, 하느님께서 날 긍휼히 여기시고 그분의 성스러움 안에서 그대를 보호해주시기를. 1615년 10월 23일에.

그대의 누이, 앵리 드 레슈렌

심장이 멎는 것 같았다. 그녀의 목소리가 들려오는 것 같았다. 그녀는 고독 속에서 여생을 마치게 될 르미르몽까지 벨랑주와 함께 자신을 호위해준 늠름한 동생 루이에게 편지를 쓴 것이었다. 물론 그곳에서도 인생의 즐거움을 누리며 살아갈 수 있었다. 수녀들의 생활 여건은 수십 리외 밖에서까지도 부러움의 대상이었다. 그들은 금화 수백 에퀴에 달하는 성직록을 받고, 미사 동안 망토와 흰 베일을 착용하는 것 외에는 자유롭게 옷을 입을 수 있었다. 또한 원하는 곳에 마음대로 갈 수도 있었으며, 심지어는 결혼을 해서 아이를 낳기도 했다.

하지만 말로 표현하기엔 그녀의 고통이 너무나 컸으리라. 모든 이들에게서 버림받은 채 홀로 남겨진 그녀는 갑자기 편지를 중단하고는 신에게 자신을 내맡겼다. 그녀의 다음 편지에서 난 눈을 뗄 수가 없었다.

사랑하는 형제에게,

사흘 전에 그대에게 편지를 쓴 이후 도착한 그대의 편지 한 장이 내 영혼을 격렬하게 흔들어놓았어요. 비록 잠시 동안이지만 우울하고 서글픈 내 처지를 잊어버릴 수 있었죠. 하지만 곧 다시 커다란 혼돈 속에 모든 것이 뒤죽박죽으로 섞여 있는 모호한 안개 속으로 빠져들고 말았어요.

그대가 내게 보내준 고마운 선물은, 사랑하는 형제여, 나를 향한 그대의 크나큰 애정을 느끼게 해주는군요. 그림 속에서 이곳 은둔처까지 나를 찾아온 폐하의 너무나도 소중한 모습은 마치 실제인 것 같아요. 그분이 작별 인사를 할 때 함께 있던 내 모습 또한 그대는 마치 실제인 것처럼 묘사해놓았군요. 하지만 이 작품을 바라보는 건 내겐 무척 고통스러운 위안이에요. 비록 바람이 날려보낼 수 있는 종이 한 장에 불과하지만, 내 기억 속에서는 무척이나 고통스럽게 다가오니까요. 하지만 불행하게도 난 이것을 떼어놓지 못하고 품에 꼭 껴안게 되는군요. 그대의 천부적인 재능이 내 눈에는 치명적인 바늘이 되나봐요. 내가 항상 감탄해마지 않았던 부식동판화에 관한 그대의 예술과 지식이 내게 가장 소중했던 순간의 증인이 되었군요. 죽음이 다가오는 지금에야 난 모두가 덧없음을 깨닫게 되었지요.

내 사랑하는 형제여, 하느님께서 그대를 지켜주사 오래도록 행복한 삶을 누릴 수 있게 하시기를. 1615년 10월 27일 르미르몽에서.

친애하는 누이, 앰리 드 레슈렌

오래된 표현처럼, 내 눈에서 비늘이 떨어져나가 혼돈 속에서 깨어나는 것 같았다. 이 몇 줄의 편지를 읽어가는 중에 번쩍이는 번개가 내 머릿속을 관통하고 지나갔다. 앰리는 그녀의 형제에게 이야기하고 있었다. 그리고 난 마침내 그 대상이 루이가 아닌 자크 드 벨랑주라는 걸 알게 되었다.

그들 둘은 함께 나를 호위했다. 나의 두 형제. 그들은 언제라도 무너져내릴 신전의 기둥처럼 나를 양쪽에서 에워쌌다. 이제는 중년이 된 자크는 나보다 아홉 살 위였고, 빛나는 미래가 약속된 멋진 기사인 루이는 나보다 세 살이 적었다. 그들은 어두운 표정을 지은 채 거의 말하지 않았다. 우리가 탄 말들은 빠르게 달렸고, 규칙적인 말굽 소리는 우리 여정에 리듬을 부여해주었다.

우리는 계곡과 평야를 주파해 포도밭으로 뒤덮인 작은 언덕 옆을 지난 다음, 크고 작은 도시들을 거쳐갔다. 가는 길 내내 양쪽으로 커다란 나뭇가지들이 휘어져 있어서 궁륭처럼 우리를 보호해주었다. 곳곳에는 분수와 샘이 솟고 있어 도중에 말들을 쉬게 할 수 있었다. 르미르몽 수도원이 있는 작은 마을에 당도하기 전 산허리에서 수십 명의 남자들이 바위를 뚫고 있는 폐하의 은광산을 언뜻 볼 수 있었다.

여행 내내 나는 혼란스런 생각에 잠겨 있었다. 나의 두 형제는 낭시의 궁정으로 돌아갈 것이다. 이번에는 나 없이. 난 아무것도 변하지 않을 것이라 믿었다. 순진하게도. 오 년 전, 블루아의 감옥에서 죽임을 당한 우리 아버지를 기리는 의미에서 공작은 모든 사람 앞에서 루이를 적자로 인정하며 그에게 기즈 가의 이름을 돌려주었다. 자크는 삼 년 전, 군주가 인정하는 아름다운 혼례를 치뤘다. 하지만 그는 루이와는 다르게 기즈 가의 이름을 회복하고 싶어하지 않았다. 대신 자신이 태어났을 때 양자로 삼아준 귀족의 성을 간직함으로써 독립적인 삶을 살고자 했다.

자크는 1576년 1월 2일, 나의 어머니 앰리 드 레슈렌과 루이 드 기즈 추기경의 장남으로 낭시에서 태어났다. 성직자라는 아버지의 신분 때문에 부모님은 신 앞에서 축복받는 결혼식을 올릴 수 없었다. 그후에도 여러 자식이 태어났지만 살아남지 못했다. 난 이 세상에서 잠시라도 머물 수 있도록 하늘이 허락한 유일한 딸이었다. 지금 난 서른 살이며, 나보다 아홉 살이 더 많은 오라버니 자크의 삶이 피어나기 시작할 때 내 삶은 끝나가고 있었다.

자크는 그를 친아들처럼 키워준 벨랑주 가문에서 자라났다. 앙투안 드 벨랑주는 샤를 3세 공작의 서열 1위의 실내장식업자였다. 공작은 그에게 궁전 안에 있는 수많은 방들의 장식을 맡겼다. 자크는 양아버지가 양모의 염색을 예리한 눈으로 검사하고, 묘사할 장면들의 모티프들을 스케치한 다음 그에 따라 아틀리에에서 태피스트리를 직조하는 일꾼들을 지휘하는 모습을 지켜보며 자랐다. 데생에 상당한 재능을 보인 그는 아주 일찍부터 종이 위에 신화의 인물들과 그리스도의 삶에 관한 스케치를 했다. 그는 색채 감각도 뛰어났다. 실 잣는 여인들과 함께 양모 실을 휘저어 섞으면서, 그 속에 코와 손을 담근 채 뜨거운 동물의 냄새를 맡으며 많은 시간을 보낸 덕분이었다.

아직 어린 소년이었지만 이미 궁정에 익숙했던 그는 이미 어린 나이부터 공작의 눈에 들었다. 유년기를 벗어나 청년이 된 자크는 스스로 그림을 그리는 기술을 배워 앙리의 첫번째 아내의 장식을 위한 주문을 받아냈다. 그후로 그는 결코 궁전을 벗어난 적이 없었다. 젊고 빛나고 날렵하고 정력적인 동생 루이가 궁정의 마르스라면, 사려 깊고 늘 생각에 잠겨 풍요로운 영혼의 창작물 속에서 헤매는 자크는 아폴론의 화신이라는 생각이 들기도 했다. 기즈 가의 훌륭한 두 후손을 곁에 두고 그들의 덕성을 칭찬해 마지않던 우리의 자비로우신 샤를 공작은 자크에게 프랑스 궁정으로 나를 데리러 떠날 것을 명했다. 오래전 굵은 가지를 잔인하게 쳐냈던 나무가 고향 땅에서 자라나, 마침내 다시 모아진 그 젊은 가지들이 새로이 영예의 열매를 맺기를 바란 모양이었다.

그런데 이제는 내가 다시 잘라버려야할 가지가 되고 만 것이다. 산으로 둘러싸인 이곳의 공기에서는 전나무 향이 났다. 난 눈을 감은 채 마음속으로 그와 함께 궁전의 아름다운 정원을 산책했다. 저녁마다 그의 팔짱을 끼고 눈을 감은 채 뒤섞인 식물들의 미묘한 향기에 주의를 기울이며 산책하는 걸 좋아했다. 그런 다음, 그는 혼자 자신의 거처로 돌아갔고 난 종종 아틀리에에 있는 자크를 만나러 갔다. 당시 그는 부식동판화에 심취해 대부분의 시간을 그것에 할애했다.

내 드레스와 보석들은 모조리 떡갈나무 옷장 안에 넣어버렸다. 이제는 필요가 없는 것들이니까. 그때부터 나는 어두운 색의 수수한 옷만 입었다. 우리가 도착한 다음 날, 형제들에게 작별 인사를 하려고 했을 때 그들은 나를 알아보지 못했다. 마지막으로 날 포옹하는 자크의 눈에는 커다란 눈물 방울이 맺혀 있었다. 루이는 급히 돌아가야 한다면서 서둘러 발길을 돌렸다. 평소보다 굽어 있는 그의 어깨가 눈에 들어왔다. 그는 슬픔을 간신히 삼키고 있었다.

모든 것을 잊어버릴 수 있기를 바랐다. 칠 년간의 세월을 모두 지워버리고 싶었다. 이미 부식된 동판을 질산의 새로운 부식으로부터 보호하기 위해 자크가 하던 것처럼, 방식제를 칠한 붓으로 모두 덮어버리고 싶었다. 하지만 나를 위해 몸소 제작한 이 판화를 내게 보냄으로써, 그는 내가 애써 쫓으려 애썼던 이미지들을 되살리고 말았다. 앙리는 바로 내 앞에 있었다. 그의 실제 모습처럼 건장하고 멋진 모습으로, 내 어깨에 손을 올려놓은 채. 우리 사이의 테이블 위에는 이별의 상징들이 놓여 있었다. 예전에는 우리의 결합을 상징했던 물건들이었다. 자신의 감정을 실어넣은 자크에 의해 너무나 생생하게 묘사된 테이블 위의 오브제들은, 손을 뻗으면 잡을 수 있을 것만 같았다. 그는 자신을 구석의 열려 있는 문 위에서 다정하게 미소짓는 아름다운 천사의 모습으로 그려넣었다. 떠나면서 내게 한 말을 상기시켜주려는 듯이. 언제 어디서고 마음으로는 나와 함께할 것이며, 살아 있는 한 그리고 그후까지 영혼의 힘을 다해 나를 지켜줄 것이라는 그 말을. 말뚝에 묶여 있는 말은 아무리 열정적인 사랑이라도 언젠가는 멈추어야 한다는 사실을 깊이 생각해보게 했다. 그러나 피리새는 계속 지저귀면서, 그래도 즐겁게 살아야 한다며 나를 격려하는 것 같다. 도토리를 모으고 있는 다람쥐는 이제부터는 인내를 가지고 작은 일상들에 만족하는 삶을 살아야 한다는 것을 말해주고 있었다. 하나하나 실에 꿴 고결한 진주 같은 작은 일상들에.

이제 내 눈앞에 보이는 것은 다 꺼진 화로와 몸을 던지고픈 바닥 모를 우물뿐이다.

❀

난 펠릭스와 마틸드 그리고 샤를이 활기차게 주고받는 얘기를 듣다가 때로는 웃음을 터뜨리기도 하면서 점심식사를 마쳤다. 난 아무 말도 하지 않았다. 그들의 목소리는 멀리서 아득하게, 간간이, 스푼으로 기계적으로 떠먹고 있는 무미한 일플로탕트*처럼 가볍게 떠다녔다.

가슴속에 무거운 돌덩이를 안고 있는 것 같았다. 내게는 너무 무거운 돌덩이를. 돌로레스에게 내 새 발견을 알려줌으로써 무거운 짐 하나를 덜고 싶었다. 벨랑주는 무명의 천재가 아니며, 그가 돌연 고귀한 계통수系統樹 가운데서 제자리를 되찾았으며,

---

* 계란 흰자와 커스터드 크림으로 만든 디저트.

그 혈연 관계를 아는 사람은 나밖에 없다는 사실을. 하지만 아침에 내가 알려준 사실에 너무 큰 충격을 받은 그녀의 모습을 보자 그녀를 또다시 놀라게 할 용기가 나지 않았다. 더 즐거운 놀라움이라 할지라도. 여전히 그녀는 식사중에 무릎 위에 펼쳐놓은 냅킨을 매만지는 척하면서 마틸드의 허벅지를 스치는 저 남자를 좋아하고 있는 게 분명했다.

난 너무나 많은 것을 알고 있었지만, 아무것도 할 수 없었다. 겨우 되찾은 벨랑주와는 다시 작별을 해야 했다. 미혼 시절의 성이 폰 아헨인 푸르크루아 드 라 브레슬 부인의 조상 중에는 르미르몽의 기숙사로 보내졌던 젊은 여성이 있었을 것이다. 앰리의 옆방에서 머물렀던 그 여인은 앰리의 죽음 후에 그녀의 소지품들을 정리하게 되었다. 그녀는 의미는 알 수 없지만 각별한 느낌의 판화 하나를 간직했다. 그리고 부모님의 뜻대로 수도원을 떠나 집안에서 정해준 훌륭한 상대와 결혼했다. 판화는 그녀의 혼수와 함께 갔다. 그녀는 죽을 때까지 그림을 간직했고, 그녀의 후손들 역시 그러했다. 오늘날에는 이렌이, 그 오묘한 장면이 무슨 의미를 품고 있을까, 먼 조상인 그녀처럼 궁금해하기도 했으리라.

난 막다른 골목에 서 있었다. 등뒤로는 벽이 가로막고 있었다. 돌로레스와 내가 새롭게 발견한 것을 세상에 알리면 모든 영광은 빅토르에게 돌아가겠지. 그가 바로 이 유일한 작품의 유일한 소유주니까. 하지만 그는 그런 대접을 받을 자격이 없었다. 우리가 하나하나 쌓아올려 이룩한 것에 그가 깃발을 꽂게 내버려둘 수는 없었다.

아무 일도 없었던 것처럼 다시 일상으로 돌아가는 거야. 그는 처음부터 존재하지도 않았고, 따라서 비열하게 나를 버린 적도 없는 거다. 나의 육체도 그를 원하지 않았다. 나의 감각들은 잠잠했다. 경매의 출발은 순조로워 보였다.

그들은 마치 영화관에 와 있는 것처럼 앉아 있었다. 나는 무의식적으로 파일 속의 판화들처럼 그들을 알파벳 순으로 분류했다. 무명의 군중 속에서 앨리슨, 보르단스키, 브리사크, 캅드보스크, 돌로레스, 리버만 그리고 츠쿠야마가 눈에 띄었다. 그들은 애써 서로 모른 척하다 우연히 눈이라도 마주치면 즉시 무표정하게 시선을 돌렸다.

머릿속으로 그들의 얼굴을 하나씩 떠올리는 동안, 갑자기 로렌의 공작 샤를의 장례식 장면이 그 위에 포개졌다. 검은 옷을 입은 운구자들이 자줏빛 벨벳을 배경으로 말없이 분주하게 움직였다. 밖에 세워둔 커다란 트럭은 관을 운반하는 영구차다. 화려한 깃털장식으로 치장한 기사들이 걸맞은 위엄을 갖추고 담담한 표정으로 코르들리에 지하묘소로 향하는 샤를 공작 전하의 시신을 뒤따랐다. 그들은 모두 닮은 모습이었다. 그들 중 누구 하나도 감정을 드러내지 않으며 상황에 어울리는 엄격한 표정을 지은 채 규칙적인 말발굽 소리에 집중했다. 그런데 하나같이 비슷해 보이는 무리 속에 무엇이든 알고 있다는 듯 미소를 짓고 서있는 한 사람이 보였다. 장중한 의식 가운데서도 삘랑주는 장난기 어린 익살스러운 모습으로 나를 향해 돌아섰다. 갑자기 되살아난 그는 수 세기를 뛰어넘어 나를 향해 남몰래 작은 미소를 보냈다.

내 앞에는 이제 얼마 되지 않는 날들이 남아 있을 뿐이다. 내겐 이제 아무런 힘도 남아 있지 않다. 이미 내 안의 열정은 차갑게 식어가고 있었다. 동쪽에서 불어오는 찬바람이 실어오는 낙엽 냄새에서 겨울이 다가오고 있음을 느낄 수 있었다. 내 오라버니 자크에게 쓴 편지들이 책상 위에 놓여 있다. 그에게 보낼 용기가 나지 않는다. 그런다고 달라질 것이 뭐 있을까. 그 역시 나를 잊는 게 나으리라.

내 심장은 다람쥐가 두 발로 꼭 움켜쥔 도토리처럼 조그맣게 메말라가고 있다. 예전에는 조수에 따라 움직이는 넉넉한 바다

와도 같았는데. 그에게 버림받은 순간부터 모든 것이 멈춰버렸고, 끊임없는 고통이 나를 엄습한다. 얼음처럼 차가운 손이 내 목덜미를 움켜잡는다. 그는 작은 새끼 고양이 같은 나를 완력으로 움켜쥔 채 깊은 우물 속으로 빠뜨리려 한다. 고여 있던 물이 폐 속을 조금씩 채우기 시작한다. 발버둥을 쳐보지만 숨을 쉴 수가 없다……

그는 모든 것을 가지고 있다. 이제 그에겐 내가 필요없다. 이틀 후면 11월 8일이다. 그는 이제 쉰두 살이 된다. 마르그리트는 그의 위엄에 어울리는 경축 행사를 준비했다. 자크는 이탈리아에서 열렸던 축제에서 영감을 받은 기이한 의상들을 고안해 공작 부처를 기쁘게 했다. 판자로 만들어진 무대장치는 붉은빛과 황금빛으로, 영원한 젊음을 상징하는 마법의 섬을 표현했다. 그날 저녁, 횃불의 희미한 빛이 밝혀주는 무대 위에서 그를 위한 춤을 추고 싶었다. 가면을 쓴 채 무용단 속에 섞여 있는 나를 그녀는 알아보지 못하겠지. 난 조용히 전체적인 움직임에 따라 스텝을 밟으면서, 멀리서 그의 눈이 기쁨으로 반짝이는 것을 지켜보리라. 행복한 생일이 되기를, 내 소중한 사랑.

경매는 순조롭게 진행되고 있었다. 피곤한 내 눈에 이제 그들은 이미지로 비춰지지 않았다. 자리에 앉아 있는 사람들은 한데 모을 수 없는 잡다한 색들의 터치에 불과해 보였다. 희미한 윤곽들, 흐물흐물한 형체들. 모두가 안개 속처럼 아득한 곳으로 멀어져갔다.

난 오늘 아침, 커다란 건물의 오층에 있는 창문에서 떨어졌다. 문짝을 열어젖히고 심호흡을 한 다음, 난 뛰어내렸다. 회색 드레스는 내 몸 주위로 화관을 만들었다. 이미 그 속에서 수의의 부드러운 촉감을 느낄 수 있었다. 잘 다져진 땅바닥이 전속력으로 내게로 다가온다. 난 초조하게 기다린다. 경쾌하게 내 목이 부러지면서 목구멍 깊은 곳으로부터 피가 솟구쳐올랐다. 난 끈적거리는 액체 속으로 가라앉는다. 내 발은 이미 죽어버렸다. 그들은 이제 춤을 추지 않을 것이다.

문서책임자는 재빠르게 일을 처리했다. 그는 스스로 목숨을 끊는 것을 용납하지 않는 엄격한 수녀원장이 갈겨쓴 앨리에 관한 세 줄의 사망 통지서를 우편물에 첨부해 보냈다. 누구에게나 끝은 있는 법이다. 그녀는 그 궁극적 진실에 관해 숙고하는 법을 교육받았다. 하지만 그것을 결정하는 건 인간의 소관이 아닌 신의 영역이다. 더더욱 여자의 영역은 아니었다. 하지만 '1615년, 그 11월 6일'에 앰리 드 레슈렌은 스스로 날짜와 시간을 결정했다. 그들은 마을 근교에 있는 공동묘지에 그녀를 급히 매장했다. 그녀의 영혼을 달래줄 장례 미사도 없이.

'글로리아 인 엑첼시스 데오(하늘 높은 곳에는 하느님께 영광)'. 우리는 대사제가 도착하기를 기다렸지만 사제는 나타나지 않았다. 그의 동료가 그를 대신했다. 가볍게 떠는 마틸드가 내 옆으로 와 앉았다. 아스트뤼크는 마음을 안심시키는 열정적인 목소리로 말했다. 강물은 다시 예전처럼 흘러갔고, 작품들은 하나하나 떨어져나갔다. 궁정에서는 축제 준비가 한창이었다. 그녀의 죽음은 아직 그들에게 전해지지 않았다. 자크는 습관대로 저녁마다 아틀리에로 갔다. 공작은 덕과 절제의 기쁨을 찬양하는 종교서적의 표지 안쪽을 장식할 판화를 그에게 주문했다. 아틀리에는 공허하고 쓸쓸해 보였다. 그는 젊은 아내 곁에서 잠들기 위해 도시의 집으로 돌아갔다. 잠자리에 들기 전 그는 누이를 보호해달라고 신께 기도했다. 그런 다음, 천사처럼 잠든 두 살과 아홉 달 된 두 아들의 이마에 입을 맞추었다. 그들의 순수함을 부러워하며 그는 순식간에 깊은 잠 속으로 빠져들었다.

※

좋은 출발이었다. 축제는 순조롭게 진행되고 있었다. 아니, 경매가. 그랬다. 경매는 순조롭게 진행되고 있었다. 펠릭스의 진지한 목소리가 스피커를 통해 울려퍼졌다. 우리 머리 위에는 '다모클레스의 칼*'이 두 줄의 가는 금속 사슬에 묶인 채 수평으로 가볍게 흔들렸다. 고시된 추정가를 즉석에서 파운드, 스위스프랑 또는 달러로 환산해 알려주는 전자변환 표지판이었다. 빨간색 눈들이 빠른 속도로 깜빡이며 지나갔다. 모인 사람들은 그것을 바라보느라 경매인들이 한껏 격식을 갖추어 소개한 작품들의 존재마저 거의 잊은 것 같았다.

폴 프레시네에게 전화를 걸었다. 낙찰 확인자 토마가 한 손에 수표를 든 채 통로를 거슬러올라가며 재미있는 표정으로 날 미소짓게 했다. 그는 분위기를 부드럽게 만드는 별난 재주가 있었다. 곧 52번 경매물의 차례였다. 난 이 순간이 결코 오지 않기를 바랐다. 하지만 때로는 우연이 문제를 해결할 때도 있는 법. 샤

---

* 시칠리아 시라쿠사의 참주였던 대大디오니시오스의 신하인 다모클레스가 디오니시오스의 행복을 터무니없이 과장하여 떠들어대자, 디오니시오스는 화려한 잔치에 그를 초대해 천장에 실 한 올로 매달아놓은 칼 밑에 앉히고, 권력자의 운명이 그만큼 위험하다는 것을 보여주었다. 그후 절박한 위험을 뜻하는 '다모클레스의 칼'이라는 말이 생겼다.

를 테송은 나타나지 않았다. 그 사실은 나를 전율케 했다. 그는 오지 않을 것이다. 적어도 내 소중한 판화는 왔던 곳으로 다시 돌아가지는 않을 것이다. 테송은 부당하게 가격을 올려 모든 사람이 보는 앞에서 작품을 되살 수 없을 것이다. 빅토르가 받을 작은 선물은 없다. 그에게는 자격이 없으니까.

다시 발밑의 땅바닥이 단단해졌다. 물론, 벨랑주는 그들 중 한 명을 기쁘게 해줄 테지. 누구를? 아직 알 수 없었다. 난 마음속으로 그가 돌로레스이기를 바라며, 그녀를 뚫어지게 응시하면서 테이블 아래에서 손가락으로 십자가 표시를 했다. 내 메시지를 읽은 그녀는 어깨와 눈썹을 살짝 올리면서, 미소를 지으며 내게 이렇게 말하는 듯한 표정을 지어 보였다. '어쨌거나 이제 그건 우리에게 달린 게 아니잖아요. 주사위는 이미 던져졌어요.' 그녀는 노란 실크 스카프 자락을 뒤로 넘겼다. 운명은 이미 결정되었다. 그러나 잠시 후, 난 또다시 추락했다. 판화가 사라진 것이다. 판화가 있던 자리는 텅 비어 있었다. 이제 내게 보이는 건 우물 바닥뿐이었다. 가볍게 찰랑거리는 희미한 물소리가 나를 부르고 있었다.

이 경매는 너무나 순조롭게 진행되고 있었다. 그들은 점심식사가 끝나고 커피를 마신 후, 의자를 밀고 일어나면서 아무렇게나 냅킨을 집어던졌다. 포만감과 함께 조금씩 연기를 내뿜으며 담배 맛을 음미한 다음, 드루오 경매장으로 발걸음을 옮겼다. 샤를 테송은 조끼 단추를 채우고 주머니에 달린 시계로 시간을 확인한 다음 오 분 후에 우리를 따라가겠다고 말했다. 카탈로그를 가지러 사무실에 먼저 들러야 했기 때문이다.

"오르탕스, 모든 게 아주 잘될 거야!"

그가 내 어깨에 다정하게 손을 올려놓으면서 말했다. 그러고는 확신에 가득 찬 발걸음으로 멀어져갔다. 근사하게 차려놓은 진수성찬을 떠올리며 먹기도 전에 입맛부터 다시는 사람의 표정을 띤 채.

순간 눈앞에서 불이 붙는 것 같았다. 포도주 잔 속에서 붉게 빛나는 진홍빛 샹베르탱산 포도주, 접시에 남겨진 피 흐르는 고기들, 속이 드러나 보이는 붉은 산딸기와 구스베리 그라탱, 암홍색 바둑무늬 식탁보, 경매장 테이블 위의 낡은 자줏빛 천들, 주홍빛 벨벳으로 뒤덮인 벽들, 진홍빛 양탄자. 머리가 핑 돌면서 분노가 치밀었다. 감히 내 어깨를 만지다니. 그에게는 그럴 자격이 없다. 그의 오만함을 더는 묵과할 수는 없다. 나를 영원히 추방하면서, 마지막으로 어깨에 손을 올려놓는 것으로 무마하려고 하다니. 그럴 수는 없는 일이었다. 절대로, 그럴 수는 없었다.

나는 백여 미터의 거리를 둔 채 그를 따라갔다. 그는 한 번도 돌아보지 않았다. 멀리서 그가 향하고 있는 건물의 정면이 보였다. 건물의 박공에 조각된 왕관 쓴 여인들의 머리와 '1894'라는 연도가 보였다. 그들은 공허한 시선으로 나를 바라보고 있었다. 17세기의 이탈리아식 이미지가 떠올랐다. 카르피오니? 아님 칸타리니의 것이었던가? 아무래도 상관없다. 부식동판화가들은 모두 서로 닮았으니까. 긴 고수머리의 다윗이 어깨까지 우아하게 늘어진 깃털장식이 달린 모자를 쓰고 있다. 부풀어오른 소매와 깊게 파인 목선에 커다란 단추가 달려 있는 셔츠 때문에 그는 여자처럼 보인다. 오른손으로는 거인 골리앗의 두개골에 붙은 긴 머리카락을 꼭 붙잡고 있다. 머리만 남은 골리앗은 작은 대리석판 위에 놓여 있다. 눈은 감겨 있고 부스스한 수염 위로 처져 있는 두꺼운 아랫입술이 보인다. 늘어뜨리고 있는 다윗의 왼 팔뚝 뒤에는 앵무새 혹은 작은 매로 보이는 이상한 새 한 마리가 부리를 내민 채 화가 난 듯 눈을 크게 뜨고 나를 뚫어지게 바라보고 있다. 내게 도전장이라도 던질 듯한 기세다.

아스타르테에 도착한 테송은 엘리베이터를 탔다. 내가 몸을 숨기고 있는 현관까지 그가 흥얼거리는 콧노래가 들려왔다. 요즘 한창 인기 있는 노래였다. 〈디도의 죽음〉 같은 좀더 고상한 노래를 불렀으면 좋았을 텐데. 엘리베이터의 문이 닫히자, 계단으로 달려가 성큼성큼 올라간 나는 그와 거의 동시에 위에 도착할 수 있었다.

"테송 씨, 시간 되시면 잠깐 드릴 말씀이 있는데요."

그는 별로 놀라는 것 같지 않았다. 난 숨을 가다듬었다.

사무실로 통하는 문을 열던 그는 문 옆에 있는 작은 플라스틱 물체를 흘낏 쳐다보았다. 경보장치는 꺼져 있었다. 스물네 시간 내내 사람들의 왕래를 녹화하는 감시카메라 역시.

"아스트뤼크가 자기 사무실에서 혼자 샌드위치를 먹으려고 그랬을 거야, 분명…… 그 친군 혼자 있다는 걸 알면 항상 비디오 전원을 꺼두거든. 자기 모습이 화면에 비치는 걸 아주 싫어한다는군, 그 바보는. 이것 좀 보라고, 그 망할 놈의 개가 바닥에 흘리고 간 뼈다귀잖아! 여기가 무슨 동물협회인줄 아나, 제기랄!"

래브라도는 플라스틱 뼈다귀를 이빨로 문 채 화가 난 듯 머리를 마구 흔들어대며 노는 걸 좋아했다. 테송은 그걸 발끝으로 밀어서 엘리베이터 문 사이에 끼워넣었다. 잠시 후에 다시 내려갈 때를 대비해서였다.

나는 시선을 돌렸다. 내 시계는 한시 오십분을 가리키고 있었다. 샤를 테송은 사무실로 따라오라고 말했다. 자리에 앉은 그는 긴 마호가니 책상 반대쪽 의자를 가리켰다. 책상 위에는 금박 테두리의 갈색 가죽 서류첩과 물빛 초록색의 압지가 놓여 있었다. 빅토르의 눈동자 색이었다. 마침내 발견했다. 내가 그토록 오랫동안 찾아왔던 바로 그 색조였다. 갑자기 내 어깨 위에 그의 남성적인 손아귀가 느껴졌다. 아니 어쩌면, 조금 전 점심식사 후에 내 어깨를 만졌던 샤를의 손인지도 모른다. 지금 내 앞에 앉아 의아한 눈빛으로 내 말을 기다리고 있는. 말에 올라타 떠나기 전에 고상하고 당당하게 서서 내게 마지막 포옹과 함께 작별을 고하던 그의 손길이 아니라면…… 이 모든 손은 하나가 되어 집게처럼 나를 죄어왔다. 난 발버둥치고 싶었다.

책상 위에는 잘 짜여진 무질서 속에 선택된 오브제들이 놓여 있었다. 물론 전화기가 있었고, 깃털펜과 자, 사인펜이 들어 있는 필통, 크리스털 서진, 시선을 가리고 있는 작은 지구본, 사진 액자, 일력, 오늘 날짜가 펼쳐져 있는 메모장 그리고 앰리와 그녀의 연인이 표지를 장식하고 있는 카탈로그. 그 오른쪽으로는 구부러진 발톱과 긴 날개를 가진 청동 수리상이 놓여 있었다. 수리는 대담하게 고개를 쳐들고 거만하게 조롱하는 듯한 시선을 내게 보내고 있는 것 같았다. 내 시선이 그 조각상에 사로잡혀 있음을 본 경매인은 침묵을 깨려는 듯 말했다.

"나폴레옹 시대의 수리 상이지. 지난주 제정시대 추억의 경매에서 내가 보전하려고 했던…… 결국 내가 사들였지, 아주 당당하게 생겼잖아."

빅토르. 또다시 그가 등장했다. 이렇게 계속 할 수는 없었다. 또다시 머릿속의 거미가 깨어나 분주하게 움직이기 시작했다. 난 한참 동안 생각했던 말을 하려던 참이었다. '테송 씨, 부탁입니다. 벨랑주의 판화가 있어야 할 곳으로 갈 수 있도록 내버려두십시오.' 하지만 내 말은 작은 폭죽처럼 허공으로 흩어져버렸다. 그 대신 아무렇게나 뒤섞인 이미지들이 눈앞을 스쳐지나갔다. 그의 배와 허벅지. 정원의 등나무. 다람쥐. 연회장의 그릇들. 그의 입술. 입 주위를 감싼 검은 수염. 밤을 밝히는 횃불과 동판을 굽어보던 내 형제. 짐 실린 말들. 무심하게 노래하는 피리새. 그의 갈색 머리를 만지던 나의 하얀 손. 보내지 못한 편지들. 내가 머리를 기댔던 그의 목덜미와 어깨. 휘어지는 나뭇가지. 마지막으로, 내가 영원히 잠들 땅바닥과 땅속.

말은 이제 아무런 힘이 없었다. 부적절하고, 미약하며, 중요하지 않았다. 사백 년간의 침묵이 모든 힘을 앗아가버렸다. 그들은 서로 합쳐지지 못했다. 그 대신, 사 세기 동안 쌓인 에너지가 내 팔의 근육에 힘을 불어넣었다. 난 조각상을 집어들어 무게를 가

늠해본 다음, 그 새의 작은 몸을 좀더 잘 감상하려는 듯이 이 손
에서 저 손으로 옮겨들었다. 순간 샤를 태송이 조끼 주머니에 달
린 시계를 보느라 고개를 숙였다. 난 맹금의 부리를 앞으로 든
채 그의 두개골을 내리쳤다. 그는 아무런 소리도 내지 못하고 힘
없이 고꾸라졌다.

이제 실수는 용납되지 않는다. 나는 청동 수리상을 손수건으
로 닦았다. 작은 구석 하나, 튀어나온 부분들 곳곳까지. 지문의
흔적을 모두 지워야 했다. 흔적을 문지를수록 내 안에서 기쁨이
점점 커져가더니, 마치 알라딘의 램프에서 튀어나온 거대한 정
령처럼 사방으로 넘쳐났다. 드디어 앰리의 복수를 했다. 그녀는
자신을 오랫동안 가둬두었던 빅토르의 집으로 결코 돌아가지 않
을 것이다. 그는 그녀를 가질 자격이 없으니까. 아니, 그는 자격
이 있었던 적이 결코 없었다. 그녀의 고통을 무시한 채 비열하게
그녀를 유배 보낸 그가 아닌가. 그녀는 오늘 그 앙갚음을 했다.
약간의 운이 따라준다면, 수리상이 그의 집에서 왔으므로 그는
경찰에 쫓기는 첫번째 용의자가 될 것이다.

난 이제 무릎을 꿇고 앉아 감사 기도를 드릴 수 있었다. 수 세
기 동안 인내심을 가지고 제작된 동판 위에 새겨진 수많은 죄인
들 중 하나인, 회개하는 막달라 마리아가 된 것 같았다. 모든 것
을 잃고 거의 알몸인 채, 여인은 힘없이 두개골이 놓여 있는 석

판에 기대어 있다. 아직 살아 있는 그녀는 하늘로부터 평행선으로 내리쬐는 천상의 빛에 몸이 따뜻해짐을 느낀다. 어린 천사들이 파닥거리며 날아다니는 환한 빛 속으로 잠겨든다. 내 머릿속 역시 환해졌다. 흥분한 각다귀들처럼, 경쾌한 이미지들이 내 머릿속에서 맴돌고 있다. 포만감을 느낀 거미는 처음으로, 형언할 수 없는 희열에 잠겨 먹잇감들이 날아다니게 내버려둔다. 두개골은 멀리, 다른 세상에 속해 있었다. 정수리에서 가느다란 실처럼 액체가 흘러내린다. 암홍색 액체가 보기 좋은 고랑을 만들며 두개골을 장식하고 압지를 적신다. 저 붉은 실을 찾아 난 사 세기를 기다려왔다. 저 붉은 실을 따라가 앰리의 비밀을 알아냈고, 이제 그것은 내 비밀이 되었다. 다른 방법은 없었다. 피가 흘러야만 했다. 벽 위에는 아무것도 달라진 게 없었다. 벌거벗은 통통한 작은 여인들은 금빛 액자 속에서 황홀감에 취해 서로를 쫓아다녔다. 그들만의 이야기 속에 갇힌 채, 그들은 그곳에서 일어나는 일에는 무관심했다.

이제 난 가벼운 마음으로 떠날 수 있었다. 뒷걸음질로 살금살금 멀어지면서. 왔던 길을 거꾸로.

그리고 문을 닫았다.

자크 벨랑주, 〈수태고지〉_에칭

이제 병원이 나의 유일한 은신처가 되었다. 오랜만에 처음으로 편안함을 느꼈다. 환영들은 사라졌다. 이제 빅토르마저 다른 세계에 속했다. 때때로 나를 고통스럽게 하는 유일한 것은 그의 부재다. 하지만 약 때문에 감각이 둔해진 나의 육체는 이제 편히 쉬고 싶어할 뿐이다.

　다행스럽게도 그들은 내게 컴퓨터를 허용해주었다. 위험하지 않기 때문이라면서. 어둠 속에서 달빛이 비추는 사각 화면이 나를 지켜준다. 난 그를 바라보며 미소 짓는다.

　낮에는 그 속에서 지나가는 텍스트와 이미지들을 지켜본다. 오후에는 한 시간씩 인터넷에 접속할 수도 있다. 수석의사가 적극 권장하는 새로운 치료요법이다. 개인과 세상을 반영하면서 전세계 사람들을 연결해주는 인터넷이 자기만의 세상에 갇힌 환자를 치유해줄 것이라면서.

그 말을 믿지는 않았지만 기회를 이용했다. 모든 방향으로, 어디로든 날아갈 수 있으니까. 난 건성으로 여러 사이트들을 들어가보았다. 지친 눈빛으로 루브르의 전시실들을 돌아보는 여행객들처럼. 내가 찾고 있는 게 뭔지 나도 잘 모른다. 지금 난 이차원의 세계에서 살고 있다. 삼차원은 이제 존재하지 않는다. 깊이가 사라져버렸다. 예전에 두 손을 꼭 맞잡은 채 서로의 볼과 입술을 주고받으며 항해하던 육체의 깊이를 이제는 느낄 수가 없다. 바닥부터 천장까지 드루오 경매장을 가득 채우던 크고 작은 금속, 돌, 플라스틱 또는 천으로 된 수많은 오브제들도 모두 사라져버렸다. 보는 즐거움이 이어진, 만지는 즐거움은 사라지고 말았다. 흑단과 털로 만든 원시부족의 가면이 커다란 눈으로 당신을 응시하면서 내면의 욕망을 일깨운다. 그러면 당신의 가슴은 부풀어오르고, 당신은 그를 소유하고 싶어진다. 당신의 육체가 말을 하고 있다.

펠릭스의 상점에 차곡차곡 쌓여 있는 작품 더미는 언제라도 머리 위로 무너져내릴 것 같이 불안해 보였다. 본래 지식과 예술은 무거운 법. 이미지들은 꼭대기를 향해 수천 장씩 쌓여 있었다. 모든 시대의 판화들이 탑처럼 하늘로 치솟아 있었다. 욕망도 그들을 향해 함께 따라 올라가면서, 가벼운 리본처럼 주위를 맴돌았다. 그들을 하나씩 살짝 스쳐지나가면서 흘끗 훔쳐본다. 바깥세상은 만질 수 있는 육체가 존재하고 먼지가 날리는 활기찬 곳이다. 하지만 여러 색들과 형체들이 솟아오르는 내 컴퓨터 화면은 핏기 없는 복사판일 뿐이다.

앰리는 내게서 아주 멀리 있다. 어디론지 알 수 없는 곳으로 사라져버렸다. 그들은 나를 순식간에 체포했다. 운이 나쁘게도 책상 위에 지문이 남아 있었다. 문의 손잡이에도. 내가 앉아 있던 의자 위에 떨어져 있던 머리카락 한 올까지도 찾아냈다. 그곳에 마지막으로 들렀던 내 몸이 남긴 흔적들이었다.

몸은 언제나 흔적을 남긴다. 연인들은 나무의 몸통에 자신들의 이름을 함께 새겨넣는다. 사랑이 다한 다음에도 그 이름은 영원히 남도록. 영원히 추방된 앰리 역시 앙리와 그의 애무의 기억을 간직했다. 하지만 그의 부드러운 손길은 날카로운 손톱으로 변해 그녀를 할퀴고 말았다. 그녀의 육체는 외로움으로 갈기갈기 찢겨나갔다. 단단한 땅바닥 위에 흐물흐물한 작은 더미로 부서져 짓물러버릴 만큼.

벨랑주 역시 앰리보다 얼마 더 오래 살지 못했다. 그녀의 죽음을 알고 난 후, 허무감이 그를 사로잡았다. 그는 마음을 다잡아 다시 한번 동판에 전념하고자 했다. 그러나 철침이 새기고 지나간 자국에서 나오는 금속 찌꺼기들이 그의 심장을 찌르는 것만 같았다. 이미지가 더는 떠오르지 않았다. 그는 좀더 편하게 작업할 수 있기를 기대하고 방식제와 질산을 다시 사용했다. 그러나 산은 방식제인 니스 아래로 스며들어 불필요한 곳까지 부식시켰다. 그는 찍어낸 판을 찢어버렸다.

나 역시, 내 머릿속에 간직된 이미지들을 모두 없애고 싶었다. 분쇄기에 무더기로 집어넣고, 탁, 단추를 누르면 기계는 실처럼 잘라진 작은 종이 조각들을 뱉어낸다. 축제 때 뿌리는 색종이 조각 같은.

오늘 난 카탈로그를 다시 집어들었다. 그동안 구석 바닥에 엎어놓았던 것이다. 만질 엄두가 나지 않았다. 표지에는 앰리와 공작의 모습이 보인다. 환영들. 윤이 나는 페이지들을 넘기니 보도니 서체로 씌어진 텍스트가 펼쳐졌다. 어떤 디테일도 소홀히 하지 않은 상세하고 지적인 묘사였다. 때때로 글의 단조로움을 보완하기 위해 사이사이에 그림을 배치했다. 바다를 향해 열린 창문 너머로 멀리 네덜란드 범선이 보인다. 바닷물의 소금 냄새가 그림을 둘러싼 글자들 사이로 스며드는 것 같았다. 또다른 곳에는, 산허리의 울퉁불퉁한 오솔길로 양 떼를 몰고 가는 짧은 스커트의 소녀도 보였다. 소녀의 지팡이가 인도하는, 짧고 통통한 다리에 곱슬곱슬한 털을 가진 양들은 그들 주위의 언어들이 만들어낸 너무나 정돈된 길을 피해가기라도 하듯 종종걸음을 치고 있었다. 난 계속 페이지를 넘겼다. 흰 담비 모피와 벨벳을 두른, 위엄 있는 모습으로 서 있는 루이 15세도 보였다.

갑자기 앞이 환하게 밝아지는 느낌이 들었다. 텍스트가 거의 들어 있지 않은 밝게 빛나는 두 면이 눈앞에 펼쳐졌다. 내게 너무나 친근한 장면이 커다랗게 펼쳐져 있었다. 앉아 있는 여인. 서 있는 남자. 손. 창문. 오브제가 널려 있는 테이블. 심장이 팔딱거리는 작은 동물들. 미소 짓는 천사. 옆의 해설은 꼭 필요한 것만 말하고 있었다. 희소가치. 작품의 질. 더 나아가, 세상에서 단 하나밖에 존재하지 않는 것임을. 그리고 0이 세 개 붙은 금액이 적혀 있다. 확대한 디테일들도 실려 있다. 민활하고 조그만 두 발로 부드러운 콧등을 문지르는 다람쥐, 넘어져 있는 배가 불룩한 화병, 열린 문틈으로 엿보고 있는 천사의 구불거리는 금발, 연약하고 가냘픈 앰리의 목과 옆 얼굴.

그런데 두 페이지 사이의 틈에 조그만 하늘색 종이가 끼워져 있는 것이 보였다. 난 그것을 휙 뽑아 뒤집었다. 누군가가 급하게 써갈긴 메모였다. 'OK for this one. Same terms as usual. Al(이걸로 하죠. 평소 조건대로. Al).'

뭔가 이상했다. 여태까지 이 메시지를 본 적이 없었는데. 마지막으로 내 카탈로그를 봤을 때는 없던 것이었다. 누가 쓴 것인지 짐작하긴 쉬운 일이었다. 앨리슨밖에는 없었다. 전시실 구석에서 쇠시리에 몸을 기대고 아스트뤼크와 말하고 있던 그녀가 떠올랐다. 공모자 같았던 그들의 표정. 경쾌하고 힘찬 모습으로 망치를 두드리던 아스트뤼크의 모습. 오후 다섯시 이십팔분을 가리키던 벽시계와 사람들의 웅성거리던 소리.

"샤를 테송이 살해당했다는군."

역겨움과 두려움. 홀을 떠나던 사람들. 난 암홍색 벨벳이 덮인 감정가 테이블 위에 놔두었던 카탈로그를 집어들고 그곳을 떠났다.

그런데 그건 내 것이 아니라 아스트뤼크의 것이었다. 앨리슨과 비밀스런 얘기를 주고받을 사람은 그밖에 없었다. 서둘러 나오느라 그의 것인지 몰랐다. 테이블 위에는 여러 권의 카탈로그가 있었고, 난 제일 가까운 곳에 있는 걸 무심코 집어들고 나온 모양이다.

지금 내 눈앞에 있는 메시지는 서둘러 갈겨쓴 것이다. 앵글로색슨인의 전형적인 필체로. 바로 벨랑주의 판화에 관한 것이었다. 그렇지 않다면, 왜 이 페이지에 있겠는가? 내가 쓸 수 있는 유일한 도구는 나의 머리와 컴퓨터뿐이었다. 어슴푸레한 빛이 새어들어왔다. 아직은 머뭇거리면서, 희미하게.

사각형의 동물이 가르랑거리고 있다. 마치 선잠을 자고 있는 것처럼. 그의 커다란 눈 속에는 기이한 꿈들과 서로 뒤틀리는 여러 빛깔의 선들, 형체를 알 수 없는 발리의 댄서들이 떠다니고 있다. 스페이스바를 살짝 건드려 그를 소스라쳐 잠에서 깨어나게 했다. 미안, 친구, 너밖에 날 도와줄 이가 없거든. 조사를 계속 하기 위해 내가 할 수 있는 건 별로 없었다. 하지만 현실 세계에 돋보기를 들이대지 못하는 대신 광대한 가상 세계를 탐험할 수 있었다. 어쩌면 그 속에서 새로운 사실을 알게 될 수도 있지 않을까. 난 인터넷에 접속을 했다. 암호, 로그인, 그리고 그 속으로 들어갔다.

스타니슬라스 보르단스키의 사이트를 검색했다. 앨리슨을 찾으려면 그 속으로 들어가야 한다. 난 그녀의 성조차 모른다. 컴퓨터는 그 주소로 계속 갈 것인지 내게 물었다.

난 뉴욕으로 들어갔다. '빅 애플'이라는 별명의 도시. 파르테논 신전을 연상시키는 신고전주의풍의 박공 위에는 번쩍거리는 글씨로 그곳의 소유주 이름이 펼쳐져 있었다. '스타니슬라스 보르단스키 판화와 그림'. 확실히 그는 겸손함과는 거리가 먼 것 같았다. 도리아식 기둥들 위에는 설명적인 아이콘들이 일렬로 늘어서 있었다. '사이트 소개' '관리자 이메일' '최근 입수작품들' '현재 전시작품들'. 호기심에 마지막 기둥 위를 클릭하자, 의자에서 꼼짝도 하지 않은 채 오십 점의 회귀한 인상주의 판화들을 감상할 수 있었다. 피사로, 용킨트, 드가, 르누아르 등을 재빠르게 훑어본 후 페이지를 닫았다. 특별할 게 없었다. 그가 늘 보유하고 있는 작품들 수준이었다. 모든 칸에서도 마찬가지였다. 어디에도 앨리슨의 흔적은 없었다. 다시 사이트 홈으로 돌아갔다.

그때 맨 오른편 기둥의 받침돌 위에 열쇠 모양으로 된 아주 조그만 기호가 눈에 띄었다. 처음에는 사이트 제작자의 서명이나 광고 로고처럼 보였다. 난 별 생각 없이 내 생쥐를 살살 어루만지며 그의 코를 열쇠 위에 갖다대보았다. 클릭, 작은 동물은 순순히 내 손가락이 시키는 대로 실행에 옮겼다. 입이 딱 벌어졌다. 새로운 페이지가 눈앞에 펼쳐졌다. 아무런 장식도 없이 간결한 자줏빛 배경은 우리 경매실의 낯익은 장식을 연상시켰다. 중앙에는 순결한 방문객에게 앞으로 보게 될 불경함에 대해 경고하는 듯한 하얀 직육면체가 눈길을 끌었다. 청교도적인 아메리카의 모습이 순결무구해 보이는 이 평범한 직육면체 속에 집약돼 있었다. 이런 생각이 머릿속을 스쳐가는 동안, 난 지금 보고 있는 것이 예사롭지 않다는 것을 깨달았다. 난 지금 "주의, 위험!"이라고 외치는 거대한 통행금지 신호와 마주하고 있는 것이었다. 하지만 뒤로 물러나기엔 이미 늦었다.

작은 생쥐는 아무것도 두려워하지 않았다. 대담하게 하얀 직육면체 위를 클릭했다. 그러자 마치 미국 국기에서 떨어져나온 것 같은 여덟 개의 작은 별들이 나타났다. "암호?"라고 묻는 작은 글씨와 함께. 마치 열쇠구멍으로 침실을 들여다보는 하녀가 된 기분이었다. 봐서는 안 될 것을 보고 있는 것이다. 오르탕스도 니오베처럼 돌로 변할지도 몰랐다. 하지만 이미 너무 깊숙이 들어와버린 지금, 더 알아야만 했다. 들어가기 위한 암호는 물론 비밀이었기 때문에 요행수를 기대할 뿐이었다.

오르탕스, 넌 할 수 있을 거야, 그러니까 자, 한번 해보는 거야. 최대 여덟 개의 글자나 숫자를 사용해야 했다. 더듬더듬 머리를 쥐어짰다. 고전적인 조합들을 시도해보았지만 아무 소용이 없었다. 자아가 강한 스타니슬라스가 자신의 성이나 이름을 사용하지 말란 법도 없지 않은가? 여덟 글자, 여섯 글자 혹은 네 글자로 줄인? STANISLA, STANIS, STAN, BORDANSK, BORDAN, BORD. 모두 아니었다. 아니면 그의 비서 이름을? ALISON. 역시 아니었다. 다른 데서 찾아야 했다.

그래, 여긴 예술작품과 컬렉션을 취급하는 곳이니까. 사적인 이 페이지도 그와 관련이 있을 거야, 분명히. ARTWORKS, FINE ARTS, COLLECTION, CHOICE ITEMS, 그리고 이 말들의 동의어들을 변형시키고 반죽하고 토막쳐보았다. 여전히 아니었다. 정신을 집중하자. 내 컴퓨터는 분명 열쇠를 쥐고 있을 거야. 컴퓨터는 모르는 게 없지 않은가. 바깥 세상과 이어져 있으니까…… ONLINE? 한번 해보지, 뭐. 그러나 대서양 건너편의 문은 완강하게 닫혀 있었다.

화면 위를 떠다니던 내 눈은 무심코 벨랑주의 페이지에 펼쳐져 있는 카탈로그 쪽으로 향했다. 음흉한 아스트뤼크. 대체 앨리슨과 무슨 흉계를 꾸몄던 것일까? 그때, 경매일 아침, 그의 적이자 동료인 테송을 향해 도전적으로 내뱉었던 그의 말이 불현듯 떠올랐다.

"진정으로 자유로운 사람은 예속 상태에서도 자유로울 수 있는 사람이다."

사실, 아스트뤼크는 노예가 아니었다. 그는 엄지동자가 다시 돌아갈 길을 찾기 위해 뒤로 던져놓은 조약돌처럼, 자신의 기억을 가득 채우고 있으면서 자신이 가는 길을 다져준 인용문들에서 힘을 얻는 습관이 있었다. 그것들은 순례자의 지팡이이며 그의 안내자이자 지지자였다. 그에게 어디로 가야 할지를 가르쳐주는.

그렇다면 혹시…… 난 일생에서 가장 어려운 곡을 연주하기 위해 무대에 오른 피아니스트처럼 자판을 유심히 들여다보았다. 그러고는 잠시 숨을 멈춘 채 검지 끝으로 일곱 개의 알파벳을 두드렸다. FENELON. 그러자 기적이 일어났다! 열려라 참깨, 그리고 문이 열렸다. 자줏빛 배경이 커튼이 열리듯 사라져버렸다. 브라보, 오르탕스. 마음속으로 나 자신에게 박수를 보냈다. 내 눈앞에 펼쳐진 것은 또하나의 새로운 그리스 신전의 정면이었다. 보르단스키는 아크로폴리스를 대체할 생각인 것 같았다, 맙소사. 내가 보고 있는 곳은, 분명 암호를 알고 있는 소수의 선택된 사람들에게만 허용된 사적인 살롱이었다. 박공 위에는 또다른 제목이 씌어 있었다. '스타니슬라스 보르단스키 온라인 경매—매니저 : 앨리슨 렌델'. 이건 동시에 이루어지는 은밀한 사업이었다. 난 대어를 낚은 셈이었다. 이미지들이 장엄한 모습으로 내 눈앞을 차례로 지나갔다. 이미지들의 맞은편에는 실시간으로 바뀌어져 있는 마지막 추정가가 고시돼 있었다. 제시된 물건들은 많지 않았으나 내겐 너무나 익숙한 것들이었다. 너무나 잘 알고 있는 것들. 사진 속의 물건들은 지중해의 지도, 흑단과 놋쇠로 된 1775년의 육분의, 은식기 세트, 손잡이가 달린 크리스털 물병, 십자가가 달린 성배, 사파이어와 열네 개의 다이아몬드가 박힌 반지, 피카소가 그린 발자크의 초상화, 화려하게 제본된 작품들, 수사본과 서명들, 기원상들과 조각들, 그리고 마지막으로 오브제들이 널려 있는 테이블이 컴퓨터 화면에 갑자기 모습을 드러냈다. 두 사람의 실루엣, 열려 있는 창문과 문. 벨랑주의 판화. 나의 판화였다.

앰리, 내 친구, 마침내 너를 다시 찾았구나. 이만큼의 시간과 이만큼의 거리를 달린 후에야. 대양이 우리 사이를 갈라놓고 있지만, 여전히 소중하고 변하지 않은 채 위로할 길 없는 모습으로. 이 모두는 물론 아스트뤼크가 한 일이었다. 예속 상태에서도 자유로울 수 있었던 그가. 그는 창고와 상점, 전시실과 경매물 모두에 접근할 수 있는 인물이었다. 아무도 그를 의심의 눈초리로 보지 않았을 것이다. 감시카메라를 감독하는 경비원들도 그의 모습에는 별다른 주의를 기울이지 않았을 것이다. 경매 시작 두 시간 전, 우리가 점심식사를 하는 동안에 그는 움직였을 것이다. 그가 매물을 빼내면 다른 쪽에 있던 앨리슨이 수확의 열매를 거두어갔을 테고. 그녀가 직접 주문을 했을지도 몰랐다. 하늘색 사각 메모지에 갈겨쓴 것처럼. 두 악당의 완벽한 공모였다. 이런 수법으로 공식 경매의 뒷전에서 상당한 돈을 벌어들여 두 사람이 나누어가졌을 것이다. 자신의 사이트 한가운데서 이런 일이 벌어지고 있다는 걸 보르단스키도 알고 있는지는 알 수 없다. 양 떼 속에서 늑대를 키우고 있었다는 걸 그는 알고 있을까.

하지만 이곳에서 내가 할 수 있는 일은 아무것도 없었다. 앰리를 추억하는 일밖에는. 그녀는 앞으로도 오랫동안 시간과 공간을 뛰어넘어 어디론가 여행을 하게 되겠지. 그녀를 아껴주거나 방치해둘 어떤 집에 안착할 수도 있다. 어쩌면 어딘가의 파일 속으로 들어가 또다시 백 년간 잠들게 될지도. 누군가가 그곳으로부터 그녀를 꺼내어 또다시 생명을 불어넣어줄 때까지. 그리하여 떠나가는 앙리의 시선 앞에서 여전히 고통과 욕망에 몸부림치던 그녀가 천천히 세상 밖으로 걸어나와 감동과 질투와 분열을 야기하여 마침내 트로이 전쟁을 초래하도록.

손을 들어 화면을 향해 뻗어보았다. 이미지는 선명했다. 손끝이 따끔거리는 정전기를 느끼며 손가락으로 천천히 그들의 모습을 그려보았다. 눈을 감고도 따라갈 수 있는 여정이었다. 아주 작은 디테일까지도, 모든 것이 자세히 보였다. 이제 난 그들의 역사를 알고 있다. 문틈으로 내게 미소를 짓고 있는 천사가 보였다.

시간을 가둔 한 장의 판화,
그 속에 담긴 사랑의 역사

1879년에 발굴된 알타미라 동굴벽화와 1940년에 발굴된 라스코 동굴벽화는 들소, 말, 사슴 등의 생생한 묘사와 아름다운 채색으로 유명하다. 그런데 이 동굴벽화가 탄생하게 된 이유를 두고 어디선가 이런 해답을 내놓은 걸 본 적이 있다. 그건 그냥 원시인들이 '심심해서' 그렸다는 것이다. 사실, 그 누구도 그 정답을 알 수 없다. 자신들의 삶의 모습을 후대에 전하기 위해 그린 것인지, 아니면 비바람과 짐승을 피해 들어간 동굴에서 달리 즐길 여가가 없다보니 그리게 된 건지 그 누가 알겠는가? 아무튼, 결과적으로 그러한 자료 덕분에 원시인들의 생활을 추정해볼 수 있게 된 건 사실이다. 그 동굴벽화들이 그들의 '시간을 가두어놓은' 덕분이다.

오늘을 사는 현대인들은 이제 그림을 통해 시간을 정지시킬 생각은 하지 않는다. 사진이 출현하기 전 그림이 담당했던 '현실 복제 혹은 기록'의 기능은 오늘날 그 의미를 상당 부분 잃어버린 게 사실이다.

이 소설에 등장하는 52번 경매물은 판화 작품이다. 판화는 유일성을 지닌 그림이 수행하지 못하는 복제의 기능을 가진 예술 장르이다. 물론, 엄밀한 의미에서 모든 에디션들이 똑같다고 볼 수는 없지만, 오늘날 사진이 가진 기능을 수행했던 것이 판화라고 보아도 무방할 것이다.

이 소설의 원제인 '부식(Morsures)'이 말해주듯, 자크 벨랑주의 작품은 동판화에 속한다. 에칭이 다른 기법과 다른 점은 부식을 오래하면 할수록 선이 더 깊어지고 넓어진다는 것인데, 이를 이용해서 더욱 다양한 표현을 할 수 있다.

판화전문가이면서 판화상과 경매전문가를 겸하고 있는 엘렌 보나푸 뮈라의 첫 소설 『잃어버린 연인들의 초상』은 17세기 프랑스 고판화의 경매를 둘러싸고 현재와 과거를 넘나들면서 펼쳐지는 흥미로운 이야기다. 이 소설을 이끌어 가는 주요 모티프인 벨랑주의 미상의 동판화는 그의 49번째 작품으로 설정돼 있다. 그것을 중심으로 파리의 고미술상과 미술품 경매장을 배경으로 하여 다양한 판화들에 관한 이야기가 펼쳐지면서, 추리소설과 역사소설 그리고 로맨스소설의 세 요소가 맛깔스럽게 배합되었다. 소설의 화자인 오르탕스는 작가처럼 판화전문가이면서 판화상과 감정가로 일하고 있는 젊은 여성으로, 운명적으로 만난 한 장의 판화 속 주인공 남녀에 사로잡혀 그들의 세계 속으로 이끌려들어간다. 사백 년이라는 시공을 넘나들며 판화 속 여인과 하나가 될 때까지……

자크 벨랑주는 16세기말에서 17세기 초에 걸쳐 살았던 벨기에 태생의 궁중화가이자 판화가이다(프랑스의 로렌 지방에 그의 작품을 소장한 박물관이 있으며, 전세계 박물관 곳곳에 그의 판화작품들이 나누어 보관돼 있다). 그의 동판작품은 모두 48개가 남아 있는 것으로 알려져 있는데, 전혀 존재가 알려져 있지 않던 그의 49번째 동판화가 세상의 빛을 보게 되는 순간부터 이야기가 시작되는 것이다.

한 장의 판화 속에 담긴 사연을 추적해 나가는 과정도 흥미롭지만, 경매를 둘러싸고 벌어지는 다양한 인간 군상의 탐욕이 만들어가는 이야기는 첫 소설이라고 믿기 힘들 정도로 감각적이고 섬세하다. 이야기를 따라가며 만나게 되는 적잖은 판화 작품들이 조금 낯설기도 하지만, 작가는 각각의 작품에 담긴 사연들을 비록 간략하게나마 친절하게 소개해줌으로써 독자의 이해를 돕고 있다. 이 한 권의 소설을 읽고 난 후, 마치 사람들에게 많이 알려져 있지는 않지만 주옥 같은 예술품들이 소장돼 있는 미술관을 순례한 듯한 희열이 느껴지는 건 그 때문이 아닐까 싶다. 이 소설은 하나의 예술서로서도 손색이 없을 뿐 아니라, 과거와 현재의 남녀가 엮어나가는 사랑이 사백 년의 세월을 초월하여 전개됨으로써 독자의 마음을 잡아끄는 매혹적인 작품이다. 과연 사랑은 오랜 세월로 인한 '부식'으로도 변질될 수 없는 것이기에……

한 권의 책으로 독자의 손에 들어가는 데 적잖은 시간이 소요되었지만, 이 소설로 문학동네와 첫 연을 맺어 지금까지 행복한 작업을 함께 해오고 있기에 내게는 더욱 각별한 작품이다. 부디 이 겨울에 많은 독자의 사랑을 받기를 기원하며……

2008년 새해
박명숙

옮긴이 **박명숙**

서울대학교 불어교육과를 졸업하고, 프랑스 보르도 제3대학에서 언어학 학사 및 석사학
위를, 파리 소르본 대학에서 불문학 박사 학위를 받았다. 서울대학교 및 배재대학교에서
강의를 했다. 현재 출판기획자 및 전문 번역가로 활동중이다. 「순례자」「두 사람을 위한
하나의 삶」「라 퐁텐 그림우화」「이사도라 덩컨」「누구나의 연인」「로마의 역사」「지나가
는 도둑을 쳐다보지 마세요」 등을 우리말로 옮겼다.

문학동네 세계문학
잃어버린 연인들의 초상

초판인쇄	2008년 1월 14일
초판발행	2008년 1월 28일

지 은 이	엘렌 보나푸 뮈라
옮 긴 이	박명숙
펴 낸 이	강병선
책임편집	장선정 김지연
펴 낸 곳	(주)문학동네
출판등록	1993년 10월 22일 제406-2003-000045호

주 소	413-756 경기도 파주시 교하읍 문발리 파주출판도시 513-8
전자우편	editor@munhak.com
전화번호	031) 955-8888
팩 스	031) 955-8855

ISBN 978-89-546-0466-6 03860
www.munhak.com